地下室のオドラデク　新しいカフカ論の試み

フランツ・カフカの肖像

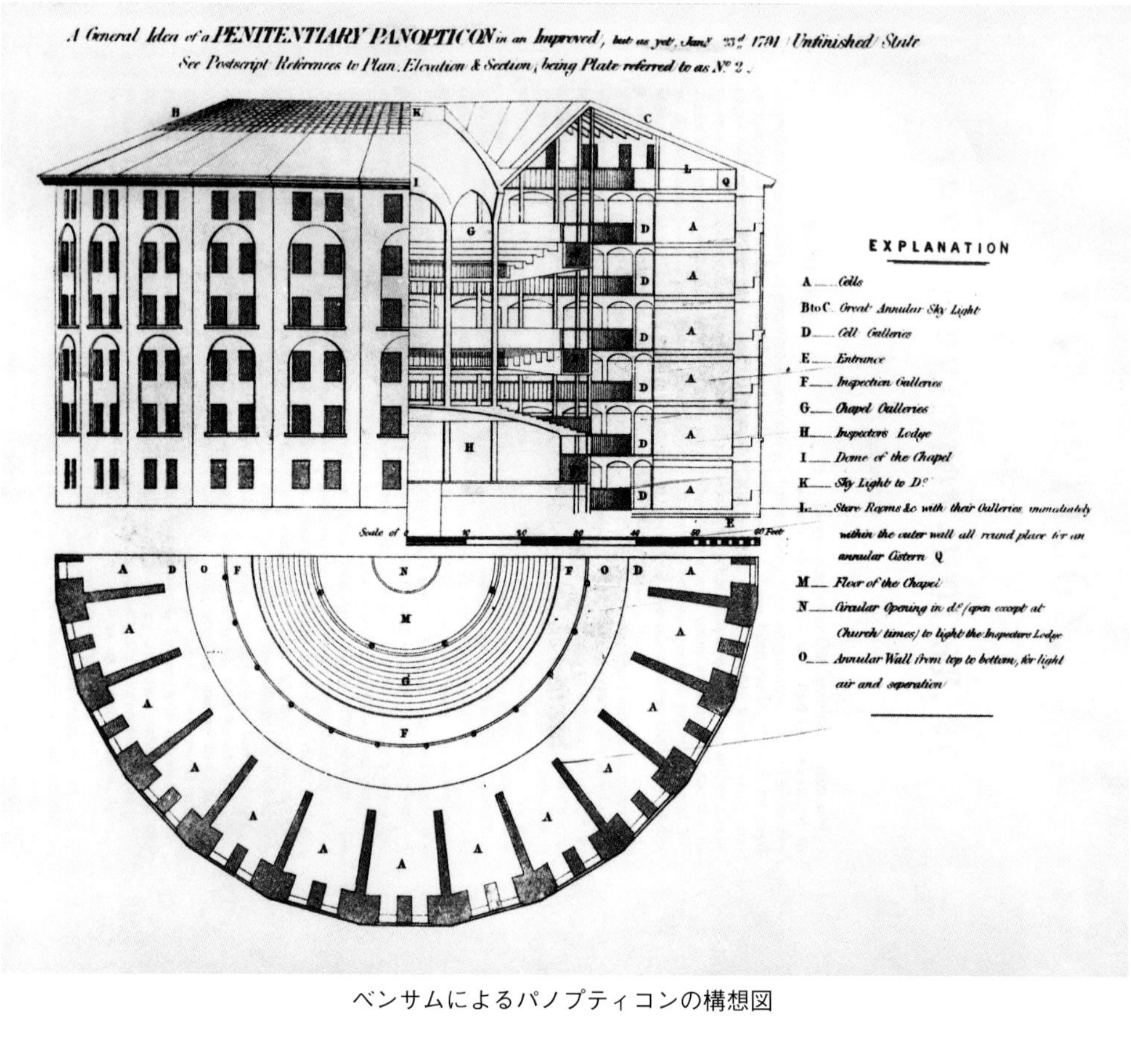

ベンサムによるパノプティコンの構想図

はじめに

私が初めてフランツ・カフカ（一八八三～一九二四）を読んだのは大学に入ってすぐの頃で、それは『変身』だった。

まず、その導入部に驚いた。朝起きたら自分が毒虫になっていた？　最初それは夢だろうと思った。しかし夢ではなかった。でも、いつかは人間に戻るのだろうと思って読んでいったが、結局そのまま死んでしまった。「なんだこの小説は！」と思った。カフカは何を言いたいのだろうと思い、『審判』を読み、『城』を読み、短編集を読んだ。結局わからなかった。

就職してからはカフカを読むことはなかったが、退職して自由な時間が持てるようになると、またカフカが気になりだした。そして読み返してみて、この本を書いた。

この本の構成は次のようになっている。

まず第一章に、カフカの年譜を持ってきた。ふつう年譜は巻末に置かれるものだが、カフカの小説は人生のそのつどの出来事が作品の内容にストレートに反映していると思うので、カフカの生涯を把握しておくことは、カフカの作品を理解するうえで参考になるだろうと思ったからである。

第二章は、カフカの主な作品のあらすじである。ほぼ執筆順に配列してあるので、作風の変化がわかると思う。この章はカフカ作品のガイドブックになっており、まだカフカを読んだことのない読者はこれを参考にして、興味を持った作品を直接手に取ってもらえればと思う。

第三章は、カフカがどんな人物だったかをその生い立ちや経験から再構成してみた。いわゆるカフカの「伝記」である。カフカには作品の量以上の手紙が奇跡的に残っており、それと日記、および対話などを参考にしながらこの章を書いた。

第四章は、カフカ文学がどのような特徴を持っているか、私なりにまとめたものである。

第五章は、カフカを、カミュ、ドストエフスキー、スピルバーグ、フーコーの作品や思想と比較しながら論じたもので、カフカをより立体的に把握できるのではないかと思う。

カミュは、「カフカは二度読みを強いる」と言った。一度読んだだけでは、何を言いたいのかわからないという意味である。しかし、二度読むとまた違った景色が見えてくる。結局、読むたびにカフカは違った表情を見せるので、自分が感じたとおりのものがカフカだと思うしかない。

カフカの作品は何となく不気味で暗いイメージがあるが、私は、今死にたいと思っている人がいたら、その人にぜひカフカを読んでほしいと思う。たぶん死ぬのが馬鹿馬鹿しくなるだろう。

二〇二四年四月

服部　潤

目次

はじめに —— 1
第一章　カフカの年譜 —— 7
第二章　カフカの主な作品 —— 17
一　『ある戦いの記録』 —— 18
二　『田舎の婚礼準備』 —— 20
三　『二つの対話』 —— 21
「祈る人との対話」／「酔っぱらいとの対話」
四　短編集『観察』 —— 23
「街道の子供たち」／「ペテン師の正体」／「突然の散歩」／「決意」／「山へハイキング」／「独り者の不幸」／「商人」／「ぼんやり外を眺める」／「帰路」／「走りすぎていく人たち」／「乗客」／「衣服」／「拒絶」／「持ち馬騎手のための考察」／「通りに面した窓」／「インディアンになりたいと思う」／「樹木」／「不幸であること」
五　『判決』 —— 31
六　『変身』 —— 35

七　『火夫』　――　38
八　『失踪者（アメリカ）』　――　38
九　『流刑地にて』　――　41
十　『審判』　――　43
十一　『万里の長城』　――　49
十二　短編集『田舎医者』　――　52
「新しい弁護士」／「田舎医者」／「天井桟敷にて」／「一枚の古文書」／「掟の門前」／「ジャッカルとアラビア人」／「鉱山の来客」／「隣り村」／「皇帝の使者」／「父の気がかり」／「十一人の息子」／「兄弟殺し」／「夢」／「ある学会への報告」
十三　『城』　――　72
十四　『ある犬の研究』　――　79
十五　『巣穴』　――　84
十六　短編集『断食芸人　四つの物語』　――　90
「最初の悩み」／「小さな女」／「断食芸人」／「歌姫ヨゼフィーネ、あるいは二十日鼠族」

第三章　カフカはどんな人物だったか　――　107
一　フェリーツェへの手紙以前　――　109
カフカの容姿・仕草・話し方／神秘思想／ユダヤ人街（ゲットー）／僕は待つ苦痛を感じない／カフカの生活実態／不安と自信のなさ／女性関係

二　フェリーツェへの手紙 ── 119
出会い／不安と歓喜／性格の二重性／地下室居住者／『判決』の自己解説／矛盾／アスペルガー症候群／一回目の婚約／マリーエンバートの十日間まで／『ある女社会主義者の回想』／「ユダヤ人ホーム」／二度目の婚約と別れ
三　父への手紙 ── 142
ユーリエとの婚約／ベッドから露台へ出される恐怖／三つの世界／父の教育／ユダヤ教と「書くこと」／職業と結婚／結婚しなかった理由一／結婚しなかった理由二／想像上の父の反駁とそれに対するカフカの答え／想像上の父の反駁の位置づけ／「現実（リアル）」と「空想（ファンタジー）」について
四　ミレナへの手紙 ── 160
ミレナとの出会い／恋の行方／森の獣／ユダヤ人／ユダヤ人迫害の歴史／西ユダヤ人であること／ドーラ・ディマントとの出会いと死

第四章　カフカと文学 ── 175

一　カフカはどのように書こうとしたのか ── 176
カフカの語り方の手本／「語り」は「語られるもの」と融けあう／バイスナーのカフカ論／語り手の種類／フローベール、ドストエフスキー、カフカの語り
二　カフカは何を書こうとしたのか ── 186
「夢のような僕の内面生活」・「まったく私的な記録」／再び「現実（リアル）」と「空想（ファンタジー）」について／カントの二つの世界と「物自体」／カフカの内面世界は恐ろしい世界である／カフカは何を

恐れるのか／咎の意識と反抗しないこと／満足して死ねる／カフカはなぜ「満足して死ねる」のか／死は「未知なるもの」である／実存主義と死／カフカと「不条理」／カフカと死

三　カフカにとって文学とは　215

第五章　カフカをめぐる考察　227

一　カミュとカフカ　228

『異邦人』のあらすじ／『異邦人』における不条理／不条理と自殺／不条理な壁／哲学上の自殺一／哲学上の自殺二／不条理な自由一／『異邦人』における不条理についての私の解釈／不条理な自由二／シーシュポスの神話／カミュのカフカ論／「象徴（シンボル）」と「寓意（アレゴリー）」／「両義性」と不条理／「両価性（アンビバレント）」と不条理／信仰と無神論／カフカとユダヤ教

二　ドストエフスキーとカフカ　282

カミュのドストエフスキー論／『罪と罰』／『カラマーゾフの兄弟』／イワンとアリョーシャの対話／「大審問官物語」／信仰と自由／自由と悪／ドストエフスキーと『自由からの逃走』／カフカと自由／ユダヤ教とキリスト教／ドストエフスキーとカフカが描こうとしたもの

三　スピルバーグとカフカ　346

四　フーコーとカフカ　362

『監獄の誕生―監視と処罰』／「一望監視施設（パノプティコン）」／監視・匿名・組織

第一章　カフカの年譜

「カフカの年譜」

一八八三年
七月三日、商人の父ヘルマン・カフカ（一八五二～一九三一）と母ユーリエ（一八五五～一九三四）の長男として、プラハ旧市内のユダヤ人街で生まれる。

一八八九年（六歳）
フライシュ・マルクトのドイツ系小学校に通学する。長妹ガブリエレ（通称エリ、一八八九～一九四一）誕生。

一八九〇年（七歳）
次妹ヴァレリェ（通称ヴァリ、一八九〇～一九四二）誕生。

一八九二年（九歳）
末妹オティリエ（通称オットラ、一八九二～一九四三）誕生。

一八九三年（十歳）
九月、キンスキー宮の旧市ドイツ系ギムナジウムに入学。

一九〇一年（十八歳）
七月、高校卒業（兼大学入学）試験合格。八月、母方の叔父ジークフリート（『田舎医者』のモデル）と北海の島に休暇旅行。
秋、プラハ・ドイツ大学に入学。父の意向で法学を専攻。
一九〇二年（十九歳）
ドイツ文学を学ぶためにミュンヘンに赴くが、冬学期はプラハに戻り法律の勉強を再開する。夏休暇をトリーシュの叔父ジークフリートのもとで過ごす。十月、マックス・ブロートと出会う。
一九〇四年（二十一歳）
『ある戦いの記録』に着手。
一九〇五年（二十二歳）
七月、ツックマンテルのサナトリウムで、既婚女性と初恋。冬、マックス・ブロート、オスカー・バウム、フェーリクス・ヴェルチュと定期的に会うようになり、作品の朗読と交友が始まる。
一九〇六年（二十三歳）
弁護士事務所で研修。六月法学博士号授与。夏、ツックマンテルのサナトリウムで前年と同じ女性と恋愛。この体験から『田舎の婚礼準備』執筆。

秋プラハに戻り、一年間の司法実習期間（地方裁判所と刑事裁判所）が始まる。

一九〇七年（二十四歳）

八月、トリーシュの叔父ジークフリートのもとで、ヘートヴィヒ・ヴァイラーという娘と知り合う。十月、プラハの一般保険会社に見習いとして就職。

一九〇八年（二十五歳）

三月、雑誌「ヒューペリオン」に、のちの短編集『観察』（八編）が掲載される。八月、半官半民の「労働者災害保険局」に職場を変え、午前八時から午後二時までの勤務となる。この年、マックス・ブロートとの交友が深まる。

一九〇九年（二十六歳）

六月、「ヒューペリオン」三・四月号に『祈る人との対話』『酔っぱらいとの対話』発表。

九月、マックスおよび弟のオットーのブロート兄弟と、北イタリアのガルダ湖畔リーヴァに休暇旅行。ブレシアの飛行大会見物。『ブレシアの飛行機』をプラハの新聞「ボヘミア」紙に発表。

一九一〇年（二十七歳）

十月、ブロート兄弟とパリ旅行。十二月、ベルリン旅行。

一九一一年（二十八歳）
フリートラントや北ボヘミア等へ頻繁に出張旅行。八月、マックス・ブロートと北イタリア・パリ旅行。十月、東ユダヤ人のイディッシュ語劇団の公演に足繁く通い、役者イツハク・レーヴィと交友する。
冬、『失踪者（アメリカ）』の初稿に従事（翌年春まで）。

一九一二年（二十九歳）
二月、カフカが企画し、イツハク・レーヴィによるイディッシュ語朗読の夕べを実施。七月、マックス・ブロートとヴァイマール旅行（マックスとの旅行はこれが最後となる）。
八月十三日、ブロート宅でフェリーツェ・バウアーと初めて会う。九月二十二日夜から二十三日朝にかけて八時間で『判決』を一気に執筆する。
十一〜十二月、『変身』執筆。『失踪者』第二稿に取りかかる。十二月、ライプチヒのロヴォールト社から『観察』刊行。

一九一三年（三十歳）
書記官主任に昇進。四月、午後二時間庭師として働き始める。五月、クルト・ヴォルフ社（旧ロヴォールト社）から『火夫』（『失踪者』の第一章）刊行。六月、『判決』をブロート編集の年鑑誌「アルカディア」に掲載。
九月、フェリーツェとの間の溝が深まる。上司とウィーンへ出張旅行。その後、一人で北イタリア旅行。リーヴァのサナトリウムで十八歳のスイス人女性と親しくなる。
十一月、フェリーツェの友人グレーテ・ブロッホと知り合う。

一九一四年（三十一歳）

六月一日、ベルリンのフェリーツェの家で婚約式。七月十二日、ベルリンのアスカーニッシャー・ホーフ・ホテルで、グレーテ・ブロッホ、フェリーツェの妹エルナ、エルンスト・ヴァイス立ち合いのもとに話し合い、婚約解消（「ホテル内の法廷」）。その後、ヴァイスとバルト海旅行。

八月、両親の家を出て、妹たちの家に寄宿する。同月、『審判』に着手。十月、『審判』執筆のため休暇を取るが、『審判』を中断して『失踪者』の最終章（「オクラホマの野外劇場」）と『流刑地にて』を書き上げる。この頃、フェリーツェとの文通再開。

一九一五年（三十二歳）

一月、フェリーツェと再会。二月、初めて自分で部屋を借りる。六月、徴兵検査に合格したが、職場に不可欠との理由で兵役免除。

十月、フォンターネ賞を受賞したカール・シュテルンハイムがカフカにその賞金を譲る。十一月、クルト・ヴォルフ社より『変身』刊行。

一九一六年（三十三歳）

七月、フェリーツェとマリーエンバートで十日間ともに過ごす。九月、『判決』がクルト・ヴォルフ社から出版される。十一月から錬金術師通りに小部屋を借り、短編集『田舎医者』の執筆を始める（翌年四月まで）。

一九一七年（三十四歳）

三月、『万里の長城』などを書く。

七月初め、フェリーツェがプラハへ来て二度目の婚約。八月初め、カフカ喀血する。同月、借家を引き払い両親のもとへ。

九月、肺尖カタルと診断される（肺結核の怖れあり）。カフカ八か月間の長期休暇を取り、北西ボヘミアの小村チューラウに住む妹オットラ夫婦のもとに移る（ここでの体験がのちに『城』に生かされる）。フェリーツェがカフカを見舞う。

十二月、カフカ、プラハに戻り、フェリーツェと会う。再び婚約解消。この年、ヘブライ語を勉強したり、キェルケゴールやドストエフスキーを読む。

一九一八年（三十五歳）

一月、プラハからチューラウへ。四月、プラハに戻り、五月、職場に復帰する。

十月、スペイン風邪のため四週間病床に。十一月、シレジア（シェレーゼン）へ（翌年四月まで滞在）。この間に、ユーリエ・ヴォリツェクと出会う。

一九一九年（三十六歳）

六月、ユーリエと婚約するが、ユーリエが下層階級出身という理由で父に猛反対される。

十月、クルト・ヴォルフ社より『流刑地にて』刊行。

十一月、マックス・ブロートとシレジア（シェレーゼン）へ。ここで『父への手紙』を書く。十二月、プラハに戻る。

一九二〇年（三十七歳）

保険局の秘書官に昇進。三月、同僚の息子グスタフ・ヤノーホと知り合う。四月から三か月間、南チロルのメラーノ（メラーン）に滞在。ユダヤ人の夫を持つチェコ人ミレナ・イェセンスカと文通を始め、恋愛関係に陥る。

春頃、クルト・ヴォルフ社より短編集『田舎医者』刊行。七月、ユーリエ・ヴォリツェクと婚約解消。十二月から翌年八月まで、タトラ山地のマトリアリィのサナトリウムに滞在。

一九二一年（三十八歳）

二月、マトリアリィ滞在中、医学生ローベルト・クロップシュトックと知り合う。九月、サナトリウム滞在の効果なく、プラハに戻る。十月、ミレナに日記を委ねる。

一九二二年（三十九歳）

秘書官主任に昇進。一～二月、シュピンデルミューレ滞在中に『城』を書き始める。三～六月、プラハで『断食芸人』執筆。

七月一日、保険局を退職（年金付き）。六月末～九月半ば、妹オットラの住む南ボヘミアのプラニャの夏の家に滞在。『ある犬の研究』執筆。九月、プラハに戻る。

一九二三年（四十歳）

ベッドで過ごすことが多くなる。ヘブライ語の勉強。パレスチナ移住計画を立てる。

七月、バルト海沿岸のミューリッツに滞在中、ドーラ・ディマントと出会う。九月末からベルリンでドーラと一緒に生活を始める。インフレのため困窮生活にあった冬、病状が急激に悪化。『小さな女』『巣穴』執筆。

一九二四年

三月、叔父ジークフリートとマックス・ブロートがベルリンに赴き、カフカをプラハへ連れ戻す。病床で、『歌姫ヨゼフィーネ、あるいは二十日鼠族』執筆。

四月初め、ウィーンのサナトリウムへ。その後、ウィーン大学附属病院で喉頭結核と診断。ウィーン郊外キーアリングのサナトリウムへ移される。ドーラとローベルト・クロップシュトックが最期まで日夜付き添う。「プラハ・プレス」紙に『ヨゼフィーネ』が掲載される。

五月、非常な努力をして短編集『断食芸人　四つの物語』の校正刷りを読む。ドーラと結婚したいというカフカの懇請を、彼女の父親が手紙で拒否。マックス・ブロートが見舞う。

六月三日、四十一歳の誕生日の一か月前に死去。六月十一日、プラハのユダヤ人墓地に埋葬される。遺言でブロートに原稿をすべて廃棄するよう依頼。八月、ベルリンのディ・シュミーデ社より『断食芸人　四つの物語』が出版される。

一九二五年

『審判』（ブロート編）ディ・シュミーデ社より刊行。

一九二六年
『城』（ブロート編）クルト・ヴォルフ社より刊行。
一九二七年
『アメリカ（失踪者）』（ブロート編）クルト・ヴォルフ社より刊行。
一九三一年
短編集『万里の長城』（ブロート編）キーペンホイアー社より刊行。
一九三五年
『掟の門前』（ハインツ・ポリツァー編）ショッケン書店より刊行。
一九三五～三七年
『カフカ全集　全六巻』（ブロート編）ショッケン書店より刊行。

参考文献
・池内紀・若林恵『カフカ事典』（三省堂、二〇〇三）
・マックス・ブロート編『決定版カフカ全集９　手紙１９０２―１９２４』（吉田仙太郎訳、新潮社、一九九二）

第二章　カフカの主な作品

本章は、カフカの主な作品を執筆順に並べた。基本的にマックス・ブロート編『決定版カフカ全集　全12巻』（一九九二）を原本としているが、必要に応じて他の訳本も参考にした。また、あらすじについては、池内紀・若林恵『カフカ事典』（二〇〇三）を参考にしながら、私自身の解釈も交えてまとめた。なお、参考文献については、『カフカ事典』以外に参照したものを挙げた。

一　『ある戦いの記録』（執筆一九〇四～一〇年頃、初出『ある戦いの記録』一九三六年）

カフカの最も初期の作品だが、生前に出版されることはなかった。A稿（一九〇四～一九〇七年頃成立）とB稿（一九〇九～一九一〇年頃成立）および短い断片が残されているが、マックス・ブロートはおもにB稿に依拠しつつA稿も補足的に用いながら編集した、とカフカ全集の「あとがき」に書いている。

生前カフカは一部を取り出して「祈る人との対話」「酔っぱらいとの対話」として文芸誌「ヒューペリオン」に掲載した（一九〇九年）。また、そのほかにも一部を独立させて、「樹木」「衣服」「山へハイキング」「街道の子供たち」と題して、のちに短編集『観察』（一九一二年刊行、うち八編は一九〇八年「ヒューペリオン」に掲載）に収めた。ただ、ブロートは「街道の子供たち」については、短編集『観察』に掲載されたものと一字一句同じであることから、カフカ全集を編集する際、その部分は『ある戦いの記録』からは除外した、と述べている。

『ある戦いの記録』は、カフカがブロートに朗読した最初の作品であり、その一部が雑誌に掲載されたり、カフカの最初の刊行本である『観察』の中に収録されていることからもわかるように、カフカ文学の原点ともいえる作品である。

内容は三部構成になっている。Ⅰでは、語り手である僕がパーティーで知り合った男と、真冬の夜、プラハ市内を会話しながら散策するという設定になっている。僕は取り留めもない妄想を巡らし、コントのように大袈裟でぎこちない動作をしたりと、幻想的でユーモアに満ちた、なおかつ、どことなく不気味なカフカ的な世界が描かれている。Ⅱでは、僕が想像の中で、男の肩に乗って遠乗りに出かける話や、月夜に山に散歩に出かける話が出てくる。散歩では、僕は歩き疲れてしまい木の大枝の上で眠ってしまうが、目が覚めると川のほとりにいた。川の向こう岸には、木製の輿を担いだ四人の裸の男たちが立ち現れた。その輿にはおそろしく肥満した男が乗っていた（ブロートは、この「太った男」の描写は、カフカが当時絵葉書になっていた歌川広重の版画から着想を得たものだと指摘している）。やがて、運搬夫たちは川の中に水没し、太った男が乗った輿は流されてしまい、最後は滝壺に姿を消すことになるが、その間に、のちに「祈る人との対話」や「酔っぱらいとの対話」として発表されることになる話が挿入されている。

Ⅲはの話の続きであり、僕とパーティーで知り合った男との散策の場面に戻る。明け方、男は突然ポケットからナイフを取り出し、自分の左の二の腕に突き刺す。そこで物語は終わっている。おそらく、カフカはこの小説を出版する意図はなく、思いついたことをそのつど書き留めたものと思われる。全体の構成はブロートの編集であり、カフカ自身のものではない。したがって、話の筋を追ってみてもあまり意味がないように思われる。ただ、カフカの独特な文体とその幻想的な世界は十分に読み取れるだろう。

参考文献

・マックス・ブロート編『決定版カフカ全集2　ある戦いの記録、シナの長城』（前田敬作訳、新潮社、一九九二）

二 『田舎の婚礼準備』（執筆A稿：一九〇七年頃、B稿およびC稿：一九〇八年頃）

ＡＢＣの三つの草稿が遺っている。Ａ稿が一番長く全集版で三十一ページほどであるが、いずれも中断しており、また途中で欠落しているページもある。マックス・ブロートによれば、カフカはこれを長編小説として構想しており、「結婚しようとしている男の不安」を内容としているという。

まずＡ稿では次のようになっている。都会に住むエドゥアルト・ラバンは、二週間の休暇を取り、婚約者が待つ田舎に行かねばならなかったが、まったく気乗りがしなかった。そこで、田舎へは「僕の服を着た僕の身体」が行くのであり、僕自身は、その間ずっと自宅のベッドで寝ているのだと考えたりした。ここで、ラバンは自分がベッドで寝ている間、「一匹の巨大なかぶと虫、くわがた、あるいはこがね虫」の姿になっているはずだと考えるのだが、これは中編小説『変身』のテーマを先取りしたものである。彼は雨の中、アパートを出て停車場で電車に乗ろうとするが、友人に呼び止められいっしょに歩き始める。やがて、友人と別れて駅に着いたラバンは、かろうじて列車に間に合った。

目的地の駅に着いた彼は、村に向かう乗合馬車に乗り込んだが、駁者がいなかった。ようやく駁者が現れて、馬車は旅館に到着するが、今度は旅館の亭主の出迎えがなかった。ラバンは村の慣習とか、婚約者の人望とか自分の評判とかをあれこれ思い悩み、早くも都会に帰りたくなる。

Ｂ稿は、アパートの入り口の場面だけで、ラバンが雨の中出かけようとすると、中年の紳士が雨宿りにやってきて、長い会話が始まり、その途中で原稿は途切れている。Ｂ稿には「かぶと虫」の話は出てこない。

この作品は、歩道を行きかう通行人や車道の馬車の往来の様子、列車内の乗客たちの動作などが生き生きと写実的に描かれており、ほぼ同じ頃に書かれた幻想的な『ある戦いの記録』とはだいぶ印象が異なる。カフカは短編小説と長編小説とでは、文体や描写の密度を変えており、この作品は、中断されてはいるが、その長さや内容の一体感から、明らかに『失踪者（アメリカ）』『審判』『城』に先立つ、カフカにとって最初の長編小説の試みだったと考えていいだろう。

参考文献
・マックス・ブロート編『決定版カフカ全集3　田舎の婚礼準備、父への手紙』（飛鷹節訳、新潮社、一九九二）

三　『二つの対話』（『ある戦いの記録』に収録、初出文芸誌「ヒューペリオン」一九〇九年）

「祈る人との対話」（執筆推定一九〇四年）

僕はある日、教会で一人の痩せた男が苦行するように祈っている姿を見た。その男はどうやら、周囲から注意を引くのを楽しんでいるようだった。それを不謹慎だと思った僕は、その男を捕まえて詰問しようと思ったが、逃げられてしまう。

後日また、その男を見かけた僕は、教会の戸口の扉の陰で待ち伏せして、とうとうその男を捕まえた。二人は広場から路地に入り、古い家屋の玄関先で会話を始める。

僕が男になぜ人の注意を引くような祈り方をするのか問いただすと、男はその理由を話し始める。男はこれまで自分が生きていると確信したことがないと言い、世間の人が見ているように、自分も物の真の姿が見たいが、世間の人が言うことは本当だろうかと聞いてきた。僕がそれは作りごとに違いないと言ってやると、男は大いに喜び、さらに取り留めのない幻想的な話を始めた。どうやら、男は人に自分の話を聞いてもらいたかったようである。最後に僕が、物の真の姿など特別のものではないと言ってやると、男は告白してよかったと喜んで、僕の服装を褒めたりもした。

この作品は、何が真実であるか確信が持てないカフカ自身の不安を投影したものでもあり、また、真実は何か美しく特別なものではなく、ありふれた単純な出来事であるというメッセージでもあるだろう。

「酔っぱらいとの対話」（執筆推定一九〇七年）

僕は月夜に散歩に出て、勝手なことを言いながら広場を走り回っていた。すると、消防署の前で酔っぱらいを見つけ話しかけた。「僕は二十三歳になりますが、まだ名前がありません」と自己紹介し、相手がパリから来た高貴な人間だと勝手に決めつけて、貴族社会の華やかな生活やパリの街の様子についていろいろ質問するのだが、酔っぱらいは泥だらけの服を着た、どこかの酒場をたたき出されたような男だった。

目を閉じていた酔っぱらいが急に目を開け、自分は眠いのでヴェンツェル広場の義弟の所へ行きたいのだが、名前も住所も知らない、あなたは見つかると思うかと聞いてきた。僕は案内しましょうと言い、男に腕を差し出した。

「二十三歳でまだ名前がない」とは、もちろんまだ作家としては無名のカフカ自身である。「考える人が酔っぱらいから学ぶならば、その成果には見るべきものがあるに違いない！」というセリフは、カフカが、理性がマヒした酩酊状態、理屈を超えた夢のような世界に文学の可能性を見出していることを示唆しているようにも思われる。

四　短編集『観察』（ロヴォールト社より一九一二年刊行、うち八編は一九〇八年文芸誌「ヒューペリオン」に掲載）

この本は、M・B（マックス・ブロート）に献じられている。

「街道の子供たち」（執筆一九一〇年）

この作品では、語り手の僕は子供であり、庭にあるブランコに乗り、柵の向こうの街道の往来を眺めている。夕食後、友だちが迎えに来て、僕は溜め息をつきながら外へ出た。僕たちは小路や街道を走り回ったり、堀に隠れて遊んだり、森の小川の橋の上から汽車を見ながら歌を歌ったりした。やがて帰りの時間になり、僕は友だちと別れて、一人道を引き返し始めた。その道は南にある都会へとつながっていた。その都会について、僕たちの村ではこんなふうに言っている。「あそこには眠らない人たちが住んでいる」「どうして眠らないのか」「それは彼らが疲れないからだ」「どうして疲れないのか」「それは彼らが馬鹿だからだ。」

取り留めのない夢の世界の出来事のようである。子供は成長すると都会に出て、そこでは人は純粋さを失い馬鹿になっていく。あるいは、都会の眠らない人間とは、昼間は保険局で働き、夜は作家としてものを書いているカフカ自身のことであり、そんな自分を揶揄しているとも受け取れる。いかようにも解釈できるのがカフカの作品の特徴である。

「ペテン師の正体」（執筆一九一〇年）

僕は以前から何となく知っていた男に二時間も引き回されたが、ようやく招待されていた屋敷の門の前まで来た。

僕が別れようとすると、男は門の前に立って行かせまいとする。男が沈黙した後、ちょっと微笑したのを見て、僕はこの男がペテン師であることに気づき恥ずかしくなった。

僕は都会に出てきて数か月がたち、夜になると横町から愛想よく近づいてきたり、広告塔の陰に隠れてこちらの様子をうかがったりする、彼らの執拗さはわかっているつもりだった。彼らは休むことなく疲れもせずに、遠くから説得するような視線で見つめてくる。その手口に気づいた僕は、「正体がわかったよ!」と言い、彼の肩をポンとたたいて階段を上り、控えの間に入って行った。

この男は都会の誘惑を象徴しているのだろう。その隠微な執拗さに気づいた主人公は、それを振り切って目的地にたどり着くことができた。カフカの作品には珍しいポジティブな結末である。また、この主人公は村の子供の成長した姿かもしれない。

「突然の散歩」（執筆一九一二年）

ある晩、夕食後、家族団らんの時刻に急に散歩に出かけると宣言して、服を着替えて外に出ていくならば、自分には決定能力があり、この一晩だけは家族の束縛から逃れて、自分を真の姿へと高めることができると思えるだろう。しかも、友人を訪ねたりすれば、すべてはいっそう強烈に感じられるだろう。

カフカは家族（特に父親）からの独立を常に考えていたが、なかなか決心ができなかった。そんなカフカの心情がそのまま表れた作品である。

「決意」（執筆一九一二年）

悲惨な状態から抜け出すことは容易であろう。意を決して苦痛に耐えて、相手を受け入れればよいのだ。しかし、何らかの過失によって全体がもとの状態に戻ってしまうだろう。

したがって、最上の策は、すべてを受け入れ、重い塊として振舞い、決して動かないこと、そして、他人を獣の目で眺め、後悔せず、要するに「究極的な墓の静謐」以外の存在を許さないことである。このような状態を示す特徴的な動作は、「小指でそっと眉を撫でること」である。

悲惨な状態から脱け出すには、何ごとにも心を煩わされない「不動心」をもつことであるが、カフカ自身がこの境地に至るのは、結局墓場においてだったと思われる。

「山へハイキング」（執筆推定一九一〇年）

語り手は「僕にはわからない」と言う。悪いことは何もしていないのに、誰もやって来ないのだ。しかし、誰も来ないということは、「ニーマンド（皆無）」氏がやって来たということである。「ニーマンド（皆無）」氏たちとぞろぞろ山にハイキングに行けば、風が爽やかに吹き抜けて、頭が自由に動かせる。ここで僕たちが歌いださないとすれば、それこそ奇跡だ。

結局、語り手は一人でハイキングに行くのだが、それを清々して自由だと感じ、思わず歌いだしたくなる。孤独を愛するカフカらしい作品である。

「独り者の不幸」（執筆一九一一年）

独身者の孤独がいろいろ述べられ、最後に自分もそうなるかもしれないと結んでいる。一九一一年と言えば、フェリーツェ・バウアーと出会う一年前である。

「**商人**」（執筆推定一九〇七年）

僕は小さな店を経営する商人である。小さな店を切り盛りするのは心配事ばかりである。ようやく一日の仕事が終わり、朝のうちにやり過ごしておいた興奮が押し寄せてきたが、疲れている僕はただ家に帰るしかない。

僕はエレベーターに独り乗り込む。階段を上って行けば、独りになれるのは自分の部屋に入ってからだが、今はすでに独りぼっちである。僕はエレベーター内の細長い鏡をのぞき込む。エレベーターが上昇し始めると、僕は独り言を言い始める（おそらく鏡に映る自分に向かって）。その内容は、うるさい静かにしろとか、パリへでも飛んで行けとか、横丁で強盗を働けと命じたり、騎乗警官が駆け去ったりと取り留めがない。ここでエレベーターが止まり、僕はエレベーターを出て、戸口のベルを鳴らし、出迎えた女中に帰宅の挨拶をする。

エレベーターの中で商人は、妄想することで一日の憂さ晴らしをしているのだろうか。エレベーターの中に独りでいる短い時間だけが、現実のしがらみから自由になれる貴重な時間なのかもしれない。

「**ぼんやり外を眺める**」（執筆推定一九〇七年頃）

春、朝のうち空は灰色だったのに、今窓辺に行くと、僕は驚いて頬を窓の取っ手に押し付けて下を見た。小さな少女の顔に夕日が当たっていた。やがて少女の後ろから急ぎ足で男がやって来て、男の影がそれを隠し、男が通り過ぎると、少女の顔はまた明るく輝いている。

印象派の絵画を見ているような鮮明な映像である。

「**帰路**」（執筆推定一九〇七年頃）

夕立の後の大気には説得力がある。僕のこれまでの功績が次々に浮かんでくる。僕はあらゆることに責任があるのだ。僕の過去も未来もどちらも素晴らしい。このように僕を優遇する神の摂理は不公正だと非難するしかない。

ところが、部屋に一歩足を踏み入れると、考えが変わってしまう。こうなると、窓を開け放しても、庭から音楽が聞こえてきても、もうだめだ。

カフカの気分は沈みがちという印象があるが、気持ちが大きくなることもあったのだろう。ただ、またすぐに落ち込んでしまうが。


「走りすぎていく人たち」（執筆推定一九〇七年頃）

満月の夜、路地を散歩していて、一人の弱々しげでぼろを着た男が僕たちのほうへ走ってきて、その後ろから別の男がわめきながら追ってきても、僕たちはその男をやり過ごすだろう。

二人はふざけて追いかけっこをしているのかもしれないし、二人で第三の男を追っているのかもしれない。また、第二の男が最初の男を殺そうとしているのであれば、僕たちは共犯者になってしまう。また、二人は赤の他人でありそれぞれベッドに急いでいるのかもしれないし、二人は夢遊病者かもしれない。またもしかして、最初の男が武器を持っているかもしれない。

最後に、僕たちは疲れていたか、酔っぱらっていたのではないだろうか。第二の男ももう見えなくなったので、僕たちはほっとする。

状況から考えて、貧しい男がかっぱらいをして追われていると考えるのが妥当だろう。しかし、僕たちはその男を逃がしてしまう。それは面倒なことにかかわりたくないという思いからかもしれない。多少後ろめたさがあるので、あれこれと言い訳を考える。二人が遠ざかったので、僕たちはほっとする。都会人の無関心の現れだろうか。

「**乗客**」（執筆推定一九〇七年頃）

僕は電車のデッキに立ち、この世界、この町、また僕の家族の中で自分が占める位置について確信が持てない。また、どの方面にどんな要求をしたらいいのかもわからない。電車が停留所に近づくと、若い娘が僕の目の前の階段の傍に来て、降りる用意をする。僕はその娘の服装や姿勢、顔かたちや髪などを注意深く観察する。その時、僕は自問した、「彼女はどうして自分を怪しまないのだろうか、どうして黙ったままで、僕が考えているようなことを、何も言わないのだろうか」と。

カフカは自分の存在について自信が持てず、周囲とどのようにかかわって行けばいいのか不安に思っていた。ところが、この若い娘はそんなことを思い悩むこともなく、当たり前のようにきちんとした身なりで、しっかりと自分の身体を支えて立っている。どうしてそんなふうに堂々としていられるのか。カフカの自信のなさが際立つ作品である。

「**衣服**」（執筆一九〇七年）

ひだや房飾りのある美しい高価な衣服も、毎日着ていればいつかはしわが寄りほこりがたまってきて、もう着たくはなくなってくるだろう。けれども、魅力的な若い娘たちは、毎日相変わらず、その服を着て鏡に映った自分の姿を見ている。ただ時折、夜どこかの宴会から帰ってきて、鏡に映った姿が腫れぼったくてほこりまみれで、もう見られたものではないことに気がつく。

若々しい容貌もやがて衰えていく。人は人生に疲れていく。

「**拒絶**」（執筆一九〇六年）

僕が美しい娘に会って「いっしょに歩きませんか」と誘っても、彼女が黙って通り過ぎるとすれば、それはこういう意味だろう。「あなたは名のある侯爵様でもないし、逞しいインディアンのようでもない。そんな人にこの美しい私が付いていくはずがないじゃありませんか。」「冗談じゃないですよ。あなたは自動車に乗っているわけでも、取り巻きの紳士を引き連れているわけでもない。それに、あなたの胸はコルセットで整えてあるが、太ももと腰はその慎ましさを裏切っているじゃありませんか。」「そう、私たち二人とも正しいわ。それを痛感する前にそれぞれ家に帰りましょう。」

これはみんな僕の想像である。

「持ち馬騎手のための考察」（執筆推定一九〇七〜一〇年）

よく考えてみれば、競馬で一着になりたいという気持ちにはなれるはずがない。一着になれば名誉だしおおいにうれしいが、翌日には後悔するだけだ。競争相手たちには嫉妬され、友人たちの多くは配当金を取りに窓口に急ぐが、一番親しい友人たちは、負けた時のことを考えて、僕たちの馬に賭けなかったので、僕たちが傍を通ってもそっぽを向く。背後の競争相手たちは、これから本番のレースが始まるのだという顔つきである。貴婦人たちは、勝者を滑稽だと思う。それは彼が永遠に握手やお辞儀や挨拶をし続けているからだ。最後には、雨さえ降ってきた。

「たまたま勝つとろくなことはない」という声が聞こえてきそうだ。

「通りに面した窓」（執筆推定一九一〇〜一二年）

独りぼっちで暮らしながら、ときに他人とのつながりを求めている人、とにかく自分を支えてくれる腕が欲しい人、そういう人には通りに面した窓が必要だ。その人が何を求めるでもなく、窓際で空と下の群集とを交互に眺めていると、下を通る馬が、曳いていく車の騒音の中に、この人を引きずり込んでいく。

わずかでも世間とのつながりは残しておくべきだということであろう。

「インディアンになりたいと思う」（執筆年不詳）

僕がインディアンだったら、馬にまたがり空中を疾駆する。やがて手綱も拍車もなくなり、平らに刈り取られた草原があるだけだ。

僕は風になったのか？

「樹木」（執筆一九〇七年）

僕たちは雪に埋もれた木の幹に似ている。その幹は雪の上に載っているように見え、一突きで押せそうだ。ところが、幹は大地に根差しているのだから、そうはいかない。しかし、それもまた見せかけにすぎないのだ。見えるものが正しいのだろうか、それとも、見えないものが正しいのだろうか。あるいはどちらでもないのだろうか。

「不幸であること」（執筆推定一九〇九年）

十一月の夕方、僕はどうにも耐え難い気持ちで、部屋の中をうろついたり叫んだりしていた。そのとき、ドアが開いて真っ暗な廊下から、小さな子供の幽霊が現れた。子供の幽霊は入口のところで、しっくい壁に指をこすり続けている。僕が「僕の名前は何某ですが、あなたは本当に僕のところに来たのですか」と聞くと、子供は「間違いない」と言う。僕が「間違いないのならもっと中に入りなさい。ドアを閉めたいので」と言うと、子供は「もう閉めた」と言う。二人はこんな調子で、子供扱いするとかしないとか、脅迫したとかしないとか、二人の性格は同じなのだからお互い親しくしようとか、それが親しい態度かなどと言い争う。僕は会話を打ち切り、ナイトテーブルのところに行って、ろうそくに火をともした。その後、外套と帽子を身に着け、ろうそくの火を吹き消して、部屋を出た。

階段のところで、同じ階の間借人と出会い、会話が始まる。「僕の部屋に幽霊が来ているんだ。」「君は幽霊の存在を信じているの。」「信じないとしてもどうなるものでもない。」「幽霊が来ても怖がらなければいいじゃないか。」「本当に怖いのは幽霊そのものより、幽霊が現れるその原因だ。」「幽霊にその原因を聞いてみたらどうだね。」「幽霊は僕たち以上に自分の存在に確信が持てないのだから、はっきりした答えを聞くことはできないだろう。」「幽霊は飼っておけるそうじゃないか、女の幽霊ならいいのに。」「もし君が僕の幽霊をどこかに連れ出したりしたら、永遠に絶交だからな。」「冗談に言っただけだよ。」「それならいい。」僕は寂しい気持ちになり、外出をやめ、部屋に戻ってベッドに潜り込んだ。

子供の幽霊はおそらくカフカの分身であろう。不幸とはいったい何なのだろう。幽霊が現れることか、あるいはその幽霊がいなくなり独りぼっちになることか。カフカらしい幻想的で不気味な作品である。

五 『判決』（執筆一九一二年九月二十二日深夜から二十三日早朝にかけて、初出年鑑誌「アルカディア」一九一三年、クルト・ヴォルフ社より一九一六年刊行）

この作品は、F（フェリーツェ・バウアー）に献じられている。

春のある日曜日の午前、若い商人ゲオルク・ベンデマンは、ロシアのペテルスブルクにいる友人に、フリーダ・ブランデンフェルトという資産家の令嬢と婚約したことを知らせる手紙を書いていた。ゲオルクが手紙を出すことを報告しに父の部屋に行くと、父は突然興奮して、妻（ゲオルクの母）の死や商売上の権限が息子に移ってしまったことを嘆きつつ、ペテルスブルクにはお前の友人などいないと言い始める。父が発病したと思ったゲオルクは、父をベッドに寝かせつけようとする。

ところが、父は突然布団を跳ねのけ、ベッドの上に仁王立ちになり、片方の手を天井に突いて身体を支えながら、息子に怒鳴り始めた。ゲオルクが友人を欺いてきたことや婚約者の誘惑に負けてしまったこと、自分はその女との結婚には反対であることなどをしゃべり散らし、最後に、「お前は自分のことしか考えない悪魔のような人間だ。だから、お前に溺死による死刑判決を下す」と叫んで、ベッドの上にくず折れた。ゲオルクは突き飛ばされたように階段を降り、車道を横切り、河へと向かい、橋の欄干を飛び越えてその棒をつかんだ。彼は欄干の間から乗合バスが近づいてくるのを見ながら、「お父さん、お母さん、僕はあなたがたをいつも愛していました」と言い、手を離した。彼が河に墜落する音は、橋の上の雑踏でかき消された。

この作品は、フェリーツェ・バウアーとの出会いがなければ成立しなかっただろう。作品に登場するゲオルクの婚約者フリーダ・ブランデンフェルトの頭文字はF・Bであり、まさにフェリーツェ・バウアーその人である。

カフカの日記にF・Bの名前が初めて出てくるのは、一九一二年八月十五日である。この日の日記に「しきりに――たかが名前を書きつけるのになんという当惑を覚えることだろう――F・Bのことを思った」と記載されている。さらに、八月二十日の日記には、「F・B嬢。八月十三日にブロートのところへ行くと、彼女は食事中だったが、僕にはどうも女中のように見えた。僕は彼女が誰なのかということを全然知りたいとも思わず、すぐに彼女と打ち解けた。間延びした感じをはっきり表している、骨ばった、締まりのない顔。開いた襟元。ゆったりまとったブラウス。……がっしりした顎。腰を下ろしながら彼女を初めて前よりもよく見たが、座っているとき、もう揺るがしがたい判決を下していた。どのように……」

フェリーツェの容貌についての描写は失礼極まりないが、明らかにカフカの「ひとめぼれ」である。カフカは九月二十日に初めてフェリーツェに手紙を書いた。誰でもそうだろうが、ある人に初めてラブレターを書いたときの期待と不安に満ちた高揚感がカフカを包み込んだことだろう。それは作家の創作意欲をおおいに刺激したはずである。カフカは九月二十三日の日記に次のように書いた。

「この『判決』という物語を、僕は二十二日から二十三日にかけての夜、晩の十時から朝の六時にかけて一気に書いた。座りっぱなしでこわばってしまった足は、机の下から引き出すこともできないほどだった。物語を僕の前に展開させていくことの恐るべき苦労と喜び。まるで水の中を前進するような感じだった。この夜のうちに何度も僕は背中に全身の重みを感じた。すべてのことが言われうるとき、そのときすべての――最も奇抜なものであれ――着想のために一つの大きな火が用意されており、それらの着想はその火の中で消滅し、そして蘇生するのだ。……自分は小説を書くときには、恥ずかしいほど低い段階の執筆態度を取っているという、僕のこれまでの確信が、ここに確証された。ただこういうふうにしてしか、つまりただこのような状態でしか、すなわち、肉体と魂とがこういうふうに完全に解放されるのでなければ、僕は書くことはできないのだ。」

カフカはこの作品を一気に書き上げたことによって、自分の作家としてのレベルが何段階も上がり、肉体と魂とが完全に解放された喜び、すなわち、初めて自分の思い通りに書けた喜びを味わったのである。この感動は五か月たってもまだ鮮明に残っていた。一九一三年二月十一日の日記に、彼はこう書いている。

「『判決』の校正刷りを見る機会に、この物語の中ではっきりしてきたすべての関係を、忘れないで覚えている分だけは書きとめておくことにする。これは必要なことだ。なぜなら、この物語はまるで本物の誕生のように脂や粘液で蔽われて僕の中から生まれてきたものであり、僕だけがその体に届くことのできる、またそうする気のある手を持っているからだ。」

カフカがこの作品にいかに満足していたかが伝わってくる最上級の表現である。この後、彼はこの作品を書いた意図について詳細に述べているが、その部分は割愛しておこう。文学作品は作者の意図ももちろん大事だが、それを読んだ読者が自分の思いに照らし合わせて、自由に解釈すべきものだと考えるからである。むしろ、私は翌日（二月十二日）の日記に興味を持った。それは、「外国（ペテルスブルク）にいる友人」のモデルについて述べた後に、カフカが次のように書いていたからである。

「妹は、「これはわが家だわ」と言った。僕は妹が場所の取り方で勘違いをしていることにびっくりして、「もしそうだったら、この父親は便所に住まなければならないだろうよ」と言った。」

妹がカフカ家の家族関係について言ったのか、部屋の間取りについて言ったのかは不明であるが、カフカは完全に部屋の間取りとして解釈している。しかも、カフカ家と間取りが同じなら、この父親は便所で息子に溺死の死刑判決を下したことになるというのである。この作品を思いきりシリアスに解釈してみせたその翌日に、それを茶化すようなユーモアに溢れた文章が書けるところにカフカ文学が人を惹きつける魅力があるのかもしれない。なお、これをユーモアの表れと取るか、運命の予感と取るかは意見が分かれるだろうが、F・Bとの婚約がゲオルクの破滅のきっかけとなるという内容の小説をF・Bに献じるというのも、カフカのアイロニーだろうか。

さらに、マックス・ブロートはその「カフカ論」の中で、カフカがこの作品の最後の「橋の上の雑踏」の場面で、「射精のことを考えていた」と告白したことを紹介している。それは新しい生命が脂や粘液にまみれて生まれてくることと関係しているだろう。新しい生命は生々しくエロチックでもある性と結びついているのだ。カフカは三度も婚約を破棄しているので、結婚不能者とか性不能者とか言われたりもするが、彼の作品には生々しい性にまつわる描写やそれを暗示させる表現がたびたび出てくる。年譜で見たように、彼の女性体験は早くはなかったが、少なくはなかったのであり、玄人の女性とも付き合いはあったのである。ほのかなエロスを感じさせる点も、カフカ文学の魅力である。

参考文献

・マックス・ブロート編『決定版カフカ全集7　日記』（谷口茂訳、新潮社、一九九二）
・マックス・ブロート編『決定版カフカ全集9　手紙1902―1924』（吉田仙太郎訳、新潮社、一九九二）
・マックス・ブロート編『決定版カフカ全集10　フェリーツェへの手紙（Ⅰ）』（城山良彦訳、新潮社、一九九二）
・マックス・ブロート『フランツ・カフカ』（辻瑆・林部圭一・坂本明美共訳、みすず書房、一九七二）

六『変身』（執筆一九一二年、初出月刊誌「ディ・ヴァイセン・ブレッター」一九一五年、クルト・ヴォルフ社より一九一五年刊行）

ある朝、セールスマンのグレゴール・ザムザが不安な夢から目覚めると、ベッドの中で自分が巨大な毒虫に変身しているのに気がついた。出かける時間になっても起きてこないことを不審に思った家族がドアをノックする。グレゴールはベッドに硬い甲殻の背中を下にして仰向けに寝ており、無数の細い足をバタバタ動かすのだが、なかなか起き上がることができなかった。やがて店の支配人も駆けつけて、鍵のかかった彼の部屋に入ろうとした。彼は呼びかけに答えるものの、その声はすでに人間の言葉ではなく、けだものの叫び声にしか聞こえなかった。グレゴールが必死に努力してようやく鍵を開けて姿を現すと、一同は驚愕し、支配人はその場を逃げ出し、両親も衝撃を受けて取り乱し、父親はステッキで突きながらグレゴールを部屋に追い返した。

妹が毎日グレゴールのために食べ物を持ってきてくれたが、彼は新鮮なものはまずくて食べられず、夜食の残飯などはむさぼるように食べた。家族は誰も彼が人間の言葉を理解できるとは思わなかったが、グレゴールは隣室で少しでも声がすればドアに走り寄り、体を羽目板にぴったり押し付けて、家族の会話を盗み聞きしていた。五年前に父親の商店が破産した後は、グレゴールがセールスマンとして働き家計を支えていたのだが、彼がこのような状態になり、新たな収入の道をはからねばならないという声が聞こえてくると、グレゴールは屈辱と悲哀の感情がこみあげてくるのだった。

妹がグレゴールの部屋を掃除してくれたが、そのときは妹に見られないように彼は物陰に姿を隠していた。ある日母親が彼に会いたいと言って、妹とともに部屋に入ってきた。母に会いたいと思ったグレゴールが思わず姿を現すと、母親はその場で気を失ってしまった。妹は彼を激しくののしり、彼を居間に追い出すと急いで母親を介抱し始めた。グレゴールも気が動転して部屋中を這い回った挙句、テーブルの上で気絶してしまった。やがて帰ってきた父親がグレゴールを見て激怒し、りんごを投げつけてその一個が彼の背中に深く食い込んだ。部屋から飛び出してきた母親の助命の嘆願によって彼はかろうじて一命を取り留めたが、重傷を負ってしまった。

家族は何とか生活していくために、父親は銀行の守衛として、母親は裁縫の内職を、妹も音楽学校をあきらめて女店員として働き始めた。三人は仕事で疲れ果て喧嘩も絶えなかったが、やがて下宿人を置くことにし、家事のために手伝いのばあさんも雇った。グレゴールの世話はもっぱらこのばあさんがするようになった。この頃には彼はほとんどものを食べなくなっていた。

ある晩、妹が下宿人のためにヴァイオリンを弾いていると、音楽の音色に引き寄せられて、グレゴールが居間に出てきてしまった。この化け物を見た下宿人たちは仰天し、下宿をすぐに引き払うと言い始めた。この騒動に嫌気がさした妹は「もう我慢できない。この化け物は兄ではない。自分たちはこの化け物から解放される努力をしなければならない」と主張する。グレゴールはすでに衰弱しきっていたが、「これ以上、家族に迷惑をかけないためには、自分が姿を消すしかない」と決心し、翌朝、静かに息を引き取った。死体はあのばあさんが始末した。その日、家族三人はそれぞれ欠勤届を出し、久々に電車で郊外に出かけた。両親は年頃を迎え美しくなった娘にいい花婿を見つけなければと思いつつ、娘の若々しい姿に気分が晴々としてくるのだった。

グレゴールが毒虫に変身したのは、彼のひそかな願望だったのかもしれない。彼はセールスマンの仕事を嫌っており、両親の負債を弁済するためでなかったら、会社を辞めたいと思っていたからである。しかし、グレゴールは両親や妹をこんな立派な家に住まわせていることに誇りも感じていた。だから、家族が収入を得るために働かなければならないと話しているのを聞くと、屈辱や悲哀を感じてしまうのである。

グレゴールが死んだ後、三人は久しぶりに電車で郊外に出かけた。座席に腰掛け、彼らは将来について語り合った。三人の仕事はこれから有望になるのではないかとか、現在の住居はグレゴールが見つけたものだが、もっと小さくて家賃の安い場所に引っ越そうかなどと話しているうちに、三人はだんだんと明るい気持ちになってきた。家族の死に対する悲しみよりも、化け物から解放された喜びのほうを強く感じ始めるのである。

この作品のテーマは明らかに「家族の絆とは何か」であろう。確かに、カフカについては、その家族関係がよく話題になる。彼自身日記や手紙においてはたびたびこのことに触れているが、小説として家族を主題的に扱った作品は決して多くはない。その意味で、この『判決』と『変身』の二作品は際立っている。それは彼がフェリーツェと出会い、家族を持つことを強く意識したせいであるだろう。

なお、私はグレゴールが変身した虫としてゴキブリを想像するのだが、巨大なゴキブリがベッドの上で腹を出して細い足を必死に動かしている姿や、部屋の床、壁、天井をカサカサ這い回る姿や、ドアの隙間にピッタリとへばりつき聞き耳を立てている姿などを想像すると、不気味ではあるがどこかユーモラスでもあり、思わず笑ってしまう。それがカフカらしさであろう。

七　『火夫』（一九一二年九月、長編『失踪者（アメリカ）』の第一章として書かれたが、一九一三年五月、クルト・ヴォルフ社から『火夫―断片』のタイトルで「最後の審判」双書の第三巻として刊行）

内容については、『失踪者（アメリカ）』の項で触れる。なお、『判決』『変身』『火夫』の三作品は、短期間のうちに集中的に書かれており、一九一二年は作家カフカにとって絶好調の年であった。また、作風においても、それまでは短編集『観察』に代表されるように、幻想的な一瞬をスケッチ風に書き留めた、寓話的で謎めいた小品が多かったが、これ以降は、寓話的で暗示的である点は変わらないが、物語としての構成がしっかりとしたものとなり、写実的で緻密な表現も多くなって、その分、作品の分量も長くなっていく。天才的な物語作家としてのカフカが本格的に登場したのである。

八　『失踪者（アメリカ）』（執筆一九一二～一四年、刊行一九二七年）

初めマックス・ブロートによって『アメリカ』のタイトルで出版されたが、カフカ自身はこの小説を日記の中で『失踪者』と呼んでいた。また、第一章は『火夫』としてカフカによって生前に発表された。

十六歳のドイツ人カール・ロスマンは女中との間に子供ができてしまい、両親によってアメリカに厄介払いされる。カールが乗った船がニューヨーク港に入って行くと、自由の女神は炬火ではなく剣を高々と振り上げていた。下船の直前、たまたまカールはドイツ人の火夫（ボイラーマン）と出会い、彼はルーマニア人の上司に不当な扱いを受けていることに嫌気がさし、船を降りるつもりだと愚痴をこぼす。火夫に同情したカールは正義感に燃え、火夫とともに船長室に行き、船長に火夫の窮状を訴えた。しかし、事が決着する前に、カールがその場に居合わせた上院議員ヤーコプの甥であることが判明し、伯父とともに下船した。以上が、第一章『火夫』である。

カールはしばらく伯父の家で厄介になるが、伯父の意向に背いたために、追い出されて放浪の身となる。やがて、カールは同じくヨーロッパからの移民である二人の放浪者（ロビンソンとドラマルシェ）と出会い、職探しのため行動をともにする。食料調達のため、たまたまオクシデンタル・ホテルに行ったカールは、そこでドイツ人の女性コック長と出会い、同郷（コック長はウィーン出身）のよしみでホテルのエレベーター・ボーイの職を得る。カールは真面目に勤務するが、間もなくロビンソンが酔っぱらって訪ねてきてトラブルを起こし、そのせいでボーイ長によってホテルを解雇されてしまう。ホテルを解雇されたカールは女性歌手ブルネルダのもとで居候になっていたロビンソンとドラマルシェたちと一緒に暮らすようになるが、彼はそこで召使いとして奴隷のように扱われる。

この小説は第八章「オクラホマの野外劇場」で終わっている。この章はいささか唐突な感じがするが、カールが劇場の団員募集ポスターを見る場面から始まっている。採用の受付はクレイトン競馬場で行われ、期間は本日中ということだった。彼は「なんびとたりとも、歓迎」という文句に惹かれて応募することを決心する。この劇場は、身分証明書を持たないカールでさえも受け入れてくれる貴重な職場だった。カールは受付では、お役所仕事の弊害であちこちの窓口をたらい回しにされるが、結局「ニーグロー（黒人）」という名前で、技術労務者として採用されることになる。カールは、仕事の種類はたいした問題ではなくて、長く続けることが大事だと思っていたから、採用が決まって満足だった。ただ支配人からは、オクラホマではもう一度検査があると言われた。

この章は、カールたちが乗ったオクラホマへ向かう列車が、激しい流れの川にかかった鉄橋を渡るとき、窓から冷たいしぶきが入ってきて彼らを震え上がらせるという描写で終わっているが、どことなく不安を予感させる終わり方である。

『失踪者』はカフカの三大長編小説（『失踪者』『審判』『城』）のうち最初に書かれたものである。マックス・ブロートはこれらを「孤独の三部作」と呼んだが、『失踪者』は「生活に狂奔するアメリカの真っただ中における無経験な一人の子供の寄る辺なさ」を象徴していると述べている。しかし、この作品は、正義感の強い主人公カール・ロスマンがさまざまな困難に直面しながらも、その若さと誠実さによって何とかそれを乗り越えていくという、全体的に希望に満ちた明るい雰囲気の作品となっている。

カールは新世界においてただ一人で自らの生活を切り開いていかねばならないが、そういう戦う姿勢を象徴するのが、炬火ではなく剣を持った自由の女神であり、困難を乗り越えた先にあるのが、誰もが自分に合った職業に就くことができる「オクラホマの野外劇場」なのだろう。この劇場については、ユダヤ教的な「神の国」であるとか、社会主義・共産主義的な「ユートピア」であるとか、あるいは、作家活動に専念したいというカフカ自身の願望の表れとか、さまざまな解釈が可能であろうが、カールたちがそのような理想郷に辿り着けるかどうか確信が持てない状態で終わっているところにカフカらしさがある。

参考文献
・マックス・ブロート編『決定版カフカ全集４　アメリカ』（千葉栄一訳、新潮社、一九九二）

九　『流刑地にて』（執筆一九一四年十月、クルト・ヴォルフ社より一九一九年刊行）

ある学術旅行者が流刑地を訪れたとき、司令官に勧められたこともあり、特殊な機械を用いた処刑に立ち会うことになった。刑場には、旅行者と将校、犯人と監視の兵隊だけで、見物人はいなかった。その犯人は上官に対する不服従と暴行の罪で死刑判決を受けた兵士だった。将校が旅行者にその機械がどのように作動するか説明し始める。この機械は、前の司令官が発明したもので、寝台の上に図案箱の屋根が付いており、その中間に馬鍬《まぐわ》が取り付けてあった。罪人は裸で寝台に寝かされ、図案箱に登録された文字が馬鍬によって罪人の体に刻まれるようになっていた。罪人は十二時間かけてゆっくり苦しみながら死んでゆく。この兵士の体に刻まれる文字は「上官を敬え」だった。

旅行者が「犯人は自分が処刑されることを知っているのか」と聞くと、将校は「知らない」と答え、この流刑地の裁判制度について説明し始めた。ここでは、この将校が裁判官であり、犯人には弁明の機会は与えられず、この将校の判決がそのまま実行されるという。しかし、今の司令官はそのような裁判制度も、またこのような残酷な拷問機械も快く思っておらず、予算も削減されてしまい、機械の補修も難しくなっているらしい。

旅行者は今の司令官に賛成であったが、自分のような外国人がこの国の裁判制度に異議を唱えてよいものかとも思っていた。そのとき、将校が旅行者に、この制度を存続させるために、何とか今の司令官に助言してほしいと頼んできた。旅行者がきっぱりと断ったため、将校は諦めて死を決意し、犯人を釈放した。将校は図案箱に「汝、公正なるべし」という文字を登録して、自らが寝台の上に寝た。ところが、機械は正常に作動せず、将校は馬鍬の鉄針に串刺しにされ、絶命してしまった。

刑場から町に戻った旅行者は、監視の兵隊の案内で前の司令官の墓があるという喫茶店を訪れた。床に埋め込まれた墓には「ここに老司令官閣下眠る。いつか必ず閣下は復活し、この流刑地を奪回する。汝ら、それまで待て」と刻まれていた。喫茶店を出た旅行者は、付いてこようとした犯人と兵隊を置き去りにして、ボートに乗り込み流刑地を後にした。

年譜にあったように、この作品が書かれた一九一四年には、カフカは六月一日にフェリーツェと婚約し、七月十二日にはその婚約を解消している。婚約解消の話し合いはベルリンのアスカーニッシャー・ホーフ・ホテルで行われたが、後日カフカはそのときのことを日記で「ホテル内の法廷」あるいは「刑場」とも呼んでいる。この経験が『審判』や『流刑地にて』を書くきっかけになったことは間違いないだろう。どちらも「裁判」「法=掟」「処刑」をテーマとしているからである。

カフカの小説らしく、この作品もさまざまな解釈が可能であろう。将校に着目すれば、この将校は前の司令官が始めた裁判や刑罰制度に愛着をもち、それに固執する。その裁判制度たるやまったくの恣意であり、権力の濫用である。また、その処罰も残忍きわまりない。これは明らかに前近代の君主権そのものである。一方、今の司令官は古い制度を人道主義的・民主主義的な制度に改革しようと考えており、将校の既得権を徐々に奪おうとする。そのため、外国から来た旅行者を利用しようとするのである。

他方、旅行者に着目すれば、彼はもちろんこの土地の裁判制度は前近代的で非人道主義的であるとは思っているが、同時に「外国人は他国の制度に異議を唱えるべきではない」とも考えており、この問題にかかわることを避けようとするのである。それゆえ、彼は今の司令官に会おうともせず、この土地を離れようとする。この旅行者の現実からの逃避は、カフカ自身の結婚からの逃避と結びつくだろう。カフカは何かを決断しなければならない状況に直面すると、たいてい逃げてしまうのだ。

さらに、前の司令官と今の司令官に着目するならば、ユダヤ教の神ヤハウェとキリスト教の神イエスとの対比が見えてくるだろうし、また、墓碑銘にある「復活」にこだわるなら、最後の審判や「救世主（メシア）」の到来が思い浮かぶだろう。カフカはいかようにも解釈できるのである。

参考文献
・マックス・ブロート編『決定版カフカ全集7　日記』（谷口茂訳、新潮社、一九九二）

十　『審判』（執筆一九一四年八月〜一五年一月、刊行一九二五年）

銀行の業務主任ヨーゼフ・Kは三十歳の誕生日の朝見知らぬ二人組の訪問を受けた。彼らは監視人であり、Kは隣室に連れていかれて、そこで監督だという男から「君は逮捕された」と告げられる。ただ、逮捕はされたが、銀行の業務は今まで通り続けていいという。Kは同じ職場の人間に付き添われて、半時間遅れで出勤した。

その夜、帰宅したKは家主のグルーバッハ夫人と言葉を交わし、深夜に帰宅したビュルストナー嬢には今朝彼女の部屋が審査委員会で勝手に使われたことを謝罪し、自分が逮捕されたときの様子を話した。別れ際に、Kは彼女に激しくキスをした。

Kは電話で次の日曜日に審査が行われるとの連絡を受けたが、その住所はKがまだ一度も行ったことのない郊外の通りだった。当日Kは苦労して古いアパートの一室に辿り着くが、すでに部屋は満員だった。予審判事がKの職業を言い間違えたのを聴講人たちが笑ったことから、Kは力を得て、壇上から逮捕が不当であること、手続きのずさんさ、役人たちの腐敗について非難する演説を行った。しかし、気が付けば聴講人は全員役人だった。予審判事は「君は今日尋問の機会を放棄してしまった」と言った。

尋問拒否と受け取られたことを不安に思ったKは、翌週の日曜日にまたその部屋に行ってみたが、対応した女からは法廷は休みだと言われた。戸口にいたKは階段の登り口に「裁判所事務局昇降口」という看板を見つけ、アパートの屋根裏に裁判所事務局があることを知った。そこにたまたま廷丁が通りかかり、Kは廷丁に案内されて事務局に入って行った。廊下には被告人たちが打ちひしがれた姿でベンチに腰かけていた。事務局員との会話で気分が悪くなり、Kは事務局員に支えられて外に出た。

Kはビュルストナー嬢に近づこうとしたが、彼女はKを避け、友人と同居するようになった。

ある夕方、銀行の物置部屋からうめき声が聞こえてきたので、Kが中に入ってみると、そこには三人の男たちがいた。二人は逮捕の際にやって来た監視人であり、もう一人は鞭打人で、Kが予審判事に監視人たちが朝食や下着を横領したことを告発したために、鞭打ちの刑に処せられているのだった。翌日の晩もKが物置部屋に行ってみると、昨晩と同じく三人がいたので、驚いたKは小使いたちのところに行き、物置部屋を片付けるように言い、小使いたちは明日掃除するつもりだと答えた。Kは疲れ切って帰宅した。

ある日の午後、叔父が訴訟のことを聞きつけてKを訪ねてきた。叔父はKがあまりに無関心でいることに憤慨し、友人のフルト弁護士のもとへ連れて行った。Kは弁護士を頼めることも知らなかったのである。弁護士は病気で看護婦レーニが付き添っていたが、叔父は彼女に席を外させKの訴訟について話し始めた。弁護士はKの訴訟について知っており、彼らの先客だった裁判所の事務局長を紹介した。Kは三人が話している内容がほとんど理解できなかった。そのとき控えの間で陶器が割れる音がしたのでKが行ってみると、レーニが待っていた。そこでKはレーニと関係をもってしまう。情事の後、Kが玄関から出て行くと外は雨だった。自動車で待っていた叔父が飛び出してきてKを玄関の扉に押し付け、三人がお前を助けるために相談していたときに、お前は何をしていたのかとなじった。

Kは弁護士に相談してからも裁判が進展する気配がないので、自分で行動する決心をした。そのような折、銀行に来た工場主から法廷画家のティトレリを紹介された。画家はKがまったく潔白だと聞くと、本当の無罪、外見上の無罪、引き延ばしの三つの可能性があることを指摘した。だが、本当の無罪に持っていくことは不可能なので、外見上の無罪か引き延ばしのいずれかしかなく、それはK次第だと言った。決断しかねたKはまた来ることを約束し、画家から絵を数枚買った。Kが画家の部屋を出ると、そこは前に見た裁判所事務局と同じ造りになっていた。驚いたKに画家は「裁判所事務局はどの屋根裏にもありますよ」と言った。

Kはついに弁護士フルトを解雇することを決め、彼の家に向かった。そこにはやはりフルトに弁護を頼んでいた商人のブロックがいた。ブロックはフルトに弁護を依頼して五年以上たち、フルト以外にも五人に弁護を依頼していると言う。Kが弁護士に会い解約の意志を告げると、弁護士は何とか彼を翻意させようとあれこれ説得し始める。そして「Kは被告なのに待遇がよすぎる。ほかの被告がどう扱われているか教えよう」と言って、ブロックを部屋に導き入れた。

弁護士がブロックに昨日裁判官と会って君の話をしたと言うと、ブロックはその内容が聞きたくて、ひざまずき四つん這いになって話してくれるよう懇願した。それを軽蔑的に見ていたKに対して、ブロックは「容疑者は静かにしているよりも動く方がよい。静かにしていると知らぬ間に秤の上に乗り罪を量られる」と言った。

Kは銀行にとって大切なイタリア人の顧客を接待するため大聖堂に行くよう命じられる。Kは大聖堂で顧客を待っていたが顧客は現れず、一人の僧が説教壇の上からKの名を呼びかけた。彼は教誨師《きょうかいし》だった。僧はKに法律の入門書の話をした。それは一人の田舎者が掟の門に入ろうとしたが、門番に結局入れてもらえなかったという物語（「掟の門前」、短編集『田舎医者』に収録）だった。二人はこの物語の解釈について意見を交わし別れた。

三十一歳の誕生日の前夜、二人の紳士がKの住居にやって来た。彼らは処刑人であり、Kを郊外の石切り場に連れて行った。彼らはKを石の上に寝かせ、ナイフを心臓に突き刺した。殺されるとき、Kは石切り場に接した家の最上階で誰かが見ているような気がした。恥辱が遺っていくように思いつつ「まるで犬だ！」と言って、Kは死んだ。

『審判』の執筆はフェリーツェ・バウアーとの一回目の婚約解消である「ホテル内の法廷」の経験が大きくかかわっている。作品中のビュルストナー嬢（フロイライン・ビュルストナー）の頭文字はF・Bであり、これはフェリーツェ・バウアーと同じである。作品中では、KはF・Bに無理やりキスをするなど激しい行動に出て、不安を感じたF・Bが友人を同居させるという話が出てくるが、実際にカフカとフェリーツェの仲が疎遠になったとき、フェリーツェの友人だったグレーテ・ブロッホが二人の間に入って話を聞いていた。カフカはグレーテ宛に多くの手紙を書いている。この作品は「ホテル内の法廷」でインスピレーションを得たカフカが、法学博士としての知識や裁判所での司法実習の経験を生かして書いたものと言えよう。

ヨーゼフ・Kはどんな人物だろうか。彼は死刑に処せられるほどの罪を犯したのだろうか。Kの銀行での役職は業務主任で、これは支店長、副支店長に次ぐナンバー3であり、支店長はKの力量と信頼できる点を高く評価していた。ただ、Kは部下や身分が低い者に対してはやや高圧的な態度を取るようであり、女性に対してはエルザという恋人がいるようだが、隣室のビュルストナー嬢に好意を抱いており、また弁護士の看護婦レーニと関係するなど、好色でやや強引なところがある。

性格的にはプライドが高く見栄っ張りであり、他人の忠告にはかえって反発する傾向が見られる。その性格が災いして、訴訟などたいしたことはないと高をくくっていたことが、状況を悪化させた原因になっているように思われる。しかし、これらのことが死刑に値するほどのことだろうか。父親に溺死刑を宣告された『判決』のゲオルク・ベンデマンを想い出す。

この作品は、裁判所という匿名の巨大な権力機構によって理不尽にも個人の権利が圧殺されてしまうという現代における人間疎外を描いたものであり、カフカはファシズムの脅威を予見していたとする解釈が一般的である。しかし、Kは理不尽な権力機構に抵抗して自らの権利＝無罪判決を勝ち取るために全力を尽くしたかというと、必ずしもそうとは言えないように思う。むしろ、私は、Kは無罪へとつながる道を自ら一つ一つ閉ざしてしまったように思えてならない。

たとえば、監督から逮捕されたと告げられたとき、Kは知り合いの検事に電話をかけてもいいかと聞くが、監督に電話をかけることにどんな意味があるのか問われると、電話をかけるのをやめてしまう。また、予備審査のときも、予審判事が言い間違いをしたことに調子づいて、裁判所を非難する演説を行ってしまい、尋問の機会を逸してしまう。さらに、訴訟のことを聞きつけて叔父がKを弁護士に引き合わせた際、そこに裁判所の事務局長が同席していたにもかかわらず、Kは話し合いの場を抜け出し、看護婦レーニと情事にふけるのである。最後は、処刑の直前、Kと二人の処刑人の一行に警官が尋問しようと近づいてきたとき、Kは処刑人を引っ張って警官から逃げるように駆け出すのである。まるで、K自身が処刑を邪魔されたくないかのようである。

ところで、生前カフカ自身が発表した作品はごく僅かであり、しかも大半は短編であったことはすでに述べた。いわゆる三大長編小説（『失踪者』『審判』『城』）は、カフカの死後、マックス・ブロートによって編集出版されたものである。カフカはブロートにすべての遺稿を焼却するように遺言したが、ブロートはその遺言に背いて遺稿を次々に出版していった。ブロートが最初に出版したのがこの『審判』であり、それはカフカの死の翌年（一九二五年）のことだった。この間の事情は、ブロート自身が『審判』の「最初の版のあとがき」に書いている。

それによると、『審判』の原稿がブロートの手に渡ったのは一九二〇年のことであり、彼はすぐに整理を始めた。原稿には題名が付いていなかったが、会話のときカフカはいつもこの小説を「審判」と呼んでいたことから、これを題名とした。章の区分や小見出しはカフカの手になるものであるが、各章の配列はブロートが、カフカが朗読した内容を想い出しつつ整理したと述べている。実際、原稿では最終章は完成していたが、そこに至るまでのいくつかの章は未完のまま放棄されており、ブロートは未完の章は除外して、完成していた章だけを彼の記憶を頼りに配列したのである。

その後、特に第二次世界大戦終結後、カフカが描いた世界がファシズムやスターリニズムなどの時代を先取りしていたことが注目され、世界的なカフカ・ブームが起こることとなった。そしてそれとともに、ブロートが編集したテキストの原型について疑義が生じてきた。具体的には、各章の配列の仕方、原稿に対するブロートの手入れ、未完や削除された章の扱いについて疑惑が生じたのである。その後のカフカ文献学の著しい進歩により、未完ではあるがカフカ自身が予定していたと思われるこの作品の全体像が次第にはっきりしてきた。それは当然ではあるが、ブロートが編集した現行本に比べはるかに大きなふくらみをもった内容となっている。

しかし、ブロートは自分が編集したテキストに固執し、自分がカフカ作品のただ一人の出版者であるという権利を守り続けたことによって、私たちがカフカの三大長編小説を読むことができるのはブロートの功績であるにもかかわらず、現在ではむしろ、ブロートこそカフカ文学に対する最大の障害であると見なす傾向さえ生まれたことは何とも皮肉と言わざるを得ない。これもカフカ文学の「アイロニー」と言うべきだろうか。

参考文献
・マックス・ブロート編『決定版カフカ全集5　審判』（中野孝次訳、新潮社、一九九二）

十一　『万里の長城』（執筆推定一九一七年、初出『万里の長城』一九三一年）

語り手は万里の長城建設に携わった土木技師であり、歴史学者でもある。彼が多くの文献や自分の観察に基づいて、長城建設や帝国について私見を述べるという体裁になっている。

万里の長城の工事は東部隊と西部隊に分かれて分割工事方式で実施された。工事を分割してばらばらにやるよりも、一貫して連続的に進めたほうが有利ではないかという意見もあったが、分割工事方式が取られたのは、次のような理由による。

まず、幾星霜にも耐えうる堅固な防塁を築くためには、あらゆる時代や民族の築城知識を利用し、従事する人々の個人的責任感を持続させることが必須条件だった。そのため工事が始まる五十年も前から中国全土において築城技術の研究が進められ、人材育成が図られたのである。そうした技術者たちに故郷を遠く離れ、山岳地方で何年も仕事に従事させることは、いかに高邁な情熱に燃えた彼らであっても、精神的に絶望してしまう可能性があった。それゆえ、分割工事方式によって、一つの築城が終わるとしばらくは故郷で骨休めをさせ、新たな気持ちで新しい任地に向かわせたのである。彼らは希望に燃えていた。「この国に住む者は皆兄弟だ、その兄弟のために防壁を築くのだ、一致団結、一億一心、胸躍る民族の一大輪舞！」

長城の工事が始まった頃、ある学者が長城とバベルの塔について一書を著した。その中で彼は「バベルの塔が完成しなかったのは基礎工事に不備があったからで、まずは長城建設で基礎を固め、その次に塔を建設すべきだ」と主張した。この本は当時広く読まれたが、私にはよく理解できない。

この長城は北方民族に対する防塁であるが、私は中国南東部の出身であり、北方民族はここまでは侵入して来ない。

それなのになぜ、故郷を離れ家族を残して、遠い北方の城壁に行かねばならないのかと思うのだが、指導部も長城建設の計画もずっと昔から存在していたのである。

私は長城建設が始まった頃から歴史を研究してきたが、その結果、中国人が所持している民族的国家諸制度には曖昧無比なものが多いことを発見した。帝国そのものが曖昧なのだ。帝国の問題は民衆にとっては皇帝の問題である。皇帝は私たちの住む村からはるかに隔たった北京の宮城にいるが、首都のニュースは私たち民衆にはなかなか伝わってこない。そうした事情をよく物語っている一つの伝説がある。それは臨終の床にあった皇帝が一介の臣下に密書を送ったが、国土が広大なためにその使者がいつ着くかわからないという話である。私たち民衆はその臣下と同じように絶望と期待の入り混じった眼差しで皇帝を見つめる。それでいて、今はどの皇帝の御代かも知らないのである。結局、私たち地方の庶民には革命も戦争も関係ないということなのである。

私の結論は、帝国政府当局はこの中国において、帝国という制度と威光を辺境にまで不断にいきわたるほど明確なものに育て上げることができなかったということである。それが言い過ぎなら、その努力を怠ったということである。しかし他面、これは中国民衆の想像力あるいは信仰力の弱点でもある。だが、民衆はいつか帝国を己れの胸に抱きしめたいと憧れている。奇異であるのは、こうした弱点がかえって中国民衆を統合する最も重要な手段の一つであり、私たちの生きている土壌であるということである。

この作品は、中国人による長城建設についての話だが、これが比喩であることはすぐにわかるだろう。この物語は、ユダヤ人によるパレスチナ国家建設すなわちシオニズムについてのカフカの私見を表明したものであることは間違いないだろう。

全体として、カフカはシオニズムに否定的である。語り手は中国南東部に住む自分たちがどうして故郷を離れて北方の城壁建設に向かわねばならないのか、言い換えれば、ヨーロッパに住む自分たちユダヤ人がどうしてパレスチナに帝国（民族国家）を建設しなければならないのか、といぶかるのである。「ユダヤ人は皆兄弟だ、兄弟は一致団結して防壁を築き、民族国家を作らなければならない！」この威勢のいいシオニズムの掛け声にカフカは何となく違和感を覚えるのだ。そのようなことが実際に可能なのだろうか、皇帝が送ったという密書は、果たして自分のもとへ届くのだろうか、と。

この作品の中で、ある学者が「まず最初に長城で基礎固めをして、次にバベルの塔を築く」と主張したという話が出てくるが、カフカ研究者の中澤英雄によれば、この学者は当時ヨーロッパ・ユダヤ人社会の指導者の一人であったマルティン・ブーバーであり、ブーバーはまずパレスチナに政治的国家を建設して、その上でユダヤ教の精神を確立するという「文化的シオニズム」を提唱していたという。カフカはブーバーには批判的であったが、シオニズムがユダヤ人にとって憧れの対象であり、民族統合の象徴であったことは認めている。

カフカは結局、この作品を公表せず、その一部を「皇帝の使者」として短編集『田舎医者』に収録するに留めたが、それは、内容が明らかにブーバー批判であり、ブーバーは当時のヨーロッパ・ユダヤ人社会の指導者であり、また雑誌「ユダヤ人」の編集者でもあり、なおかつカフカの親友ブロートもブーバーの信奉者であったことを考えれば、それは当然のことだったろう。なお、この作品が書かれた頃（一九一七年）はシオニズムに懐疑的であったカフカも、晩年にはドーラ・ディマントとパレスチナに移住する計画を立てている。これは彼の死によって実現できなかった。

参考文献
・中澤英雄『カフカの「万里の長城」における民族、国家、宗教』（「思想」七九六号、一九九〇年）〈http://nakazawahideo.web.fc2.com/kafka/banri.htm〉（2022/1）

十二　短編集『田舎医者』（クルト・ヴォルフ社より一九二〇年刊行）

この短編集は、父に献じられている。

「新しい弁護士」（執筆一九一七年一月、初出隔月誌「マルシヤス」創刊号、一九一七年七・八月）

私たちは新しい弁護士を迎えた。彼の名はブツェファルス博士、マケドニアのアレクサンドロス大王の軍馬である。アレクサンドロス大王は策略を巡らし、多くの人を殺し、狭いマケドニアからインドの門に向かって進撃したが、今はもう大王の時代ではないし、向かうべき方向を示す者もいない。それゆえ、かつての軍馬ブツェファルス博士にとって最良の策は、戦いの騒擾《そうじょう》をよそに、古い法律書に読みふけることなのだ。

戦いに明け暮れた偉大なる主人を失った軍馬に、ようやく心穏やかな日々が訪れたということだろうか。

「田舎医者」（執筆一九一七年、初出文芸年鑑「新文学」一九一八年）

ある晩、医者は吹雪の中を十マイル離れた重病人の家に行かねばならなかったが、馬がなかった。しかし、豚小屋から見知らぬ馬丁と二頭の馬が現れ、馬丁が馬車に馬をつないだ。医者は馬丁といっしょに出かけるつもりだったが、馬丁は女中のローザと留守番をすると言う。馬丁がローザに言い寄るのを心配した医者は出発をやめようとするが、馬丁が手をたたくと、馬はあっという間に疾走し、気が付くと患者の家の前に着いていた。

患者の青年は一見健康そうだったが、右の脇腹に掌ぐらいのバラ色に染まった傷口があり、うじもわいていた。医者はもう助からないと判断した。いつの間にか、小学生の合唱隊が家の前に現れ、歌い始めた。何かの儀式なのか、医者は家族や長老たちによって裸にされ、患者の横に寝かされた。患者はこの傷は生まれつきのもので、自分は間もなく死ぬのだと言うが、医者は、自分の見立てでは、傷は鍬《くわ》によってできたものでたいしたことはないと納得させる。医者はローザのことが心配で早く家に帰ろうとし、荷物をまとめて裸のまま馬車に乗り込んだ。しかし、来た時とは反対に馬は一向に進まない。医者は騙されたと感じつつ、裸のまま雪原を彷徨《さまよ》うばかりである。

主人公のモデルは母方の叔父ジークフリート・レーヴィである。彼は村医者で独身だった。医者は二つの世界を一瞬のうちに移動する。一方はローザとの生活がある現実の世界であり、他方は患者がいる異次元の世界である。医者は夜、呼び鈴が鳴れば、患者のもとに駆け付けなければならないが、それによって大切な女性を置き去りにすることになる。カフカ自身に照らしてみれば、患者のいる異次元の世界は、作家にとっての夢の世界であろう。夜、呼び鈴が鳴り、彼は作家として夢の世界に入って行くが、それは大切な女性を現実の世界に置き去りにすることである。彼は女性のもとに戻ろうとするが、戻ることもできず途方に暮れる。作家としての生活を取るか、結婚生活を取るか。カフカにとっては、その両立は難しかったのである。

この作品が書かれた一九一七年、カフカは七月にフェリーツェと二度目の婚約をするが、八月に喀血し、九月には肺尖カタルと診断される。その後、長期休暇を取り、妹オットラ夫婦が住む小村チューラウで療養したが、結局十二月のクリスマス、再び婚約を解消した。

「天井桟敷にて」（執筆一九一七年一～二月、初出『田舎医者』一九二〇年）

弱々しい肺病やみの曲馬団の少女が、鞭を振り回す無慈悲な団長の監督のもと、何か月も休みなく、馬上舞台をぐるぐる回り続け、観客の拍手喝采を浴びている。そのとき、天井桟敷で見ていたひとりの若者が長い階段を駆け下りて、舞台に躍り出て、オーケストラのファンファーレの間を縫って「やめろ！」と叫ぶかもしれない。

しかし、事実はそうではない。団長は美しい衣装を身に着けた少女を、最愛の孫娘のように献身的に扱い、馬に寄り添って走りながら、少女の跳躍を一心に見守っている。そして、いよいよ見せ場の宙返りとなれば、オーケストラに音楽をやめさせ、演技が終わると、馬から少女を抱きおろし、両頬にキスして、観客にこれ以上ない喝采を要求するのだ。また少女も自慢げに自分の幸福を観客と分かち合おうとしている。これが現実なのだ。だから、天井桟敷の若者は顔を手すりに伏せ、最後の行進曲を聞きながら、切ない夢に沈み込むように、われ知らず涙にくれるのだ。

前半は若者の空想であり、後半の華やかな状況こそが現実である。しかし、本当にそうなのか。華やかな舞台の陰で、少女は団長から苛酷な扱いを受けているのではないか。そう思うと若者は自然と涙が出てくるのである。

「一枚の古文書」（執筆一九一七年三月、初出隔月誌「マルシヤス」創刊号、一九一七年七・八月）

私たちは祖国の防衛についておろそかにし過ぎたかもしれない。最近の出来事には不安を感じる。

私は王宮前の広場で靴屋を開いている。ある朝、この広場は武装した北方の遊牧民の兵隊で埋め尽くされていた。彼らは国境から遠く隔たっているこの首都まで侵入してきたのだ。彼らは露営し、広場は見る見るうちに厩《うまや》同然になってしまった。彼らには私たちの言葉はわからないし、彼ら自身言葉などは持たず、カラスのような声で意思を通じ合っている。彼らは私たちのものを遠慮なく奪う。特に肉屋からの強奪はひどいものだ。彼らは牡牛一頭生きたまま食い散らすのだ。

その折に、私は王宮の窓に皇帝の姿を見たような気がした。私たちは尋ねる「どうなるのか」「いつまでこの重荷に耐えねばならないのか。王宮が遊牧民を引き寄せながら、彼らを追い払うすべを知らない。門は硬く閉ざされ、衛兵は格子窓の後ろでじっとしている。祖国の防衛は私たち職人や商人に任されているが、そんな仕事は私たちには無理である。私たちにそんな力があるなどと考えるのは誤解なのだ。この誤解のために私たちは滅んでいく。」野蛮な暴力を前にして、私たち文明人は為すすべなく諦めるしかないのか。
この短編集『田舎医者』は前作の『観察』と比べて、動物や歴史にまつわる寓話が多い。この作品も遊牧民による首都侵入がテーマであるが、これを歴史的事実と考えると、第一次世界大戦の戦禍を避けて、東ユダヤ人たちがプラハに多数流入してきた事件が思い浮かぶ。彼らはカフカたち西ユダヤ人に比べ、素朴で信仰心が厚いが、その習俗は田舎風であり都会的ではなかった。言葉も西ユダヤ人と異なるイディッシュ語を使っていた。この東ユダヤ人との接触が、カフカにユダヤ人とその歴史について改めて考えさせるきっかけを与えたことは十分想像できる。

参考文献
・山村哲二「カフカの作品が語るもの」(立命館大学経済学会編『立命館経済学』、一九九四)〈ritsumeikeizai.koj.jp/koj_pdfs/43505.pdf〉(2021/11)

「掟の門前」(執筆一九一四年十一～十二月、初出ユダヤ週刊誌「自衛」九巻第三十四号、一九一五年九月七日)
掟の前には門番が立っている。門番のところへ一人の田舎者がやって来て、入れてくれと頼むが、門番は「今はだめだ」と言う。門は開け放しになっており、男は中を覗こうとする。それを見た門番は「そんなに入りたいのなら、私の制止を無視して入ってみるがいい。しかし、私は一番下っ端の門番にすぎず、広間ごとにより権力の強い門番がいるのだ」と脅す。男は、掟はどんな人間にも開かれているものだと思いながら、門番の許可を得るために、全人生と全財産を費やした。視力も衰え、死が間近かに迫ったとき、男は掟の門の中に一条の輝きを見た。最後に男は、門番に今までに尋ねたことのなかった質問をする、「どうして長年の間、私のほか誰一人としてここに来なかったのですか。」門番は答える、「この門はほかの人間は絶対に入れてもらえない。この入口はお前だけのものだったからだ。

さあ、門を閉めるぞ。」

この物語は、書かれた日付から見て、フェリーツェとの一回目の婚約を解消した「ホテル内の法廷」の経験が反映されていることは間違いないだろう。この物語はもともと長編小説『審判』の一つの章である「大聖堂にて」に出てくる寓話であり、教誨師とヨーゼフ・Kはこの物語をめぐってユダヤ教的要素が極めて強い難解な問答を展開している。カフカはこの物語を「伝説」と呼んで非常に気に入っており、独立した作品として短編集『田舎医者』に載せたのである。

カフカの作品はいかようにも解釈できるものが多いが、この物語はその中でも際立っている。たとえば、ここでいう「掟」とはユダヤ教的な律法とも、社会規範としての道徳律とも、形而上学的な真理とも解釈できるだろう。また、この男が死ぬ間際に見た「一条の輝き」とは何を暗示し象徴しているのかと思いをめぐらすこともできる。しかし、私は、この物語の思想的な側面ではなく、現実的な側面に、したがって、まずはこの男が置かれている客観的な状況について注目したい。

第一に、このことは最後にわかることだが、この門はこの男のためだけのものであり、他の人は絶対に入ることができない。次に、この門は閉ざされているのではなく、開かれている。そして、門の前には門番がいるが、門番は脇にいるだけであって、身を挺して妨害しているわけではない。ただ、「自分は一番下っ端の門番であり、この門を通っても、広間ごとに門番がいて、その門番の力は自分よりもはるかに強い」と言葉で脅すだけである。つまり、客観的に見れば、この男は門に入ろうと思えば比較的容易に入れるのである。ところが、この男は、門番の話を聞いたりその容貌を見て怖ろしくなり、許可が下りるまで待ったほうがよさそうだと判断する。しかし、結局許可は下りず、男は門に入れずに死を迎えることになる。

次に、この男の心の内面を想像してみよう。一方では、門の中に入りたいという欲求があり、他方で、門番による罰は受けたくないという欲求がある。心理学では、このように相反する欲求が対立することを「葛藤（コンフリクト）」と呼ぶが、この男はまさに「葛藤」の状態にあったのである。これを脱するためには、対立する欲求のいずれかを選択しなければならない。そして、彼は結局、後者すなわち、目標の達成ではなく危険の回避を選んだのである。何とも消極的な選択であった。

しかし、この男は門に入ることを断念したわけではない。もし、断念したのなら、この男はここを立ち去っていたであろうが、それをしなかったのは、門番の口振りから、今は入れてもらえないが、将来は入れてもらえるかもしれないと、漠然とした期待を持っていたからである。しかし、期待は裏切られた。『審判』では、この話を聞いたヨーゼフ・Kが「門番は男を騙したのですね」と言い、教誨師は「先走ってはいけない」と答えて、問答が展開されていく。

フランスの思想家ジャック・デリダはそのカフカ論において、「この男が、門に入る自由を手にしていたのにそうしなかったのは、門に入ることを自分自身で自らに禁止していたからに違いない」と述べており、また、「掟」については「掟を求め近づこうとする者を掟そのものが禁止する。それこそが掟だからである」と指摘している。ここで、デリダは「二重拘束（ダブルバインド）」という語を使っているが、それについては、別の場所で論じたい。

さて、この男がとにかく「掟」の中に入りたいのであれば、別の門を探すこともできたはずである。ところが、この男はそんなことは思いもよらず、この門番の許可を得てこの門から入ることにこだわっていた。それはなぜだろうか。私は次のように考える。

この門番はカフカの父親である。そして、「掟」とは「一人前の作家としての生活」の比喩ではないだろうか。一九一五年には、カフカはフォンターネ賞という権威ある文学賞を受賞した作家（カール・シュテルンハイム）からその賞金を譲られている。彼は決して人気作家ではなかったが、ある程度は世間から認められ、少なからずファンもいたのである——たとえば、『カフカとの対話』の著者グスタフ・ヤノーホ。しかし、カフカは誰よりも父親に一人前の作家として認めてほしかったのではないだろうか。だから、どうしてもこの門番の許可が欲しかったのだ。この短編集を父親に献じたのもその表れではないか。もちろん、これも一つの解釈にすぎないのであるが。
ところで、この物語が初めて掲載されたのは「自衛」というユダヤ系週刊誌であり、カフカ自身がその雑誌を定期購読していた。読者は当然ユダヤ人が多かっただろう。カフカを解釈する場合、結局最後は、彼のルーツであるユダヤ的要素に戻っていくのかもしれない。

参考文献
・ジャック・デリダ『カフカ論──「掟の門前」をめぐって』(三浦信孝訳、朝日出版社、一九八六)

「ジャッカルとアラビア人」(執筆一九一七年、初出月刊誌「ユダヤ人」第二巻、一九一七年十月)

夜、オアシスでアラビア人たちといっしょに宿営していた私——私はヨーロッパ人である——は、ジャッカルの群れに囲まれた。最長老のジャッカルが、「自分たちはずっと北国出身のあなたを待っていた。あなたにはアラビア人にはない知性がある。どうか自分たちとアラビア人たちとの長い間のいさかいを終わりにするため、彼らを砂漠から追放してもらいたい。そのため、これで連中の首を切り落としてほしい」と言い、錆びた鋏《はさみ》を示した。

そのとき、突然、忍び寄ってきたキャラバンの案内人のアラビア人が「やっと鋏が出て来たな。これで終わりだ」と叫んで、鞭を振り回した。ジャッカルたちは散り散りに逃げたが、ある程度の距離まで行くと、うずくまってこちらの様子をうかがっている。

「ヨーロッパ人なら誰でも、この鋏を使って大仕事をしてくれと頼まれる。やつらは正真正銘の馬鹿です。だからこそ、私らはやつらが好きなんだ」とアラビア人は言って、人夫たちに一匹の駱駝の死体をそこに運ばせた。すると、ジャッカルたちは、アラビア人も憎悪も忘れて、魅せられたように死体に近づき、噛みつき血をすすり始めた。このとき、案内人は力を込めて手当たり次第、鞭を打ち下ろした。ジャッカルたちは鼻面に鞭を感じると、一瞬引き下がるが、駱駝の血の湯気につられて、またそこにやって来る。

私は案内人の腕を抑えた。すると、彼は言った、「ごもっともだ。やつらには勝手にやらせておきましょう。もう出かける時間です。素晴らしい動物じゃありませんか。それにやつらは、いかに私らを憎んでいることか。」

この作品が掲載された雑誌が「ユダヤ人」ということもあり、このジャッカルはユダヤ人と考えるのが妥当だろう。しかし、この物語が、砂漠（中東）におけるユダヤ人とアラビア人との抗争をヨーロッパ人である私が調停するという内容だとすると、それは歴史的事実に近いかもしれないが、余りに単純すぎる解釈だろう。それはカフカらしくない。

まず、ヨーロッパ人である私とは誰のことだろうか。それはカフカ自身、つまり、ヨーロッパ人すなわちキリスト教徒と同化した西ユダヤ人と考えるのが妥当ではないか。すると、ジャッカルはキリスト教徒に同化しない東ユダヤ人、アラビア人はキリスト教徒、舞台はヨーロッパという状況が思い浮かぶ。東ユダヤ人とキリスト教徒は互いに憎しみ合っており、東ユダヤ人はキリスト教徒に鞭で追われ、迫害を受けている。しかし、彼らはキリスト教徒の施しを受けて生き延びている。死肉を貪り食うジャッカルを見て、西ユダヤ人の私は浅ましいと思うが、彼らに鞭を振うアラビア人（キリスト教徒）には迫害をやめさせようとする。結局、私も同じユダヤ人なのだ。

『カフカ事典』では全く別の解釈を紹介している。それによれば、ジャッカルは芸術家であり、アラビア人は世間の人々である。芸術家は世間の人々を不潔だと言い、彼らから平和と「呼吸できる空気」を取り戻さなければならないと言う。しかし、その芸術家自身が施し物の死肉を骨まで食らう貪欲さを持っているのだ。カフカにとっては、芸術は決してきれいごとではない。それは闘争であり「脂や粘液で蔽われた」生々しいものである。

参考文献

・山村哲二「カフカの作品が語るもの」（立命館大学経済学会編『立命館経済学』、一九九四）〈ritsumeikeizai.koj.jp/koj_pdfs/43505.pdf〉(2021/11)

「鉱山の来客」（執筆一九一七年、初出『田舎医者』一九二〇年）

今日、十人の主任技師たちが、私たち鉱山労働者の所へ下りてきた。新しい坑道を敷設するために測量に来たのである。彼らは皆若いが、それぞれの性格の違いがはっきりと現れている。五人目は多分、一番の上級職のようで、一同は彼に合わせて足取りを加減している。八人目は特に仕事熱心で、鉱物を一々ハンマーでたたきながら調査している。九人目は貴重な測量機器が入っている乳母車のような車を押している。多分彼が最年少なのだろう。十人目は機械に精通しているようで、車に付き添って歩きながら、小さな部品を取り出しては、いろいろ試してみてまた車の中にしまい込む。この技師はいささか横柄な感じだが、それは機械の代理を務めているからだろう。

この二人の後ろから小使いが歩いてくる。技師たちは広い知識を持っているから、思い上がった気持ちなどはとうに捨てているが、それと反対に、この小使いがその捨てられた思い上がりの気持ちをすべて引き受けている感じである。彼は制服の上着の金ボタンや上質の服地を撫でながら、私たちが挨拶などしていないのに、私たちに答礼するように軽く会釈する。しかし、この男を見ていると、鉱山監督局の小使いとは、とてつもない地位だと思わざるを得ない。私たちは何やら得体のしれない尊敬の念を抱いてしまうのだ。今日はもう仕事にならない。

カフカの職場は「労働者災害保険局」であり、仕事柄、工場などへ視察に行くことも多かった。この作品はそうした現場視察の経験が反映されているのだろう。会社組織における上下関係、組織がもつ得体のしれない権威、機械崇拝など、現代資本主義の特徴がよく捉えられている。カフカの作品には夢のような出来事を扱った話が多いが、彼が社会の現実を踏まえた働く者の目線を持っていたことは、特に長編小説の中の描写でうかがうことができる。

「隣り村」（執筆一九一七年、初出『田舎医者』一九二〇年）

私の祖父は口癖のように言っていた、「人生は驚くほど短い。普通に過ぎていく人生の時間ですら、隣り村に辿り着く前に終わってしまう。それなのに、若者が馬に乗って隣り村に出かけようとする気持ちがわからない」と。

余計なことは考えず、自分にできることだけをしろという諦念だろうか。祖父は「掟」を目指して出かけて行ったが、結局辿りつけなかった、あの男を知っていたのだろうか。

「皇帝の使者」（執筆一九一七年、初出「自衛」第十三巻第三十八・三十九号、一九一九年）

これは聞いた話だが、皇帝陛下が君という一介の微々たる臣下に対して、臨終の床から、一通の密書をお送りになったというのである。使者は直ちに出発した。しかし、宮廷の部屋に集まった人々は余りに多く、その部屋を通り抜けたとしても、今度は階段を降りねばならず、次には中庭をいくつも横切らねばならず、それを抜けても、次にはそれら全体を囲んでいる二番目の宮廷が現れる。こうしてどんどん時は過ぎ、たとえ大手門に辿りついたとしても、彼の前に広がるのは首都の眺めである。この世界の中心を突き抜けてくる人間は一人もいない。まして、死者の密書を携えていればなおさらである。しかし、君は夕暮れになると窓辺にたたずんで、その密書の夢を見るのだ。

これはもともと『万里の長城』の一部として書かれたものだが、短編集『田舎医者』に収められた。この物語は「掟の門前」とは逆の話である。「掟」の門に入ろうとした男は、門を抜けても、いくつもの広間を通り抜けなければ、「掟」

には辿り着けないと脅される。皇帝の密書をもった使者は、いくつもの広間と中庭を通り抜け、門から外へ出たとしても、世界の中心を突き抜けねばならず、いつになったら「君」のもとに着くかわからない。しかし、「君」はそのいつ届かわからない密書を待ち続ける。

『万里の長城』の項で述べたように、『万里の長城』の一部としてのこの物語の位置づけは、首都にいる皇帝からの知らせは地方にいる君にはいつ届くかわからないという、どちらかと言えば否定的なものだった。ところが、この物語を独立したものとして読んでみると、皇帝の密書を待ち望む「君」の心情に目が向けられ、その知らせが朗報のように思えてくる。先ほどの山村はこの「死んだ皇帝の密書」とは、ユダヤ人が世界から好意的に受け入れられるという望み、具体的には「シオニズム」ではないかと言っている。これは『万里の長城』はシオニズム批判の書であるとした中澤の解釈と対立するように見える。ではどちらの解釈が正しいのだろうか。

矛盾するようだが、私はどちらも正しいと考える。この物語は『万里の長城』の文脈の中では「カフカはシオニズムに批判的である」という中澤の解釈が妥当し、短編集『田舎医者』の中の一作品としては「カフカはシオニズムに好意的である」という山村の解釈が妥当するのである。実際、カフカ自身の考え方もそのように変化していったのである。同じ作品がその置かれた文脈によって異なった相貌を見せ、異なった解釈を受け入れるところにカフカ文学の「マジック（魔術）」がある。

参考文献
・山村哲二「カフカの作品が語るもの」（立命館大学経済学会編『立命館経済学』、一九九四）〈ritsumeikeizai.koj.jp/koj_pdfs/43505.pdf〉（2021/11）

「父の気がかり」（執筆一九一七年、初出「自衛」第十三巻第五十一・五十二号、一九一九年十二月十九日）

「オドラデク」はスラヴ語に由来するとも、ドイツ語に由来するともいわれるが、意味はわからない。この「もの」は扁平な星形の糸巻きのようであり、現に糸が巻き付いている。また星形の中心から小さな棒が突き出ていて、この棒と直角にもう一本の棒が付いている。この棒と星形のぎざぎざとがちょうど二本の脚のような役目をして、全体がこの二本の脚で立っているのだ。

このものは壊れているというのではないようだ。全体として無意味のようだが、それなりにまとまっている。あれは屋根裏にいたり、階段の踊り場にいたり、至る所に姿を見せるが、ときには一か月も姿を見せないこともある。しかし、必ず私たちの家に戻ってくる。あれがちょうど下の階段の手すりにもたれかかっていたりすると、子供に話しかけるように一声かけたくなる。「名前は？」「オドラデク」「うちはどこ？」「決まっていません」と言って笑う。その笑いは、落ち葉がかさこそと鳴るような、肺のない人間にしか出せないような笑い方である。たいてい、会話はこれで終わりで、まるで材木みたいに黙ったままのときもある。

あれはどうなる、と私は自問する。あれは死ぬのだろうか？　死ぬものは何か目的を持ち、活動し、わが身をすり減らすが、これはオドラデクには当てはまらない。とすると、あれは私の子供や孫の足もとを通り抜け、糸を引きずりながら階段を転がり落ちていくのだろうか？　確かに、あれは誰かに危害を加えるわけでもないが、私の死後も、そんなふうに生き残っていくのかと思うと、一種の悲しみに似た感情に襲われるのだ。

まず、星形で思い浮かぶのは「ダビデの星」、つまりユダヤ人であろう。この作品が発表されたのが、ユダヤ系雑誌「自衛」であることを思えば、「オドラデク」はユダヤ人を象徴していると考えるのが自然だろう。また彼らは決まった家のない放浪の民でもある。ただ、後半になると、カフカ自身のことのように思えてくる。父はこう思う、「死ぬもの、すなわち人間なら、何か目的を持ち、行動し、身を粉にして死んでいく。ところが、オドラデクはそんな活動はせず、決して人の害にはならないにしても、私の死後も、私の子供や孫たちの足もとを通り抜け、階段を転がっていくのだろうか――これは家族の厄介になり続けるということだろうか――」と。父にしてみれば、カフカはまったくの「心配の種」である。

本文には「肺のない人間のような笑い方」という表現が出てくるが、これはカフカが「肺尖カタル」(実際には、「肺結核」である)を発病したことを暗示しているのだろうか。

「十一人の息子」(執筆一九一七年三月、初出『田舎医者』一九二〇年)

この作品は、語り手である父親が十一人の息子の特徴を順に列挙するという形式になっているが、ブロートによれば、カフカは彼に「この十一人の息子たちは、ちょうど今僕が書いている十一の物語のことだ」と話したという。それによれば、以下のようになるらしい。

長男=「夢」、次男=「掟の門前」、三男=「皇帝の使者」、四男=「隣り村」、五男=「一枚の古文書」、六男=「ジャッカルとアラビア人」、七男=「天井桟敷にて」、八男=「バケツの騎士」(石炭不足の冬に、男が石炭バケツに乗り宙を飛んで、石炭屋まで石炭を買いに行くが、店のおかみは代金が後払いと聞くと、男を無視する。男は悪態をつきながら、仕方なく氷の山に戻っていく、という内容。この物語は短編集『田舎医者』には収録されていない)。九男=「田舎医者」、十男=「新しい弁護士」、十一男=「兄弟殺し」。

これらの作品についてのカフカ自身の解説が、作品理解に役立つかどうかは、私にはわからない。読者の判断に委ねられているのだろう。なお、『カフカ事典』では、前出の「鉱山の来客」に出てくる十人の技師たちは、一九一七年のクルト・ヴォルフ社の年報「新小説」の執筆者たちについてのカフカによる批評ではないかと推測している。いずれにせよ、この二作品は、複数の人物あるいは作品についての観察・評価という特殊な形式を取っており、この短編集に閑話的に挿入された感じがする。

「兄弟殺し」（執筆一九一七年頃、初出隔月誌「マルシヤス」創刊号、一九一七年七・八月）

明るい月夜の九時頃、殺人者シュマールはヴェーゼが通る曲り角で待ち伏せしていた。シュマールは凶器となる短刀を固く握りしめて、待ち構えていた。年金生活者のパラスは近所の三階にある自室から、すべてを見下ろしていた。五軒先のはす向かいの家では、ヴェーゼ夫人がネグリジェの上に狐の毛皮を巻き付け、夫の帰宅を待ちわびていた。

ついに、ヴェーゼの事務所の戸口の鈴が鳴り、ヴェーゼが建物から出て歩き始める。鈴の音を聞いたヴェーゼ夫人はほっとして窓を閉める。ヴェーゼが角を曲がろうとしたとき、シュマールが「ヴェーゼ、ユーリアは待ちぼうけを食うぜ！」と叫びながら、ヴェーゼの首に短刀を振り下ろした。

犯行後、シュマールは満足で恍惚となった。「ヴェーゼ、老いぼれの飲み友達、お前はどうして血の詰まったただの袋ではなかったのか、それなら俺が乗れば影も形もなくなったのに。すべてが成就するわけじゃない。すべての花の夢が実を結ぶわけじゃない。お前の死体は無言のまま何を言おうというのか？」

パラスが憎悪をみなぎらせて玄関に立ちはだかり、「シュマール、すべてを見たぞ！」と言い放つ。群衆を引き連れたヴェーゼ夫人が恐怖のあまりすっかり老け込んだ顔で、ヴェーゼの死体にくず折れる。シュマールは胸糞が悪くなるのを辛うじて抑えながら、口もとを警官の肩に押し付ける。

「兄弟殺し」という題名で思い浮かぶのは、『旧約聖書』の「カインとアベル」の話だろう。しかし、シュマールとヴェーゼは知り合いではあるが、兄弟ではない。また、殺人の理由もはっきりしない。シュマールはヴェーゼの成功を妬んでいたのか、あるいは夫人のユーリアに恋していたのか。

ユーリアという名前はカフカの母ユーリエと似ている。すると、ユーリアの夫ヴェーゼはカフカの父ヘルマンであり、シュマールをカフカと考えると、これは「父親殺し」つまりフロイトの言うところの「エディプス・コンプレックス」なのだろうか。しかし、これでは話が単純すぎてどうもカフカらしくない。確かに、カフカは「エディプス・コンプレックス」について知ってはいたが、彼の父親に対するコンプレックスは、父親を抹殺したいという願望ではなく、父親に承認されたいという願望だったのである。だから、ヴェーゼの死体の上にくず折れるユーリアを見て、シュマールが胸糞悪くなったのは、ヴェーゼへの嫉妬からではなく、むしろ「エディプス・コンプレックス」そのものに対する嫌悪からだったのではないか。

この物語が「父親殺し」ではなく「兄弟殺し」だとすれば、シュマールとヴェーゼはやはり精神的な兄弟、つまりどちらもカフカ自身の分身と考えるべきだろう。だとすれば、ヴェーゼは平凡な結婚生活の象徴であり、シュマールは狂気に満ちた作家生活の象徴であって、この物語は作家への願望が結婚への願望を抹殺するという筋書きになる。このテーマは「田舎医者」や「ジャッカルとアラビア人」にも共通するテーマである。

ところで、この殺人現場の状況を子細に検討してみると、『審判』において、ヨーゼフ・Kが町はずれの石切り場で処刑される場面と共通点が多いことに気づくだろう。まず、時刻は月夜の九時頃――もっとも、カフカの作品では事件が起きるのは月夜が多い――であり、殺人あるいは処刑の凶器は包丁か短刀である。また、どちらにも女性と警官が登場し、何よりも、殺人あるいは処刑の瞬間を見ている人物がいるということである。「兄弟殺し」では、パラスがアパートの三階からすべてを見ていたし、『審判』では、石切り場に接した家の最上階から一人の男が窓から体を乗り出して、腕を広げるのである。このとき、ヨーゼフ・Kは「この男は誰だ、いい人間か、私を助けてくれるのか?」と自問している。『審判』では処刑の現場を殺されるヨーゼフ・Kの目で見ているが、「兄弟殺し」では殺人の現場を第三者であるパラスの目で見ているのである。石切り場に接した家の最上階にいた男は、パラスだったということだろうか。

さらに、両作品では、鈴の音が事件が起きる合図となっている。『審判』では、朝ヨーゼフ・Kが女中を呼ぶために鳴らした呼び鈴が合図となり、男が部屋に入ってきてKは自分が逮捕されたことを知らされる。「兄弟殺し」では、ヴェーゼが出てくる事務所のドアの呼び鈴が鳴るのが合図となって殺人が犯される。さらに言えば、「田舎医者」でも、夜呼び鈴が鳴ったために、女中を後に残して医者は患者のもとへ向かわねばならなくなるのである。このように、呼び鈴の音が出来事の始まりを知らせるのである。

これらの共通性は決して偶然ではない。短編集『田舎医者』に収録された「掟の門前」や「夢」は、未完の長編小説『審判』の一部を取り出したものであり、また、「兄弟殺し」のように発想が似ているものもあるのである。カフカは『審判』がまとまった作品として刊行されるとは思っていなかった。だから、自分が気に入った部分を、短編集の中に入れたのである。生前カフカ自身が出版したものと、カフカの死後ブロートが編集して刊行したものとを比較してみるのも、カフカ作品の楽しみ方であるだろう。

「夢」（執筆一九一四～一六年、初出「ユダヤ人のプラハ」、「自衛」編集部発行、一九一七年）

この物語はもともと『審判』の一部として書かれたものだが、カフカ自身によって独立したものとして発表された。

ヨーゼフ・Kが夢を見た。

天気のよい日、Kは散歩に出かけたが、墓地に着いてしまった。遠くの方に真新しい盛り土が見えたので、くねくねした道を急流下りでもするように滑って行った。ところが、その盛り土はたくさんの旗で見えなくなってしまった。ふと気づくと、道端に同じような盛り土があったので、彼は慌てて草むらに跳び込み、その盛り土の前に膝をついた。その途端、二人の男が盛り土に墓石を突き刺し、三人目の芸術家らしい男が鉛筆で生き生きと字を書き始めた。「ここに眠る」と美しい金文字で書き終えたとき、男はKを振り返った。男はこの先どう書いたらいいか困っているようだった。それを見たKも困ってしまう。

そのとき、礼拝堂の鐘が鳴り始めたが、芸術家が合図すると鳴りやんだ。Kは男が思い迷っている姿を見て泣き出すが、男は意を決してJという文字を書いた。と同時に狂ったように片足を盛り土に蹴り込んだ。ようやく、Kは男の真意がわかった。Kはすべての指を使って穴を掘り、彼の体が穴の中に引き込まれて行ったとき、地上では、石の上に彼の名前が素晴らしい花文字で刻まれていった。

この光景にうっとりしているうちに、Kは目が覚めた。

Kは、文字通り、自ら墓穴を掘ったのである。


「ある学会への報告」（執筆一九一七年、初出「ジャッカルとアラビア人」とともに「二つの動物物語」という題名で月刊誌「ユダヤ人」第二巻、一九一七年十・十一月に掲載）

猿から人間になったと自称する主人公がある学会において、その経緯を報告するという物語である。

私は五年前までは猿だったが、もはや猿には戻れない。それは先生方が猿であった時代――そのようなものがあったとして――から遠ざかっているのと同じくらい自分の過去から遠ざかっているからだ。私は黄金海岸出身だが、狩猟探検隊によって狙撃され捕獲された。弾は二発当たった。一発は頬で、これは軽傷だったが赤い大きな傷跡が残ったために私は「赤面ペーター」と名づけられることになった。もう一発は腰の下に当たり、これは重傷だった。その後遺症で今でも足を引きずっている。

私の記憶は弾を食らった後から始まっているが、汽船の中甲板に置かれた檻の中で正気に戻った。私は身動きできない狭い檻の中で「出口なし」という感情に囚われていた。出口がなければ生きることができないと考えた私は、そのとき、猿であることをやめた。私が求めるのは自由ではなく、出口だった。ひたすら前進することだけを考えた。

私が自由の信奉者だったら、檻を抜け出して大海原に飛び出して溺れたかもしれないが、私はそうはせず、ひたすら乗組員たちを観察し、その動作を真似た。唾を吐くこと、パイプをふかすこと、焼酎を飲むことをである。何かのお祝いの日、私は檻の前に置き忘れてあった焼酎の瓶を手に取り、コルクを抜き、一気に飲み干した。そして、短くはっきりと「ハロー！」と叫んだのだった。これを聞いた人々が「こいつはしゃべっている！」と驚き、私は人間の仲間入りをしたのだった。

繰り返して言うが、私が人間の真似をしたのは、それに魅力を感じたからではなく、とにかく出口を求めていたからである。声はすぐに出なくなったが、私の進路は決定的となった。私はハンブルクで調教師の手に渡されたが、私の進むべき道は動物園かサーカスだった。動物園は新しい檻にすぎない。だから私はサーカスに入ることに全力を尽くした。それが私にとっての出口だったのだ。私は学び続けた。自分の能力に自信がついてくると、五人の教師を自分で雇ったりもした。何という進歩だろう！　目覚めた脳に知識がどんどん浸透していく。かつて地球上で繰り返されたことのない努力によって、私はヨーロッパ人の平均的な教養をわがものとした。それによって私は檻から出され、人間という出口を見出すことができたのである。自由を選び取ることはできないという前提に立つ以上、他の道はなかったのである。

深夜、私が宴会や学術的な会合から戻ってくると、まだ調教が終わっていないチンパンジー娘が待っている。そこで私は猿の本性に戻って彼女と楽しむが、昼間は彼女の顔を見たくない。それは調教のせいで何が何やらわからなくなった動物の狂気が彼女の目に現れているからだ。それがわかるのは私だけであり、それだけに我慢がならないのだ。

この作品がユダヤ人、特に西ユダヤ人の同化（西欧化）に対する風刺であることはすぐに思い浮かぶだろう。狭い檻はゲットーであり、ユダヤ人たちはゲットーに閉じ込められていたが、そこから解放されるためにはひたすら努力してヨーロッパ人の風習や文化を学び、ヨーロッパ人と同化するしかなかったのである。しかし、「赤面ペーター」

は完全に人間になったわけではない。猿はやはり猿のままである。それゆえ、彼は深夜人間たちとの宴会や会合から帰宅すると、猿に戻って家で待っているチンパンジー娘——これはまだ同化できない東ユダヤ人であろう——と楽しいときを過ごすのだ。そこには、完全にはヨーロッパ人になりきれないユダヤ人の現実が見て取れるし、主人公（カフカ）はそうした現実に我慢がならないのだ。

また、見方を変えて、主人公の猿を素朴で原始的な人間、人間の真似をすることを文明化と捉えるなら、この物語は文明批判の比喩となる。人間はユートピア的な自然状態から引き離され、檻に入れられ不自由な状態に置かれるが、この状態から逃れるためには、自然的本性を抑圧しひたすら知識を吸収して「進歩」していくしかない。しかし、彼が目標とする文明人とは、とろんとした眼をして、同じ顔をし同じ動きをする画一的で没個性的な存在である。自然的本性を抑圧する文明化の先にあるのは人間疎外に他ならない。しかし同時に、主人公は決して過去には戻れないこともわかっているのだ。

さらに、この物語は主人公（カフカ）の「自由論」の表明でもある。彼は「自由」と「出口」とを明確に区別している。彼にとって「自由」とは「あらゆる方向に向かって開かれているという感情」である。そして、「猿時代の自分は多分それを知っていたし、これに憧れる人間も知っている。」しかし、彼は昔も今も「自由を求めてはいない」のである。人間は「自由」を思い違いしている。たとえば、空中ブランコ乗りが自由自在に動き回れることが「人間の自由」だと考えるなら、それは自然に対する冒瀆であろう。それは人間が猿の真似をしているにすぎないのだ。猿に笑われるだけである。

「自由」を選択することができないのは、何も猿（ユダヤ人）だけではない。実は、人間たちにとっても「自由」は不可能である。人間になることは理性すなわち意識と記憶を持つことであるが、理性を持つことによって、それ以前の自然的な感情は忘れ去られてしまうのである。つまり、人間になることは自由を喪失することを意味するのだ。

彼は言う、「自由について人間は見当違いをし過ぎている。自由が最も尊い感情に数えられているのと同様に、それに対応した錯覚もそのような尊い感情の一つなのだ」と。「自由」は尊い感情であるが、それは「錯覚」でもあるのだ。「自由」とは「あらゆる方向に出口があること」であるが、現実には「出口」は唯一つしかない。ここで思い出すのは、「掟」に入ろうとしていたあの男である。あの男にとっても「掟」への門は一つしかなったのである。猿は「出口」から出られたが、あの男は「門」から入ることはできなかった。その違いは何だったのか。私は、それは「鞭の監視」があったかどうかだと思う。猿は自らの「鞭の監視」のもと、必死になって人間になろうと努力した。しかし、あの男にはその必死さがなかったのである。

蛇足ではあるが、もう一つパズルの謎解きをしてみよう。この物語の冒頭、主人公は「私が猿であった時代から、おおよそ五年の歳月がたつ」と述べているが、この物語が書かれたのが一九一七年だとすると、五年前は一九一二年、あの『判決』が書かれた年である。カフカはこの作品を一気に書き上げたとき、「自分は小説を書くときには、恥ずかしいほど低い段階の執筆態度を取っているという、僕のこれまでの確信が、ここに確証された」と日記に書いている。彼はこの作品によって作家として猿から人間へと進化したのである。

さらに言えば、この物語の最後には、深夜、人間との宴会や会合から帰宅した主人公が、「チンパンジー娘と猿の流儀で楽しみにふける」と書かれているが、これは、昼間は役人として「保険局」で働いたカフカが、夜帰宅して作家に戻れる喜びの時間を意味しているだろう。チンパンジー娘とは文学のことであり、カフカはいつも夜に自分の流儀で文学と向き合い楽しむのである。チンパンジー娘は昼間は調教のために、自然な本性を矯正され狂気を発してしまう。だから、彼は昼間は彼女の顔を見たくないのだ。カフカの作品には至る所に罠が仕掛けてあり、それに掛かってしまうと想像は止まらなくなる。

十三　『城』（執筆一九二二年、刊行一九二六年）

Ｋは夜遅く深い雪に閉ざされた村に到着した。Ｋは宿屋に泊まろうとするが、伯爵の許可がないと泊められないと断られる。Ｋは「私は伯爵様に呼ばれてきた測量士だ」と主張し、城が確かに測量士を任命したことが確認されたので、Ｋはその晩宿泊することができた。翌朝、Ｋは宿屋「橋屋」の亭主に次のように言う、「私はまだ伯爵を存じ上げないのだが、よい仕事にはたっぷり支払ってくださるというのは本当かね。私のように、女房子供と離れて、こんな遠くまで出稼ぎに来ると、少しは家に持って帰ってやりたいのでね。」

その日、Ｋは城を目指して歩き回るが、城への道は見つからなかった。Ｋが「橋屋」に戻ってくると、城から派遣されたという二人の助手が待っていた。その後、城からの使者バルナバスがＫにクラム長官からの手紙を持ってきた。その手紙には「Ｋを伯爵家の勤務に召し抱える。直接の上司は村長である」と書かれていた。バルナバスを追って「橋屋」を出たＫは、その晩、城の役人たちが集まる「貴紳荘」の酒場で女給のフリーダと出会う。彼女はクラムの愛人だった。

フリーダは家畜係の女中から、努力して酒場のホステスにまで出世した女だったが、Ｋは彼女はもっと上を目指せる人間だとして、同じように戦っている自分が後ろ盾になろうと申し出る。フリーダはそれを受け入れ、二人は結ばれる。実はＫはフリーダを利用してクラムに会おうと企《たくら》んだのである。ところが、フリーダがクラムにＫとの仲を告白してしまったことで、その企みは水泡に帰してしまう。フリーダは「貴紳荘」での職を失い、二人は「橋屋」へと向かう。

後日、Ｋは村長と面談し、村長から、「あなたは測量士として採用されたが、私たちは測量士を必要としていない」

と言い渡される。村長はKが測量士として招聘《しょうへい》されたのは、役所内の手違いであったと説明する。これに対してKは、クラムの手紙を見せて、自分は測量士として採用されたとあくまで主張するが、その手紙はたんなる私信であり、公文書ではないこと、また、勤務に召し抱えるとあるだけで、測量士とは書いていないと村長に指摘される。これに対して、Kは故郷を出てくるために払った犠牲、長い困難な旅路、任用されることへの希望、自分がもはや無一文であること、いまさら故郷に帰っても仕事を見つけられないこと、そして、この土地の人間である許嫁《いいなずけ》——フリーダのこと——がいることを挙げて、自分はあくまでもこの土地に留まると主張する。最後に、Kは「私が城に求めるのは施しではなく権利だ」と言って、村長宅を去る。

「橋屋」に戻ったKのもとに小学校の教師が訪ねてきて、とりあえず小学校の小使いの仕事なら雇うことができるという村長の伝言を伝えた。フリーダと二人の助手は先に小学校に向かい、Kは「貴紳荘」に立ち寄った。「貴紳荘」でフリーダの後任となっていたペーピーからクラムが今滞在していることを聞いたKは、橇《そり》のところでクラムを待ち伏せするが、会うことはできなかった。その代わり、クラムの在村秘書のモームスがKに尋問しようとした。しかし、Kはそれを断って「貴紳荘」を後にする。そこに、バルナバスがクラムの二通目の手紙を持ってきたが、Kはその内容に失望する。Kはバルナバスにクラムへの伝言を頼み、小学校へと向かった。

翌朝、教室でKたちが目覚めたときには、生徒たちがすでに登校しており、彼らは女教師に早く教室を片付けるよう怒鳴られる。Kは二人の助手がフリーダになれなれしく接することに腹を立て彼らを解雇し、フリーダと教室の片付けを始めた。そこに、Kに同情した一人の小学生が入ってきて、Kに協力を申し出た。その小学生の母親が城の出身であることを思い出したKは、何とか母親と会えるよう小学生を説得する。城に近づくためには子供さえも利用しようとするKの姿を見たフリーダは、自分も騙されていたことに気づき、Kのもとを去る決心をする。

夕方、小使いの仕事をほぼ終えたKは、バルナバスの家に向かったが、彼は不在だった。そこで、Kはオルガから、妹のアマーリアが役人の申し出を拒否したことで、一家が村人から差別を受けるようになった経緯を聞いた。そこへバルナバスが戻ってきて、Kにクラムの秘書のエルランガーが尋問を行うので、「貴紳荘」に行くように伝えた。

「貴紳荘」でKはフリーダと会うが、彼女はすでにKを見限り、助手の一人と一緒になっていた。Kはエルランガーの部屋を探すが、間違ってビュルゲルの部屋に入ってしまった。ビュルゲルはクラムの秘書ではなかったが、秘書の仕事について長々と話し始めた。Kはすでに疲れ切っており、話の途中で眠ってしまう。

明け方、エルランガーの部屋は隣りだったことが分かり、Kはエルランガーの部屋に行くが、彼はフリーダをすぐに酒場に戻すようにというクラムの伝言を伝え、部屋を出て行った。朝の五時になると、従僕が各部屋にいる役人たちに書類を配り始めた。役人たちは書類の束を嬉々として受け取った。役人たちの疲れを知らない仕事への熱中ぶりにKは感心する。しかし、自分の今までの努力がすべて徒労に終わってしまったことを身に染みて感じ、疲労困憊していたKは酒場の片隅で眠ってしまう。

夕方、Kが目を覚ますとそこにはペーピーがいた。ペーピーはフリーダが「貴紳荘」に戻ったために、客室付きの女中に格下げになっていたが、Kに自分たちの女中部屋で一緒に暮らさないかと申し出る。そこに「貴紳荘」の女将が現れ、Kと衣装についての会話を始めるが、物語はそこで中断している。

マックス・ブロートは『城』の「初版あとがき」で、『審判』と比較しつつ、次のように書いている。

『審判』と『城』の親縁性は明白である。たんに主人公の名前――『審判』ではヨーゼフ・K、『城』ではたんにKである――が同じであるというばかりではない。重要なのは、『審判』の主人公は眼に見えない秘密めかした当局から追究を受け、法廷に召喚されるが、『城』では同じような法廷から拒斥されているという点である。ヨーゼフ・Kは隠れたり、逃げたりする。Kはしつこく押しかけ、挑みかかろうとする。方向は正反対であるが、根本感情は同一である。というのは、城とその奇態な書類、役人たちの得体のしれぬ階層組織（ヒエラルヒー）、城の気紛れと策謀、絶対的な尊敬や服従を求めるその要求、これらは何を意味しているのであろうか。……（中略）……すなわち、Kが入場を許されず、不可解なことにろくすっぽ近づくことさえできないこの城とは、まさしく神学者たちが〈恩寵〉と呼んでいるところのもの、人間の運命（村）に対する神の摂理、偶然や不可思議な決定や加護や天罰などのはたらき、功徳を積んでも獲得できないもの、すべての人々の生活を支配するあの〈不可知なもの〉なのである。つまり、『審判』と『城』で描かれているのは、（中世ユダヤの神秘説であるカバラの意味における）神性の二つの現象形式——裁きと恩寵——なのである。

　ブロートはカフカをこのようにユダヤ教的に解釈しており、彼がカフカの最も身近にいた親友であり、カフカ自身がその遺稿の処分を託した最も信頼していた人物であったことを考えれば、ブロートのこの宗教的な解釈は、それ以後のカフカ解釈に決定的な影響を与えたことは間違いないだろう。しかし、ブロートが言うように、カフカの主人公たちは、神の気紛れに翻弄されつつも、神の裁きを絶対的なものとして受け入れ、神の愛と恩寵をひたすら求め続ける信仰者だったのだろうか。そのようにカフカの作品を宗教的に解釈することに妥当性はあるのだろうか。

　確かに、『審判』のヨーゼフ・Kは明確な罪を犯したという事実がなかったとしても、人間である以上、〈原罪〉を負っているのであり、神の裁きによって極刑に処せられることもありうるだろう。しかし、『城』のKが生きるために職を求めて役所に接近しようとするのに、それをまったく許さないことが神の〈恩寵〉と言えるのだろうか。これについて、ブロートはカフカが生前、「この物語の結末は、Kは最後まで城に近づこうと試みるが、疲労しきって村人に見守られながら死ぬ。その直後に、村に居住することは認められないが、職に就くことは認めるという城からの決定通知が届く」というものだと語っていたと、「初版あとがき」で紹介している。しかし、それが神の〈恩寵〉だとしても、あまりに限定的であり、しかもその知らせがKの死後に届いたのであれば、はたしてKは救われたと言えるのだろうか。

さらに、これらの物語が神の裁きと恩寵を表現したものだとすれば、裁判所の裁判官や城の役人たちは、神の代理人ということになるだろう。しかし、カフカは彼らを、職務に忠実であるが、権限を振りかざして女性の尻を追い回し、被告人に賄賂を要求する不道徳きわまりない人物として描いている。それに呼応するかのように、ヨーゼフ・Kにしても K にしても、彼らも同様に女性を利用し女性と関係する——もちろん性的な意味が含まれる——ことによって裁判所や城に近づこうとするのである。このような不道徳を認めることが、神の摂理に従うことなのであろうか。

このような批判を見越して、ブロートは「初版あとがき」でキェルケゴールの『おそれとおののき』を引き合いに出して、次のように書いている。

『おそれとおののき』は、神がアブラハムにわが子を燔祭《はんさい》（いけにえ）に捧げるという犯罪をさえ要求するという事実から出発して、この背理（パラドクス）を逆手に取って、道徳の諸範疇と宗教的なもののそれとは互いに一致するものだと考えてはならないということを見事に立証している。世俗の行為と宗教的行為との間には公約数がなく、通約できないということ——これは、そのままカフカの小説の中核に通じている。

つまり、ブロートは、宗教的行為は世俗の行為を越えているので、宗教的行為には世俗の倫理的基準は当てはまらないと言っているのである。したがって、神の代理人である裁判官や役人たちの行為は、世俗のわれわれからすれば不道徳で理不尽な行為と見えるかもしれないが、そこには神の深慮がはたらいており、神の摂理からすれば正当で厳粛な行為だということになる。

しかし、キェルケゴールとカフカがともに世俗の行為と宗教的行為の通約不可能性に立脚しているとしても、二人が辿り着いた先は明らかに異なっている。アブラハムがその子イサクを燔祭のいけにえに捧げようとしたまさにそのとき、神はアブラハムが〈義〉であることを認め、使者を遣わしてイサクを助けた。アブラハムは神の命令に絶対的に服従することによって、最終的に神の恩寵を受けたのである。キェルケゴールがアブラハムと同様に、世俗的生活を断念して彼岸へとすなわち信仰へと向かったのに対して、カフカの主人公たちはあくまでも世俗的生活に固執し、此岸に留まろうとする。しかも、Ｋは城に対して畏敬の念を持っているにもかかわらず、城に対して冒瀆的な言葉を吐いてしまう。だが、これらの冒涜的な言辞こそ、人間の理解力と恩寵の摂理との間の懸隔を示すものにほかならないと、ブロートは述べている。しかし、カフカの主人公たちがその懸隔を埋めて恩寵を受けることは決してないのである。そこには救済はない。

その日記や手紙から、カフカがキェルケゴールに深く共感していたこと、また、東ユダヤ人の原始的なユダヤ教やシオニズム運動に関心を持ち、晩年にはパレスチナへの移住を計画していたことは事実である。しかし、そのことが、ブロートが言うように、カフカが伝統的なユダヤ教の神の概念を受け入れ、熱心な信仰者であったことを証明しているとは断定できないだろう。むしろ、ブロート自身が熱心なシオニスト（ユダヤ民族主義者）であり、自分の信条をカフカに投影しているように私には思われるのである。

私に照らして考えると、日本人である私は、宗教的には仏教徒と見なされるだろう。家には仏壇があり、ある寺の檀家であり、法事などの宗教的な行事には一般的な日本人並みに参加し、仏教的無常観や菩薩の慈悲などの思想内容についてもある程度理解している。しかし、だからと言って、私の思考形式が仏教的世界観によって影響を受けているとか、私の生活信条が仏教的倫理観によって支えられているかどうかということになると、私はそれをあえて否定はしないが、また同時に特に肯定もしないだろう。私は自分をそこまでの仏教徒とは思っていないからである。

では、神による救済を信じないとすれば、カフカは無神論者なのであろうか。「神は死んだ」と言ったニーチェや、「宗教は民衆の阿片だ」と言ったマルクスの系列に属するのだろうか。再び私に照らして言えば、私は極楽浄土や地獄といった死後の世界の存在を信じていないが、では、私は無神論者――むしろ無宗教者と言ったほうがいいかもしれない――かというと、それも言い過ぎのように思われる。私は平均的な日本人がそうするように、毎日ではないが、仏壇に手を合わせて家族の平安無事を祈ったり、僧侶の法話を聞いたときには、心の安らぎを覚えることもあるのである。カフカの宗教的立場もそれに近いように私には思われる。カフカはブロートほどの熱心なユダヤ教徒ではないが、だからと言って、ニーチェやマルクスのような無神論者でもなかった。そのような曖昧さ、ある種の宗教的中立性が、私がカフカに親しみを覚える一つの要因になっているように思う。なお、カフカと宗教については、別のところでもっと詳しく論じたい。

カフカの文学にはさまざまな解釈が可能であることはすでに述べた。城山良彦は『カフカ』の中の「カフカ論の系譜」において、それらを紹介している。ブロートのユダヤ教的な解釈の流れをくむ宗教的・形而上学的解釈。カフカの作品とシュールレアリスム(超現実主義)の共通性を強調するもの。カフカの父子関係に着目してフロイトのエディプス・コンプレックスや快楽原則との関連を論じる精神分析的解釈。カフカの作品を「不条理の神話」として論じるサルトルやカミュによる実存主義的解釈。現代の官僚社会と太古の世界の共通性を論じたベンヤミンや資本主義社会における疎外状況の批判と捉えるアドルノやルカーチなどの社会的・歴史的解釈。さらには、カフカの作品に密着してその表現形式を分析したり、カフカにとっての「書くこと」の意味を掘り下げた作品内在的解釈など、その領域は多岐にわたっている。

私としては、カフカの作品はそのつどのカフカの生活状況と深くかかわっているという観点に立ち、伝記的解釈を基本に本書を構成している。それゆえ、最初にカフカの年譜を示して、次にカフカの主な作品の概要を執筆順に配列したのである。この準備作業を土台として、非力ではあるが、私個人のカフカ論を構築したいと思うのである。

参考文献

・マックス・ブロート編『決定版カフカ全集6　城』(前田敬作訳、新潮社、一九九二)

・城山良彦『カフカ』（同学社、一九九七）

十四　『ある犬の研究』（執筆一九二二年、初出『万里の長城』一九三一年）

私は老犬であり、世間から離れてささやかな研究を続けながら暮らしている。

他の動物たちと異なり、われわれ犬族は一つの群れとなって暮らしているのだが、一方で、雑多な階級、種族、職分に分かれていて、それぞれ離れ離れに暮らしており、中には、犬族のものではない規則に従っているものもいる。これはなかなか厄介な問題であり、手を付けないほうがいいのだが、私はこの問題にどっぷりつかってしまった。

子犬だった頃、私は七匹の犬の集団に出会った。彼らは突然暗がりの中から、ものすごい音とともに現れた。この七匹の音楽犬は脚の上げ下ろし、頭の動かし方、互いに前脚を相手の背中に載せて順にやぐらを組んだり、地面に身体を伏せ複雑な図形を描きながら移動する姿など、すべてが音楽であった。しかし、よく観察してみると、彼らの行為を支えているものは極度の緊張であることがわかった。彼らは互いに励まし合い、忠告し合っていたのだ。私は彼らに声をかけたが、彼らは犬の掟に反して私を無視した。そればかりか、彼らは羞恥心をかなぐり捨てて後ろ脚で立って歩くという破廉恥な行為さえした。私は彼らにこれ以上罪を重ねないように注意しようと思ったが、子犬である私はそれもできず、まもなく彼らはすべてのもの音とともに闇の中に姿を消したのである。

その後、私はなぜ彼らがあのような行動を取ったのか、とことん調べ上げようと思った。まず、私は犬族が何を食べて生きているのかという研究から始めた。われわれの主食は大地から生えているが、大地はわれわれの小水を養分としている。私はさらに「大地はこの食べ物をどこから手に入れるのか」について周囲に質問したが、誰も答えてくれなかった。

この問題については、空中犬のことを思い出す。私は見たことはないが、とびきり小柄な種族で、仕事もせず空中をぶらぶら浮遊しているだけである。彼らは芸術家と言われたりもするが、哲学的思索にふけり、それをのべつしゃべりたてる。他の犬族からは、学問に貢献しているとして、何とか大目に見てもらっている。

奇妙な空中犬のような種族も繁殖するのだから、私のような研究犬も他にいるはずである。私の隣に住んでいる犬がそうかもしれないが、私たちの話題はたいてい私たちが住んでいる地域の問題であり、学問を住む土地の環境にどう適用するかという問題である。犬族の始祖たちの時代は、犬たちはまだ今日ほど犬的ではなく、真実の言葉がそこにあった。しかし、始祖たちは道を踏み外し、犬の生活に入って行ったが、それは当初考えられたほど魅力的ではなかった。

こうしたことすべてを隣の犬と話し合うわけではないが、彼はそれに同意してくれると思いたい。みんながそれぞれ自分流儀で研究にいそしんでいると考えることができれば、自分を孤立させることなく、みんなと一緒にいることができるだろう。しかし今私は、最後の交際も諦めて、私に残された時間を自分の研究に捧げようと思っている。

研究の初期の頃、私は世間を驚かせてやろうという色気があったので、前代未聞のことをやってのけた。学問は私たちの食べ物を生み出すのは主として大地であると教えるが、実際には、地上にある食べ物の大半は空から降りてきたものである。したがって、学問も食べ物を手に入れる二つの主要な方法（一つは本来の意味での耕作であり、他は補助的なもので、呪文を唱えたり、歌を歌ったり、踊ったりすることである）に関心を寄せていると思うのである。

呪文と踊りと歌が食べ物を空から引き下ろすのに役立つという私の見解は、民衆が伝統の儀式を行う際に、顔をいつも大地ではなく上方に向けているという事実に基づいている。ただ、学問の世界でも、すでに大地が空中から引き下ろす食べ物が垂直に落下するばかりでなく、斜めにも、時にはらせん状にも落ちてくることは常識になっていた。

そこで私は、今度は、食べ物が斜めに降りてくる場合、それは地面が引き寄せるのではなく、私が引き寄せるのだということを証明しようとした。私は、地面に小水をかけるが、静かに呪文を唱え歌うだけで食べ物がひとりでに降りてきて、私の歯をノックするかどうか実験してみたのである。そのために、私は断食した。

私は仲間から遠く離れた茂みの中で断食し、呪文によって食べ物を呼び下ろそうとした。このとき、私は愉悦感に満たされ、学問研究の心の平安に近い心境だった。この実験が成功すれば、それまでの疎外感は解消し、私は大きな栄誉をもって犬族に迎え入れられるだろうと夢想し、感極まって泣いてしまった。やがて、これらの感動と夢想は消え失せ、飢えが襲ってきた。恐怖と幻影の中、私は断食を続けたいという誘惑に勝てなかった。私は血を吐いて気絶した。

気が付くと、一匹の見知らぬ犬が目の前に立っていた。そのやせて足が長く美しい、目つきの鋭い犬は、「ここから立ち退いてほしい」と言った。私は「出て行こうにも、歩けない」と答えた。その犬は「自分は猟師だ」と名乗り、猟の邪魔になるのでここから立ち退いてほしいと言うのだった。その犬と問答していた私は、その犬が胸の奥底で歌を歌い始めていることに気が付いた。その歌の旋律は私をめがけて押し寄せてきた。その旋律はますます大きくなり、耳もつぶれんばかりだった。私はその旋律に追い立てられて、一目散に逃げだしたのである。

私は茂みから逃げ帰っても、友人たちには何も話さなかった。私の肉体は数時間で回復したが、精神的には今でも後遺症が残っている。その後、私は自分の研究を犬族の音楽にまで広げることにした。しかし、食べ物の研究にしても、音楽の研究にしても、私は本物の学者の前に立たされたら、学問上のどんなやさしい試験にも合格しないだろう。その原因は、私の学問に対する無能さ、乏しい思考力、貧しい記憶力、とりわけ学問上の目標をつねに把握していなくてはならない能力の欠如にある。学問に対する私の無能さの原因は、ある本能にある。この本能が究極の学問のために自由を高く評価させたのである。今日可能であるような自由はいじけた生長不全の植物であるが、それでも、自由であり、一個の所有物である。

この物語に登場するのは犬だけである。語り手である研究犬、七匹の音楽犬、空中犬、そして猟師犬であり、人間は出てこない。しかし、これら奇妙な犬たちの背後には人間がいることは明らかだろう。しかし、この研究犬には人間の姿が見えないのである。

七匹の音楽犬はサーカスで演技する犬たちだろう。彼らはオーケストラの音楽に合わせて芸をするのである。小柄な空中犬とは、人間の腕に抱えられた小型犬だろう。研究犬には人間が見えないので、犬が宙に浮いているように見えるのである。また、猟師犬はその名の通り猟犬である。猟犬は角笛などの人間の合図によって獲物を追いかけるのである。さらに、研究犬は食べ物が空から降りてくることを不思議がるが、これは人間が犬に餌を投げ与えることを思えば説明がつく。

山下大輔は、研究犬が成果を上げることができないのは、その知覚能力の限界すなわち人間の存在を知覚できないからだとする先行研究を前提とし、それをさらに進めて、この研究犬の認識においては、素朴な自然的知覚に根差す世界観とそれについてのメタレヴェルの思考態度が並存しているからだと指摘している。その際、山下はフッサールの現象学を引用して、認識論における自然的態度と現象学的態度との相違に言及しているが、この物語をそのような哲学的認識論の観点から解釈しようとする試みは、目新しくて興味深い。

また、佐々木博康は、この物語が書かれた一九二二年が、カフカが長年勤めた労働者災害保険局を退職して作家活動に専念できるようになり、自分にとっての「書くこと」の意味について改めて考えた時期であるとして、「断食」を「書くこと」と結びつけて解釈している。また、七匹の音楽犬は東ユダヤ人のイディッシュ語劇団、猟師犬は当時恋愛関係にあったチェコ人女性ミレナ・イェセンスカがモデルであるという伝記的解釈にも言及しており、その際、佐々木は研究犬（カフカ）と猟師犬（ミレナ）との会話を性行為と結びつけて解釈している。

この物語は老犬が自分の半生を振り返り、自らの研究について回顧するという形式を取っているが、これと同様な形式を取るものとしては『万里の長城』と「ある学会への報告」が挙げられるだろう。前者は長城建設に携わった土木技師が長城や帝国について私見を述べるというものであり、後者は猿から人間になったと自称する主人公がその経緯を報告するというものであった。両者に共通するのは、土木技師の中国人にしても猿にしても、語り手はともにカフカが属していた西ユダヤ人の比喩であり、前者はシオニズム、後者はユダヤ人の西欧化という民族の歴史に対する風刺あるいは揶揄という性格を持っていることである。

この物語に登場する犬族ももちろんユダヤ人の比喩であるが、この物語の最大のテーマは、ユダヤ民族の歴史の特殊性に対する風刺というより、カフカ自身の研究すなわち作家活動に対する彼自身の見解や信念の表明と考えるべきだろう。つまり、「書くこと」がいかなる意味をもっているのか、カフカ自身が反省し表明しているのである。その意味で、この作品はカフカ自身の内省的な「自伝」であると言うべきであろう。

参考文献

・山下大輔「学者犬の語りにみられる複数の認識レヴェル―フランツ・カフカ『ある犬の研究』」（京都大学研究報告（二〇二〇）、三十二：四十五―六十二）〈http://hdl.handle.net/2433/250855〉（2022/1）
・佐々木博康「カフカの『ある犬の探求』（3）―断食実験―」（大分大学教育学部研究紀要、二〇一六）〈http://www.ed.oita-u.ac.jp/kykenkyu/bulletin/kiyou/sasaki38-2.pdf〉（2022/1）
・佐々木博康「カフカの『ある犬の探求』―歌う犬とミレナ―」（大分大学教育福祉科学部研究紀要第三十七巻第一号、二〇一五）〈http://www.ed.oita-u.ac.jp/kykenkyu/bulletin/kiyou/sasaki37-1.pdf〉（2022/1）

十五 『巣穴』（執筆一九二三～二四年、初出『万里の長城』一九三一年）

私（アナグマのような動物か？）は巣穴の建造をやり遂げた。まずはうまくできたようだ。外から見える大きな穴は見かけの入口であり、どこにも通じていない。実際の入口はそこから千歩も離れた所にあり、上げ下げ可能な苔の層で蔽われている。この入口は私のアキレス腱であり、外敵から身を護るためには塞いでしまうほうがよいのだが、地中から攻撃を受けた場合は、完全に開いている出口が必要なのだ。私は出口なしでは生きていくことができない。

私の巣穴の最も素晴らしい点は静かなことである。通路には多くの小広場を作り、巣穴の中心には中央広場があるが、私はそこで平安な眠りをむさぼるのである。この中央広場には食料を備蓄している。しかし、この巣穴の防衛について考えてみると、食料を分散させていくつかの小広場にも置いたほうがよいと思えてくる。そこで苦労して食料を移動したのだが、しばらくすると、今度は一か所に集めておくのが一番よいと思い直して、中央広場にまた食料を集積するのである。そのとき私は肉の山に恍惚となり、一番の好物を失神するほど腹に詰め込んだ。しかし、この幸福なときが敵に付け込まれる危険な時期なのである。そこで私は落ち着きを取り戻すために、巣穴を点検して回り、巣穴の外に出て行くという罰を自分に与えたのである。

外での生活は、狭い通路から解放され、全身に新しい力を感じ、猟は困難ではあるが食べ物は巣穴の中よりもずっと上である。しかし、すぐに巣穴のことが気になってくる。私は恰好の隠れ場所を探して、自分の家の入口を外から何日も見張ることにした。巣穴の入口は辺鄙な場所を選んだつもりだったが、観察してみると、このあたりの交通はかなり激しかった。ただ、私の巣穴の入口の様子を調べているやつは見かけなかった。そこで、私は巣穴の中にいれば安全であることを確認し幸福な気持ちになった。しかし、敵である破壊者たちは、私が巣穴にいないことに気づいており、それゆえ、何気なく入口の前を通り過ぎていくのかもしれないし、ひょっとしたら私が見張りをしていることまで承知しているのかもしれない。そこで、私は再び巣穴に戻ろうと思い始める。

しかし、巣穴に戻ることで敵に入口を教えることになり、自分を危険にさらすのではないかと心配になってくる。もし、信頼できる相棒に監視所で見張ってもらえたら、安心して巣穴に戻れるのだが、今度はその相棒が巣穴に入って来ないかと不安になる。いろいろ思い悩むうちに、私は疲れてしまい、ものを考える力もなくなり、漫然と苔のふたを開け、中に降りていった。

巣穴に戻って最初にしなければならないのは、持ち帰った獲物を中央広場まで運ぶことである。次にあちこちの通路の点検を行う。私は長いこと自分の生命が心配なために巣穴に帰るのをためらっていたが、今は私と巣穴は一心同体である。何が起ころうと大丈夫だという気持ちになり、私は安心して深い眠りに就いた。

私はほとんど耳にもつかないほどのシューシューという音で目を覚ました。最初、小動物が私が巣穴を留守にしていた間に新しい道を作り、そこから音がするのだと思い、あてずっぽうに二、三か所試しに掘ってみたが、音のする場所に近づくことはできなかった。やがて、その音は中央広場の円形の壁からも聞こえるようになった。私は音の原因を突き止めるため、音のする方向に向かって至る所を掘ってみたが、音がどこから聞こえてくるのかわからなかった。音はだんだん大きくなっているようである。

私は巣穴を作るのに、平和な生活のための設備を優先して、敵からの防御の設備をおろそかにしたことを後悔したが、何もかも投げ出してさ迷い歩いた挙句、入口の苔の天井の所までやって来た。ここは静寂だった。今では巣穴の状況は完全にあべこべになってしまった。これまで危険であったこの入口が平和の場所となり、その逆に、安住の地だった中央広場は騒音と危険の中に引きずり込まれてしまったのである。

私は最初あのシューシューという音は、多数の小さな虫けらが溝を掘っている音かと思っていたが、そうではなく、一匹の大きな動物が出しているのかもしれないと思うようになった。その大きな動物は土を掘るのに爪ではなく、口か鼻ずらで掘っているのでシューシューという音がするのではないか。いろいろな考えが浮かんだが、結局、こんな場所にいることが我慢ならなくなり、私は巣穴の奥に駆け降りて行った。シューシューという音はそのままだったが、私は中央広場に戻り、肉をほおばりながら、見知らぬ動物のことをあれこれ考えるが、すべてはもとのままで変わってはいなかったのである。

この物語を伝記的に解釈すれば、一九二三年はカフカにとって最後の恋人となったドーラ・ディマントとベルリンで一緒に暮らし始めた年であるから、「巣穴」はそのままドーラとの愛の巣を意味すると考えることができる。カフカは両親からの精神的・経済的自立をずっと望んでいたから、両親から独立して初めて一家を構えることができた喜びが最初の「私は巣穴の建造をやり遂げた」という言葉に表れているのだろう。しかし、その喜びもつかの間、主人公である「私」はこの巣穴での生活が本当に安全で静かで快適なものかどうか不安を感じ始める。

この巣穴はさまざまな外敵によって取り囲まれている。それは彼らの共同生活に反対する周囲の人々(その中には、カフカの健康を心配する家族や友人も含まれるだろう)や、不慣れな土地での異邦人としての疎外感もあるだろうが、最大の敵は当時のドイツにおける歴史的インフレーションであったと思われる。この猛烈なインフレによって、年金しか収入が望めなかったカフカは経済的に困窮し、食料や燃料代にも不自由するようになる。その結果、彼の肺結核は急速に悪化していったのである。作品に出てくる「シューシューという音」は、彼らの生活を徐々に脅かしていったインフレの忍び寄る音でもあり、端的に、肺結核が喉頭にまで浸食していった結果の呼吸の乱れと考えることができるだろう。ドーラとのベルリンでの生活は一九二三年九月に始まり、二十四年四月には健康悪化のため、カフカはウィーンのサナトリウムに移っている。したがって、カフカとドーラ二人だけの愛の巣での生活はわずか半年余りだったことになる。一九二四年六月カフカはドーラに見守られてこの世を去る。四十一歳の誕生日の一か月前だった。

ブロートはカフカ全集の「あとがき」で、ここに出てくる敵である「動物」とは「苦しい咳」のことであり、ドーラによれば、この物語の結末で、主人公は敵の動物との戦いに敗北を喫することになっていたと述べている。カフカの身近にいた人々が、この物語はカフカが自分の生活と生命が病魔によって蝕まれていく過程を自虐的に描いた作品である、と思うのは自然な成り行きだろう。

しかし、そのような素朴で通り一遍の解釈で満足するような読者はほとんどいないだろう。この作品もカフカの他の作品と同様に、むしろそれ以上にさまざまな解釈が試みられている。

まず、多くの読者が支持するのは、この巣穴はカフカの作品群のことであるという説だろう。主人公はまず巣穴の入口をどうするかで神経を悩ますが、それはカフカが作品の導入部にこだわっていたことを表しており、また、主人公が巣穴内部の通路や小広場などに技巧を凝らし、特に中央広場の美しい円天井の建造にはまさに心血を注ぐ様子が描かれているが、それはカフカの真摯でひたむきな創作態度を彷彿とさせるだろう。

しかし、完成したかに思われた作品群に対して、主人公は漠然とした不安を感じ始める。これらの作品が完成したかのように見えるのは見せかけにすぎず、まだまだ足りないものがあるのではないか。これらは世間の批評や批判に耐えられるだろうか。そこで、主人公はいったん巣穴から外へ出て、自分の作品を第三者の目で客観的に見ようとするが、大きな瑕疵《かし》はないことに安心して、また巣穴に戻ってくる。しかし、彼は深い眠りの後、「シューシューという音」が気になりだし、その原因を突き止めるため、自ら巣穴を崩し始める。主人公自らがこの巣穴の建造は失敗だったと後悔して巣穴を破壊していくさまは、カフカが遺稿をブロートに託した際に、すべて焼却してくれるよう頼んだことと符合するだろう。カフカは自分の全作品が失敗作であったと烙印を押したのである。

この「巣穴＝作品」説と同じくらい支持を得ているのは、「巣穴＝自己」説であろう。エムリッヒは「この動物は巣穴を作ることによって、彼の自己を作った」と述べているが、私＝主観的自己、巣穴＝客観的自己と捉えるなら、この物語は主人公の「自己省察」の過程ということになるだろう。「私」が巣穴の中にいるとき、主観的自己と客観的自己は分離せず一体化している。それゆえ、「私」は何の不安もなく満たされた精神状態にある。しかし、そのような原初的自己は漠然とした不安によって自己を対象化せざるを得ない。即自的自己は意識を持つことによって対自的自己にならざるを得ないのである。そこで、主人公はいったん巣穴を出て自己を対自化するが、結局、本来の自分に戻ろうとして巣穴に帰ってくる。こうして、主人公は「お前たちは私の一部であり、私はお前たちの一部である。私たちは一心同体だ」と満足して、深い眠りに落ちるのである。

ところが、眠りから覚めたとき、主人公は「シューシューという音」がしていることに気づき、再び不安を感じ始める。それは即自的自己と対自的自己とは究極的に一体化することはできないという分裂状態すなわち「自己疎外」を意味しているだろう。こうして主人公はこの「自己疎外」によって自滅していくのである。

この物語の最大の謎はこの「シューシューという音」の正体は何かということである。その音はどこからかはわからないが、巣穴の壁から規則正しい間をおいて聞こえてくる。しかも、巣穴のどの場所でも同じ音に聞こえるのである。そこで、主人公は無数の小動物が地中で音を出しているとか、一匹の大きな動物が巣穴の周りをものすごい速さでぐるぐる回っている音だとかいろいろ推測してみるが、納得のいく結論は得られない。

読者の中には、次のような疑問を持つ人がいるかもしれない。この物語の主人公は、未知の動物が巣穴の外部から近づいてくると思い込んでいるが、もし、この「シューシューという音」の正体が、ブロートが言うように、「咳」あるいは肺結核による呼吸音だとすれば、音は自分の体内から聞こえてくるのではないか、主人公は自分の内部からの音を外部からの音と錯覚しているのではないか、あるいは、敵は主人公の不安が生み出した幻覚にすぎず、その音は幻聴なのではないか、という疑問である。

「巣穴＝作品」とか「巣穴＝自己」であると考えている人にとっては、その「シューシューという音」は実在する敵が出す音であるというより、主人公自身の内部から聞こえてくる音か幻聴であると考えたほうが、整合性が取れるように感じるのだろう。作品群を失敗作として葬り去ろうとするのもカフカ自身であり、自己を対自化し、自らを自己疎外（自己分裂）の状態に置いてしまうのもカフカ自身である。つまり、巣穴の崩壊は主人公（カフカ）自身に原因があるというわけである。

しかし、それでは「自分に死を宣告するのは自分自身である」ということにならないだろうか。そうなると、『判決』において、ベンデマンに溺死判決を下したのは父ではなく、ベンデマン自身であり、『審判』においてヨーゼフ・Kに死刑判決を下したのは裁判所ではなく、K自身であるということになりはしないだろうか。はたして、それは正しい解釈だろうか。カフカの主人公たちはそのような自己決定ができるほど「強い自我」を持っているだろうか。

実際には、この物語は、主人公が敵と遭遇して戦いに敗北するとか、巣穴を自ら完全に崩壊させてしまうとかいう結末ではなく、ただひたすら敵と音について思案をめぐらすところで終わっている。「しかし、すべてはもとのまま変わっていなかったのである。」というのが最後の言葉であるが、これはいかにも「付け足し」という印象を与える。それゆえ、この作品も未完ということになるのだろう。ただ、この作品も『ある犬の研究』と同じく、死を意識し始めたカフカが自分の人生を回顧しつつ書いた「自伝」であることは間違いないだろう。

参考文献

・マックス・ブロート編『決定版カフカ全集2　ある戦いの記録、シナの長城』（前田敬作訳、新潮社、一九九二）

・梅津真「カフカの「巣穴」（Der Bau）について」（北海道大学独語独文学研究年報、七、四十七―六十四、一九八一）〈http://hdl.handle.net/2115/25575〉（2022/1）

十六　短編集『断食芸人　四つの物語』（一九二四年刊行）

「**最初の悩み**」（執筆一九二〇年頃、初出芸術雑誌「ゲーニウス」第三巻第二号、一九二一年）

空中ブランコ芸人は、サーカスで働く限り昼夜を問わず、ブランコの上で暮らしていいという了解を取り付けた。彼が必要とするものは何でも、下働きの男たちが特別な容器で上げ下げしてくれた。幹部たちも、彼は並外れた芸人であり、そうでもしなければ絶えず訓練して芸を完璧に保つことはできないとわかっていたのである。しかし、空中にずっと一人でいるために、当然人との付き合いはごく限られたものとなった。

ブランコ芸人にとって苦痛だったのは、旅巡業での町から町への移動である。それゆえ、マネージャーは彼の苦痛が必要以上に長引かないように、自動車で移動するときは夜か早朝にレース用自動車を使い、鉄道で行くときは、車室を一つ借り切って旅の間中、彼が網棚で過ごせるようにした。マネージャーは、これまで旅巡業をうまく切り抜けてきたが、それでも、旅でブランコ芸人の神経がかき乱されるので、それが苦痛の種だった。

鉄道で移動中のあるとき、網棚にいたブランコ芸人が斜め向かいに座っていたマネージャーにそっと声をかけた。彼は「これまでブランコは一つだったが、僕には向かい合った二つのブランコが絶対必要だ」と言った。マネージャーはためらいながらもそれに同意した。すると突然ブランコ芸人が泣き出したので、マネージャーは座席の上に上がって、彼を撫でたりさすったりしてやった。ブランコ芸人はすすり泣きながら「両手にこんな止まり木が一本だけで、どうして僕が生きていけるだろう！」と言った。そこで、マネージャーは次の駅で客演先に第二のブランコを用意するよう電報を打つと約束し、彼にこんなに長い間ブランコ一つで演技させていたことを謝罪し、彼がそれに気づかせてくれたことに礼を言った。

それで、ブランコ芸人はようやく落ち着いたが、マネージャー自身は落ち着かなかった。こういう考えがブランコ芸人を悩まし始めたとすれば、それは次第に増殖して、ついには彼の生命を脅かすまでになるのではないか。マネージャーは今は眠っているブランコ芸人のあどけなさが残るすべすべした額に最初のしわが刻まれるのが見えるような気がした。

この物語は、要するに、芸の向上のため空中で生活しているブランコ芸人がマネージャーに「二つ目のブランコがなければ生きていけない」と泣きながら嘆願し、それに対してマネージャーは「こういう考えが彼を悩ませ始めたとすれば、それは次第に増殖し、ついには生命を脅かすまでになるのではないか」と危惧するという話である。ポイントとなるのは、「こういう考え」とはどのような考えかということだろう。

たとえば、ブランコ芸人が自分の身の安全を確実にしたいと思って、二つ目のブランコを要求したのだとすれば、マネージャーは芸人が自分の技術に不安を感じ始めたのではないかと危惧していることになるだろう。それに対して、芸人がさらなる技術向上を目指してそれを要求したのだとすれば、マネージャーは芸人がますます芸にのめり込んで、ますます非人間的になっていくことを危惧していることになるだろう。

だが、私は次のように考えたい。この芸人は普段演芸場の円天井近くに独りで生活しているために、人と接することがほとんどない。その彼が旅で移動中、列車の車室の網棚にいて、間近で向かいの座席に座っているマネージャーを見ていたとき、ふと人恋しさを感じたのではないか。それで思わず、二つ目のブランコを要求したのではないだろうか、未知の誰かに乗ってもらうために。それを察したマネージャーは、芸人が芸以外のことに気を取られ、芸に集中できなくなること――それはブランコ芸人にとっては命取りになりかねない――を懼れたのではないだろうか。

一九一九年、カフカはユーリエ・ヴォリツェクと婚約するが、父に猛反対され、それに抗議して『父への手紙』を書いた。また、一九二〇年にはユダヤ人の夫を持つチェコ人ミレナ・イェセンスカと交際を始めている。この時期のカフカは人恋しかったのではないか。しかし、彼は同時にそのような人間的な生活が作家の創作活動の障害になることも懼れていたのである。人間的な生活と作家活動との両立、それがカフカの希望であったが、それが難しいこともカフカにはわかっていたのである。

「小さな女」（執筆一九二三年十一月末〜二四年一月、初出『断食芸人　四つの物語』ベルリン、一九二四年）

その女は小さくてほっそりしていて、動作は活発で敏捷だ。この小さな女は、私に対してひどく不満を抱いており、いつも私に不平を言い、絶えず私から迷惑を被っていると話している。もし、生活を細かな部分に分けて、その一つ一つを判断できるとすれば、私の生活のすべての部分が彼女に腹を立たせるのだろう。

私は自分がどうして彼女を怒らせるのか、何度も考えてみた。私のすべてが、彼女の審美感覚や正義感、習慣、伝統、希望に抵触するのかもしれない。けれども、どうして彼女はそれほど悩むのか。私たちの間には、彼女が私のせいで苦しまねばならないような関係は存在しない。彼女が私を赤の他人と見なす決心をすれば、それで済んでしまうのだ。私は一度、どうすれば彼女の不満に終止符を打てるか示唆しようとしたことがあったが、彼女を激昂させただけだった。

あるいは、私にも一種の責任があるかもしれない。私たちの関係が赤の他人であるにしても、彼女が私への不満のために肉体的に苦しんでいるのは事実だからだ。彼女は一晩中眠れなかったとか、頭痛がするとか言いふらし、親戚の人たちに心配をかけている。彼女は頑強な女なのに、世間の嫌疑を私に向けさせるために苦しんでいる振りをしているのではないかと私は疑っているが、そうすることで、公衆一般に私に対する憤懣を生じさせようと彼女が考えているなら、それは思い違いである。私は彼女が考えるほど無用な人間ではない。誰も彼女の主張を信じないだろう。しかし、私のせいで彼女が病気になったと世間に知れたら、世間の人は私を非難するに違いない。世間はこのような場合には恋愛関係を疑う、彼女にそのような好意的な気持ちは一切無いにしてもである。

したがって、結局は世間が介入してくる前に、彼女の不満を和らげるように私自身を変えることしか残されていない。そして、私はそれを真面目にやってみた。しかし、そうしたことも彼女はお見通しだった。私に対する彼女の不満は原則的なものなのだ。何ものも、たとえ私が自分を抹殺したとしても、彼女の不満を除去することはできないのだ。彼女は、私が彼女の要求に応えられず無力であることを知っているはずなのに、生まれついての戦士であり、戦いの情熱の中でそれを忘れてしまう。そして、私はと言えば、自制の蝶番《ちょうつがい》が外れた人を見ると、警告の言葉を耳元で囁かざるを得ないという不幸な性質なのである。これでは私たちが協調できるわけがない。私たちは毎朝顔を合わせるたびに不機嫌になる。ある親しい友人が私に旅行に出てはどうかと勧めたが、むしろじっとしている方がいいのだ。この事態は時間の経過とともに変化するというものではない。

私はこの事態の解決は結局行われないだろうとわかったので、前よりも冷静になった。私の小さな女裁判官が怒りと絶望の涙を流しながら私を見るとき、私はいよいよ解決の時が来た、私は召喚されて弁明しなければならないと考えた。しかし、世間（公衆）はそんなことにいちいち注意を向けている余裕はない。世間は私たちの周囲をうろつき、機会があれば口を挟もうとするが、結局は傍観しているだけである。以前と違った点は、彼らの正体が次第にわかってきて、彼らの顔が見分けられるようになったことである。以前は、彼らが四方八方から集まってきて問題の規模が大きくなり、否応なしに解決策が生まれてくると思っていたが、今では、すべては何も変わっていないし、そしてこれは事態の解決にはならないと思っている。

しかし、いつか公衆がこの問題に関与してきたとしたら、私は無傷では済まないだろう。けれども、公衆も私が無名ではなく信頼に値することは知っているから、このあとから現れた悩める小さな女——相手が私以外の男だったら、とっくにこの女が「いが」のようなものだと見破って、公衆のために長靴で踏みつぶしていたろう——が、公衆が私は尊敬に値する成員であると宣言している証書に、醜悪な小さな花文字を付け加える程度に過ぎないことは考慮に入れてよい。これが現状であり、だから、私は心配するに当たらないのだ。

しかし、私が年とともにいくらか不安になったとしても、そのことは事態の本質とは何ら関係がない。人を腹立たしい気持ちにさせるのは、根拠がないとわかっていても、到底我慢できるものではない。人は不安になる。理性的に考えれば解決などできない場合であっても、人は肉体的に解決を待ち焦がれ始める。青春の内は、すべてがよく見えるのであり、青年が人のすきをうかがうような眼つきをしても悪く解釈されることはないが、年を取ると、そのように人のすきをうかがうような眼つきは明らかに人のすきをうかがうような眼つきであって、それを確認するのは難しいことではない。しかし、この場合でも事態が悪化したわけではない。

だから、私がこの小さな問題をざっと手で覆い隠していれば、あの女がどれほど騒ぎ立てても、これからも世間に煩わされることもなく、今まで通り静かな生活を続けられるという結論に落ち着くのである。

この作品は実に奇妙な作品である。語り手である「私」がとにかく「私」を嫌っている「小さな女」のことでひたすら愚痴をこぼしているのである。「私」と「小さな女」はどうやら同じ家屋に住み、毎日顔を合わせているようだが、赤の他人らしい。この「小さな女」はとにかく「私」の為すことすべてが気に入らないようである。「もし、生活を細かな部分に分けて、その一つ一つを判断できるとすれば、私の生活のすべての部分が、彼女に腹を立てさせる」のである。「私」と「小さな女」とは「審美感覚や正義感、習慣、伝統、希望」のすべてで意見が合わないのだから、これはもうどうしようもない。

それなら、赤の他人として割り切ってしまえばいいのに、彼女は「私」への不満を親戚に言いふらしたり、世間に「私」を罪人のように見させようとするのだ。「私」は世間から非難される前に何とかしようと思い、自分の態度を変えてみたが、「私」に対する彼女の不満は「原則的なもの」であり、たとえ「私」が自分を抹殺したとしても、彼女の不満は除去できないらしい。とにかく、彼女の性格は戦闘的であり、それに対して「私」自身も、自分をきちんと抑制できない人間に対して黙っていられない性格なので、二人が協調できるわけがないのだ。

この「小さな女」は裁判官として「私」を公衆の前に召喚して弁明させようとするが、結局、公衆は傍観するだけである。以前は、「私」は公衆の正体が見えていなかったので、公衆が寄り集まって判決を出すと思っていたが、彼らの顔が見分けられるようになった今では、それで事態が解決するとは思っていない。したがって、彼女がどれほど騒ぎ立てても気にすることなく、また世間に煩わされることもなく、今まで通り静かな生活を続けられるという結論に落ち着くのである。

世の中には、どうにも性に合わない天敵のような人物がいるものだ。そういう人物と接しなければならない場合、結局は、相手がどれほど騒いでもたかが知れていると観念して、泰然自若としているしかないということだろうか。カフカには似合わない処世術を説かれているような気になってくる。この作品は、何かの「寓意（アレゴリー）」とか「皮肉（アイロニー）」とかがあまり感じられないので、どことなくカフカらしくない感じがする。

『カフカ事典』には、「カフカ自身の申し立てによれば、ここで描かれている女性は、ベルリンでドーラ・ディマントと同居していたときの家主で、彼女は二人の悩みの種であった」と書かれている。カフカ自身が言うのだからその通りなのだろう。しかし、何とも釈然としない。この短編集がおそらく最後の刊行物になるであろうということは、カフカ自身も予感していたことだろう。この作品に、是非とも後世に残したいというほどの価値があるのだろうか。それなら、同時期に書かれた『巣穴』のほうがはるかに優れているのではないか。なぜ、カフカはこの作品をあえて短編集に入れたのだろう。

そう考えたとき、ふとあることがひらめいた。カフカにとって天敵である「小さな女」、その反対は「大きな男」である。カフカにとって天敵である「大きな男」とは誰か、言うまでもなく、カフカの父ヘルマン・カフカである。「小さな女」を「大きな男」と読み替えて作品を読み返してみると、この作品はずっとコンプレックスを抱いていた父に対して、カフカが最後に一矢報いた作品、カフカの父に対する精一杯の「リベンジ（復讐）」のように思えてきた。であれば、この作品はカフカの生前に刊行された作品群の中で最高の「ブラック・ユーモア」となるだろう、もちろん、これもたんなる私の想像にすぎないが。

「断食芸人」（執筆一九二一～二二年、初出文芸誌「新ドイツ展望」三十三号、一九二二年十月）

ここ数十年の間に断食芸人に対する関心ははなはだしく衰退したが、かつては大人気で町中が断食芸人に熱狂したものだった。昼も夜も大人も子供も入れ代わり立ち代わり、檻の中の断食芸人を見物した。観客のほかに公衆によって選ばれた見張りも三人一組で、断食芸人が秘密の方法で食べ物を摂ることがないように昼夜監視したが、これはたんに見物人たちを納得させるためのものだった。なぜなら、断食芸人は自分の芸に誇りを持ち、決してほんのわずかな食べ物も摂らなかったからである。

これは一般に断食から切り離すことのできない嫌疑であったが、彼だけは断食がいかに易しいかを知っていた。マネージャーは断食の最高期間を四十日と定めていて、それ以上は断食を続けさせなかったが、それは四十日を超えると観客数が減少したからである。こうして四十日目になると、劇場で観客が見守る中、音楽が盛大に演奏され、断食芸人は檻から出され、二人の若い女性に導かれて食事を摂らされるのだった。しかし、断食芸人は四十日で断食が終わることに不満を持っていたのである。

やがて、絶大な人気を博していた断食芸への人々の関心も薄れ、大衆は他の見世物へ流れて行った。だが、大観衆から歓呼を浴びることに慣れていた断食芸人は、うらぶれた縁日の見世物小屋に出るわけにもいかず、彼は生涯の友であったマネージャーと別れて、大きなサーカスと契約した。彼は自分の芸の真髄によって全世界を驚倒して見せると主張したのである。

しかし、サーカスでは自分の入っている檻は場内中央に置かれるのではなく、場外の動物たちの檻の近くに置かれることを、彼は甘受せざるを得なかった。観客はショーの合間に動物たちを見に行くとき、断食芸人の檻の前を通り過ぎるだけである。結局、彼は可能な限り断食を続けていいことになった。やがて、檻にかけてあった看板の文字も読めなくなり、断食の日数を示す表示板も換えられなくなった。こうして断食芸人は、かつて彼が夢想したように断食を続け、やすやすとそれに成功した。しかし、誰一人として、また断食芸人すら、彼の記録がどれほど偉大なものになっているかを知らなかった。そして、彼の胸は悲哀に閉ざされた。

こうして多くの日数が過ぎたが、あるとき、監督の一人がこの檻に眼をとめて、どうしてこんな立派な檻に腐った藁をまき散らしたまま放っておくのかと従業員たちに尋ねた。従業員の一人が断食芸人のことを思い出し、棒で藁をかき回すとそこに断食芸人がいた。監督が「断食をいつまで続けるつもりか」と声をかけると、断食芸人はまず謝罪し、「私はあんた方が私の断食に感心することを望んでいたが、あんた方は感心してはいけなかったのだ」と言った。監督がその理由を聞くと、断食芸人は「私は断食するほかなかったのだ。なぜならそれは、うまいと思う食べ物を見つけることができなかったからだ。もし見つけていたら、あんたやほかの人たちと同じように、たらふく食べていただろう」と答えた。それが最後の言葉だった。

断食芸人の死後、檻には若い豹が入れられた。生命力と自由に溢れたその高貴な肉体を目の当たりにして、観衆はいつまでも檻の前から動こうとしなかった。

この作品が書かれた一九二二年は、カフカはまず最後の大作となった『城』の執筆に着手し、その後この「断食芸人」を書き、七月に労働者災害保険局を正式に退職したあと、『ある犬の研究』を執筆している。この年は肺結核を発症して以降、カフカにとって最も多産で充実した年となった。また、保険局を正式に退職したことによって作家活動に専念できるようになり、彼が自分にとって天職である「書くこと」の意味について改めて考えた時期であったこともすでに述べた。

断食芸人の生業《なりわい》はもちろん「断食」であり、研究犬が犬族の食べ物の研究のために用いた手段も「断食」であるから、禁欲的な「断食」がカフカにとっての「書くこと」の隠喩（メタファー）であることは間違いないだろう。そして、「断食」は「食べること」すなわち一般の人々の日常生活とは相容れないものであるから、「書くこと」は世間から離れて孤独の内に行う苦行ということになるだろう。また、事実として肺結核が喉頭にまで転移しつつあったカフカにとっては、文字通り断食せざるを得なかったとも言えよう。ここでは、「なぜ、何のために断食芸人は断食するのか」を手掛かりにして、「なぜ、何のためにカフカは書くのか」について考えてみたい。

佐々木博康によれば、この作品は三つの部分に分けられるという。断食芸人がマネージャーとともに興行的に成功を収めていた第一部、断食芸に対する世間の関心が薄れ、マネージャーと別れてサーカスに雇われた第二部、そして断食芸人の最後の様子が語られる第三部である。

第一部では、断食芸人は世間から賞賛を得るために断食を行っていることが述べられる。彼は自分の名誉のために断食を行っているのだから、不正をするなどは考えられないのである。断食は彼にとって苦労ではなく、容易なことであり、断食期間が四十日に限られていることに不満を持っていることが語られる。

第二部では、かつての栄光が忘れられない断食芸人が、サーカスで思う存分断食をし、「自分の芸の真髄によって全世界を驚倒させる」と宣言するが、彼の檻は場内ではなく、場外の動物たちの檻の近くに置かれ、観客もほとんどいなかった。そこで、彼は観客の賞賛は諦め、記録の達成だけに専念するが、断食の日数を数える者さえもなく、彼の胸は悲哀に閉ざされる。

第三部では、周囲から忘れられてしまった断食芸人をサーカスの監督が見つけ、彼に話しかける。監督とのわずかなやり取りの後、断食芸人は息を引き取るが、彼の目の中にはさらに断食を続けるのだという断固とした信念が浮かんでいたという。彼の死後、その檻には、生命力に溢れた若い豹が入れられ、観客の目を惹きつけた。

佐々木はこの作品の謎として、次の四つを提示している。㈠なぜ断食芸人はサーカスの監督に向かって赦しを乞うのか、㈡断食芸人の最後の言葉は何を意味しているのか、㈢断食芸人が死んだ後に登場する豹にはどのような意味があるのか、㈣そもそもこの作品は何を描いているのか。

佐々木はこれらの問いに彼なりの解答を与えつつ、最後に「断食芸人は世間の賞賛でもなく、自身の記録でもなく、「未知の糧《かて》」を求めて生きることが自分の生の意味であることを悟り、これまで続けてきたようにこれからも断食を続けていくことを納得して死んでいく。つまりこの物語は、断食芸人が自分自身の生に対する認識を深めていき、ついに自分本来の道を見出すようになる過程を描いた作品であると言える」と述べている。

文中の「未知の糧」とは、『変身』において虫になったグレゴールが妹のヴァイオリンの音色に惹かれて下宿人たちの前に姿を現す場面で使われた言葉である。グレゴールはヴァイオリンの音色を聞き、待ち焦がれていた「未知の糧」への道が、今目の前に浮かび出たような心地がしたのである。佐々木はこの「未知の糧」の探求は『ある犬の研究』に引き継がれていくと述べているが、「未知の糧」と「断食」とはどのような関係にあるのか、さまざまな解釈が可能であると思われる。

いずれにせよ、断食芸人の最後の言葉「私が断食したのは、うまいと思う食べ物を見つけることができなかったからだ。もし見つけていたら、あんたやほかの人たちと同じように、たらふく食べていただろう」の真意がどこにあるのか。それは、うまいと思える食べ物すなわち「未知の糧」が見つかれば、彼は断食をやめていたという意味なのか。あるいは、そのような「未知の糧」とは食欲の対象ではなく精神的欲求の対象であり、それゆえ、「未知の糧」は禁欲的な「断食」を続けることによってしか得られないものなのか。これもカフカが仕掛けた罠であることは間違いないだろう。

参考文献

・佐々木博康「カフカの『断食芸人』——書く人として生きる」（大分大学教育福祉科学部研究紀要第三十五巻第二号、二〇一三）〈www.ed.oita-u.ac.jp/kykenkyu/bulletin/kiyou/sasaki35_2〉（2022/1）

「歌姫ヨゼフィーネ、あるいは二十日鼠族」

（執筆一九二四年、初出日刊紙「プラハ新聞」一九二四年四月二十日）

われらが歌姫の名はヨゼフィーネである。彼女の歌に魅了されない者はいない。一般的にわが民族は音楽を好まない。われわれの生活が苦しいこともあるが、われわれはある種の実際的な狡猾さを持っており、音楽が与えてくれるであろう幸福への願望を抱いたとしても、たやすく諦めてしまうのである。ただヨゼフィーネだけは例外で、彼女は音楽を熱愛し、音楽を他の者たちに伝えることもできる。彼女が亡くなれば、音楽はわれわれの生活から消滅するだろう。

私は彼女の音楽は本当は何なのだろうと考えてみた。われわれがヨゼフィーネの音楽を理解できると思っているのは、彼女の歌があまりに美しいとか、彼女の喉からだけわれわれが聞いたこともない何かが響いてくると感じるからだろうが、しかし、私はそんな感情は抱かない。親しい仲間内では、ヨゼフィーネの歌は特に非凡なものではないと言っている。いったいあれは本当に歌だろうか。あれはやはり「鼠鳴き」にすぎないのではないか。鼠鳴きならわが民族の生来の才能であって、芸術でも何でもない。

しかし、彼女から遠く離れた所にいて彼女の声を聞けば、それはただの鼠鳴きに聞こえるだろうが、彼女の目の前で聞くとすればそれはただの鼠鳴きではない。ヨゼフィーネの芸術を理解するためには、彼女の声を聞くばかりではなく、彼女の姿を見ることが不可欠である。彼女の目の前で聞くならば、それは鼠鳴きではなく芸術なのである。

ヨゼフィーネがこれから歌うつもりでいることを示すポーズを取ると群衆が集まってくる。時として群衆が集まれないとき、彼女は激怒する。すると、彼女には知らせることなく、聴衆が呼び集められるのである。皆がこれほどヨゼフィーネのために尽くすのはなぜだろう。それはわが民族が無条件でないにしろ、ヨゼフィーネを崇拝しているからである。こうして民衆は子供を受け入れる父親のように彼女の世話をするのである。ところが、ヨゼフィーネは民衆とは正反対の意見を持っており、自分の方が民衆を保護しているのだと信じている。

わが民族は苦難に慣れ、労をいとわず、瞬時に決断し、死を熟知しており、臆病そうだが豪胆であり、また多産でもあるが、このような民族の救済者を自任することは容易である。とはいえ、われわれが苦難に直面したときほど、ヨゼフィーネの声に耳を傾けるというのも真実である。われわれに覆いかぶさる脅威がわれわれをいっそう慎ましくさせ、ヨゼフィーネの命令に従順にさせる。われわれは好んで寄り集まる。それはあたかも戦いの前に平和の盃を挙げようとするかのようである。それは独唱会というよりは国民集会であり、ステージのか細い鼠鳴きを除いて、完全に静まり返った集会である。他の万人に沈黙が課せられているところで発せられるヨゼフィーネのこの鼠鳴きは、個人一人ひとりに訴える民族のメッセージであり、敵意ある世界の喧騒に包囲されたわが民族という哀れな存在そのもののように感じられる。

わが民族は青春というものを知らず、ほんのわずかな幼年時代すらほとんど持たない。わが民族は多産であるから子供たちが次々に生まれるが、残念ながらわれわれは子供たちに真の子供時代を与えることができない。その結果、消滅しがたい子供らしさがわが民族に浸透している。

しかし、わが民族は子供らしいばかりではなく、早く老いもする。わが民族の非音楽性はおそらくそのことと関連があるのだろう。われわれは音楽を楽しむには老いすぎている。しかし、重大な局面に催されるヨゼフィーネの独唱会には若い者たちは驚嘆するが、本来の聴衆は自己に沈潜して瞑想にふけるのである。鼠鳴きはわが民族の言語であり、多くの者は自分が鼠鳴きをしていることに気づかないが、ヨゼフィーネの独唱会では、鼠鳴きが日々の生活の桎《しっ》梏《こく》から解放され、しばしの間われわれをも解放してくれるのである。

久しい以前から、ヨゼフィーネは彼女の歌を顧慮して、他のあらゆる労働を免除してもらえるよう闘争してきた。しかし、わが民族は彼女の主張を聞き流して退ける。それでも彼女が戦い続けるのは、彼女が労働を嫌っているというのではなく、彼女が求めているのは彼女の芸術に対する公的で明白な承認なのである。

ヨゼフィーネのこの闘争はいっそう尖鋭になっているが、それは彼女が年老いて声も衰えを見せ始めているために、これほど性急に承認を求めているのだと考えている人は多い。しかし、私はそうは思わない。彼女にとっては老化も声の衰えもありえない。彼女が最高の栄冠を求めるのは、それが今や手に届きそうなところにあるからではなく、それが最高の栄冠だからである。

ヨゼフィーネは民衆が労働を免除しないのであれば、今後は歌う際にコロラトゥーラを短縮すると言ったり、また完全に歌うと言ったり、二度と歌わないと言ったりしたが、民衆の方はそれらを聞き流しているだけである。それでもヨゼフィーネが屈することなく、負傷とか過労とかを理由に歌えないと主張すると、彼女の崇拝者たちは彼女に懇願し、ついに彼女は眼に涙を浮かべて譲歩するのである。こうして独唱会が終わると、彼女は崇拝者たちの手も借りず、群衆に冷たい視線を浴びせながら立ち去るのである。

しかしある日、ヨゼフィーネは忽然と姿を消した。彼女は自ら進んで歌を放棄し、彼女が民衆に対して振るっていた力を破壊したのである。しかし、民衆はヨゼフィーネを失っても、ひたすら自分の道を歩み続けている。

しかし、ヨゼフィーネは破滅していかねばならない。彼女の最後の鼠鳴きが響き、そして沈黙するときが来る。彼女はわが民族の永遠の歴史における一つの小さなエピソードであり、わが民族はこの損失を克服するだろう。むしろ民衆はヨゼフィーネの歌を改めて失うのではなく、初めからないも同然だったからこそ、あれほど賞揚したのではないだろうか。したがって、われわれはそれほど多くを失うことにはならないだろう。

そして、ヨゼフィーネは、彼女の意見によれば、選ばれた人々だけに課せられている、地上の苦しみから救済されて、嬉々としてわが民族の無数の英雄の群れの中に紛れ込んでいき、そして間もなく、われわれは歴史を記録しないから、彼女にふさわしい高級な救済を享受しつつ、彼女の同胞すべてと同じように忘れ去られてしまうだろう。

まずこの作品は、題名が特徴的である。二つの名詞が「あるいは」という言葉で並列されている。したがって、この物語は歌姫ヨゼフィーネと二十日鼠族が同等に扱われていることになり、ヨゼフィーネという歌手——芸術家——と鼠族——それは民族でもあるし、民衆でもあるだろう——との関係性が語られていることになる。

冒頭、語り手はわが民族は音楽を好まないのに、ヨゼフィーネの歌だけは受け入れており、また、彼女が亡くなれば音楽がわれわれの生活から消滅するだろうと述べ、彼女の死を暗示している。これはカフカ自身が自分の運命を予感しているようにも見えるが、とりあえず、ヨゼフィーネがカフカ自身の分身であるかどうかの性急な判断は控えるとして、ヨゼフィーネが歌を歌うことにどのように向き合い、また、彼女の歌は鼠族にとっていかなる意味をもつのかについて確認しておこう。

まず、語り手はヨゼフィーネの歌が本当に歌すなわち芸術なのかを疑う。それは歌などというものではなく、ただの「鼠鳴き」ではないかというのである。しかし、語り手はすぐにこれを否定して、それは紛れもなく歌であると認める。では、ヨゼフィーネはいつ歌うのか。それは、鼠族の不安定な日常生活の中でどうしても仲間の手助けが必要となるような、彼らにとっての苦難のときである。そのようなときヨゼフィーネは時期が到来したと見なして、歌い始めるのである。

ヨゼフィーネは、民衆が彼女を保護しているのではなく、彼女の方が民衆を保護しているのだと自負している。確かに、われわれは苦難のとき彼女の歌に耳を傾けることによって心の平安を得ているし、彼女の頼りなげな鼠鳴きはわれわれ鼠族という哀れな存在の象徴のように感じている。

また、とりわけ重大な局面における彼女の独唱会では、若者は彼女の歌に驚嘆するが、本来の聴衆である大人たちは自己に沈潜して瞑想にふける。彼らはまるで夢見るように、民族という巨大な温かいベッドの中で思い切り手足を伸ばしているように感じるのである。このときほど音楽が必要とされる瞬間はなく、束の間の幼年時代の幸福や日常の陽気さの幾分かがよみがえってくる。ここではたんなる鼠鳴きが日々の生活から解放され、しばしの間われわれをも解放してくれるのである。

ここでは、「断食芸人」において描かれていた芸術家の姿とは全く異なる芸術家の姿が描かれている。断食芸人は世間から賞賛を得たいがゆえに断食するものの、その目的はただひたすら禁欲的に芸に打ち込み、芸を極めることにあった。それは観衆に快楽や心の平安を与えるというより、自己実現に専念する求道者の姿であり、極端なことを言えば、断食芸人にとって観衆は必要なかったのである。彼にとって芸術は本来自分の内にあって人に見せるものではなく、自分が納得できるかどうか自己満足できるかどうかが最大の関心事だったのである。

それに対して、ヨゼフィーネはまず観衆がいなければ歌わない。彼女は観衆が静かに彼女の歌に耳を傾けることを要求する。彼女は自分の芸術に自信を持ち、彼女の歌は実際に観衆の心を魅了し、安らぎを与えるのである。しかも、ヨゼフィーネは国民的な歌手である。彼女の歌は鼠族を象徴するものであり、特に大人の観衆は彼女の歌を聞くことによって「民族という巨大な温かいベッド」つまり「故郷」にいるような郷愁や安心感を覚えるのである。彼女の歌は民衆に開かれており、芸術の存在価値は民衆に心の平安あるいは「カタルシス（魂の浄化）」をもたらすことにある。それゆえ、ヨゼフィーネは民衆が彼女を保護しているのではなく、彼女が民衆を保護しているのだと自負するのである。

　断食芸人は芸を通して自分自身と向き合い、ヨゼフィーネは芸を通して民衆と向き合う。この点では、作家としてのカフカは断食芸人に近いだろう。しかし、芸術を「生業《なりわい》」として考えたとき、断食芸人は他のことに煩わされることなく、その芸によって食べていけたのに対して、ヨゼフィーネは歌うことだけに専念できるよう、他の労働の免除を民衆に要望したが、結局それは受け入れられなかった。そもそも鼠族にはプロの歌手は存在しなかったのである。この点では、カフカはヨゼフィーネの境遇に近いと言えよう。彼もずっと「書くこと」と「パンを得ること」との両立に心を悩ませてきたのである。

　断食芸人とヨゼフィーネとでは、死を前にしたときの姿勢も対照的である。断食芸人は今まで芸に精進してきた自分の生き方は正しかったという信念を抱きつつ息を引きとり、これに対して、ヨゼフィーネは、生前の彼女の言葉によれば――死ぬ時の彼女の様子は描かれていない――、彼女は地上の苦しみから救済され、嬉々として民族の英雄たちの仲間入りをするのである。しかし、目指すところは異なるにせよ、二人に共通しているのは死に臨んで後悔がないことであろう。二人は死後民衆の記憶から忘れ去られるにしても、ともに死の瞬間においては幸福だったと考えていいのではないか。

　孤独な苦行者である断食芸人こそカフカに相応しく、世俗的でプライドが高いヨゼフィーネはカフカらしくないと思われがちだが、私はともにカフカの分身と考えていいのではないかと思う。カフカはもともと民衆や民族などの同胞と結びついていたかったのである。しかし、彼の内向的な性格がそれを妨げていた。それが、短い間ではあったが、ドーラ・ディマントと出会い、ともに暮らしたことによって、ドーラを通して民衆や民族との絆を改めて意識したのではないだろうか。それゆえ、カフカは、『審判』のヨーゼフ・Kのように「恥辱が残っていく、犬のような死」でもなく、また、断食芸人のように「さらに断食を続けようとする断固たる信念を抱いたままの死」でもなく、「地上の苦しみから救済され、民族の英雄として同胞たちに受け入れられるという幸福な死」をヨゼフィーネに与えたのである。

「ヨゼフィーネ」という名前は「ヨーゼフ」の女性形であるから、『審判』の「ヨーゼフ・K」を連想させる。カフカはこの作品——この作品がカフカの最後の作品となった——で、「ヨゼフィーネ」に「幸福な死」を与えることによって「ヨーゼフ・K」も救済しようとしたのではないか。つまり、カフカは自分自身（＝K）を救済したのである。

第三章　カフカはどんな人物だったか

カフカの小説は、そこで語られる出来事が現実の世界の出来事なのか、それとも幻想の世界の出来事なのか、区別がつかないものが多い。小説は基本的に「フィクション」である。「フィクション」とは、実物でない虚構あるいは想像による創作を意味するが、多くの小説は、現実の世界を舞台として架空の物語が展開していく。中には『ガリバー旅行記』のように、現実の世界とは全く異なる「空想（ファンタジー）」の世界を舞台とするものもあるが、そうした物語は子供向けの「おとぎ話」のジャンルに分類されることが多い。

私には、カフカの描く物語は、一般的な小説とこの「おとぎ話」とが融合したような独特の次元を構成しているように思われる。たとえて言えば、ガリバーが現実の世界から隔絶した「小人の国」で体験したことを、現実のロンドンで体験するようなものである。本章では、このような独特な次元の世界の物語を描いたカフカとはどのような人物だったのか、彼の書いた日記や手紙を基本的な資料として再構成することを目的とする。

カフカは非常に筆まめだったようで、通常の人では考えられないような量の手紙を書いている。しかも、奇跡的にその多くが宛先人によって保管されていて、現在、私たちはカフカが書いた小説の分量以上のカフカの手紙を読むことができる。そのうち、私はフェリーツェ・バウアーに宛てた手紙群、「父への手紙」、ミレナ・イェセンスカに宛てた手紙群の三つを取り上げ、そこで語られている内容から、当時カフカが何を考えていたかを再構成してみたい。

したがって、本章の構成は次のようになる。一　フェリーツェへの手紙以前、二　フェリーツェへの手紙、三　父への手紙、四　ミレナへの手紙。

一　フェリーツェへの手紙以前

カフカの容姿・仕草・話し方

カフカの写真は数多く残っているが、まず印象に残るのは、美少年のような、その容姿である。愁いを含んだ大きな輝くような目と尖った耳、狭い額と豊かな髪、童顔と言っていい。そして、背が高くすらっとした体形。容姿だけ見れば、女性に好かれるタイプだろう。カフカに声をかけられて、厭な顔をする女性は少なかったのではないか。

カフカは自分が童顔であることを気にしていたようである。フェリーツェへの手紙の中でもそのことに触れており、交際を始めたころ、実際にはカフカは二十九歳、フェリーツェは二十五歳だったが、「自分の年齢は十八歳から二十五歳の間に見られます」（一九一二年十一月七日）と書いている。しかし、これもフェリーツェの年齢を意識した言い方だと思われる。実際には二十五歳ではなく、十八歳に見られたのではないか。

カフカが三十代後半のころ、労働者災害保険局の同僚の息子のグスタフ・ヤノーホと知り合いになった。当時十代後半だったヤノーホは文学を志しており、カフカ作品のファンでもあったので、父に頼んで紹介してもらったのである。父はヤノーホに「カフカは、友達になるには、内気すぎて、無口すぎる」と言ったが、二十歳の年齢差にもかかわらず、二人はすぐに打ち解け、よき友となった。

ヤノーホは『カフカとの対話』の中で、カフカの印象を次のように述べている。

「目は人をいつもいくらか下の方から見ていた。フランツ・カフカはこんな具合に、自分のひょろ長い姿を弁護したいといった風の奇妙な姿勢をしていた。彼の姿全体が、「僕は、失礼ですが、全くつまらない人間です。あなたが僕を大目に見てくださるなら、私は大変うれしいのです」と言いたいような様子だった。

彼は薄いヴェールを着せたようなバリトンで話した。それは力と高さの中間位置を決して棄てないけれども、驚くほどメローディアスであった。声も身振りも目つきも、みんな理解と寛容の落ち着きを放射していた。」（十七頁）

長身を隠そうとしていくらか前かがみになり、上目遣いに相手を見る仕草は、謙虚さの現れだろう。カフカは日記や手紙にしばしば書いているが、自分に自信が持てず、いつも不安を抱えていた。ただ、声には自信があったようで、友人や妹たちの前でたびたび本を朗読している。その中には、自分がその時に執筆していた小説も含まれていた。マックス・ブロートは、カフカの死後、カフカの未完の原稿を整理して出版する際、朗読された内容を参考にして編集したと言っているが、ブロートは今カフカがどんな小説を書いているか、おおかた把握していたのだろう。それを見越して、カフカがブロートに遺稿を託したと考えることは、結構、的を射ているかもしれない。

また、ヤノーホは『カフカとの対話』の中で、カフカの話す言葉は「ごつごつした石」（十八頁）のようだとも述べているが、カフカはメローディアスに話す一方で、その一つ一つの言葉は正確で緻密で堅苦しくもあった。それは、カフカが言語について絶対的な信頼を置いており、言語によって世界を正確に表現できると考えていたからであろう。『若き日のカフカ』の著者であるクラウス・ヴァーゲンバッハは、カフカの言語（ドイツ語）について次のように書いている、「反ユダヤ主義の支配した数十年の中で一ユダヤ人が最も明瞭なドイツ語の散文を書いたということは、これこそ歴史のわずかな正義の一つであろう。」（一七四頁）

神秘思想

カフカの日記は一九一〇年から始まっているが、一九一〇・一一年（二十七・二十八歳）の頃のカフカは作家としてはスランプに悩んでいた。そんな折、カフカはルドルフ・シュタイナー博士の神智学の講演を聞き、博士のもとを訪ねている。ルドルフ・シュタイナーは当時オーストリアやドイツで活動していた神秘思想家である。カフカはシュタイナー博士について「現代の最大の心霊学者というわけではないが、神智学を科学と一致させるという課題を引き受けたのは彼だけである」と日記に書いている（一九一一年三月二十八日）。

カフカは菜食主義者であり、医学的治療をあまり信用しておらず、自然療法に基づく独自の健康法を実践していた。したがって、神秘学（オカルト）にも少なからぬ関心を持っていたことは十分想像できる。そもそもカフカの最初期の作品である『ある戦いの記録』には、オカルト的な不思議な物語が多数出てくるし、また、最初の出版本である短編集『観察』にも、「ペテン師の正体」や「不幸であること」など薄気味悪い作品が掲載されている。カフカの思想の根底に「神秘的なもの」への憧れのようなものがあったことは銘記すべきであろう。

カフカはシュタイナー博士との面談で、まず自分が神智学に興味を持っていることを告げている。そして、自分はもともと文学の仕事に携わりたいのだが、文学だけでは食べていけないので保険局の役人になった。しかし、この二つを両立させるのは難しい。そのような自分がさらに神智学を志してもよいものだろうかと相談したのである。その際、カフカは、自分が文学では食べていけない理由として、まず仕事が遅いこと、次に自分の健康と性格が不確実な文学生活に耐えられるかどうか不安であると打ち開けている。この不安をカフカは一生涯持ち続けたが、シュタイナー博士がどのように答えたかについては書いていない。

ユダヤ人街（ゲットー）

一九一一年十月頃から、カフカは東ユダヤ人のイディッシュ語劇団の公演に足繁く通うようになり、団長のイツハク・レーヴィや団員たちと親しくなった。イディッシュ語は標準ドイツ語にヘブライ語やアラム語が混ざったドイツ語の一方言であり、おもにポーランドやリトアニアに移住したユダヤ人が使用していた言語である。同じドイツ語でも、カフカたち西ユダヤ人が使用していたドイツ語よりもユダヤの伝統を色濃く残していた。

そのイディッシュ語劇団の演劇が非常に優れているのに、それに見合うだけの謝礼も評価も得られていないことに対して、カフカは深い同情を示している。また、彼らとの接触によって自分がユダヤ人であることを再認識したようで、ドイツ語で母を意味する〈Mutter（ムッター）〉や父を意味する〈Vater（ファーター）〉は、どこかよそよそしくてユダヤ人の母や父ではないと言い、「僕は今でもユダヤ人街（ゲットー）の記憶だけがユダヤ人の家庭を支えていると思う」と日記に書いている（一九一一年十月二十四日）。

プラハのユダヤ人街は二十世紀の初めに大規模な再開発が行われ、かつてのスラム街から近代的な街並みへと生まれ変わったが、カフカの脳裏には、子供の頃の古くて汚いゲットーの記憶がまだ鮮明に残っていたのだろう。その記憶は生涯カフカから離れなかった。先ほどの『カフカとの対話』の中で、カフカは若いヤノーホに次のように語っている。

「私たちの心には、相変わらず暗い片隅、秘密の道、盲窓、汚らしい中庭、騒がしい居酒屋、閉め切った宿屋などが生きています。私たちは新しく作った町の広い街路を通っていきます。ところが私たちの歩きつきも目つきも不確かです。心の中は、まだ古い貧民窟の路地にいるように震えているのです。私たちの心はまだ、衛生施設が実現したことについては何も知らないのです。私たちの心の中にある不健康な古いユダヤ人街は、われわれの周囲の衛生的な新しい街よりはるかに現実的です。醒めた状態で、私たちは夢の中を歩いているのです。過去の時代の亡霊にすぎないのです。」（四十三頁）

『審判』の主人公であるヨーゼフ・K——彼がユダヤ人であるとは、どこにも書かれていない——が暮らしていたのは、近代的で衛生的なユダヤ人街ではなく、カフカの心の中にある不健康な古い貧民窟だったのだ。そしてカフカ自身が一生涯そのような不衛生な古い貧民窟の住民だったのだ。そこがカフカにとっての精神的な故郷だったのである。

僕は待つ苦痛を感じない

一九一一年十月から一九一二年九月にかけての一年間、カフカは実に頻繁に日記を書いた。『日記』として刊行されたもののうち、三分の一以上はこの時期に書かれている。それが一九一二年九月以降しばらく途絶えるのは、もちろんフェリーツェ・バウアーとの文通が始まったからである。ここではこの一年間に書かれた日記の中から、カフカの人物を知るうえで興味深いと思われる箇所をいくつか抜粋してみよう。

まず、十二月十八日に、彼は「僕は時間を守らない男だ。なぜなら、僕は人を待つ苦痛を感じないから」と書いている。実際、カフカはたびたび約束の時間に遅れたようだが、その理由を次のように説明している。「僕は、一部はだらしなさから、一部は待つことの苦痛を知らなかったことから、取り決められた会合の時刻に遅れたが、しかし一部はまた、約束を交わした人たちを僕が改めて確信なく探し回るという新たな複雑な目的を、したがってまた、いつまでも確信なく人を待つことの可能性を達成するためにも遅れたのだ。」

約束した時間に遅れたのは、約束を交わした人たちを自分が確信なく探し回る、あるいは確信なくその人たちを待つためだとは、いかにも奇妙な理屈である。しかし、私たちはこの言葉がそのまま彼の小説になっていることに気がつく。『審判』のヨーゼフ・Kも『城』のKも、それがいつだったのかわからないが約束の時間に遅れたために、確信なく誰かあるいは何かを待ち続けたり、探し回るのだ。しかも、彼らはそのことに苦痛を感じていない。むしろ当然のことのように待ち、そして探し回るのである。では、なぜ彼らは待てるのか。それは彼らが「すでに自分の将来を予感してしまっている」からなのだ。彼らにはもうすでに結果がわかっているので、慌てることがないのである。カフカの作品全般に漂っている虚無感は、この「結果はすでに出てしまっているという諦め」に由来しているのだと私は思う。

カフカの生活実態

十二月十九日には、母との会話が記されている。話題は子供や結婚のことである。母はカフカが若くて丈夫なのに、自分で病気だと思い込んで苦しんでいるのだと言った。特に、胃を壊したとか、あまりに書きすぎて眠れない時とかは、その思い込みから絶望を感じることがあるかもしれないが、解決の可能性はいくらでもある。一番ありそうなのは、カフカが突然ある娘に惚れてその娘をもはや捨てようとしないことだ。しかしマドリードの伯父のように独身で過ごすことになっても、それは決して不幸ではない。なぜなら、カフカは持ち前の抜け目のなさで、きっと順応することができるだろうから。

この日記が私の興味を引くのは、カフカがこうした会話を母と普通に交わしているという事実である。全く当たり前の親子の会話である。また、カフカが家族に頻繁に、胃が痛いとか、眠れないとか、絶望したとか、普通に愚痴っていたことがうかがえる。私たちは、彼の「父への手紙」があまりに強烈であるために、カフカと両親との関係は全くの敵対関係であり、口もきかなかったのではないかと漠然と思い込んでしまいがちだが、実際は、ごく普通の関係であったことが想像できるのだ。

確かに、父との関係は母とのそれよりはもっと疎遠だっただろうが、短編集『田舎医者』は父に献じられており、また、厭々ながらも、役所の仕事が終わった後、カフカは父の仕事を手伝ったり、食後にトランプの相手をしたこともあったのである。カフカの父子関係を精神分析学の視点から分析することは一つのアプローチの仕方であろうが、そのアプローチに過度にこだわることは本質を見誤る恐れがあると私には思われる。特に、ここに「エディプス・コンプレックス」を持ち出すことは正直言って違和感を覚える。

さて、私が特に興味深かったのは、母の最後の言葉「持ち前の抜け目なさ」である。カフカのイメージとしては、文学一途の人生で、世事に疎く、禁欲的な修道僧のような生活を送っていたという印象が強い。それはマックス・ブロートが作り上げたカフカ像であるが、彼の写真から受ける印象も、幼さが残り、純真で、傷つきやすく、神経質で弱々しいといったものであろう。決してずる賢さは感じられない。

しかし、カフカは作家一本でやっていく自信がなかったので、収入を得るために保険局に就職したのであり、しかも、執筆の時間を確保するために、通常よりも勤務時間を短くしてもらっている。それにもかかわらず、彼は役所内で順調に出世しているし、結局、年金がもらえるまで勤め上げるのである。こうしたことができたのは世事に疎いどころか、計算高く、したたかさを持っていたからであろう。カフカが法律家であったことを忘れてはならない。ブロートのように、カフカを神の啓示を伝える預言者のように捉えるのではなく、打算的で世俗的な、生身の人間として捉えることで、カフカの作品は別の輝きを放つように思われる。

不安と自信のなさ

十二月二十七日の日記で、カフカは、子供が持てない人間は不幸だと書いている。彼は、自分は病弱であり、結婚しても子供ができるかどうか不安だった。それゆえ、健康的で逞しく、多くの子供をなした父親にはコンプレックスを持っていたし、妹が出産して姪が生まれた時も、彼は喜びよりも嫉妬を感じたのである。

十二月二十九日には、「論文に終末をつけることの難しさ」について書いている。どんな小さな論文であっても、終末をつけるには、一種の自己満足と自己喪失という矛盾したものを強いることになる。そうした矛盾した状況から抜け出すには、強い決意と外側からの刺激がないと難しいと書いている。物語を完結させるには、強い意志に基づく決断が必要であるが、カフカはその決断ができなかった。それゆえ、彼の作品の多くが未完のまま放置されたのである。

一九一二年一月二日には、カフカは、自分は高校時代、前代未聞の無能力ゆえに、学年試験に及第できないし、それがうまくいったとしても卒業試験には落ちるに違いないと確信していたと書いている。そのような自信のなさから、「僕はその気になれば背筋を伸ばして歩くこともできたが、それは僕を疲れさせたし、また背を曲げた姿勢が、将来どんな害を自分に与えうるか見抜くことができなかった。もし自分に未来があるとするならば、すべてはおのずから整うだろう、というのが僕の感じていることだった。僕がそういう主義を選んだのは、……むしろそれが僕の生活を楽にするという目的を持っているからに過ぎなかった。」

不安、自信のなさ、無気力、それはカフカのトレードマークである。しかしそれは同時に、彼の処世術でもあったのだ。無理に背筋を伸ばして歩くのではなく、頑張りすぎず、「自分に未来があるとすれば、それはおのずから整うだろう」と半分は諦めつつ、半分は楽観的に考えれば、生活は自然と楽になるのである。カフカのような考え方は、二十一世紀の現代人には受け入れやすいのではないか。

一月三日には、カフカは「書くこと」に集中するために、性欲や飲食や哲学的思索や音楽に向けられていた能力を空っぽにしてしまったと書いている。「書くこと」こそが「僕の本当の生活」なのであり、それを始めるためにやらなければならないことは、「役所の仕事」を投げ捨てることであると結んでいる。カフカはとにかくすべての能力と時間を「書くこと」に費やしたかったのである。だから、早く役所をやめたかった。しかし、作家一本でやっていく自信はない。彼は決断ができず、このジレンマにずっと悩まされ続けるのである。

一月四日、彼は「僕が妹たちに朗読してやるのがこうも好きなのは、ただひとえに虚栄心のせいなのだ」と書いている。

三月二十七日には、カフカは面白いエピソードを書いている。往来で他の少年たちと一緒に歩いていた一人の少年が、自分たちの前を歩いていた女中のお尻を目がけてボールを投げつけた。それを見た瞬間、カフカはその少年の首をつかみ、大いに怒って締め上げたのである。そして、「人はこういうふうに完全に怒りに満たされるからこそ、……自分のこの世の生活をすっかり忘れるのだ」と書いている。カフカは常に冷静に振舞い、激情にとらわれて取り乱すようなことはない印象を受けるが、正義感が強く、不正を許せない、頑なな面もあったのである。

これらの日記を見ると、カフカは決して聖人君子などではなく、「書くこと」が天職だと思っているが、それ一本でやっていける自信がないので役所をやめる決断もできず、健康に不安があるため結婚にも二の足を踏むが、ある程度要領よく振舞い、時には頑固さも発揮する、ごく普通の青年だったことがわかる。ただ、一つ強調しておきたいのは、彼の精神的な故郷は「古く汚らしいユダヤ人街（ゲットー）」だったということである。カフカの文学は、彼がユダヤ人であったことを抜きにしては語ることができないだろう。

女性関係

最後に、フェリーツェ・バウアーと出会う前のカフカの女性関係について触れておきたい。読者の中には、その日記や写真から、カフカは性について奥手であり、彼の恋愛はもっぱらプラトニック・ラブであったとか、健康を気にしすぎる傾向から、性的不能者だったのではないかと想像する向きもあるかもしれない。しかし、カフカは確かに健康上の理由から、子供を持てるかどうか不安を抱いていたことは事実であるが、彼が性交そのものを嫌悪していたとか、性的不能者であったと考えるのは行き過ぎである。

先ほどのヴァーゲンバッハは『若き日のカフカ』の中で、第一次世界大戦前を絶頂期とするプラハの「二重底モラル」について触れている。それは「女性には純白の無垢が要求される一方で、男性には「性的エチケット」というスノビズムが義務とされていた」（一四八頁）という風潮である。要するに、当時は、紳士のたしなみとして娼婦館に通うことは当たり前だったのであり、カフカも例外ではなかったのである。ただ、そういったことは非常にプライベートな事柄なので、特に口にするようなことでもなかったのである。

自分の初体験について、カフカ自身が『ミレナへの手紙』――当時ミレナとは不倫関係にあった――の中で克明に書いている（一三九頁）。それによれば、初体験は二十歳の夏（一九〇三年）であり、当時カフカは大学生で法律の国家試験の勉強中であり、相手はカフカの家の前の菓子屋の女店員だった。情事の後、カフカは「長い間嘆いてきた肉体から、ようやく解放された幸福を感じた」と書いている。ただ彼女に対して恋愛感情はなかったようで、情事は二回だけで別れている。

娼婦以外のその後の女性遍歴についてまとめてみると、一九〇五年と一九〇六年の夏（二十二歳・二十三歳）にはツックマンテルのサナトリウムで同じ既婚女性と過ごしているし、一九〇七年の夏（二十四歳）には、トリーシュの伯父のもとで女子学生ヘートヴィヒ・ヴァイラーと付き合っている。その後は、一九一二年八月（二十九歳）にフェリーツェと出会うまで、特定の女性との付き合いはなかったようである。おそらく、労働者災害保険局に就職した一九〇八年以降は、昼は役所で仕事をし、夜は家で小説を書いていたから、恋愛している暇もなかったのだろう。ただ時々は娼婦を相手にしていたことは、ブロートとの手紙のやり取りなどで知ることができる。

参考文献
・グスタフ・ヤノーホ『カフカとの対話』（北村義男訳、河出書房、一九五四）
・クラウス・ヴァーゲンバッハ『若き日のカフカ』（中野幸次・高辻知義共訳、竹内書店、一九六九）
・マックス・ブロート編『決定版カフカ全集7　日記』（谷口茂訳、新潮社、一九九二）
・マックス・ブロート編『決定版カフカ全集8　ミレナへの手紙』（辻瑆訳、新潮社、一九九二）

二　フェリーツェへの手紙

出会い

一九一二年八月十三日の晩、カフカはマックス・ブロートの家で初めてフェリーツェ・バウアーと出会った。彼女はマックスの姉の夫の親戚であり、当時ベルリンに住み、口述筆記機械の販売員をしていた。その時の様子を記した日記は第二章（本書三十二頁）で紹介したので今は省略する。要するにカフカの「ひとめぼれ」だった。カフカはフェリーツェの住所を調べ、あれこれ逡巡した挙句、九月二十日――出会いから一か月以上がたっていた――意を決してフェリーツェへ手紙を出した。

その手紙は次のように始まっている。

「尊敬するお嬢様！

もう私のことは全くご記憶がないかもしれないという、きわめてありうべき場合のため、今一度自己紹介します。私はフランツ・カフカといい、プラハのブロート取締役〔マックスの父〕のお宅での晩、初めて貴方にお会いし、タリーア旅行の写真を一枚ずつテーブル越しにお渡しして、最後に今タイプライターを打っているこの手に、貴方のお手を取った時、来年パレスチナ旅行をしようという約束を、その手で確認していただいた人間です。」

初めて会った相手と話のきっかけを作るのに、旅行の話をするのはよくあることだろう。また、最初のラブレターの返事を待っている時の、期待と不安の入り混じった胸の高揚感は、ラブレターを書いたことのある人なら、誰もが経験することだろう。この高揚感が作家としてのカフカの創作意欲を刺激し、九月二十二日から二十三日の晩の十時から朝の六時にかけて、カフカが短編小説『判決』を一気に書き上げたこともすでに紹介した。長い間、作家としてはスランプに陥っていたカフカであったが、このとき彼は初めて思い通りに書けた喜びを味わったのである。

フェリーツェから文通者として受け入れるという返事を受け取ったカフカは有頂天になり、九月二十八日には性急にも「貴方はいつオフィスに行くのか、朝食は何だったか、オフィスの窓から何が見えるか、どんな仕事なのか、……」とにかく貴方のことをすべて知りたいと、二通目の手紙に書いてしまう。ところが、二週間たってもフェリーツェからの返事は来なかった。狼狽したカフカはマックスの姉に手紙を書いて、フェリーツェの消息を尋ねたりもしたが、結局、フェリーツェの出した返事が紛失していたという事実が判明して、胸をなでおろすのである。この間のカフカの慌てぶりはいささか滑稽でもある。いずれにせよ、十月二十三日以降、カフカは毎日のように時には一日に複数回フェリーツェに手紙を書くのである。

不安と歓喜

十月二十四日の手紙で、カフカは『判決』をフェリーツェに献じる旨を伝えている。また、十一月一日には、自分の生活は「書くこと」によって成り立っており、今はフェリーツェのことを考える分だけ、自分の生活は拡大したが、それも「書くこと」と関連してのことであり、薄弱な書き方しかできないときは、決してフェリーツェに向かう勇気も持てないと書いている。

これに続けて、カフカは現在の生活の時間区分についてこと細かく書いている。それによれば、朝八時から午後二時あるいは二時二十分までオフィス、三時あるいは三時半まで昼食、それから七時半までベッドで睡眠、それから十分間窓を開け裸で体操、それから一時間散歩、それから家族と夕食、十時半か十一時半に書くために机に向かい、その時の力、欲求、幸運次第で、一時、二時、三時、時には朝六時まで執筆、それからまた体操して、体をふいてベッドに入る。ただなかなか眠れない。

十一月七日の手紙には、前節で見たように、自分の年齢が実際よりもかなり若く見られることに触れ、十一月八日には、妹が女の子を出産したことに対して嫉妬を感じたと述べて、「私は決して子供を持つことはないでしょう」と書いている。

このころのカフカは、『判決』以降『変身』『火夫』などを立て続けに書いており、「書くこと」は順調だった。しかし、それは裏を返せば睡眠不足ということである。さらにこれに、フェリーツェへ手紙を書くことが加わって、とうとう彼はパニックを起こしてしまう。十一月九日には、「最愛のお嬢さん！　貴方はもう私に手紙を書いてはいけません。私ももう貴方に書かないでしょう。書いたら貴方を不幸にするに違いないでしょうし、私の助けにもならないのです」「早く私という幽霊をお忘れなさい、そして以前のように、陽気で落ち着いて、お暮しなさい」と書いてしまう。だが、さすがにこの手紙を出すことは思いとどまっている。

しかし、十一月十一日堤防は一気に決壊する。この日は実に三回手紙を出しているが、最後の手紙で、カフカはフェリーツェに、週に一度だけしかも日曜日に受け取れるように手紙を出してほしいと提案した後で、次のように書く。

「手短に言えば、僕は自分ひとり生きるのにやっとの健康で、結婚生活となればもう耐えられず、まして父親となるのはなおさらです。」「もう決して便りをよこさないよう嘆願し、僕自身も貴方に同じように約束した、土曜日の手紙を実際に出していたら！　ああ神様、何があの手紙を出すのを止めたのでしょう。そうしたら万事よかったでしょうに。……だから、土曜になおざりにしたことを償うため、この手紙の終わりに、もういくらか尽きかけた筆の力で、僕は貴方にお願いします――僕たちの命が惜しいなら、すべてをやめにしましょう。」

これほど明確に別れを告げる手紙が他にあるだろうか。カフカに好意を抱き始めていたフェリーツェは驚いてブロートに相談した。ブロートは彼女に、フランツの病的な過敏さを大目に見てやってほしいとフォローしている。

しかし、この別れ話はカフカ自身がすぐに撤回する。それはフェリーツェからの返事が届いたからである。単純なもので、カフカはフェリーツェからの手紙が来ないと、不安にかられ、自分は結婚できないと絶望的な気分になるが、手紙が来れば、そんな不安は吹っ飛んで歓喜に震えるのである。カフカの気分はジェットコースターのようにアップダウンする。

そんな時、フェリーツェのもとへカフカから手紙が届いた。彼女はたまたまフェリーツェの手紙を見つけ読んでしまったのだ。母はカフカの母ユーリエ・カフカの健康を心配して、手遅れになる前に、睡眠、食事、暮らし方全般について、フェリーツェから注意してやってほしいと懇願したのである。もちろん自分がこのような手紙を出したことは、フランツに知らせないでほしいと付け加えることを忘れなかった。このあたりの展開は、まるでテレビのホームドラマを見ているようである。

性格の二重性

「最愛の人よ、そんなに苦しめないで！　そんなに僕を苦しめないで！　あなたは今日土曜日も手紙なしで、僕を放っておきました。……四通の——そしてこれが五通目ですが——手紙に対して、僕はまだあなたの一言も見ていない。何ということ、これはいけない。」（十一月十六日）「手紙の期限の変更は了解しあったうえでのみ行われるべきで、前もって相談されて知らされていなければならない、でないとそのため気が狂いそうになります。……しかし最も奇妙で恐ろしいのは次のことです——あなたは一日半病気でありながら、まる一週間試演をやり、病気にもかかわらず土曜日の晩ダンスに行き、朝七時に帰宅し、その日は一時まで起きていて、月曜の晩は家庭ダンスに行く。とんでもない、これはどういう生活ですか！　説明を、愛しい人、説明をどうぞ！」（十一月十九日）「最愛の人、哀れな子よ！　あなたは嘆かわしい、ひどく煩わしい恋人を持っている。二日間あなたから手紙が来ないと、言葉だけにせよ、周りを盲滅法に打ってかかり、そのときあなたが辛い思いをしていることがわからない。」（十一月二十一日）

「最愛の人よ、こんなことをするもんじゃありません！　二度目の手紙が届くと約束して、それを守らないなんて。」（十二月十二日）「手紙が来ない、最愛の人よ、八時にも、十時にも。あなたはダンスで、午後はパーティで疲れていた。しかし一枚の葉書も僕は受け取らなかった。そう、嘆く理由なんかないので、僕は昨日と一昨日手紙を二通ずつ受け取っている。そして二つの立派な事柄のうち、最愛の人から毎日一通の手紙をもらう方が、ある時は二通、ある時はなしというよりもいいというように、誰が決断できるでしょうか――しかし心を大変和らげてくれるのはまさに規則正しさであり、毎日一通の手紙が来るいつも同じ時刻、この同じ時刻がやすらい、忠実さ、秩序ある状況、不愉快な驚きから遠く離れているという感情を与えてくれるのです。」（十二月十六日）

カフカは定期的に手紙が来ないとパニックになった。あまりに文句を言われるので、フェリーツェも一日に二回手紙を書いてみたが、今度は「不定期に二通もらうよりも、毎日一通ずつの方がいい」と言われる。さらに、自分の生活を棚に上げて、病気なのにダンスにばかり行き、不摂生だと怒られる。もし、付き合っている相手にこのようなことを言われたら、怒り出して「では別れましょう」と言うのが自然なように思われる。ところが、六年間の交際の間、フェリーツェの方から別れ話を持ち出した気配は見られない。それは先ほども述べたように、フェリーツェの返事が期待通りに届いていれば、カフカの手紙は幸福に満ち、愛情にあふれたものだったからだ。

では、カフカの何がフェリーツェを惹きつけたのだろう。それは実際に会った時のカフカの穏やかな印象だと私は思う。『カフカとの対話』の中で、ヤノーホの父が「カフカは友だちになるには、内気で無口すぎる」と言っていたように、カフカは人と接している時、自分から話しかけるというより、人の話を聞く方の人間だった。そして、二十歳も年下にもかかわらず、ヤノーホに対しても謙虚な態度を崩さず、声も身振りも目つきも、すべて理解と寛容の落ち着きを放っていたのである。

もう一つ興味深いエピソードを紹介しよう。『カフカとの対話』の中に、事務所の掃除婦のスヴァーテックおばさんの話が出てくる（一二〇頁）。おばさんがカフカの部屋に掃除に来ると、カフカは葡萄を皿に載せておく、そして、彼女に何気なく「それが使えますか」と聞いたという。また、ヤノーホに雑誌をやるときも、彼は「これをお取りなさい、あなたにあげます」とは言わず、「それはもうお返しになる必要はありません」と言った。カフカは物を人にやる術を心得ていたのである。このような優しい心遣いができる人物は誰もが好感を持つだろう。カフカとフェリーツェとの交際はほとんど文通のみであるが、カフカの優しい人柄は文面から感じ取れたはずである。

私は先ほど、カフカの気分はジェットコースターのようにアップダウンすると言ったが、むしろカフカの場合、人と接しているときと手紙を書いているときとでは、人格が違うと考えた方がいいかもしれない。手紙と文学作品はともに「書くこと」が共通している。そして、「書くこと」はカフカにとって、日常の現実世界を離れて、夢の世界に飛翔することだった。したがって、カフカの手紙は日常生活の延長ではあるけれども、一つの文学作品と捉えることもできるのである。その場合、現実の世界で抑圧されていたものが、夢の世界において無意識のうちに解放されるということは十分ありうることである。それゆえ、手紙の中では、実際に会っている時よりも本音が出やすいのだろう。その典型が「父への手紙」であろう。

地下室居住者

文通を通してであるが、二人の仲が親密になってくると、フェリーツェはカフカの長編小説に嫉妬を感じるとか、カフカが書いている間、傍に座っていたいと手紙に書くようになる。それに対してカフカは、フェリーツェが傍にいたら全然書けないと答えている。なぜなら、書くことは過度なまでに自分を開くことであり、したがって書くときには、いくら孤独であっても十分ということはないのだ。そして、自分が理想とする生活を次のように語っている。

「僕はもうしばしば考えたのですが、僕にとって最良の生活方法は、筆記用具とランプを持って、広々とした、隔離された地下室の最も内部の部屋に居住することでしょう。食事が運ばれ、いつも僕の部屋からずっと遠く、地下室のもっとも外側のドアの背後に置かれます。食事の所へ行く道、部屋着のまま、地下室の丸天井の下をすべて通り抜けていくのが僕の唯一の散歩でしょう。それから自分のテーブルに戻り、ゆっくりと慎重に食事をし、またすぐに書き始めるでしょう。それから僕は何を書くことでしょう！　どんな深みから、僕はそれを引き出すことでしょう！　苦労もなしに！　というのは、極度の集中は苦労を知りません。ただ僕はそれを長いこと続けられないでしょう。そんな状態でさえ避けられぬかもしれない最初の失敗で、すごい狂気に陥らざるをえないでしょう。何を考えているんですか、最愛の人よ？　地下室居住者を敬遠しないでください！」（一九一三年一月十四日夜）

普通の女性なら、このような地下室居住者を受け入れることをためらうだろう。だが、カフカはフェリーツェに懇願する、「最愛の人、僕を引き受けてください。僕を支え、惑わされないでください。日々は僕をあちらこちらと投げかわします。あなたが僕から決して純粋な喜びを得ることはないだろうということ、それに反して人が望みうる限りの純粋な苦悩を得るだろうということを悟ってください。それにもかかわらず——僕を放り出さないでください。」（一月十九日）

なんと矛盾した、そして虫のいい言い方だろう。このように言われればフェリーツェも「あなたにとって私は書くことの邪魔になるのでしょう」と言い返したくなるだろう。それで、カフカは慌てて「あなたは僕があなたのため妨害されていると言いますが、実は僕の無能力が発見されたにすぎないのです」と弁解する。そして、今まで自分が書いた手紙を思い返してみて、「最愛の人よ、無益な心配はしないでください！　僕は手紙に書いているよりいつも十倍もましなのです。つまり筆が滑ってしまうので、それだけのことです」と書くが、すぐに失言に気づいて、「僕はまた何という恐ろしいことを書いたのでしょう。僕がどんなに大作家であるか、おわかりでしょう。僕は最愛の少女を安心させたいと思い、そして不安にさせてしまいます」（一月二十六日）と落ち込むのである。話されている内容はシリアスであるが、どこかしら喜劇的でもある。

『判決』の自己解説

二月十三日、カフカはフェリーツェに『判決』の校正刷りが届いたことを報告している。これに先立って、二月十一日、彼は日記に「この物語はまるで本物の誕生のように脂や粘液で蔽われて僕の中から生まれてきたものであり、僕だけがその体に届くことのできる、またそうする気のある手を持っている」と書いたことは、すでに第二章（本書三十三頁）で紹介した。その時は、この物語についてのカフカ自身の解説は割愛したが、ここではその全体を引用しておこう。それは、カフカが作品に対してどのような意図を持ち、どれほどの配慮をしていたか、具体的に確認するためである。

「友人は父と息子とを結ぶものであり、彼らの最大の共有物である。自室の窓辺に一人で座っているとき、ゲオルクは、この共通のものをすっかりいい気になって掘り返し、父を自分の内に所有していると信じて、一時的な悲しい気づかわしさを除けば、すべての事柄を平穏なものと見なしている。さて物語の展開は、共通のものたる友人から父が浮かび上がってきて、みずからをゲオルクの対立者として現わす様子を示す。そのさい他のやや小さな共有物が、すなわち母への愛や依存や、また母のことをいつまでも憶えているという誠実さや、さらには父がもともと事業のために獲得した顧客さえも、対立者としての父の立場を強めていく。つまりゲオルクは何も所有していないのだ。婚約者も——これは物語の中では友人、つまり息子と父との共有のものへの関係によってのみ生きているだけであり、そしてまだ結婚式も行われていないので——父と息子とをめぐる血縁関係に入ってくることはできず、それゆえ父によって簡単に追い払われる。共通のものはすべて父の周りに積み上げられ、ゲオルクはそれを、よそよそしいもの、独立を獲得したもの、彼自身が一度も十分に保護したことのないもの、何度かのロシア革命に曝されたものとしてしか感じることができない。そして彼自身はもはや父へ向けた視線以外何も所有していないので、ただそのために彼から父を完全に切り離す判決が、そんなに強力に彼に作用するのである。」

作品の一つ一つの部分がそれぞれ意味を持ち、それがあるべき場所に組み込まれて一つの完成体を構成する。まるで、ジグソーパズルを組み立てるような緻密さである。一つのパーツが抜けただけでも作品は完成しない。その集中力には驚嘆すべきものがある。しかし、カフカ自身が言うように、その集中力は長続きしない。集中力が持続するのは、せいぜい『判決』のような短編小説か長編小説の一つの章の分量である。章と章を結び付け、壮大な物語にまとめ上げる構想力という点においては、カフカはドストエフスキーにはるかに及ばないだろう。しかし、章と章とは不協和音を呈していても、全体として不思議な宇宙を構成しているのがカフカの長編小説である。ドストエフスキーの長編小説が完成されたベートーベンの交響曲だとすれば、カフカのそれはシューベルトの「未完成交響曲」にあたるだろう。未完成な作品には、完成された作品には感じられない、不安定さ、脆弱さ、繊細さがあるのであり、それが私たちの心の琴線と共鳴するのだ。

さて、カフカの自己解釈を踏まえて『判決』を読んでみると、その意図が十分達成されているかどうか私にはわからない。まず、友人が父と息子の最大の共有物だというのがいま一つピンとこない。最大の共有物というには影が薄すぎるのだ。だから、父の言うように、そんな友人は初めからいなかったのではないかと思えてくる。そして、とにかくあのクライマックスの唐突さ、今まで老耄して半分死んでいたような父が、いきなり物の怪《け》に憑かれたようにベッドの上に立ち上がり、さんざん息子を罵倒して、最後に死刑判決を言い渡す。しかも息子は抵抗することなく、魅せられたように橋まで行き、入水自殺する。これは明らかに、初期のカフカが好んで書いていたオカルト的な物語の延長線上にある。カフカはこの作品を書き終えて、なぜあれほど感動したのだろうか。この作品でいったい何が誕生したのか。

それは、カフカはこの作品で、自分が今まで何を書きたかったのかが、神の啓示を受けたように明確になったことだと私は思う。それは父の最後の言葉「これまでお前は自分のことしか知らなかったのだ！　確かにお前は本来罪のない子供だった、しかしより本来的には悪魔のような人間だったのだ！　それゆえ、知るがいい、わしはいまお前に溺死による死刑の判決を下す！」に表れている。ゲオルクは罪がないのに悪魔のような人間だったので、死刑の判決を受けたのである。「罪はないのに悪魔」、この「アンビバレント（両価性）」な状態こそ人間の真実であり、カフカの三大長編小説『失踪者』『審判』『城』はすべてこのテーマの三つのヴァリエーションであると私は思う。カフカはこの作品で自分が生涯取り組むべきテーマを見出したのである。

矛　盾

カフカはこの後も九月頃まで、フェリーツェとの交際を続けるべきか悩み続ける。その優柔不断さはいらいらするほどである。例えば、二月十七日の夜、「自分のことを考えると、フェリーツェを手放すことはできないが、フェリーツェのことを考えれば、僕を遠ざけなければならない」と書いている。カフカはこうした矛盾した思いを持ちつつ、三月（二十三～二十四日）と五月（十一～十二日）ベルリンでフェリーツェと直接会っているが、会った直後にも、「彼女なしには生きられないが、彼女と一緒でもだめだ」とつぶやくのである（五月十二日）。それでも、二人の関係は一歩一歩結婚へと近づいていく。結婚が現実になりつつあると感じると、カフカは、自分の女性経験を持ち出して、八年か十年前に出会っていれば、僕はあなたと結婚しただろうが、今の健康状態では無理だと強調する（五月十八日）。さらには、自分の健康状態を正直に書いた手紙をフェリーツェの父に出して、フェリーツェの父に判断してもらおうと言いだす（五月二十三日）。フェリーツェはその手紙を父に見せなかった。

さらに、「僕は生活を変えれば健康になるかもしれないが、それはできない」とか、「僕は人間づきあいから見捨てられている」とか、「僕と結婚すれば、あなたはベルリンを失い、友人や生活上の楽しみを失い、健康な男性と結婚し子供を得ることを失うだろう」と書き連ねるのである（六月十六日）。最後には、「僕は人間と一緒に暮らせない」とか、「僕は人間ではなく、僕と一緒にいるものは破滅するだろう」と言い出す始末である（七月八日）。ところが、七月三日の彼の誕生日に、母が誕生日のお祝いを言った時、僕には婚約者がいますと告げているのである。これでは、結婚したいのか、したくないのか全くわからないではないか。

日記にも同様のことが書かれている。七月二十一日には「僕の結婚についての賛否の総括」として次のようにまとめている。

「一　ひとりで生活に耐える能力がないこと。……Fとの結びつきは僕の生存に、より多くの抵抗力を与えるだろう。

二　すべてのものが、僕にとっては直ちにものを考えるきっかけになる。……昨日、妹が言った、「(うちの知り合いの) 結婚した人たちはみんな幸せね。私にはそれがわからないわ。」この言葉すら僕にものを考えるように仕向け、僕はまた不安になった。

三　僕はひとりでいることを大いに必要としている。僕が成し遂げたことはひとりでいたことの結果にすぎない。

四　僕は文学にかかわりのないことはみんな嫌いだ。

五　結びつくことへの、向こう側へ流れていくことへの不安。そうしたら僕はもうひとりではないからだ。

六　僕は妹たちの前では、特に昔はそうだったが、他人の前とは全く違った人間になることがよくあった。怖れず、開けっぴろげで、堂々として、妹たちをあっと言わせ、普段ならただ書く時だけ浸るような感動に捕らえられていた。僕の妻の仲介によって、すべての人の前でそう振舞えるのだったらいいのだが！　しかしそうなると今度は書くことに感動がなくなってしまうのではなかろうか？　それだけは困る、それだけは困るのだ！

七　ひとりでいたら、僕は多分いつか自分の職を本当に捨てることができるかもしれない。結婚したら、それは決してできないだろう。」

さらに、「一緒に暮らすという幸福に対する罰としての性交。できるだけ禁欲的に生きること、独身者よりも禁欲的であること。これが僕にとっての、結婚生活に耐える唯一の可能性だ。しかし彼女は？」（八月十四日）、「朝方、ベッドの中でいろいろな苦悩。唯一の解決は窓から飛び出すことだと思った」（八月十五日）と自殺さえもほのめかすのである。

これを書いているのは三十歳の大の大人である。十代の子供ではないのだ。個性というにはあまりに常軌を逸していないだろうか？

アスペルガー症候群

そう考えた時、一つの病名が頭に浮かんだ。「アスペルガー症候群（Asperger Syndrome, ＡＳ）」。「アスペルガー症候群」はオーストリアの小児科医ハンス・アスペルガーにちなんで名づけられた「小児期の自閉的精神病質」（一九四四年の論文）のことである。現在では、ＡＳは「自閉症スペクトラム」の一つとされ、典型的な自閉症とは異なり、知的発達の遅れや言語発達の遅れが見られないことがその特徴となっている。医療検索サイト『Medical Note』の「アスペルガー症候群」関連の項目によれば、ＡＳを含む「自閉症スペクトラム」の特徴として、㈠コミュニケーションや対人関係が苦手、㈡興味の偏りやこだわりの強さ、㈢感覚の偏りや動きのぎこちなさの三つが指摘されている。

まず㈠の対人関係の困難さとしては、ＡＳの人は会話が一方的だったり、自分の興味のない話には全く関心を示さない、また、その場の空気が読めず、場にそぐわない自己中心的な発言や行動をしてしまうという傾向がみられる。

㈡の興味の偏りやこだわりの強さとしては、自分が興味・関心を持つものに対しては非常に高い記憶力や集中力を発揮するが、こだわりが強いため、いったん決めたルールを忠実に守ろうとしたり、急なスケジュール変更に対応できないため、融通をきかせて臨機応変に行動することが苦手である。

㈢の感覚の偏りや動きのぎこちなさとしては、ある感覚（聴覚・臭覚・触覚など）が特に敏感だったり、逆に鈍感だったり、また、偏食や手先の不器用さ、姿勢の悪さなどが指摘されている。

一方、フリー百科事典『ウィキペディア』によれば、ＡＳの感覚面での特徴として、「ちょっとした態度や言葉で著しく傷つき、それがトラウマとなりやすい」「幻覚や妄想じみたこだわりを見せる傾向がある」「過去のトラウマから、第三者にとってはちょっとしたことでもフラッシュバックを起して大騒ぎをする」「大変真面目で、それゆえ壊れやすい」等が指摘されている。また、『ウィキペディア』では、ＡＳに併発しうる疾患として「睡眠障害（不眠症）」や「精神疾患（うつ病・不安・強迫神経症・摂食障害・精神病と統合失調症）」が挙げられている。

不安、自信のなさ、無理に自分を小さく見せようとする前かがみの姿勢、文学以外考えられないこと、規律へのこだわり、対人関係のぎこちなさ、人見知り、融通が利かないこと、偏食、不眠症……こうした特徴を総合的に勘案すると、カフカには明らかに「アスペルガー症候群」の傾向が認められると思われるのである。そして、カフカを単に個性の強い変人と見るのではなく、「アスペルガー症候群の人」として意識的に見るならば、カフカの作品は今までとは違った相貌を呈するように思われるのである。

一回目の婚約

九月カフカは上司とウィーンに出張旅行に出かけ、その後一人で北イタリアを旅行した。そして、ヴェニスからフェリーツェに別れの手紙を出した（九月十六日）。その後、リーヴァのサナトリウムに滞在し（九月二十二日～十月十三日）、この地でキリスト教徒のスイス人女性Ｇ・Ｗと知り合っている。一方、フェリーツェはカフカを諦めることができず、寄りを戻そうとして友人のグレーテ・ブロッホを仲介者に立てた。ブロッホがプラハを訪れ（十一月一日)、カフカはベルリンでフェリーツェと再会した(十一月八～九日)。そして、文通は再開されたのである。

十二月二十九日、カフカは、今までの自分は完全な独居こそ自分の義務だと思っていたが、それは虚構だった。今の自分は「あなたなしでは生きられない」と書くが、フェリーツェに「あなたはもっと現実の中で生きるべきだ」と指摘されると、「なぜ人間を変えようとするのですか、フェリーツェ? それは正しくありません。人間はあるがままに受け取られねばならないし、あるがままに放っておかなくてはなりません」(一九一四年一月二日)と反発する。結局、カフカは以前と変わっていない。「僕は彼女なしでは生きることはできないが、彼女とともに生きることもできない。」別れる前(一九一三年五月十二日)にフェリーツェに書いたこの言葉を、彼はまた日記に書いている(二月十四日)。

三月九日の日記で、カフカは改めて自分はどうしたいのか自問している。まず、結婚するのであれば、役人生活は収入が保証され好都合である。しかし、結婚すると文筆家としての仕事は脅かされる。自分が本当にやりたいことは職を捨てプラハを離れてベルリンに行き、文筆家としてやっていくことだ。しかしそうするには、健康に不安がある……。こうした葛藤に結論が出せないまま二人は三月二十三から二十四日にかけてベルリンで会っている。そして、三月二十五日、カフカはフェリーツェに「僕は全く疑いなく行き詰まりの地点に到達しました」「僕は現在の生活から自分をもぎ離さなくてはなりません、あなたとの結婚によってか、それとも退職申し出と旅立ちによって」と書いた。旅立ちとはベルリンでジャーナリズムに携わることである。そして、二人が出した結論は結婚だった。復活祭(四月十二～十三日)に二人は再びベルリンで会い、非公式な婚約が行われ、五月にはプラハでの新居を決め、六月一日、ベルリンのフェリーツェの家で正式に婚約式が行われた。

結婚を決めたとはいえ、カフカの葛藤が解消されたわけではなかった。フェリーツェとはもうこの問題を蒸し返すことはできないから、彼はグレーテ・ブロッホに相談を持ち掛ける。非公式な婚約の直後にも、カフカはブロッホにフェリーツェに聞いたのと同じ質問をし（四月十五日）、ブロッホがベルリン行きに同意したことに感謝している（四月十七日）。その後も、カフカはフェリーツェよりもブロッホに頻繁に手紙を出している。そして、六月十四日、カフカはブロッホに、自分が結婚をためらう最大の理由は健康への不安であると打ち明ける。健康に自信があればすでに役所を辞めており、フェリーツェとのことも自信が持てただろう。ところが、今の自分の健康は最悪である。自分はものすごい「ヒポコンデリー〔注：心気症、自分の健康について必要以上に思い悩んでしまい、頭痛・めまい・胃痛などさまざまな症状が現れる病気〕」であり、もはや耐えられないと書いた。七月十二日、ベルリンのアスカニッシャー・ホーフ・ホテルで、二人はグレーテ・ブロッホ、エルナ・バウアー（フェリーツェの妹）、エルンスト・ヴァイス（カフカの友人）の立会いのもとで婚約解消の話し合いを持った。後にカフカはこの日のことを「ホテル内の法廷」と呼び、「いささかも罪はないのに極悪非道」と日記に書いている（七月二十三日）。この表現は、短編小説『判決』で父がゲオルクに死刑を宣告した理由「罪はないのに悪魔」を連想させる。

マリーエンバートの十日間まで

カフカは七月十三日から二週間バルト海へ休暇旅行し、ベルリン経由でプラハに帰った。八月には体調も回復し、『審判』を書き始めた。また、妹のヴァリが、夫が出征したために、子供を連れて両親の家に戻ってきたこともあり、カフカは家を出てヴァリの住居に独居することになった。ただし、食事は両親の家で摂っている。八月から十月にかけて、カフカは『審判』のほか『失踪者』の一章（オクラホマの野外劇場）および『流刑地にて』を書き、一九一二年以来の満足感を味わっている。

しかし、十月末にグレーテ・ブロッホから手紙が届き、さらに、フェリーツェからの手紙も届いた。フェリーツェはカフカに婚約を解消したことについての説明を求めていた。それに答えて、カフカは次のように書いている。

あなたは僕の仕事（＝書くこと）の最大の友人であるばかりでなく、同時に最大の敵だった。それゆえ、仕事はあなたを根本的に愛したと同様に、自己保存のためあらゆる力であなたに抵抗しなければならなかった。僕の中には戦う二人がいる。一人はほとんどあなたの望み通りの者で、彼にはアスカニッシャー・ホーフでのあなたの非難とは全く関係がなかった。しかし、もう一人はただ仕事のことだけを考えている。二人は戦うが、それは本当の戦いではない。前者は後者に依存しており、前者は後者が幸福なら幸福であり、後者が敗北するように見えれば、前者は後者にひざまずき、彼しか見ようとしない。それでも、両者はあなたのものであるが、ただ彼らを変えることはできない。ところが、あなたはこのような僕の生活様式に不安を持った。そして、あなたの不安は僕の仕事に対する最大の危険であった。それゆえ、「僕はそれだけが自分に生きる権利を与える僕の仕事を守る義務があった」と結んでいる（十月末から十一月初め）。

カフカの中にいる二人、一人は現実の世界における、罪のない誠実なカフカであり、もう一人は「書くこと」しか頭にない、夢の世界に住む悪魔のようなカフカである。この二人の争いが頂点に達した時、カフカはどうすることもできず「ヒポコンデリー」に陥り、グレーテ・ブロッホに手紙を書いたのである（六月十四日）。カフカはフェリーツェへのこの手紙で、内面にわだかまっていたものを吐き出したせいか、これ以降の手紙の内容は日々の近況報告のような穏やかなものになっていく。ここでは、一九一五年にカフカの周辺で起きた重要な出来事を二つだけ挙げておこう。

まずは、前年に勃発した第一次世界大戦によって、ロシア軍に追われた東ユダヤ人が戦争難民として大量にプラハに流入したことである。すでにカフカは、一九一一年から一九一二年にかけて東ユダヤ人のイディッシュ語劇団の団員と親しく交流していたが、大量の避難民と直接接することによって、東ユダヤ人と自分たち西ユダヤ人との違いを鮮明に意識するようになったのである。もう一つは、十月に権威ある文学賞であるフォンターネ賞を受賞したカール・シュテルンハイムが、その副賞である賞金をカフカに贈ったことである。このことはカフカ自身驚いたようであるが、作家としてやっていける自信にはなっただろう。

一九一六年になると、カフカは保険局を退職することを真剣に考えるようになるが、許可はすぐには下りなかった。そんな中七月三日から十三日にかけて、カフカは保養地マリーエンバートでフェリーツェとホテルに宿泊した。これほど長く二人が一緒に過ごしたのは初めてだった。この時の日記に次のようにある。「ツックマンテルでのあの時を除いて、僕は女性と親密になったことはない。それからもう一度、リーヴァでスイス娘と親しくなった。初めの女性は人妻で、僕は何も知らなかった。二人目は子供で、僕は全く度を失った」（七月六日）。ツックマンテルでのあの時とは、一九〇五年と一九〇六年の夏に既婚女性と過ごしたことを、また、リーヴァのスイス娘とは、一九一三年秋のG・Wのことを指す。女性との親密な関係はそれ以来のことであった。

今までフェリーツェとは手紙を通しての精神的な結びつきが中心だったが、今や心身ともに親密な関係となったのである。七月十日、カフカとフェリーツェは連名でフェリーツェの母アンナ・バウアー夫人に手紙を出し、七月十三日には、二人はカフカの母の滞在地フランツェンスバートを訪れ、フェリーツェはそのままベルリンに帰っている。また、カフカはマックス・ブロート宛の手紙でも二人の親密な関係を報告し、二人は戦争が終わり次第結婚し、ベルリン郊外に住み、共働きで生活するつもりだと書いている（七月中旬）。

『ある女社会主義者の回想』

「マリーエンバートの十日間」以降、フェリーツェとの関係がより親密になったせいか、カフカはフェリーツェに対して二つの要望を繰り返し語っている。一つは『ある女社会主義者の回想』という本を読むことであり、もう一つはベルリンに新たに開設された「ユダヤ人ホーム」の活動に参加することである。それは、フェリーツェを彼が思い描く理想の女性に近づけようとする意図の現れのようにも見える。

クラウス・ヴァーゲンバッハによると、カフカは大学生の頃にはすでに社会主義者になっており、社会主義はカフカの全生涯を通じて決定的な意味を持っていたらしい。また、彼は「チェコ無政府主義運動」などの政治集会にもしばしば参加したが、彼自身が討議に加わることはなく、常に傍観者にとどまっていたようである。ただ、労働者災害保険局勤務という仕事柄、工業労働者の厳しい状況については理解していただろう（『若き日のカフカ』一五四頁）。

さて、『ある女社会主義者の回想』はドイツの女性社会主義者リリー・ブラウンが書いた回想記である（第一部は一九〇九年、第二部は一九一一年に出版された）。市田せつ子によれば、この本は、貴族出身だったブラウンがいかに社会主義者になっていったかを日記に基づいて書いた自伝であり、その中では彼女と両親の争いが一つの中心的テーマとして描かれている。また、市田によれば、ブラウンが資本主義を攻撃するのは、機械による生産方式の革新が婦人労働の必要性を高め、その結果、家庭から母親が奪われてしまったからである。しかし、家庭における健康的な母親こそ人類の存在条件であり、それゆえ、母親を家庭に復帰させ従来の家族形態を維持するためには、どうしても資本主義という経済体制を放棄しなければならないのである。しかし、彼女が未来社会の経済をどのように思い描いていたかは明らかではないようである（「世紀末の女性―アイデンティティ模索の軌跡」）。

カフカが社会主義思想の影響をどれほど受けていたかは、私にはわからない。しかし、次の事実はカフカの関心がどこにあったかを暗示しているように思われる。グスタフ・ヤノーホにロシア革命の世界的波及について問われたカフカは、「洪水が広がれば広がるほど、川はそれだけ一層浅くなって濁ってきます。革命が蒸発すると、後に残るのは新しい官僚政治の残滓《し》だけです。いじめられた人類の鎖は官庁用紙でできています」と答えている。またカフカは、ボルシェヴィズム自体が一つの宗教であり、ロシア革命は宗教戦争の序曲だとも述べている（『カフカとの対話』七十八頁）。おそらくカフカは、資本主義の矛盾を解決するために、社会主義に対して一定の期待は抱いていたろうが、同時に社会主義の限界、つまり社会主義自体が一つの宗教であり、また最終的に官僚主義へと硬直化していくことも予見していたのである。

私は、カフカが『ある女社会主義者の回想』をフェリーツェに勧めたのは、イデオロギー的に彼女を啓蒙しようとしたというより、もっと身近な問題についてこの本を参考にしてほしいとの願いからではなかったかと思う。カフカは九月十一日の手紙で「『回想』は先日マックスにも贈り、この次にはオットラに贈ります、右にも左にも贈るのです」と書いているが、これは、彼がこの本は保守的な人にも革新的な人にも読む価値があると考えていた現れであろう。

フェリーツェは現役の職業婦人であり、母親との折り合いは良くなかったようである。また、カフカは彼女が仕事に過度の時間を費やすことをあまり快く思っていなかった。一方、妹のオットラは自由奔放で積極的な性格で、当時キリスト教徒のチェコ人男性と交際しており、また農業に従事したいという希望を持つなど、両親とのいさかいが絶えなかった。そのような二人に家庭における母親の役割について再認識してほしいとの思いから、カフカはこの本を贈ったのではないだろうか。カフカは両親には反発していたが、家父長権の強いユダヤ的家族制度については郷愁を感じていたのではないか。それは、カフカにとっての精神的な故郷が近代的で衛生的なプラハのユダヤ人街ではなく、幼い頃の不健康な古い貧民窟だったことと関係しているだろう。

「ユダヤ人ホーム」

カフカは七月二十九日の手紙で、フェリーツェが超過労働のため、「ユダヤ人ホーム」のための時間が取れないことを残念がっており、七月三十日の手紙では、何事もレーマン博士の指示に従うようにと書いている。佐々木茂人によれば、「ユダヤ人ホーム（フォルクス・ハイム）」は一九一六年五月にベルリンで設立された難民救済のための施設であり、ジークフリート・レーマン博士はその創設者の一人であった。難民はおもに戦争によって故郷を追われた東ユダヤ人とその家族であった。

すでにプラハでは、東ユダヤ人難民の子供たちのための教育施設が一九一五年に設立されており、マックス・ブロートもその施設で教育に携わっていた。八月二日に、カフカはフェリーツェに「ユダヤ人の展望」誌を贈っているが、そこにはマックスが施設で行っている教育内容や教育方針をまとめた論文が掲載されていた。当時カフカはマックスのシオニズム的傾向には批判的だったが、フェリーツェに「ユダヤ人ホーム」での活動への参加を促すため、この雑誌を贈ったのである（「東方ユダヤ人難民とプラハのユダヤ人：カフカの伝記研究のために」）。

カフカはすでに一九一一年、イツハク・レーヴィの率いる東ユダヤ人のイディッシュ語劇団の団員たちとの交流を通して東ユダヤ人の習俗や信仰に触れ、西欧化された自分たち西ユダヤ人との違いを実感していたが、一九一四年から一五年にかけて、ロシア軍に追われた東ユダヤ人の戦争難民が大量にプラハに流入してきたことによって、両者の違いを一層強く意識するようになったのである。

東ユダヤ人と西ユダヤ人とではまず話す言葉が違うし、都市化された西欧文明を受け入れた西ユダヤ人に対して、東ユダヤ人はユダヤの伝統を継承し、風貌、服装、食事の習慣なども大きく違っていた。特に信仰においては、西ユダヤ人のユダヤ教がすでに形骸化していたのに対して、東ユダヤ人は伝統的な、素朴で厳格なユダヤ教を維持していたのである。

さて、ベルリンに開設された「ユダヤ人ホーム」は東ユダヤ人難民の子供たちの教育・福祉施設であり、そこでは教える者（西ユダヤ人）と教わる者（東ユダヤ人）とが一緒になって活動し、真の共同体を形成していたようである。カフカはフェリーツェが言葉も習慣も違う東ユダヤ人の子供たちに教育を施す心構えとして、教師というより母親のような気持ちで接することを期待したのではないだろうか。その参考となるように『ある女社会主義者の回想』の本を贈ったのではないか。また、フェリーツェに「ユダヤ人ホーム」での活動を強く勧めたのも、彼女に東ユダヤ人と接することによって、彼らの伝統的ユダヤ教の信仰を知ってほしかったからではないだろうか。要するにカフカは、自分が何を求めているかをフェリーツェに知ってもらいたかったのだと思う。

二度目の婚約と別れ

カフカはその後も結婚についていろいろと思い悩み、また、書くことに、より集中できるように何度か住居を変えている。しかし最終的に一九一七年七月初め、フェリーツェがプラハを訪れ、二人は二度目の婚約をする。ところが、八月十二日の夜と十三日の夜、カフカは突然喀血する。医師の診断は「肺尖カタル（実質的には肺結核）」であった。カフカは八月中にアパートを引き払い、九月には両親の住居に移っている。

カフカは労働者災害保険局に年金付きの退職を求めたが、保険局は三か月の保養休暇を認めただけだった。カフカは妹のオットラが住む小村チューラウで療養することにし、九月十二日チューラウに向かった。九月二十一日にはフェリーツェがチューラウを訪れている。ただ、この段階では、両親には結核のことは伏せていた。

九月三十日（あるいは十月一日）、カフカはフェリーツェに次のような内容の手紙を書いた。

僕は嘘つきの人間である。平衡をそれ以外に保ちようがないのだ。僕はよき人間となって最高法廷で認められるよう努力するのではなく、それとは対照的に、すべての者に気に入られるよう努力してきた。その気に入られ方はみんなの愛を失うことなく、結局は焼きあぶられることのない唯一の罪人として、僕の中に内在する下等さをすべての人の前でさらすという風にである。つまり、僕にとって重要なのは人間の法廷だけであり、このものをさらに欺瞞したのだ、ただし欺瞞することなしに。

フェリーツェ、あなたは僕の人間法廷だ。僕の中では、良い者と悪い者の二人が戦ってきた。そして僕は、遂にあなたを自分のものにすることが許されると思った。ところが突然、僕は喀血し、この血の喪失は強すぎた。良い者があなたを獲得するために流す血は悪い者に役立つ。良い者が悪い者に武器を与えたのだ。僕はこの病気は差し当たり結核ではなく、僕の一般的な破産と考える。僕は戦いがなお続くと考えたが、続かなかった。血は肺から出るのではなく、戦う者の一人が剣を突き刺すことから生じたのだ。僕はもう決して健康にならないだろう。そのわけは、これは単なる結核ではなく、僕が生きている間、どうしても必要な武器であるからだ。

この手紙にも、『判決』で初めて意識されたあのテーマ「罪はないのに悪魔」という「アンビバレント（両価性）」な主旋律が反響している。「焼きあぶられることのない唯一の罪人」、つまり罪人なのに処刑されないこと、「欺瞞なしに欺瞞すること」、自分の身体を蝕む結核が自分の身を守る武器になること。カフカはこの「アンビバレント（両価性）」つまり「相対立するものの併存」こそが人間の真実であると実感しているのである。いずれにせよ、これで良い者と悪い者との戦いは終わった。カフカは破産したのだ。そして、フェリーツェとの関係も終わったのである。

十月二十六日、これが最後となる手紙を、カフカはフェリーツェに書いた。

まずカフカはマックス・ブロートの「君は不幸の中で幸福なのだ」という言葉を引用し、これを肯定する。続けて、この「不幸の中で幸福である」という言葉は、カインが烙印を押し付けられたとき言われた言葉かもしれないと言う。カインは楽園を追放されたが、彼は不幸ではなかった。「なぜなら、不幸とは生の一部であり、この生を彼は除去したのですから。しかし、彼はその事実を明晰すぎる眼で見るのですが、それはこの領域では不幸と似たようなことを意味するのです。」

カフカの最後の言葉は難解であり、彼が何を言いたいのか私にはよくわからない。しかし、『旧約聖書』の「創世記」に照らして考えてみると、カインが弟のアベルを妬《ねた》んで殺したために楽園を追放されたとき、カインはさすらい人となれば出会う人に殺されるかもしれないという恐怖を神に訴えた。そこで神は、カインに出会う者が彼を殺すことがないように、カインに烙印を押したのである。つまり「カインのしるし」とは彼が殺人者（罪人）であることを人に知らしめると同時に、彼を殺してはならないという彼の身を守るための印でもあるのだ。カフカにとって結核が自分の身を守る武器であるように。

「不幸の中で幸福である」「欺瞞なしに欺瞞する」「罪はないのに悪魔」——これらの類似した表現は「カインのしるし」が象徴する「アンビバレント」な二重性、つまり一つの事象が善と悪の両方の意味を持つという「両価性」に根を持っている。カフカはこの「アンビバレント」の蟻地獄から何とか抜け出そうともがいてみたが、それが不可能であることを悟ったのである。なぜなら、私たち人間は「カインの末裔」であり、すべての人間が「カインのしるし」を刻印されているからである。私たちの体から「カインのしるし」を消すことができないように、私たちはこの「アンビバレント」な状況から逃れることはできないのだ。そして、結論もすでに出ている、死刑である。人間は楽園を追放されたとき、死ぬべき運命を背負わされたのである。生とは処刑が行われるまでの猶予期間にすぎない。死はそれが苦悩の終わりを意味するなら「不幸の中の幸福」なのである。

一九一七年十二月二十五日から二十七日にかけてカフカとフェリーツェはプラハで会い、婚約を解消した。

参考文献
・「アスペルガー症候群」:『Medical Note』〈https://medicalnote.jp/contents/171222-004-IP?utm-campaign〉(2022/5)
・「アスペルガー症候群」:『ウィキペディア』〈https://ja.wikipedia.org/wiki/アスペルガー症候群〉(2022/7)
・H・ビンダー、K・ヴァーゲンバッハ編『決定版カフカ全集12　オットラと家族への手紙』(柏木素子訳、新潮社、一九九二)
・マックス・ブロート編『決定版カフカ全集9　手紙1902—1924』(古田仙太郎訳、新潮社、一九九二)
・クラウス・ヴァーゲンバッハ『若き日のカフカ』(中野幸次・高辻知義共訳、竹内書店、一九六九)
・市田せつ子「世紀末の女性—アイデンティティ模索の軌跡」(九州工業大学情報工学部紀要、人文・社会科学篇、一九九〇)
・グスタフ・ヤノーホ『カフカとの対話』(北村義男訳、河出書房、一九五四)
・佐々木茂人「東方ユダヤ人難民とプラハのユダヤ人:カフカの伝記研究のために」(京都大学、研究報告二〇〇二、十六:一—二十七)〈https://repository.kulib.kyoto-u.ac.jp/dspace/bitstream/2433/134438/1/dkh00016_001.pdf〉(2022/5)

三　父への手紙

ユーリエとの婚約

一九一八年一月、カフカは保険局に再び年金付きの退職を求めたが、保養休暇の延長が認められただけだった。カフカは四月に保養休暇の再延長を申し出るが、それは認められず、五月から職場に復帰した。ところが、十月、カフカは当時全ヨーロッパで流行していたスペイン風邪にかかり高熱を発して四週間も病床に就くことになった。かろうじて回復したカフカは十一月いったん職場に復帰するが、すぐにまた発熱し、十一月三十日、母に伴われて保養地シェレーゼンへ向かった。カフカは翌一九一九年三月下旬まで、時々プラハに戻ることはあったが、この地で療養した。この間に、同じく療養に来ていたユーリエ・ヴォリツェクと出会っている。

ユーリエ・ヴォリツェクはカフカより四歳年下で、父はプラハで靴屋を営んでいた。彼女は知的ではなかったが、気さくで明るい女性だったようである。二人の関係は急速に進み、プラハに戻ってから二人は婚約した。しかし、カフカの父ヘルマンはユーリエが下層階級出身であるという理由で猛反対した。三度目の婚約にも挫折したカフカは、十一月マックスとともにシェレーゼンに向かい、そこで手紙というにはあまりに長大な『父への手紙』を書いた。この手紙を見た母とオットラは父親には渡さなかったので、遺稿の編集者マックス・ブロートはこの手紙を文通の巻に入れず、文学作品の巻に入れることにしたと語っている。彼は、これはカフカが企てた最も総括的な自叙伝の試みであると言っている。

ベッドから露台へ出される恐怖

この手紙は、カフカが「なぜお前は私を恐れるのか」という父ヘルマンの問いに答えるという形式を取っている。まずカフカは自分と父の性格を比較し、僕はカフカ一族の素地を持った、母方レーヴィ家の人間だと言う。カフカ家の血筋は生存欲、事業欲、征服欲に富むが、レーヴィ家の血筋は鋭敏ではあるが、よりひそやかで内気である。僕は物怖《お》じする子供であり、強情な面もあったが、優しい言葉をかけて静かに導いてくれれば、望み通りのことを引き出せただろう。しかし、生粋《きっすい》のカフカであるあなたは自分の在りようにに基づいてしか、つまり腕力と、怒声と、癇癪によってしか子供を扱わなかった。

幼年期初期のことで僕が直接想い出せるのはただ一つの出来事だけだ。それは、真夜中に僕が水を欲しがりむずかり続けたとき、二、三度きつく叱りつけても効き目がないことがわかると、あなたは僕をベッドから抱え上げ、内庭に面した露台へ連れ出して、扉を閉め、しばらくひとりっきりで、下着のまま立たせておいた。その後、僕はすっかり従順になったが、内面的に深い傷を受けてしまった。

「その後幾年かたってからも、僕は悩み続けました。あの巨大な男、僕の父親であってしかも最終審であるものが、ほとんど理由もなくやってきて真夜中に僕をベッドから露台へ連れ出すかもしれない、つまり彼にとって僕という子供は、それだけ無価値なものでしかないのだ、という想像に責めさいなまれたのです。」(『決定版カフカ全集3 田舎の婚礼準備、父への手紙』一二七頁)

この幼年期に体験した恐怖の情景がカフカの小説に繰り返し描かれていることはすぐに思い浮かぶだろう。『判決』で、父がゲオルク・ベンデマンに死刑を言い渡す場面、『審判』で、ある朝ヨーゼフ・Kが理由も告げられず逮捕される場面などである。あるとき突然、理由もわからず、自分の身に不幸が襲いかかるかもしれないという恐怖が、カフカの小説の地下水脈になっているのである。

しかし、一言で恐怖と言っても、いったい何がどのように恐ろしいのか、もっと具体的に考えてみる必要があるだろう。私は、この恐怖には三つの側面があると思う。一つ目は、「あの巨大な男、僕の父親であってしかも最終審であるもの」に対する恐怖である。これは本来自分の保護者であるべき父親が、巨大な力で有無を言わさず襲ってくるという「対象」の恐怖である。二つ目は、「真夜中に僕をベッドから露台へ連れ出すかもしれない」という恐怖である。これは心安らぐ穏やかな日常から引き離され、荒涼とした別世界——これは死を暗示している——へ連れ出されるという「異世界（死）」の恐怖である。そして三つ目は、こうしたことが「ほとんど理由もなくやってくる」という予期できぬ「突然」の恐怖である。これら三つの要素がそろうことによって恐怖は完璧となり、その恐怖を想像することによって私たちは不安になり、不安に捕らわれることによって自分が無価値な存在であることを知るのである。

三つの世界

あなたは自分だけが絶対的に正しいと信じる暴君であり、あなたの命令は僕にとってそのまま天の至上命令だった。そして、その命令こそ僕が世界とあなた自身を判断するための最も重要な手段だった。ところが、あなたが僕に課した戒めをあなた自身が守らないことによって、その命令は僕を重苦しく抑圧するものとなった。つまり、幼いカフカは父自身が命令を守らないことで、父の命令の正当性に疑問を持ったのである。父自身が守らないような命令を、なぜ僕だけが守らなければならないのかという疑問である。

「これによって、世界は僕にとって三分されました。まず第一は、子供の僕の世界です。僕はそこで奴隷として生き、僕だけのために考案され、しかもどういうわけか、僕が一度として完全には従いきれない法に規制されていました。第二は、僕の世界からは無限に隔たった、あなたが生きておられる世界です。父親のあなたは、そこで統治し、命令を発し、それが守られぬことに立腹していました。最後の第三の世界では、僕とあなたを除くすべての人々が、幸せ

に、命令と服従から解き放たれて、のびのびと生きていました。」（一三一頁）

この三つの世界のたとえも、カフカの小説に繰り返し描かれている。『審判』では、ヨーゼフ・Kの生きる世界と裁判所の関係者の世界、そして裁判と関係ない人々の世界。『城』では、Kの生きる世界と城の役人たちの世界、そして村人たちの世界。また『掟の門前』では、「僕だけのために考案された」という第一の世界の特徴とともに、第一の世界と第二の世界との隔絶が鮮明に描かれている。さらに『流刑地にて』は、珍しく第二の世界の、支配する側の人間である将校が主人公の物語であるが、第一の世界の死刑判決を受けた兵士、第三の世界の旅行者という三極構造は変わらないのである。この三つの世界あるいは世界の三極構造、そして第一の世界（僕の世界）と第二の世界（父の世界）の隔絶という形態がカフカの小説の基本的な舞台装置を構成しているのである。

父の教育

このあとも、カフカは父が彼に施した教育（罵倒、脅し、皮肉、泣き言など）の具体的な例を挙げて、それらが自分に役立ったとは思えないと断言する。また、母親の態度についても、僕が父の教育に反抗し、もう少しで父の勢力圏から脱出しそうになると、母が出てきて説得し、父へ執りなすことによって再び父の勢力圏内に僕を押し戻したと非難している。また、父と和解できないときは、母が僕を内密にかばい、こっそり何かを与えたり許可してくれたが、それが結局、父に対する後ろめたさとなり、咎《とが》の意識をいよいよ拡大させたと書いている。

カフカは父の教育の一例として、次のような体験を挙げている。実際には父はカフカを一度も殴らなかったが、「しかし、あなたが怒鳴り、顔を真っ赤にして、急いでズボン吊りをはずし、いつでも振り回せるよう椅子の背にかけておかれるのは、僕にとって、殴打よりもっとひどいことでした。まるで絞首刑を申し渡されるようなものです。それで実際に吊るされるのなら、すぐ死んで、何もかも過ぎ去りましょう。ところが絞首刑のすべての準備に立ち会わされ、綱が顔の前にぶら下がってきたところで、初めて恩赦を知らされるのでは、生涯その恐怖に苦しみ続けることになりかねません。」(一三八頁)

このように父のお恵みによって辛うじて刑を免れるということを繰り返しているうちに、咎の意識だけが積もっていったのである。子供に恐怖心を植えつけて自分の言うことを聞かせようという父の教育によって、ただでさえ、自分に自信のなかったひ弱なカフカは、自分が無価値な、罪深い存在であるという咎の意識を募らせていったのである。また、父は自分が子供の頃に苦労したことをよく話した。「七つのときにはもう、私は、手押し車を引いて村から村へ廻らねばならなかった――父の家は肉屋だった――」とか「ちびの少年のときに、早くもピーセク町のある店へ奉公にやられた」とか、早くから自分は自立して、家に送金さえしたと自慢するのだった。しかし、父は子供たちがそのように自立しようとすることを望まなかった。そのような行為は、忘恩、過激、不従順、裏切りと見なされた。つまり、父は一方では、先例や昔語り、羞恥心を利用して、自立するよう誘惑しておきながら、他方ではそれを厳しく禁止したのだった。

父の教育の成果として、カフカは父を想い出させるものをことごとく避けるようになった。特に商売がそうである。父は人使いが荒く、従業員を怒鳴り散らしたが、カフカは自分の身を守るためにも、従業員と自分たち家族とを仲直りさせようと考えた。そのためには、従業員に対して普通の礼儀正しさでは十分でなく、自分の方が下手《したて》に出て、こちらから挨拶したり、たとえ這いつくばってあの人たちの足をなめたにしても、父が頭ごなしに彼らをどやしつけることの償いには、まだほど遠いだろうと考えたのである。そして、自分がここで結んだ人間関係は、単に店の中にとどまらず、さらに将来にまで及ぶことになったと語っている。グスタフ・ヤノーホが『カフカとの対話』の中で述べていた、カフカが人と接するときの慇懃でへりくだった態度にはこうした背景があったのである。

ユダヤ教と「書くこと」

カフカは父から押し付けられたユダヤ教信仰に対して、三通りの立場を取ったと言う。まず、子供のころは、教会堂にろくに行かなかったり、断食を怠ったりすると、父に対して罪の意識を持った。青年期になると、父から押し付けられたユダヤ教は単なる退屈な儀式にすぎず、あんなものは信仰でもなんでもなく茶番でさえないと思われた。

さらに後年になると、別の見方をするようになる。父のユダヤ教信仰は、ユダヤ人隔離区（ゲットー）風の村の教区で身に着けたもので、都会に出て若干失われはしたが、それでもユダヤ的生活をなんとか守っていく程度には残っていた。また、父の信仰はある特定のユダヤ社会階級のものの見方が絶対に正しいという確信であり、実はそれは、父自身が正しいという確信でもあった。ただし、これは父だけの現象ではなく、田舎から都会に出てきたユダヤ人移住世代の相当部分が同じような事情にあったのである。

最後にカフカは「僕の新しいユダヤ教信仰」に言及している。それはおそらく東ユダヤ人の原始的で素朴な信仰を指しているのだが、それに対する父のあからさまな憎悪は極端すぎると言っている。結局、彼の新しい信仰は身近な人々の制約によって発展できなかったのである。マックス・ブロートは、後年カフカはユダヤ教研究に没頭したと述べているが、それは熱心なユダヤ教徒であったマックスの希望的観測であって、少なくともこの手紙を書いている時点では、カフカ自身はユダヤ教に対してそれほどの思い入れはなかったように思われる。

また、カフカは「書くこと」について「僕がものを書くと、必ず父上のことが出ました。父上の胸にとりすがって訴えられぬこと、ただそれだけを、僕は愁訴し続けたのです。これは、いわば意図的に長引かせてきた、あなたからの別離でした」（一五四頁）と述べているが、カフカは小説の中に父のことを書くことによって、遅まきながら父からの自立を果たそうとしたのである。しかし、現実のカフカが結核の発症によって、それを果たせなかったように、小説の主人公たちも巨大な力の呪縛から逃れることはできなかったのである。

職業と結婚

自立とはまず職業に就くことである。これに関しては、あなたは寛容で完全な自由を与えてくれた。僕はもともと無関心な子供であり、この無関心が不安や咎の意識による神経衰弱から僕を守ってくれた。僕の念頭にあったのは、ただ自分自身についての杞憂《きゆう》だけだった。何事にも確信が持てなかった僕は、肉体という最も身近なものにも確信が持てなかった。僕の虚栄心をそれほど傷つけずに、この無関心さを最も許容してくれる職業は法曹関係の仕事だった。それは僕の体質に合っていた。

無関心だったから法曹関係の仕事に就いたというのも奇妙な理屈だが、何事にも自信が持てなかったカフカは、複雑で濃密な人間関係の中で傷つくことを恐れ、それを法的関係と割り切ることで、心の平衡を保ったのではないか。カフカの小説の登場人物は、自分の感情を外に表すことが少ない。例外は『火夫』のカール・ロスマンくらいではないか。しかしそのカールも『失踪者』の他の章においては、その内面はヴェールに覆われたように見えにくくなる。カフカの小説の登場人物たちがどこかよそよそしく無関心であるのは、下手《へた》に人間関係に深入りして傷つくことを怖れる自己防衛のようにも見える。他人とかかわらなければ傷つくこともないのだ。

しかし結婚となると、相手とかかわらないわけにはいかない。求婚の試みは僕にとって最も壮絶で最も希望に満ちた救済の試みとなり、失敗もそれだけ壮絶となった。

「結婚し、家庭を築きやがて生まれてくる子供たちをすべて迎え入れ、この不安定な世界の中で守り、さらには少しだけ導いてやること――僕の確信するところでは、これこそひとりの人間にとって無上の成功です。」「ではそうするために、僕にどんな用意があったでしょうか？　およそひどいものでした。」（一五九頁）

カフカは十六歳のころ、父と性について話したことを書いている。彼はそのことについて、父から何も教えてもらえなかったが、級友たちから知恵をつけてもらい、今では幸いなことに全部知っており、万事うまくいっている、といっぱしの口をきいたのである。そのとき、父はどうすれば危険なしにその方面のことをやっていけるか、一つ忠告してやれるのだが、と言っただけだった。しかし、それを聞いた僕はひどく体面を傷つけられ、そこで会話を打ち切ってしまった。それは、父が息子の僕に勧めた事柄が、この世で最も汚れたもののように思えたからである。そして、少年の僕は結婚そのものさえ恥知らずなことと思い始めた。

そして、二十年後の今、三十六歳の僕が今回の結婚のもくろみを打ち明けると、あなたはこんな風に言われた、「お前は、彼女の選りすぐりのブラウスにのぼせたようだな。大の男が、それも都会暮らしをしていて、行きずりの女と出合い頭に結婚するなど、私には理解できない。ほかにいくらでも可能性があるのではないのか？　もし気後れしているのなら、この私がついて行ってやってもいい」（一六二頁）と。僕は父の言葉でひどい恥辱を感じたが、父にしてみれば、息子のこのような結婚によって自分の名前が汚される恥辱に比べれば、ものの数ではなかったのだと書いている。父はカフカがユーリエ・ヴォリツェクのような身分の低い女性と結婚することには耐えられなかったのである。

結婚しなかった理由一

カフカは、自分が結婚しなかった理由として、まず父の態度を挙げている。父は一方では結婚を勧めるが、他方ではそれが現実に移されそうになると反対の行動に出た。それは「二人が相棒の手を取り、きつく握りしめ、そうしておいて、「さあ行けよ、行ってみろよ、なぜ行かないんだ？」と叫んでいるのに似ていた」（一六三頁）と彼は書いている。

これと類似した表現は、子供が自立することに対する父の態度について述べたところでも出てきたが、このように二つの矛盾した命令を同時に出すことによって、相手が精神的にストレスを受けることを、心理学では「ダブルバインド（二重拘束）」と呼んでいる。そしてこの「ダブルバインド（二重拘束）」が「アンビバレント（両価性）」と極めて近い関係にあることはすぐに思い浮かぶだろう。「アンビバレント（両価性）」とは「相対立するものが併存する状態」のことであるが、これが「相対立する命令」であるとき「ダブルバインド（二重拘束）」となるのである。この「ダブルバインド（二重拘束）」に捕らえられた者は、まるで金縛りにあったように身動きできなくなる。

すでに第二章で、フランスの思想家ジャック・デリダがこの「ダブルバインド（二重拘束）」の概念を使って、『掟の門前』を解釈していたことを紹介した（本書五十七頁）。ただし、デリダは『掟の門前』をカントの純粋実践理性やフロイトの精神分析と関連付けて論じる文脈の中で、この概念に言及したのであって、矛盾する二つの命令による心の葛藤（コンフリクト）という純粋に心理学的な問題として言及したわけではない。

デリダによれば、カントは、掟（道徳律）は普遍的であるから歴史を持たないし、道徳律が私たちに尊敬の念を引き起こすのは、それがまさに道徳律であることによってであると考えていた。また、フロイトは、道徳律の起源として、父親殺しや近親相姦の禁止という抑圧を考えたが、それも歴史的事実があったわけではない。つまり、道徳律の起源は「出来事のない出来事」なのである。このように本質がないということが掟の本質なのだが、『掟の門前』のあの田舎者は、その掟の本質（「出来事のない出来事」）を見たい、触れたいと望んだのである。しかし、そのような事実はなかったのだから、それはもともと不可能なことだったのである。

デリダは、このように「ダブルバインド（二重拘束）」を単なる心理学的概念としてではなく、「掟を求め近づこうとする者を掟そのものが禁止する。それこそが掟だからである」という掟の本質、掟それ自体が禁止された場所であるという掟の虚構性に基づいて哲学的に解釈して見せたのである（『カフカ論――「掟の門前」をめぐって』）。

確かに、デリダの哲学的解釈は奥が深く魅力的である。しかし、この『父への手紙』の文脈に照らして『掟の門前』を改めて読んでみると、私にはデリダほどの哲学的素養がないせいか、門番の態度、田舎者に「そんなに入りたいなら入ってみるがいい」と誘惑し、続けて「門の中には、広間ごとに自分よりもっと権力の強い門番がいる」と脅す、あの態度はそのまま「結婚を勧めつつ、同時に禁止する」カフカの父の態度と重なってきて、「ダブルバインド（二重拘束）」は純粋に心理学的問題だと思えてくるのである。私は、どうしても、「僕がものを書くと、必ず父上のことが出ました」というカフカの言葉が頭から離れないのだ。カフカの作品は、それを読む者に合わせて表情を変えるのだろう。

結婚しなかった理由二

さて、『父への手紙』の中で、カフカが結婚しなかった理由として、次に挙げているのは、彼自身が「精神的結婚不能者」だったということである。彼は結婚を決意した瞬間から眠れなくなり、生きているというより、絶望してただうろついているような状態になったが、こういう状態は、彼自身の不安、虚弱、自己軽蔑などによる漠然とした抑圧から生じたのである。

ここでカフカは奇妙なたとえを挙げている。それは「牢獄につながれているのに、逃亡の意図ばかりか――これだけならもしかすると達成できるかもしれないが――、さらにその上に、しかも同時に、牢獄を自分用の別荘に改造するという意図を持つ」（一六五頁）というものである。逃亡すれば改造できないし、改造していれば逃亡はできないはずだが、それを同時に達成しようとはいかなる意味だろう。

カフカの真意はわかりにくいが、次のように考えてみたらどうだろう。まず、「牢獄」とは「父との関係」である。したがって、牢獄からの逃亡とは結婚して父から独立することである。カフカはこれだけなら達成できるかもしれないと言う。しかし、カフカは両親の結婚こそ模範的な結婚であると考えていた。両親のような家庭を持つことが結婚の理想なのである。そのためには、父との関係を修復しなければならない。つまり、父と密接で対等な関係を築かなければならないのである。しかし、この目的を実現するには、これまでカフカと父の間に生起した一切をなかったことにしなければならないから、それは不可能である。したがって、結論は結婚しないということになる。父と対等になろうなどと考えず、さっさと結婚して家を出ればいいのにと思うのだが、それができないところがカフカらしいところである。

しかし、これよりもっと重大な理由は、結婚が「書くこと」の障害になることだとカフカは言う。「書くこと」は彼にとって「生きること自体」であり、この試みを大切に見守って危険を寄せ付けないことが彼の義務なのである。このことはフェリーツェへの手紙の中でも再三述べていた通りである。

これで終わらず、カフカはさらに最大の障害について述べる。それは、結婚して家庭を持ち、それを維持するには、良い面も悪い面も含めて父のような性質が必要だという確信である。それは、力強さと他人への嘲《あざけ》り、健康と一種の不節制、雄弁と舌足らず、自信と誰にでも抱く不満、世間に対する優越感と横暴さなどである。カフカはこれらの性質のほとんどを持っておらず、それを備えている父でさえ、家族のことに手を焼いているのだから、どうして自分が結婚する気になどなれるだろうかと言うのである。

最後にカフカは、自分の無能ぶりを、父の範例と教育によって嫌というほど思い知らされてきたと言う。すでに些細なことにおいて無能なのだから、人生の一大事である結婚についても無能なのである。このあたりになると、カフカも疲れてきたのか、あるいは手紙というより文学作品を書いている気持ちになったのか、たとえが多くなってくる。ここでも次のようなたとえを出している。

結婚の試みに至るまでの自分は、「正確な簿記を怠ってその日暮らしをしている商人」のようなものだった。たまにもうけがあっても、ほぼ毎日確実に損をしているのだが、何もかもどんぶり勘定にして、一度だって精算したことがなかった。そして、ある日精算の必要に迫られる。結婚の計画である。ところが、精算してみて初めて負債が巨額

であることに気づくのである。「さあ結婚してみるがいい、狂気にならずに済めばいいが！」（一六八頁）

想像上の父の反駁とそれに対するカフカの答え

以上が、この手紙の目的である「なぜお前は私を恐れるのか」という父の問いに対するカフカの答えである。ところが、カフカの癖で、話をきっぱりと打ち切ることができない。今度は「あなたがこれを一通りご覧になったら、あるいはこんな風に答えられるかもしれないと、僕は想像します」（一六八頁）と書き出すのである。

お前の主張によると、私は、お前との険悪な関係をお前の咎にしているそうだが、お前自身も、自分はいかなる咎も責任もないと言っており、その点ではやり口は同じだ。違うのは、私はあけすけに、咎はお前にあると言っているのに、お前は極めて如才なく、この私にもいっさい罪はないと言うものの、本当は、私が加害者で、お前のやったことはすべて自己防衛であったことが、行間からにじみ出ているのだ。

お前は次の三つを証明してみせた。第一に、お前には咎がないこと。第二に、私に咎があること。そして第三に、お前が私を許す気でいること、だ。ところが、これで満足せず、お前は私のすねをとことんかじってやろうと思いついたのだ。

闘いには二種類ある。騎士の闘いと虫けらの闘いだ。騎士の闘いは勇者同士の力の競い合いだが、虫けらの闘いはただ刺すばかりでなく、自分が生き延びるために、相手の血まで吸い取ってしまう。そして、お前はその虫けらだ。生活無能者であるお前は、自分がそうなったのを親父のせいにして、自分はのうのうと寝そべり、あなた任せの人生を過ごそうという寸法だ。

結婚にしてもそうだ。最近お前は結婚しようとしたが、そのときお前は同時に、結婚しないことを望み、しかも自分は苦労せずに済むように、私がお前の破談に手を貸すことを求めたのだ。お前は、父親の私がこの結婚を禁じるという体裁を取り繕いたかったのだ。実際には、私はお前の幸福の邪魔をする気はなかったし、もし、この結婚に嫌気がさしていても、私に邪魔などできなかっただろう。一方、仮に結婚許可を与えたとしても、お前は結婚しなかっただろう。そして、その咎は私にあることを証明してみせるのだ。

だが、根本的にお前が父親に対して証明したのは、私のお前への非難がすべて正当だったこと、ただ惜しむらくは、次の非難が欠けていたこと、すなわち、不誠実、追従、寄生虫根性に対する非難が欠けていたことだ。私の思い違いでなければ、この手紙自体が私の身中になおも寄生しようとするお前の企みではないか。

この問いに対するカフカの答えはいかにも奇妙であるが、とりあえず手紙を最後まで読み終えよう。

この想像上の父の反駁に対して、カフカは「この反駁全体が実は父上のお言葉ではなく、ほかならぬ僕が書いたものだということです」（一七〇頁）と答えている。それほど僕の自己不信は大きいのだと言うのである。そして、この反駁はある種の正当性を持つが、現実の事柄は手紙の中の証明のようにはうまくいかず、人生は忍耐ごっこ以上のものである。しかし、この反駁によって生じる修正は、僕には実行できないし、また実行する気もない。しかし、この修正は、僕の考えでは真相に極めて近いところまで達しているので、これが僕たち二人を少しだけ安心させてくれ、生と死をいささかなりと軽やかにしてくれるのではありますまいか、と締めくくっている。

想像上の父の反駁の位置づけ

この部分は、今までの論調とは違う独特な構造になっている。これまでは、カフカは自分の悲惨な現状はすべて父の性格や教育のせいだとして、一方的に父を非難してきた。それがここにおいて、このような父への非難を父自身はどう思うだろうかと、父の立場に立って振り返ってみたのである。つまりカフカは、今までの自分の見解を自己反省してみたのだ。その結果浮かび上がってきたのは、自分が父親に「寄生」しているという事実だった。

この間の事情を、内容と形式に分けて、さらに詳しく検討してみよう。

内容的に見ると、カフカは、自分が生活無能者であるのは、父にその原因があるとして、父に「寄生」し続けることを正当化しようとする。それはちょうど、二十世紀末にわが国で流行語となった「パラサイト・シングル（寄生する独身者）」を連想させる。「パラサイト・シングル（寄生する独身者）」であるカフカは、両親に食事などの面倒を見てもらうことによって、余った時間を「書くこと」に費やしてきたのである。それが、結婚して自立するとなると、家事は妻あるいは女中にしてもらうにしても経済的な負担が増え、生活水準の低下は免れない。当然「書くこと」にも支障が出るだろう。だからカフカは、表面的には、結婚して父から自立したいという意志を示しながら、内心では、このまま「パラサイト（寄生）」を続けたかったのである。

自己反省によって、こうした深層心理に気づいたカフカはどうしようとするか。「では生活を改善しよう」とは、彼は言わない。逆に、「改善は無理だし、その意志もない」と言うのだ。ただ、これは「真相」に近いだろうから、それが認識されたことによって、父との関係は少しだけ気が楽になったと結論するのである。これは、肺結核の発症によってフェリーツェとの別離が決定的となったとき、彼が感じていた「不幸の中で幸福である」という感情とどこか似ていなくもない。

次に、この想像上の父の反駁の形式について検討してみよう。

これまでカフカは、法廷における弁護士のように、自分には咎がなく、父に咎があるという証拠を一つ一つ提示してきた――実際、カフカは後にミレナにこの『父への手紙』を送ったとき「これは弁護士の手紙なのです」と書いている――。これらはすべて現実にあった出来事すなわち事実である。そして最後に、すべて父に咎があるとするこの手紙を父が読んだとき、父はどのように感じまた抗弁するかを想像して、カフカはこの父の反駁を書いたのである。

ここで注意しなければならないのは、カフカにとって「書くこと」すなわち文学は、「夢のような内面生活を描写すること」だということである。それは「現実（リアル）」を記述することではなく、「空想（ファンタジー）」を描き出すことである。したがってカフカは、この父の反駁を書くことによって、「現実（リアル）」の世界から「空想（ファンタジー）」の世界へと移動したのである。いわば、小説の世界に迷い込んだのである。

しかし、この文章は現実に父に渡される手紙であって、小説ではない。それゆえ、カフカは「空想」から「現実」へ再び戻らなければならなかった。それで「この反駁全体が実は父上のお言葉ではなく、ほかならぬ僕が書いたものだということです」という奇妙な表現になってしまったのである。いずれにせよ、この父の反駁の部分だけが、現実と現実の間に挟まれた「空想（ファンタジー）」となっているのである。

「現実（リアル）」と「空想（ファンタジー）」について

私たちは、カフカの小説における「現実（リアル）」と「空想（ファンタジー）」の関係をどのように捉えたらいいだろうか。私は、第二章で「カフカは短編小説と長編小説とでは、文体や描写の密度を変えている」（本書二十一頁）と書いたが、読者の中には、短編小説を読むとカフカは「空想（ファンタジー）」の作家であり、長編小説を読むとカフカは「現実（リアル）」の作家であると思う人もいるのではないだろうか。

短編小説、特に動物が主人公のもの、例えば「ある学会への報告」「巣穴」「歌姫ヨゼフィーネ」などが「空想（ファンタジー）」であることには、誰も異論はないだろう。しかし、平凡なセールスマンがある朝目覚めたら虫けらになっていたという中編小説『変身』となると、「現実（リアル）」と「空想（ファンタジー）」のどちらと考えるか迷い始めるのではないか。そして、『審判』や『城』などの長編小説となると、その写実的で精緻な場面描写によって、これは「現実（リアル）」の小説に違いないと思い込んでしまうのではないだろうか。まして、カフカの描いた世界がファシズムの出現を予見していたなどと言われると、ますます「現実（リアル）」感すなわち「リアリティー」は高まるのである。

カフカが長編小説を書こうとするとき､ドストエフスキーやフローベールの小説を手本にしていたのは事実である。特にフローベールの『感情教育』はカフカの愛読書だった。フローベールに見られる徹底した写実主義や作家の主観を極限まで排除した客観主義をカフカも踏襲している。そして同時に、私たちの多くはカフカの長編小説『審判』や『城』が、ドストエフスキーの『罪と罰』や『カラマーゾフの兄弟』と比べても遜色ない作品のように思っているのではないだろうか。そう思わせる最大の理由は、その写実的で精緻な場面描写の共通性にあるだろう。それが二人の作品に「リアリティー」と重厚さを与えているのである。

もちろん、ドストエフスキーもフローベールも「空想（ファンタジー）」の作家ではなく、紛れもなく「現実（リアル）」の作家である。彼らが描いたのは、生身の人間である私たちが現に生きているこの「現実（リアル）」の世界の出来事であって、決してガリバーの「小人の国」やアリスの「不思議の国」のような「空想（ファンタジー）」の世界の出来事ではない。

しかし、カフカが描く世界はどうだろう。彼は「現実（リアル）」の世界の出来事を描いたのだろうか。人間がある朝目覚めたら虫けら——虫けら「のように」ではない——になっていたなどというのは論外であるが、ある朝理由もわからず逮捕されたとか、測量士として招聘されたのに、そういう事実はなかったなどということが「現実（リアル）」の世界で起こりうるだろうか。冷静に考えれば、それが「空想（ファンタジー）」であることは疑う余地はないように思われる。

ここまで書いてきて、ふとあることが思い浮かんだ。それは、オレオレ詐欺や還付金詐欺などの特殊詐欺のことである。冷静に考えれば、現実にはあり得ないことなのに、被害者は、犯人たちの巧みな話術によって真実だと思い込まされて、その架空の世界から抜け出せなくなり、言われるままにお金を振り込んだり、現金を手渡してしまう。その場合、犯人たちの話術は「マジック（魔術・奇術）」の役割を果たすのであり、被害者はその「マジック（魔術・奇術）」にかかって、騙されてしまうのだ。

カフカの描く世界が純粋に「空想（ファンタジー）」の世界なのに、私たちがそれを「現実（リアル）」の世界の出来事のように錯覚してしまうのは、カフカの巧みな「マジック（魔術・奇術）」によるのかもしれない。しかし、繰り返して言うが、カフカにとって文学は、「夢のような内面生活を描写すること」すなわち「空想（ファンタジー）」を描き出すことである。カフカの長編小説に描かれた世界がいかに「現実（リアル）」に見えようと、それはあくまで「空想（ファンタジー）」の世界なのである。短編小説で「空想（ファンタジー）」を書いていた作家が、長編小説を書くときに「現実（リアル）」の作家に変身するわけではないのである。

そして、カフカの「夢のような内面生活」の原型は、幼い頃のあの体験、真夜中に大男（父）によっていきなりベッドから引きずり出され、ひとり露台に立たされた、あの「死の恐怖」の体験である。したがって、カフカの描く「空想（ファンタジー）」の世界は、「死の恐怖」に覆われた「異世界」なのである。さらに、この「異世界」には二つの世界が併存している。一つは「子供の僕が奴隷として生き、僕が一度として完全には従いきれない法に規制されている世界」であり、もう一つは「僕の世界から無限に隔たった、父が統治し命令を発する世界」である。また、この「異世界」とは別に第三の世界すなわち「僕と父以外の人々が生きる世界」が存在する。そして、この第三の世界が「現実（リアル）」の世界である。カフカはもちろんこの「現実（リアル）」の世界の住民でもあるのだが、父と関係を持った途端「異世界」へと入り込むのである。この「現実（リアル）」の世界から「異世界」への入り込みが連続的で違和感なく自然に行われるところが、カフカの語りの「マジック（魔術・奇術）」なのである。

カフカは「現実（リアル）」の世界の出来事を書いたのではなく、「空想（ファンタジー）」の世界の出来事をあたかも「現実（リアル）」の世界の出来事のように書いたのである。私が本章の初めに、カフカの描く世界が「ガリバーが現実の世界から隔絶した「小人の国」で体験したことを、現実のロンドンで体験するようなものだ」と書いたのはそういう意味である。カフカの描く世界は「空想（ファンタジー）」と「現実（リアル）」とが浸透しあう独特な次元を構成しているのである。そこに、純粋に「現実（リアル）」の作家であるドストエフスキーとカフカの違いがあると私は思う。

ユーリエ・ヴォリツェクとの結婚は父によって反対されたが、カフカが婚約を正式に解消したわけではなかった。十二月にプラハに戻ったカフカは、彼の小説をチェコ語に翻訳しようとするチェコ人女性ミレナ・イェセンスカと知り合った。また一九二〇年三月には、保険局の同僚の息子グスタフ・ヤノーホとの交友が始まっている。そして、カフカは四月から三か月間療養のため南チロルのメラーンに滞在することになった。この地でミレナ・イェセンスカとの文通が始まるのである。

参考文献
・マックス・ブロート編『決定版カフカ全集3　田舎の婚礼準備、父への手紙』（飛鷹節訳、新潮社、一九九二）
・ジャック・デリダ『カフカ論──「掟の門前」をめぐって』（三浦信孝訳、朝日出版社、一九八六）

四　ミレナへの手紙

ミレナとの出会い

ミレナ・イェセンスカはチェコ人のジャーナリストで翻訳家でもあった。夫はユダヤ人の銀行員で文士でもあり、当時二人はウィーンに住んでいた。彼女はカフカの小説『火夫』などをチェコ語に翻訳している。カフカとミレナが文通を始めたとき、カフカは三十六歳、ミレナは二十三歳だったが、ミレナには夫がいたから、カフカの出した手紙はほとんどが自宅ではなく郵便局留めだった。

文通の初めの頃は、カフカが一方的に誘惑していたようであるが、やがてミレナの方が積極的になり、保養地メラーンからプラハへの帰路にウィーンに立ち寄るよう、カフカに強く要求した。カフカはウィーン経由にするかミュンヘン経由にするかさんざん迷ったが、ミレナの求めに応じて六月二十九日から七月四日にかけてウィーンに滞在し、ミレナと幸福な時を過ごした。プラハに戻ったカフカは、七月にミレナの求めに応じてユーリエ・ヴォリツェクとの婚約を解消している。カフカはミレナとの結婚を望んでいたが、結局ミレナは夫と離婚する決心がつかなかった。この間八月十四日と十五日に二人はオーストリアとチェコとの国境の町グミュントで再会したが、二人の情熱はすでに醒めており、恋の終焉は明らかだった。その後も文通は続いたが、一九二一年一月には二人は文通をやめることに同意している。これ以降も時々手紙のやり取りはあったが、それはほとんど事務的なものであった。なお、長編小説『城』の登場人物でKの許嫁となるフリーダとフリーダの元愛人であったクラム長官はミレナとその夫がモデルだと言われている。

恋の行方

二人が文通していたのは、一九二〇年四月から一九二一年一月までのほぼ十か月であり、直接会ったのは、六月二十九日から七月四日にかけてのウィーンと、八月十四日と十五日のグミュントだけだった。この短い恋の行方がいかなるものであったかは、カフカがウィーンでの出来事を思い出して書いている、次の文章で想像がつくだろう。

「私はあなたを愛していますから（ですから私はあなたのことを、わからずやさん、海が海底のちっぽけな小石一つを愛しているように愛しているのです。私の愛情があなたの上に溢れしたたるのも、これと寸分違わぬ有様です――そしてあなたの傍らでは私がまた小石でありたいものです、もし天の神々がそれを許してくれるならばですが）、全世界をも私は愛しており、その世界にはあなたの左の肩、いや、最初は右の肩でした、あなたの右の肩も属しており、私の愛する世界にあなたの右の肩が属しているからこそ、気に入れば（そしてあなたが優しくブラウスをずらしてくだされば）私はそのあなたの右肩にキスし、こうして私の愛する世界には、あなたの左肩も、それからまた、ほとんど裸になったあなたの胸にもたれての憩いも、みんなそこに属しているのです。ですから、私たちが一体になっていたとは、全くあなたの言う通りで、それに対して私は何の不安も感じてはいません。というより、これこそ唯一の私の幸福であり、唯一の私の誇りであって、なにも私はそれを森の中と限っているわけでは全然ないのです。

しかし、他ならぬこの昼の世界と、あなたが男どもの事柄だとして軽蔑して書いてきたことのある「ベッドの中の三十分間」との間には、私にとって、越えることのできない深淵が横たわっています。おそらくは私がそれを欲しないがために、私には越えることのできない深淵なのです。」（『決定版カフカ全集8　ミレナへの手紙』一一四頁）

カフカは昼の明るい森の中でミレナを優しく愛撫したことで満足して、それ以上のことは望まなかった。「ベッドの中の三十分間」は昼の世界が与えてくれたものを、「せかせかと、息も絶え絶えに、途方に暮れ、ものに憑かれたように、ひったくろうとする」「夜の魔術」であった。要するにカフカは、ミレナを優しく愛撫することに満足して、直接的な「性交」を望まなかったのである。

もともと、カフカは女性経験がなくはなかったが、健康に自信がなく、「性交」については消極的だった。日記にも「一緒に暮らすという幸福に対する罰としての性交」と書いていたように、結婚すれば、子供を作るためにも必然的に「性交」しなければならないことが、彼に結婚をためらわせた最大の理由だったのである。まして、カフカは年齢的に三十六歳と中年に差し掛かっており、肺結核も発症しているという健康状態だったから、性的欲求は徐々に衰えていっただろう。それに対して、ミレナは二十三歳の若さでしかも人妻だった。彼女が愛撫だけで満足できたとはとうてい思えない。こうした性的欲求における隔たりが二人の関係を疎遠なものにしていったことは想像に難くない。

すでに本章の「一　フェリーツェへの手紙以前」で触れたが、カフカは別の手紙で、自分の初体験について克明に書いている。そこでは、「性交」を「忌まわしい汚いもの」「不潔なもの」と呼び、そこには「ちょっとした悪臭と、若干の硫黄《いおう》と、地獄の片鱗」があったが、時として、私の肉体はこの「不潔なものへの憧れ」に耐えられなくなることもあったと書いている（一四〇頁）。

しかし、カフカは、ミレナと一緒にいると自分の生涯で初めて孤独を感じることがなく、それゆえ、ミレナに対しては「不潔なものへの憧れ」は生じないと言うのである。これに対して、カフカは自分が性的不能者だと思われたくないせいか、メラーン滞在中に部屋付きの女中を誘惑して、まんまと手中に収めたと書いている。さらに、ミレナとの関係には、「神の楽園で堕罪を犯す前に吸われた空気」がまだいくらか存在しているとも書いている（一四一頁）。要するに、カフカは二人の関係は純潔でありたいと願っていたのである。

だが、ミレナはどうだろうか。カフカは、ミレナが「あなたは私のもの」と言うとき、それは「身近な肉体と夜」を意味していると言う（一五六頁）。さらに、グミュントで再会したとき、ミレナが「あなたはプラハで私に対して不貞をしなかったか」と尋ねたことを非難している。カフカは「ずっと貞淑《ていしゅく》でした」と答えたが、こんな会話をすること自体、二人の気持ちが離れている証しだと言うのである（一五七頁）。性的欲求に対して二人の間にずれが生じていることは明らかだろう。

森の獣

カフカは自分を森の獣にたとえて、次のように書いた。別れの手紙である。

「森の獣たる私は、当時はほとんど森に住まず、どこかの汚らしい穴に寝ていました（もちろん、私がいるからこそ汚らしいのです）。と、表の広々としたところに、あなたを、かつて私の見たものの内で最も素晴らしいものを目にしました。私は一切を忘れ、わが身のこともすっかり忘れはて、身を起して近づきました。この新しくはあるけれども故郷の香り高い自由の中で、不安に戦《おのの》いてはいましたが、それでもなお近づいて行ったのです。とうとうあなたの所まで来てみると、あなたはとても優しくしてくれました。私は、まるでそうすることを許されてでもいるかのように、あなたの足元に身をかがめ、あなたの手のひらに顔を埋めました。私はとても幸福でした。誇りに満ち、自由の気に溢れ、力に恵まれ、すっかりわが家にいるような気がしていたのです――がしかし、結局のところやはり私は単なる獣にすぎず、森のものでしかなかったのです。この広々とした自由の大気の内に生活し得たのは、ただひとえにあなたの慈悲によるのでした。そして、それとは知らずに（なぜなら私は一切を忘れてしまっていたからです）、あなたの目から私の運命を読み取っていたのです。長くは続きませんでした。この上もなく優しい手で私を愛撫してくれはしたものの、あなたは森というこの根源を、この本当の故郷を予感させる何か奇妙なものに、気がつかずにはいられませんでした。必然的に「不安」についての話が出ることになり、必然的にこれが繰り返されることになりました。この「不安」こそ私を（そして罪もないのにあなたをも）苦しめ、むき出しの神経に触るよう痛めつけてきたものなのです。それが私の前でますます大きくなっていきました。あなたにとって自分は何という不潔な疫病神なの

であろう、至る所であなたを煩わしているのではないか、という考えです。」（一七一頁）

「私は自分が何者であるかを思い起こしました。もはやあなたの目の内に迷妄を読み取ることはありませんでした。夢の中での驚愕を覚え（どこか、自分の住むべきではないところで、まるでわが家のようにして振舞っているのです）、この驚愕を現実の内で味わったのでした。闇の中に帰らなければなりませんでした。太陽には耐えられなかったのです。絶望を感じました。道に迷った動物と少しも変わりませんでした。ただもうでたらめにまっしぐらに走り始めました。そして絶えず頭に浮かぶのは、「彼女を一緒に連れていけたら！」という考えと、その反対に『彼女のいる闇などがあるだろうか？』という考えばかりなのです。」（一七二頁）

このたとえ全体が、短編小説『巣穴』を連想させる。あの物語は、巣穴に逃げ帰った後のこの獣の物語ではないか。私はあなたを見たとき、自分の身のほどを考えず、あなたに近づき、あなたはとても優しくしてくれた。しかし、それは長続きしなかった。私を苦しめている「不安」に気づいたからである。それは、森という根源、本当の故郷を予感させるものだった。獣である私は、故郷である「闇」の中に帰らねばならなかった。その故郷こそ、まさに「死の恐怖」に覆われた「異世界」であろう。最後の言葉、「彼女を一緒に連れていけたら！　しかし、彼女のいる闇などがあるだろうか？」は、フェリーツェに書いた言葉、「彼女なしには生きられないが、彼女と一緒でもだめだ」に極めて類似している。それは心からの「アンビバレント（両価性）」な叫びである。

ユダヤ人

『ミレナへの手紙』には、フェリーツェへの手紙と同様に、不安、自信のなさ、優柔不断に由来するいつも通りの表現が多いが、その中にあって、際立っているのはユダヤ人に関する記述の多さである。それは、ミレナ・イェセンスカがユダヤ人の夫を持っていたとはいえ、ユダヤ人ではなくチェコ人（ヨーロッパ人）であったことと関係しているだろう。手紙からいくつか抜粋してみよう。

「ミレナ、あなたの所にやってきたこの私の有様をも、私がどんな三十八年〔注：カフカは自分の年齢を誤って書いている〕の旅路を後にしているかも（それに私はユダヤ人です、その分だけ余計に長い旅路なのです）、どうか考えに入れてください。」（三十一頁）

「ユダヤ人たちの不安定な立場、内的にも不確かで、社会的にも不確かな立場のことを考えれば、何よりよくわかる現象なのですが、彼らには、自分たちが現に手にしているもの、ないし、もう歯の間に入れているものしか、自分の所有物だと思うことが許されませんし、さらには、手にしている明々白々の所有物しか彼らに生きる権利を与えてくれず、一度失われてしまったものは二度と再び手に入れることはなく、嬉々として永久に彼らから泳ぎ去ってしまうのです。およそ考えもつかないような側から、危険が彼らユダヤ人を脅かしています。いや、正確を期して危険がとは言いますまい、「脅威が彼らを脅かしている」のです。あなたの身近にも実例があります。このことは口にしないと約束したかもしれないのですが（あなたのことをまだほとんど存じていない頃です）、あなたには申し上げても構わないと思います。別にあなたにとって耳新しいことではありませんし、そのご親戚の愛情が示されているだけのこと、名前や細かい点は、私自身がもう忘れてしまっておりますから申し上げません。私の末の妹がキリスト教徒のチェコ人と結婚することになっていました。この男がある時、自分はユダヤ女と結婚するつもりだ、とあなたのご親戚にあたる女性に話したことがあるのです。彼女のいわく、「それだけはおやめなさい、ユダヤ人と結ばれるのだけは！ほらご存じのミレナが云々」。」（三十五頁）

「しかしこれだけ一つ。将来のことを話している時、あなたは往々にして私がユダヤ人であることを忘れていませんか？（明瞭、簡単です）ユダヤ人とは、たとえあなたの足元に跪《ひざまず》いていようとも、危険な存在なのです。」（一二四頁）

「もちろんあなたの父上にとってみれば、ご主人と私との間には何の差異もないわけで、この点は全く疑念の余地がありません。ヨーロッパ人から見れば、われわれは全く同じニグロの顔をしているのです。」(一二五頁)
「あなたとマックスとの戦闘に口はさしはさみますまい。横に退いたまま二人とも正しいとして、身の保全を図りましょう。あなたの言っておられることは確かに正しい。しかしちょっと私たちの立場を入れ替えてみませんか。あなたには故郷というものがあり、故郷があるからこそまた故郷を棄てることもできるのであり、棄てることができることこそ、おそらくは故郷の最もいいところなのであって、それも特に、故郷を棄てるといっても、その棄てがたい点は棄てはしないからなのです。故郷を探し、建設することをしょっちゅう考えていなければならない。しょっちゅうなのであって、帽子を帽子掛けから取ろうと、水泳学校で日向ぼっこしていようと、あなたに訳される本を書いていようとです(……)——というわけで、マックスはしょっちゅうそのことを考えなければならず、あなたに手紙を書いている時でさえ例外ではないのです。」(一三三頁)
「毎日午後はずっと街を歩き、ユダヤ人への憎しみに沐浴しています。ユダヤ人のことを「疥癬病みの人種」と呼ぶのも耳にしました。こんなに憎まれていたら、そこから立ち去って行くのも当然ではないでしょうか(シオニズムだの民族感情などはそのために全然必要ありません)? それでも踏みとどまるのだ、などというヒロイズムは、どうにも浴室から根絶できないごきぶりのヒロイズムと同じです。
たった今窓から眺めていたところですが、騎馬巡査や、銃に着剣した憲兵隊、叫びながら四散する群衆、そしてこれを窓の中で見下ろしている自分を顧みて、絶えず庇護を受けて生きているというその厭うべき恥辱を味わったのでした。」(一八五頁)
「今反ユダヤ的な記事を非常に載せている〈ヴェンコヴ〉紙が、最近その社説で、ユダヤ人はすべてのものを腐敗させ、壊敗させる、彼らは中世の鞭打ち苦行主義をさえ(!)腐敗させたのだ、と指摘していました。」(一八八頁)

「〈ヴェンコヴ〉紙の言うところは至極もっともです。移住です、ミレナ、移住することです！」（一八九頁）

「私たちは西ユダヤ人のきわめて特徴的な典型を何人も知っていますが、私の知る限り、私は彼らの中で最も西ユダヤ的な人間です。というのは、誇張していえば、私には一刻たりとも安らかな時間が与えられていないということです。私には何一つ与えられているものはなく、すべてを自分で獲得しなければならないのです。現在や未来だけではありません。過去すらもそうなのであり、どんな人間でもおそらく生まれながらにして持っているもの、それすら自分で獲得しなければならないのです。おそらくこれは、この上なく困難な仕事です。地球が右へ回ると——右へ回っているかどうか知りませんが——私は左へ回って、過去を取り戻さなければならないのです。ところがしかし、こうしたすべての義務を果たすのに、力が全然ないといった始末で、世界を肩に担うことなどできはしません。冬の上着さえやっとの思いで肩に着けているのですから。とはいってもこの無力は、そうそう嘆いてばかりいるにも当たらないのです。一体どんな力がこの課題を果たし得るというのでしょう！　自分自身の力でここを切り抜けようとする試みは、すべて気違い沙汰であり、気が狂って終わるしかありません。だからこそあなたの書いているように、「それでいく」ことは不可能なのです。私には自力で自分の欲する道を行くことができません。それどころかそんな道を行こうと欲することさえできません。ただ静かにしていることができるだけで、他には何を欲することもできませんし、また事実他の何をも欲していません。」（一九〇頁）

「そして最後になおアイゼン通りで、ユダヤ人狩りの群衆に突き当たるという始末です。」（一九〇頁）

ユダヤ人迫害の歴史

ここで、ユダヤ人がなぜヨーロッパでこれほど迫害されるのか、歴史的経過をたどっておくことは意味のあることだと思う。

ユダヤ教の特徴として、族長の神（父性神）への絶対的帰依、選民意識、律法の遵守を挙げることができる。そして、教科書では、ユダヤ人の民族宗教であったユダヤ教をイエスが世界宗教に改革し、イエスをキリスト（救世主）と見なす弟子たちによってキリスト教が成立したと教えている。キリスト教はユダヤ教を母体として成立したのである。

ユダヤ人への迫害は、キリスト教がローマ帝国で公認され、国教となった時期（四世紀）から始まったと考えられる。『新約聖書』では、イスカリオテのユダがイエスを裏切り、彼をユダヤ教の司祭長に売り渡したことが象徴的に語られているが、ユダヤ人はキリストの殺害者、悪魔の子と見なされるようになったのである。

それでも、ドイツのユダヤ人の生活は第一回十字軍（一〇九六年）の時代までは、後の時代に比較してずっと幸福だったと、黒岩純一は述べている。十字軍は各地でキリスト教徒の敵であるユダヤ人の共同体を襲撃し、放火、略奪、虐殺を繰り返したのである。しかしその後も、ドイツでは諸々の問題を抱えながらも、多くの君主はユダヤ人を見捨てることはなかった。その最大の理由は、ユダヤ人の経済的影響力だった。

カトリックでは貧者と弱者の保護という立場から「利子の禁止」が問題とされてきたが、一二一五年、キリスト教徒は利子業に従事することが禁じられ、この職業はキリスト教徒の掟に束縛されないユダヤ人に任されることとなったのである（第四ラテラノ公会議）。支配者は定収入が減ると、その分をユダヤ人から搾取し、ユダヤ人は搾取された分を逆にキリスト教徒から搾取した。こうしてユダヤ人は「高利貸し」というレッテルを張られ、ますます民衆の憎悪の対象になっていったのである。

ルターの宗教改革以降も迫害は緩和されるどころか、むしろ激しくなっていった。しかし、十八世紀の市民革命によって事態は好転し始める。一七八九年のフランス革命は自由・平等の精神をヨーロッパ中に波及させ、それまで迫害されてきたユダヤ人もようやく解放されることになる。ユダヤ人の平等権は、フランスでは早くも一七九一年に認められ、各国がそれに続き、かなり遅れて、一八六七年にプラハの属したオーストリア＝ハンガリー帝国で、そして一八六九年にドイツ帝国で認められた。カフカが生まれるわずか十六年前のことである。

しかし、十九世紀後半になると、反ユダヤ主義に新たな要素が加わってくる。ヨーロッパ各地で起こってくる民族主義の台頭である。そんな中、ユダヤ人にとってショッキングな事件がフランスで起こった。ドレフュス事件（一八九四年）である。フランス陸軍参謀本部のドレフュス大尉はドイツのスパイ容疑で逮捕され有罪となったが、それは彼がユダヤ人であるという理由からだった。結局彼の無罪が証明されたが、この事件を取材したウィーンのジャーナリスト、テオドール・ヘルツルは、最も進歩的と思われていたフランスにおいてさえこのような事件が起こったことに失望し、「ユダヤ人はパレスチナの地に自分たちの故郷を創設しなければならない」としてシオニズム運動を開始することになるのである（黒岩純一「ユダヤ人の排斥とカフカ」）。

一九一八年第一次世界大戦が終結し、一九一九年にはパリ講和会議が開かれた。この会議の基本原則が民族自決主義であり、敗戦国のオーストリア＝ハンガリー帝国は解体され、プラハのあるチェコスロバキアは一九二〇年に共和国として独立した。ちょうどカフカとミレナが文通していた時期である。チェコの民族主義運動は当然少数民族のドイツ人へと向かうはずだが、実質的にドイツ人がこの国の支配層であることに変わりはなかった。そうなると民族主義の矛先はドイツ語を話すユダヤ人たちに向かうことになる。こうして「ユダヤ人狩り」が始まるのである。

チェコにおけるユダヤ人排斥運動の激化は、ユダヤ人の側でもシオニズム運動を加速させることになった。こうした反ユダヤ主義の高まりの中で、カフカもこのままプラハにとどまるのは「ごきぶりのヒロイズム」であって、パレスチナへ移住することは当然だと、ミレナに書いたのである。カフカも他のユダヤ人たちと同様に、故郷を持つヨーロッパ人と故郷を失い世界中に離散した自分たちユダヤ人との違いを改めて実感したことだろう。

悲しいことに、私たち人間は弱い者いじめをやめられない宿命にあるようだ。民衆の不満のはけ口は常に国内の少数民族へと向かう。それは、為政者がそのように仕向けるという面もあるだろうが、人間の本性に根差したプリミティブ（原始的）な欲求だろう。特に、天変地異や戦争などの異常な状況においては、民衆の漠然とした不安や不満は、狂気を帯びた暴力となって彼らへと向かう。そうした例は歴史上いくらでも見られたし、現在でもなお「ヘイトクライム（憎悪犯罪）」は後を絶たない。

「ヘイトクライム（憎悪犯罪）」の加害者すなわち差別する側の人間は、往々にして自分たちが間違ったことをしているとは思わない。正義は自分たちにあると思っているのだ。したがって、理性の力でこれを抑えることができると考えるのは、あまりにオプティミスティック（楽天的）な思い込みだろう。「ヘイトクライム（憎悪犯罪）」を抑え込むには、これが「クライム（犯罪）」であることを繰り返し主張するしかない。犯罪の加害者は被害者の受けた苦痛に対して償いをしなければならないという当たり前のことをひたすら実践するしかないのだ。それが法治国家としての当然の義務だろう。

西ユダヤ人であること

すでに見たように、カフカは『父への手紙』の中で、幼いころ真夜中に父によってベッドから引き出され、露台にひとり立たされた体験がトラウマとなって、父に対して恐怖心を抱くようになったと語っていた。確かに、カフカが漠然とした不安や恐怖を抱くようになったのは、子供に恐怖心を植え付けて自分の言うことを聞かせようとする父の教育や、もともと自分に自信がなかったひ弱なカフカの性格がおもな原因であることは間違いないだろう。しかし、当時のユダヤ人を取り巻く差別的な状況も少なからず影響していたのではないだろうか。プラハのユダヤ人が法的に解放されたのは、カフカが生まれるわずか十六年前のことであり、プラハのユダヤ人街（ゲットー）が古くて不衛生な貧民窟から近代的な街並みへと生まれ変わったのも二十世紀になってからだった。

少年時代は些細なことでけんかが起こることも多いが、ユダヤ人とチェコ人のグループ同士のけんかも当然あっただろう。そんなとき体力に自信がないひ弱なカフカはどう思っただろうか。また、心身ともに逞しかった父はユダヤ人もチェコ人も関係なく従業員を怒鳴り散らしたが、ひ弱なカフカはそのとばっちりを受けて自分が仕返しされるのではないかと恐れたのではないか。それが彼が人と接するときの慇懃でへりくだった態度となって現れたとも考えられるだろう。自分の身を守るために必要だったのである。

さらに、カフカに不安を感じさせたのは、自分が西ユダヤ人であるということも影響しているだろう。同じユダヤ人であっても、東ユダヤ人はヘブライ語の混ざったイディッシュ語を話し、プライドを持ってユダヤの伝統を色濃く残した信仰と習俗を守っていた。特に伝統を重んじる敬虔な人々は、体に刃物を当てることを嫌うため髪や髭は伸び放題で、他人に肌を見せることは恥辱であるとして、いつも黒い帽子と黒くて長い上着を身に着けていた。しかし、ヨーロッパ人との同化へと舵を切った西ユダヤ人は、少なくとも外見上はヨーロッパ人と見分けがつかなくなっており、むしろカフカの父などはイディッシュ語劇団の俳優たちを不潔だとして、嫌悪感さえ抱いていたのである。

父のユダヤ教信仰を退屈な儀式にすぎないと軽蔑していたカフカは、素朴で敬虔な東ユダヤ人たちに心惹かれていっただろう。民族の故郷であるパレスチナを追われた同じユダヤ人であっても、東ユダヤ人には心の中にユダヤの伝統が残っていたが、西ユダヤ人はそうした心の拠り所さえも失ってしまったのである。「私には何一つ与えられているものはない、すべてを獲得しなければならない、過去さえも」と書いたのはカフカの心からの叫びだったろう。フェリーツェにベルリンに設立された「ユダヤ人ホーム（フォルクス・ハイム）」に通うことを強く要望したのも、彼女に東ユダヤ人と接することによってユダヤの伝統を知ってほしかったからだろう。

フェリーツェと交際しているころは、カフカはまだシオニズムに懐疑的であったが、第一次世界大戦終結後のチェコのユダヤ人排斥運動の高まりの中で、彼はパレスチナへの移住を真剣に考えるようになった。それは表面的にはシオニズムへの傾斜と見えるけれども、マックス・ブロートが言うようなユダヤ教信仰の深まりではなく、「死の恐怖」の回避というもっとプリミティブな欲求の現れだったように思う。先ほどの黒岩純一は「カフカは最後までキリスト教とか、ユダヤ教というような意味での宗教性とは無縁であった」（「ユダヤ人の排斥とカフカ」）と述べているが、私はそこまで言い切る勇気はないけれども、カフカの作品にみられる宗教性はかなり限定的であると思う。カフカにとってユダヤ人問題は理念的な信仰上の問題というよりも、むしろ現実的な生活上の問題だったのではないだろうか。

カフカがミレナと文通していた時期は、チェコ人のグスタフ・ヤノーホと交流していた時期と重なっている。最後に、カフカがユダヤ人についてヤノーホにどのように語っていたか、いくつか抜粋してみよう。カッコ内の数字は『カフカとの対話』の頁数である。

「ユダヤ人は今日ではもはや、時間の中のこんな英雄的な故郷である歴史だけでは満足しないのです。彼らは空間の中のごく小さな当たり前の郷国に憧れているのです。次第に多くのユダヤ青年がパレスチナへ帰って行きます。それは自分自身への、自分の根底への、成長への復帰です。故郷パレスチナは、ユダヤ人にとっては必要欠くべからざる目標です。」（六十八頁）

「シオン主義とともに反ユダヤ主義が増大します。ユダヤ人の自意識は、周囲の世界の否定として感じられます。そのために劣等感が生じてくるのですが、この劣等感は憎悪の爆発をもって容易に消されます。」（六十九頁）

「ユダヤ人気質はもちろん信仰の問題だけではなくて、何はおいても、信仰によって規定された共同体の生活実践の問題です。」（七十頁）

「ユダヤ民族は、種がまき散らされたように散乱（ディアスポラ）しています。穀粒が周囲の物質を引き寄せて、それを溜め込んで、自身の生長を一層高めるように、人類の力を自己の内に取り入れて純化し、一層高い所へ持っていくのが、ユダヤ人の運命的な課題です。モーゼは依然として現実なのです。アビラムとダタンがモーゼに「登って行ってやるものか！」という言葉をもって抵抗したように、世界は反ユダヤ主義の叫びをもって抵抗するのです。人々は人間性にまで昇りゆかないで、種族の動物学の暗い深みへ墜落するのです。人々はユダヤ人を殴り、人間をうち殺すのです。」（七十二頁）

「ユダヤ人オスカー・バウム〔注：彼は少年の時ドイツ人の小学校に通っていたが、ドイツ人とチェコ人のけんかに巻き込まれ、視力を失った〕は、ドイツ人として自分の視力を失ったわけです。本来の彼でなかったもの、断じて彼の承認しなかったものとしてです。おそらくオスカーは、プラハにいるいわゆるドイツ系ユダヤ人の悲しき象徴なのでしょう。」（七十三頁）

「人は隣人を知らない時の方が、確かにずっとうまい具合に圧迫できます。良心の呵責がなくなるのです。ですから誰もユダヤ人の歴史を知っていません。」（七十四頁）

カフカが抱く漠然とした不安や恐怖は、幼い頃の父の教育やカフカ自身の性格という個人的な要素によるところが多いだろうが、彼が西ユダヤ人であったという民族的な要素もかなり影響しているのである。私たちはカフカの個人的な人格と西ユダヤ人の民族的特質の両方の面からカフカの文学を解釈しなければならないだろう。

ドーラ・ディマントとの出会いと死

一九二一年以降、カフカの病状は徐々に悪化し、プラハと保養地を行ったり来たりの生活が続いた。この間十月にはミレナに日記を委ねている。一九二二年になると、カフカは秘書官主任に昇進し、七月には保険局からようやく年金付きの退職が認められた。カフカはこの時期に『城』『断食芸人』『ある犬の研究』などを書いている。

一九二三年には、カフカはほとんどベッドで過ごすようになったが、家庭教師にヘブライ語を学び、パレスチナへの移住計画を立てている。七月初め、妹のエリ一家とバルト海沿岸のミューリッツに滞在中、彼は二十一歳のドーラ・

ディマントと出会った。彼女はミューリッツの「ユダヤ人ホーム（フォルクス・ハイム）」で宿泊客の食事の世話をしていた。東ユダヤ人出身であったドーラはヘブライ語にも堪能で、カフカにヘブライ語の聖書を読んで聞かせた。

二人は急速に親しくなり、九月末にはベルリンで共同生活を始めた。この時期にカフカは『小さな女』『巣穴』を執筆している。しかし、この頃のベルリンのインフレーションはすさまじく、年金生活者であったカフカの生活は困窮し、健康状態はさらに悪化した。一九二四年三月マックスとともにプラハに戻ったカフカは、四月にはウィーンのサナトリウムに移り、ウィーン大学附属病院で喉頭結核と診断された。もはやしゃべることさえできなかった。

六月三日カフカはドーラに見守られて息を引き取った。四十一歳の誕生日の一か月前だった。遺体はプラハに送られ、この地のユダヤ人墓地に埋葬された。カフカが書いた最後の作品は『歌姫ヨゼフィーネ、あるいは二十日鼠族』である。ヨゼフィーネの死の様子は具体的には書かれていないが、それが「幸福な死」だったことが暗示されている。カフカは人生の最後に心優しく敬虔なドーラと一緒に生活できたことに満足していたということだろう。カフカはドーラの中にやっと「故郷《ふるさと》」を見出したのである。

参考文献
・マックス・ブロート編『決定版カフカ全集8　ミレナへの手紙』（辻瑆訳、新潮社、一九九二）
・黒岩純一「ユダヤ人の排斥とカフカ」（慶應義塾大学藝文研究、三十一巻、一九七二・二）
・グスタフ・ヤノーホ『カフカとの対話』（北村義男訳、河出書房、一九五四）

第四章　カフカと文学

本章では、カフカが文学（「書くこと」）についてどのように考え、実践していたか、彼自身の言葉を引用しつつ、解明してみたい。

引用文献は以下のとおりである。

マックス・ブロート編『決定版カフカ全集7　日記』（谷口茂訳、新潮社、一九九二）略称『日記』

マックス・ブロート編『決定版カフカ全集8　ミレナへの手紙』（辻瑆訳、新潮社、一九九二）略称『ミレナ』

マックス・ブロート編『決定版カフカ全集10　フェリーツェへの手紙Ⅰ』（城山良彦訳、新潮社、一九九二）略称『フェリーツェⅠ』（一九一二年九月二十日～一九一三年五月二十七日）

マックス・ブロート編『決定版カフカ全集11　フェリーツェへの手紙Ⅱ』（城山良彦訳、新潮社、一九九二）略称『フェリーツェⅡ』（一九一三年五月二十八日～一九一七年十月十六日）

グスタフ・ヤノーホ『カフカとの対話』（北村義男訳、河出書房、一九五四）略称『対話』

一　カフカはどのように書こうとしたのか

カフカの語り方の手本

「ベラットの長編小説『夫婦』。ユダヤ人的欠点がしばしば目につく。それは著者が突然、そして一本調子に、冷やかし気味に顔を出す癖だ。例えば、「みんな愉快だった。ところで一人の男がそこにいたが、この男は愉快ではなかった」と書く。……ハムスンにもこれと似た癖があるが、そこではこの癖が材木の節のように自然なのに、ベラットの

場合には、まるで流行薬が砂糖の上に滴るように小説の筋の中へ垂れている。」（『日記』一九一一年一月十四日）

カフカは語り手が小説の中で不自然に目立つことを嫌っていた。カフカは語り手が自己主張を全くせずに淡々と語るフローベールの語りを手本と考えていたのである。

「それでもしかし——僕が（力やスケールの点で彼らに自分が近いというのではありませんが）自分の本来の血族と感じている四人の人間、グリルパルツァー、ドストエフスキー、クライスト、フローベールの中で、結婚したのはドストエフスキーだけであり、正しい逃げ道を見出したのは、外的内的な苦難が積もり積もってヴァンゼーでピストル自殺したクライストだけかもしれません。」（『フェリーツェⅡ』一九一三年九月二日）

カフカは文学の上で影響を受けた人物として、グリルパルツァー、ドストエフスキー、クライスト、フローベールの四人を挙げている。

「『感情教育』は長年の間、僕にとっては、二、三人もいないくらい近しい人間と同じように親しい間柄でした。いつ、どこでこの本を開こうと、はっと僕を驚かせ、心を奪いました。そうしていつも僕は自分をこの作家の精神的な子供として感じました、哀れな、不器用な子ではあっても。」（『フェリーツェⅠ』一九一二年十一月十五日）

『感情教育』はフローベールの作品であり、カフカは自分がフローベールの「精神的な子供」だと感じていたのである。

「ドストエフスキーに対するマックスの異論。マックスは、彼があまりにも多くの精神的疾患者を登場させている、というのだ。これは全く正しくない。彼らは精神的疾患者ではない。疾患の指摘は、彼らの性格を特徴づける方法にほかならず、しかも非常に繊細かつ効果的な方法なのだ。……ドストエフスキーの性格描写は、友人同士の雑言と、どこか同じ意味合いを持っている。彼らが互いに「お前は間抜けだ」と言い合うとしても、彼らは相手を本当に間抜けだとも、また一方このような友情によって互いの面目を失墜させたとも思うわけではない。……」(『日記』一九一四年十二月二十日)

カフカのドストエフスキー論である。ドストエフスキーの登場人物が精神的疾患者と見えるのは、かれらの個性を際立たせようとした彼の技法であって、実際に精神的疾患者であるわけではない。

「語り」は「語られるもの」と融けあう

「形式は内容の表出ではなくて、内容の挑発にすぎません。内容の門であるし、道なのです。それが働いてくると、隠れた背景も開かれてきます。」(『対話』一〇三頁)

形式は内容の門であり、道である。形式は内容の現れではないが、内容へと通じているのである。

「僕が妹たちに朗読してやるのがこうも好きなのは、ただひとえに虚栄心のせいなのだ。……僕を支配しているのは、むしろ一つの欲望だ。つまり、自分が朗読しているすぐれた作品に大いに迫って、その結果、自分の功績によってではなく、ただ聞き耳を立てている妹たちの注意――読まれているものに刺激されているが、重要でないものに対しては鈍くなっている注意――によってそれらの作品と融けあって一つになり、そしてそのおかげで――虚栄心にひた隠しにしてもらいながらだが――僕自身が作品と化して、作品だけが及ぼしてきた感化のすべてに与《あずか》りたいという、ほとんど病的な欲望である。……

……しかし人が本当に望んでいる読み方、すなわち、虚栄心を持たずに静かに距離を置いて読み、そして僕の情熱が求められたときだけ情熱的になるということは、僕にはとてもできない。……これはちょうど、僕がいったん読みだしたが最後、いつでも際限もなく朗読しようと努めるのと同じことである。それというのも、僕はそのとき、長く読んでいるうちには、少なくとも自分の中に、読まれているものとの一致という、うぬぼれの誤った感情が生まれてくるだろうとの無意識の憧れを抱いているからだ。……」(『日記』一九一二年一月四日)

カフカが朗読する(語る)のが好きなのは、作品に向けられた読者の注意によって作品と融けあって一つになり、そのおかげで彼自身が作品と化して、作品だけが及ぼしてきた感化のすべてに与りたいという欲望があるからだという。

人々が一般的に語り手に望むのは、虚栄心を持たずに静かに距離を置いて、情熱が求められたときだけ情熱的に語るということだが、それはカフカにはできない。なぜなら、長く読んで(語って)いるうちに、少なくとも自分の中に、読まれているもの(作品)と一致・融合したいという感情が生まれてくるからである。語っているうちに、カフカ自身が作品と融けあい一体となるのである。

バイスナーのカフカ論

次の引用はフリードリッヒ・バイスナー『物語作家フランツ・カフカ』(粉川哲夫訳編、一九七六)からのものである。バイスナーは文献学者としてはじめてカフカ作品の「文体」に焦点を当ててカフカ論を展開した。

「物語作者(=語り手)の場がなくなるということが歴然とするのは、二つの可能な物語形式、つまり報告形式と舞台形式とが混同される場合である。私は、二つの形式が交換されるとは言っていない。両形式が交換されるのは、古代文学においてもごく当たり前の事であって、折に触れて報告形式から舞台形式へ移行することは、たいていの場合、物語の生動性を高めるのである。それゆえ、問題なのは両者の間のこうした交換、こうした交代ではなくて、他方の形式が割り当てられるべきなのに、一方の形式が他と混同され、使われているということなのだ。」（二十七頁）
「これまで指摘されたことがないように思うが、カフカは私体においてだけでなく三人称体においても常に、我意的（einsinnig）に物語っている。小説『失踪者』の中で物語られることはすべて、カール・ロスマンが見、感じたことである。彼なしに、あるいは彼に逆らって生ずることは何もなく、彼が登場せずに何かが物語られることはないのであって、語り手はカールの考えしか、もっぱらカールの考えだけしか伝えることはできない。そしてこのことは、『審判』や『城』においても同様である。」（五十一頁）
「カフカの物語の対象は、洞察、願望、夢、思考、喜び、怒りといったあらゆる経験を伴った内面世界であり、語り手は、冷ややかに観察する心理学者として外部に立っているのではないとすると、語り手にはその主要人物の魂の中にしか居場所が残されていない。語り手は自分自身を物語るのであり、ヨーゼフ・Kや土地測量士Kに姿を変えるわけである。」（五十四頁）
「一九一四年八月六日の日記……文学の方から見れば、私の運命は非常に単純だ。私の夢のような内面生活を叙述する性向が他のすべてのことを副次的なものに押しやってしまい、他のすべてのことはひどく委縮し、委縮することをやめない。他の何ものも一度として私を満足させることができない。」（五十五頁）
「カフカはここで、彼の夢のような内面生活の叙述について語りながら、彼の芸術技法の本質を簡潔に定式化している。実際、彼の夢のような内面生活の叙述こそ、彼の物語そのものなのである。」（五十六頁）
「われわれが言いたいのは、この物語が内側から物語られているということである。この物語は後日に、平静な報告調で物語られているのである。」（五十九頁）
「カフカ的なもの……私体で述べられている物語が何ものも前提していないということ、語り手はその瞬間、聞き

手や読者よりも多くを知ってはいないという風に見えること」（五十九頁）

「語り手は、物語られることより先には存在しない。」（六十二頁）

「語り手は、主要人物と一つになっている（そしてカフカの場合には、三人称で物語る際にもそうである）だけでなく、物語られることとも一つになっている。」（六十二頁）

「カフカは、主要人物が三人称で登場する場合も、彼自身の夢のような内面生活を叙述している。カール・ロスマン（『失踪者』）、ヨーゼフ・Kと土地測量士K（それぞれ『審判』および『城』の主人公）、ゲオルク・ベンデマンやグレゴール・ザムザ（それぞれ『判決』および『変身』の主人公）等々においては常にそうである。」（六十三頁）

「カフカは、語り手が登場人物の傍らや上で活動する余地を認めないし、語り手が出来事に対して距離を取ることも認めない。それゆえカフカにおいては、登場人物、登場人物のしぐさや考えについての反省は存在しない。自分自身を（逆説的な過去形で）物語る出来事しか存在しないのである。読者が、回避できないという感じ、不条理に見えることだらけの出来事に魔法で縛りつけられている感じを受け、しばしば言われるように、胸を締め付けられるような印象を受けるのはこのためである。カフカは、正しくつかむなら、カフカ自身のみならず読者をも主要人物に変ずるのだ。カフカは、主要人物の心の内部にあるものに合わせられた脈絡、この心の内部にあるものを巡って展開される脈絡から一瞬たりとも離れないのであり、読者をもそこに引き留め、そこから解放させないのである。」（六十三頁）

語り手の種類

バイスナーの文体論を現代風にわかりやすく説明すれば、次のようになるだろう。

物語・小説の「語り手」は一人称、二人称、三人称に分けることができるが、一般的な「語り手」は一人称と三人称が多いため、以下、ウェブサイト「国語授業づくりのキホン」および「STOTUKU―ストつく」を参考に、この二つに絞ってその特徴をまとめてみよう。

まず「一人称の語り」とは登場人物（主人公）自身が一人称（「私」「僕」等）の語りで物語世界を語るもので、その特徴として、主人公自身の思い・感じ方などが直接に示される、主人公から見た事件や人物像が示される、主人公以外の見え方は見えにくい、などが挙げられる。要するに「一人称の語り」では、読者は主人公に直接的に同化することができるため、読者と主人公の距離は非常に近くなる。しかし反面、主人公が直接かかわらない客観的な事実を語ることは難しいため、読者は主人公の知らないことは知ることができない。したがって、物語が展開する範囲は主人公周辺の狭い範囲に限られる。

一方、「三人称の語り」とは「彼は～」「○○は～」という三人称で始まる語りで、「語り手」は登場人物や事件を描いたり説明したりするが、同時に人物の内面に入り込むこともできる、「語り手」は物語世界には登場しない、などの特徴がある。この「三人称の語り」はさらに、物語世界の中のどの「視点」から語るかによって、「三人称客観視点」「三人称全知視点」「三人称限定（一元）視点」の三つに分類される。

「三人称客観視点」の語りは、事件や人物の様子を述べるだけで、人物の内面には立ち入らない語りであり、映画的な視点と言える。人物の内面を表現しようとする場合は、その人物の行動や表情などの客観的な事実を通して間接的に表現するしかなく、また語り手本人は自分の主観を述べることはできない。

「三人称全知視点」は文字通り「神のような視点」である。この視点の語りは事件や人物の様子を述べるだけでなく、特定の主要人物の内面を描くことができる。とにかく「全知」であるから、語り手は物語の過去から未来まですべてを知っていることになる。ただし、「三人称客観視点」と同じく、語り手本人は自分の主観を述べることはできない。

「三人称限定（一元）視点」は「三人称全知視点」と同様に、語り手は事件や人物の様子を述べるだけでなく、主要人物の内面に立ち入ることができる。しかもこの視点は「一人称」の主語（「私」）を「三人称」の主語（「彼」）に入れ替えたものであり、基本的な語りは「一人称の語り」と同じである。したがって、物語全体が主人公の主観で表現されることになる。しかしそのために、「三人称」であるにもかかわらず、主人公の知らない客観的な事実は書けないこととなり、物語が展開する範囲も狭くなる。「一人称の語り」と「三人称限定（一元）視点」の相違点は、前者は読者が主人公と直接的に同化することができるのに対して、後者は読者が「語り手」を通して主人公と間接的に同化するという点にある。なお、これらの視点は固定したものではなく、場面によって変えることはありうる。（「物語・小説の「語り手」の視点―三人称の語り・一人称の語りとは？」・「小説の「地の文」の書き方は4種類！それぞれの特徴・注意点まとめ」）

右の四つの「語り手」の形式を、読者と主人公との心理的近さという観点から順番に並べてみると、「一人称の語り」→「三人称限定（一元）視点」→「三人称全知視点」→「三人称客観視点」ということになるだろう。読者が主人公に最も感情移入できるのが「一人称の語り」であり、読者にとって主人公の内面が最もわかりづらいのが「三人称客観視点」である。しかし反面、「三人称客観視点」には冷静で広い視点からの状況説明ができるというメリットがある。そして、「一人称の語り」と「三人称客観視点」の両方のメリットを取り入れた形式が「三人称限定（一元）視点」であり、フリードリッヒ・バイスナーが指摘したように、カフカの小説の語りの形式がまさにこの形式なのである。

フローベール、ドストエフスキー、カフカの語り

フローベール、ドストエフスキー、カフカの作品における語り手の語り方について着目してみると、次のような特徴があるだろう。

まずフローベールでは、語り手は登場人物とは距離を置いて、登場人物の内面にあまり立ち入ることなく、出来事や状況を冷静に淡々と語る。フローベールでは、語り手の視点としては典型的な「三人称客観視点」であろう。そして、語り手は物語世界の中では姿を消し透明になっている。このように語り手の主観を徹底的に排除したことによって、フローベールは「写実主義」小説の創始者となった。

一方、ドストエフスキーでは、語り手は状況説明を詳細に行いつつ、同時に登場人物の内面深く立ち入って、その時々の思考や感情を生き生きと描き出す。ドストエフスキーの語り手の視点は、典型的な「三人称全知視点」である。特にフローベールと比べると、登場人物ははるかに個性的に感情豊かに描かれている。ただ、その内面の描き方は登場人物を外側から描くのであって、内側からではない。したがって、読者はその人物の内面を客観的に詳しく知ることができるが、その人物と一体となり融合するわけではない。常に一定の距離は保たれている。

それに対してカフカでは、語り手の視点は「三人称限定（一元）視点」であり、「三人称」ではあるけれども「一人称の語り」に近い。つまり、カフカは、ドストエフスキーのように人物の内面を外側から語るのではなく、内側から語るのである。そのため、読者は語り手を通して主人公と一体となり、自分自身が物語世界を生きているような感覚を覚える。さらに言えば、カフカでは、読者は主人公と一体になるだけでなく、「作品そのもの」と一体化する。それは、カフカの登場人物がドストエフスキーのそれと比べて、際立った個性を持たないので、どんな読者でも違和感なく主人公と融合でき、その結果読者自身が物語世界に溶解してしまうからである。

登場人物の内面が感情豊かに生き生きと描かれている点では、カフカはドストエフスキーにはるかに及ばない。しかし反面、ドストエフスキーでは、読者は登場人物があまりに個性豊かであるために感情移入しきれない面がある。個性がはっきりしすぎているので、その人物になりきれないのである。また、ドストエフスキーの場合は、内面の詳細な描写は主人公一人ではなく、読者は多くの登場人物の内面を見ることができるために、主人公と同一化しにくいという面もある。ドストエフスキーはその卓越した鑑識眼によってさまざまな人物像を描き出す。彼は個々の人間を描こうとするのだ。

これに対してカフカでは、内面を描くのは主人公ひとりだけであるから、読者は主人公の目で物語世界を見ることになる。また主人公の目でしか世界を見ることができない。しかも主人公は自分の内面を反省することなく、物語の展開をただ見つめるだけである。それゆえ、読者は主人公と一体となり自分自身が物語世界を生きているように感じるのである。カフカが描こうとしたのは個々の人物ではない。彼の夢のような内面生活である。その叙述がそのまま作品となっているのである。バイスナーが言いたかったのは、このようなカフカの独特な境地であろう。

参考文献
・フリードリッヒ・バイスナー『物語作家フランツ・カフカ』（粉川哲夫訳編、せりか書房、一九七六）
・「物語・小説の「語り手」の視点—三人称の語り・一人称の語りとは?」（国語授業づくりのキホン、阿部昇、二〇二一－十一－十三）〈https://kokugonote.com/katarite/〉（2022/1）
・「小説の「地の文」の書き方は4種類！それぞれの特徴・注意点まとめ」（STOTUKU—ストつく、二〇二一－六－十五）〈https://takagi-shinry.com/2017/12/10/how-to-write-novels-descriptive-part/〉（2022/1）

二　カフカは何を書こうとしたのか

「夢のような僕の内面生活」・「まったく私的な記録」

「文学の見地から見れば、僕の運命は非常に単純だ。夢のような僕の内面生活を描写するための才能は、他のすべてのことを副次的なものにしてしまった。そしてそれらはおそろしくいじけてしまい、いじけることをやめない。内面生活の描写を除いては、他のいかなるものもついぞ僕を満足させることはできないのだ。」（『日記』一九一四年八月六日）

「マックス・ブロートとか、フェリックス・ヴェルチとか、僕の友人がみんな何か僕の書いたものをいつも横領するのです、そしてそれから済んでしまった出版契約で僕を驚かせるのです。僕は彼らに不愉快な思いをさせたくありません。それで結局、ほんとはただまったく私的な記録であるか遊びごとにすぎないものが出版されるのです。僕の人間的弱さの個人的な証明が印刷されるばかりか、売られるということにもなるのです。」（『対話』二十一頁）

「書くということは、過度なまで自分を開くことなんだから。」（『フェリーツェⅠ』一九一三年一月十四から十五日）

バイスナーも指摘していたように、カフカの作品は「夢のような僕の内面生活の描写」であり、「まったく私的な記録であるか遊びごとにすぎないもの」「僕の人間的弱さの個人的な証明」なのである。つまり、カフカは自分の外の「現実（リアル）」の世界をじっくり観察して作品を書いたのではなくて、自分の脳裏に思い浮かんだプライベートなことをそのとおりに書いたのであって、したがって彼の作品はまったく個人的な「空想（ファンタジー）」の世界を描いたものなのである。

ところで、カフカ論の代表的なものとして、一方には、カフカは人間存在の真実を「不条理」として描いたという実存主義的な解釈があり、また他方には、カフカは現代社会の資本主義や官僚制度がもたらした「人間疎外」の状況を描き、ファシズムの出現を予見していたという社会学的・歴史的解釈がある。ただし、どちらの解釈を取るにしても、カフカは人間存在あるいは現代社会の真実を「アレゴリー（寓意）」を用いて象徴的に描いたとする点で共通している。

「アレゴリー（寓意）」とは、抽象的な概念を具象的な事柄によって表現する「メタファー（隠喩）」を拡大・発展させた文学の表現形式であり、『イソップ物語』などの「寓話（たとえ話）」に見られるように「擬人法」をその代表的な手法としている。歴史的に見ると、「アレゴリー（寓意）」を用いた作品としては、「空想（ファンタジー）」の世界を舞台として、倫理的宗教的な教訓を比喩を用いてわかりやすく説いた『イソップ物語』のような作品のほか、現実社会の矛盾を皮肉や風刺を用いて間接的に批判した『ガリバー旅行記』のような作品を挙げることができる。

前章の「三　父への手紙」（本書一五六頁）でも触れたが、カフカの短編小説には明らかに「アレゴリー（寓意）」の手法が見られ、その作品が「空想（ファンタジー）」の世界を舞台としていることは容易にわかるのだが、カフカの長編小説は、彼自身がフローベールの写実主義やドストエフスキーの詳細で重厚な場面描写を手本としていることもあって、読者の中には彼らの作品と同様にカフカも「現実（リアル）」の世界を描いているように思う人も多いだろう。しかし、カフカ自身が述べているように、彼の作品は長編小説といえども「夢のような僕の内面生活の描写」であり、あくまでも「空想（ファンタジー）」の世界を舞台とした物語なのであって、純粋に「現実（リアル）」の世界を描いたフローベールやドストエフスキーの作品とは質的に異なるのである。

私がカフカの描く世界が「現実（リアル）」の世界ではなく「空想（ファンタジー）」の世界であることにこだわるのは、もちろんカフカ自身の言葉に基づいてのことだが、それに加えて、カフカには「アスペルガー症候群」の傾向が認められると思うからである。前章の「二　フェリーツェへの手紙」（本書一三一頁）でも触れたが、フリー百科事典『ウィキペディア』によれば、「アスペルガー症候群」の感覚面での特徴として「幻覚や妄想じみたこだわりを見せる傾向がある」ことが指摘されていた。カフカの描く世界がどこか幻想的で夢の中にいるような雰囲気を醸し出しているのは、そうした彼の「アスペルガー症候群」的な性向が影響していると思うのである。

さらに興味深いのは、『ウィキペディア』では「アスペルガー症候群とされることがある歴史上の人物」(「以下は杉山登志郎(二〇一一)『発達障害のいま』(講談社)六十六頁より引用。なお、これらの人物が医師から診断を受けていたわけではなく後世からの推測に過ぎない。」との注が付いている)の文学者・芸術家の項にジョナサン・スウィフトとルイス・キャロルの名前が挙がっていることである。

言うまでもなく、ジョナサン・スウィフトは『ガリバー旅行記』の著者、またルイス・キャロルは『不思議の国のアリス』の著者として知られており、どちらもイギリスを代表する「空想(ファンタジー)」の作家である。『ガリバー旅行記』の舞台はガリバーが漂着した南インド洋の架空の島の「小人の国(リリパット)」、『不思議の国のアリス』の舞台はアリスの夢の中という設定になっており、どちらも「現実(リアル)」の世界から隔絶した「異世界」であって、そこに登場するキャラクターたちもまったくの架空の想像物である。この二人の代表的な「空想(ファンタジー)」の作家が、推測であるにしても「アスペルガー症候群」であるとすれば、同様な性向が認められるカフカの長編小説がいかに「現実(リアル)」の世界を描いているように見えても、やはり「空想(ファンタジー)」の世界の出来事を描いたと考えるべきだと思うのである。カフカの作品が「アレゴリー(寓意)」を用いていると解釈することは、このことを認めることにほかならないだろう。

しかし、ともに「空想(ファンタジー)」の世界を描いた作品だとしても、『ガリバー旅行記』や『不思議の国のアリス』で描かれている世界とカフカの長編小説『審判』や『城』で描かれている世界とではやはり大きな違いがある。カフカの描く世界が「空想(ファンタジー)」であるにしても、バイスナーが指摘したように「読者が、回避できないという感じ、不条理に見えることだらけの出来事に魔法で縛りつけられている感じを受け、しばしば言われるように、胸を締め付けられるような印象を受ける」のもまた事実であろう。

ただ、バイスナーはこれをカフカの文体すなわち語り手の語り方について述べたのであるが、いかに語り方が巧みであっても、語られる内容そのものが「避けることができない必然的な何ものか」でなければ、そのような印象は受けないだろう。では、それはいったい何なのだろう。

再び「現実（リアル）」と「空想（ファンタジー）」について

ここで改めて「現実（リアル）」と「空想（ファンタジー）」の違いについて考えてみたい。まず、私が「現実（リアル）」の世界として思い浮かべるのは、現に存在しているこの世界であり、「空想（ファンタジー）」の世界として思い浮かべるのは、現に存在しているのではない想像上の世界である。したがって端的に言えば、「現実（リアル）」と「空想（ファンタジー）」の違いは「存在するかしないか」の違いということになるだろう。ではいったい何が存在していると言えるのだろう。（以下の議論の詳細は、拙著『高校生からの哲学入門…心と頭を鍛えるために』「第2章　存在するもの」（上毛新聞社デジタルビジネス局出版部、二〇二二）を参照されたい。）

私たちが存在するものとしてまず思い浮かべるのは、私たちの周囲にある「物」すなわち「物質」であろう。私たちはこれらの「物」を見たり、触ったり、匂いを嗅いだりすることができる。つまり私たちはこれらの「物」を感覚器官を通して直接に知覚できるのである。それゆえ、「テニスボール」や「地球」は間違いなく存在していると言えるだろう。では、「数学における球」はどうだろう。これは明らかに「物質」ではないが、ある意味「物質」以上に存在していると言えるのではないか。というのは、「物質」は生成消滅する。「地球」でさえ永遠に存在し続けるわけではない。しかし、「数学における球」は生成消滅することはない。永遠に存在すると言っていいだろう。「数学における球」は「物質」ではなく「観念」である。しかも、私たちが勝手に思い浮かべたものではなく、万人が共通に思い浮かべるであろう「普遍的な観念」である。したがって、このような観念は私たちの頭の中だけにあるのではなく、私たちの頭の外に客観的に存在しているのである。私はこのような「普遍的な観念」を「イデア」と呼んでいる。

こうして、存在するものには二種類あることがわかる。一つは「物質」であり、もう一つは「普遍的な観念」すなわち「イデア」である。「物質」は感覚器官を通して直接に知覚できるので、私は「物質」が属する世界を「感覚的世界」と呼ぶ。これに対して、「イデア」を認識するのは感覚器官ではなく、知性である。それゆえ、私は「イデア」が属する世界を感覚を超えているという意味で「超感覚的世界」と呼ぶ。例えば、私たちが「白いワイシャツ」や「白い雲」を見ているとき、私たちは「感覚的世界」にいるのであり、それらが同じ「白」であると意識するとき、つまり、「白さ」という「イデア」を意識するとき、私たちは「超感覚的世界」にいるのである。しかもこの二つの世界は分離したものではなく重なっており、私たちはこの二つの世界に同時に生きているのである。

「超感覚的世界」に属するものは、「球」や「白さ」といった具象的な「イデア」だけではない。「本質」「存在」「自由」といった抽象的な観念も含まれる。これらの観念もある程度万人に共通しており、私たちが勝手に思い描いた想像物（「絵空事」）ではない。さらに、イギリスの哲学者ラッセルは面白い例を挙げている。彼は「エディンバラはロンドンの北にある」という命題を取り上げて、ここには二つの場所の間の或る「関係」があり、この関係「の北に」は私が知るのとは独立に存在していると言うのである。こうして、ラッセルは「関係」も存在しているとして「超感覚的世界」に属すると考えるのである。つまり、彼は「超感覚的世界」には具象的あるいは抽象的な「イデア」という「もの」だけではなく、「関係」という「こと」もまた属することを明確にしたのである。それゆえ、私たちは論理学や法則も「超感覚的世界」において存在していると言えるのである。

ここで一つ注意しておきたいことがある。それは「美」「善」「幸福」といった「価値」についてである。これらは

「本質」「存在」「自由」といった抽象的な「イデア」と極めて類似しているが、私はこれらの「価値」は「イデア」とは区別している。なぜなら、これらの「価値」は「快・不快の感情」と結びついており、したがって私たちの「身体」すなわち「物質」と深くかかわっていると思うからである。それゆえ、私は「価値」は「イデア」ではなく、「物質」に近いものすなわち「物質的なもの」として「感覚的世界」に属すると考えている。

私たちが夜空の星を見て美しいと感じるとき、私たちは「感覚的世界」にいるのであり、私たちがそれらの星が北極星を中心に回転していると考えるとき、私たちは「超感覚的世界」にいるのである。私たちは「感覚的世界」と「超感覚的世界」という二つの世界に同時に生きているのであって、この両方の世界が重なり合って「現実（リアル）」の世界を構成しているのである。

ところで、私たちはあらゆる「もの」および「こと」を頭の中で思い浮かべることができる。したがって、あらゆる「もの」および「こと」には「観念」があると言えるだろう。しかし、すべての「観念」が個々の「物」に対応していたり、万人に共通した「普遍的な観念」すなわち「イデア」であるわけではない。「観念」の中にはただ私たちの頭の中にあるだけで、客観的にはいかなる存在も対応していないものがあるのである。

例えば、日本の怪獣映画の主人公「ゴジラ」、ガリバーが漂着した「小人の国（リリパット）」、アリスの「不思議の国」に出てくるチェシャ猫やトランプの女王などがそれである。これらは私たちの頭の中にあるだけのたんなる想像物であって、それに対応したものは「感覚的世界」と「超感覚的世界」を合わせた「現実（リアル）」の世界のどこにも存在しない。このような想像物が「空想（ファンタジー）」である。そして、カフカの長編小説『審判』に出てくる古いアパートの屋根裏部屋にある裁判所や『城』に出てくる城（役所）に支配された村もまた「現実（リアル）」にはありえない架空の想像物である。

しかし、同じく荒唐無稽な「空想（ファンタジー）」の世界であるにしても、カフカの長編小説『審判』や『城』

で描かれている世界には、ほかの「空想（ファンタジー）」の作品には感じられない「避けることができない必然的な何ものか」が感じられるのもまた事実であろう。その違いはどこから来るのだろう。これを解明するには、ドイツの哲学者カントの哲学が参考になると思われる。次にカントの哲学を見てみよう。

カントの二つの世界と「物自体」

カントも「感覚的世界」と「超感覚的世界」という二つの世界を考えていたことが知られている。しかし、その内容は先ほど紹介した私の見解とは大きく異なっている。まず、カントは「物質」「価値」「数学の対象」「自然法則」など私たちの経験にかかわるものすべてすなわち存在するものすべてが「感覚的世界」に属すると考えていた。つまり、カントの「感覚的世界」には感覚だけでなく、概念（観念）や法則も含まれており、したがって、私が「現実（リアル）」の世界と呼んでいるものと同じものなのである。こうした見解はカントの認識論に基づいている。

カントの認識論の要点は、認識はまず対象が感性（感覚器官）によって与えられ、その対象を悟性（知性）が思惟することによって成立するというものである。このとき、対象に触発されて感性に生じたものが「直観」であり、悟性はこの「直観」をもとに自らに備わった「純粋悟性概念（カテゴリー）」を用いて「概念」を構成していくのである。カントは感性と悟性はそれぞれ単独では認識を成立させ得ないと考えており、あくまでも感性と悟性の共同作業にこだわっていた。つまり、「概念なき直観」も「直観なき概念」も正しい認識ではないと考えていたのである。カントが「現実（リアル）」の世界には悟性の「概念」も含まれているにもかかわらず、これを「感覚的世界」と呼んだのは、認識の出発点はあくまでも感性的「直観」が与えられることだと考えていたからである。また、カントは感性的「直観」を「現象」とも言い換えており、したがって、この世界は「現象界」とも呼ばれる。

ところで、感性は受動的な能力であるが、悟性は能動的・自発的な能力である。したがって、悟性は感性的「直観」

が与えられていなくても、自らに備わった「純粋悟性概念（カテゴリー）」を用いて自発的に思惟しようとする傾向を常に持っている。このように感性の制約を越えて自発的に思惟しようとする悟性は特に「理性」と呼ばれる。そして、この「理性」の対象となるのが「超感覚的世界」なのである。しかし、感性的「直観」を欠いた思惟はたんなる想像物すなわち「仮象」にすぎないだろう。カントの「超感覚的世界」は私が「空想（ファンタジー）」の世界と呼んでいるものと同じと考えていいだろう。また、カントはこの世界を「叡知界」とも呼んでいる。

確かに、「叡知界」における理性の対象は感性的「直観」を欠いているから、「現実（リアル）」の世界には存在し得ないたんなる想像物であろう。しかし、それらの中には、たとえ感性的「直観」を欠いたとしても、理性（悟性）が勝手に思惟したものではなく、自らに備わった「純粋悟性概念（カテゴリー）」に基づいて必然的に考えざるを得ないようなものがあるのではないか。そのようなものとして、カントは「物自体」を挙げるのである。

先に述べたように、カントは「現実（リアル）」の世界を「現象界」と呼ぶが、「現象」とは「現れ」であり、「現れ」である以上、現れる当のものがどこかにあるはずである。あるいは、「現象」を何かの結果だと考えるならば、やはりその原因となるものがどこかにあるはずである。この「現象」として現れる当のもの、あるいは「現象」の原因と考えられるもの、それが「物自体」なのである。私たちはこのような「物自体」を必然的に考えざるを得ないのではないか。そして、この「物自体」が感性的「直観」を欠くがゆえに「現象界」にはないとすれば、その居場所は「叡知界」でしかありえないだろう。

「叡知界」における「物自体」のような必然的な想像物をカントは「ヌーメノン（可想的存在）」と呼ぶ。そして、カントは「ヌーメノン（可想的存在）」として「物自体」のほか、「神」「霊魂」「自由」という三つの「理念」を挙げている。これらは感性的「直観」を欠いているので「現象界」において存在するかどうかわからないが、理性はこれらを必然的に考えざるを得ないと言うのである。また、カントはこれらの「理念」は理論上はその存在を証明することはできないが、実践すなわち道徳の場面においては、私たちはそれらが「存在するかのように」行動しているのではないかとも述べている。つまり、「理念」の存在は実践の場面においては私たちに「要請」されていると言うのである。

「物自体」のような必然的な想像物すなわち「ヌーメノン（可想的存在）」を明確に意識していた哲学者はカントのほかにもいる。そのような哲学者としてオーストリアのヴィトゲンシュタイン（彼はユダヤ人である）とドイツのハイデガーの名前を挙げることができると思う。この二人はカフカと同世代の二十世紀の哲学者であり、ヴィトゲンシュタインが「語り得ないもの」と呼び、ハイデガーが「存在（実存）」と呼んだものは、カントが「物自体」と呼んだものと同様の何ものかであると私は思う。

本来「ヌーメノン（可想的存在）」は「現実（リアル）」の世界には存在し得ないのだから、それは「語り得ないもの」であろう。それゆえ、ヴィトゲンシュタインは「沈黙しなければならない」と言ったのである。しかし、カントはそれを「現象」の背後でこれを支える「物自体」として、またハイデガーは現実に生きる人間の根底に潜む「存在（実存）」として哲学的に語ったのである。そして、彼らが哲学的に語ったものを、カフカは文学として語ったのではないか。それゆえ、読者はカフカの作品にほかの「空想（ファンタジー）」の作品には感じられない「避けることができない必然的な何ものか」を感じるのではないかと思うのである。特にハイデガーは「存在（実存）」の特徴的な性格として「死への存在」を挙げているが、この概念はカフカが描いた文学的世界においても有効であると思うのである。

カフカの内面世界は恐ろしい世界である

私たちがカフカの作品を読んで感じる「避けることができない必然的な何ものか」とは端的に「恐怖」であろう。

カフカは「恐怖」について次のように語っている。

「平凡ということが単調、単純、些細なことを意味するなら、フェリーツェ、人生を平凡と考えないようにしなさい。人生はただ恐ろしい、それを僕は、ほとんど他のどの人よりも感じるのです。」（『フェリーツェⅡ』一九一三年七月七日）

「僕が頭の中に持っている恐るべき世界。だが引き裂くことなく、どのように自分を解放し、それを解放したものか。」（『日記』一九一三年六月二十一日）

人生は「恐ろしいもの」である。したがって、カフカの「夢のような内面生活」も「恐るべき世界」である。カフカにとって作品を書くことは、自分を解放すると同時にその「恐るべき世界」を解放することだったのである。

「『判決』は幽霊なのです。あれを書いたのはそれをただ確認したにすぎません。それによって幽霊の撃退を全うしたのです。」（『対話』二十五頁）

「『変身』は恐ろしい夢です。恐ろしい表象です。夢は現実を暴露しますが、その現実の背後に表象が残っているのです。それは生の恐怖です――芸術が人の心を動かすゆえんのものです。」（『対話』二十六頁）

「私は『悪霊』の著者のことを書いたグルーゼマンの著書から次の文を引用した。「ドストエフスキーは血なまぐさい童話だ。」

フランツ・カフカはそれに答えて言った。「血なまぐさくない童話というものはありません。すべての童話は、血と不安の深みから生まれるのです。これがすべての童話の類似点です。」」（『対話』五十九頁）

カフカが描いたのは「幽霊」であり、「恐ろしい夢」であり、「血なまぐさい童話」だった。それが彼の「内面生活」

だったのである。

「ロスマンとK、罪なき者と罪ある者、結局は両者とも区別なしに罰を受けて殺されてしまう。罪なき者は幾分軽い手つきで、打倒されるというよりはむしろ脇の方に押しのけられるといった風に。」(『日記』一九一五年九月三十日)

『失踪者』のカール・ロスマンも罪はないが、最後は殺される運命にあったのである。カフカにとって物語が完結するのは、主人公の死によってである。

「多分この不眠症の後ろに隠れているのは、ただ一つの大きな死の不安でしょう。……おそらく不眠症というのは、あまりにもはっきりと覚めた罪の意識で、この意識はすぐにも裁かれるかもしれないと恐れるのでしょう。おそらく不眠症それ自体がすでに罪悪です。おそらく不眠症は、自然に対する反抗なのでしょう。」

私は、不眠症は一種の病気だと言った。

カフカはそれに答えた。「罪はあらゆる病気のもとです。それが人間が死ななければならないことの原因です。」(『対話』九十九頁)

カフカは常に死について考えていた。不眠症は死の不安の現われである。人間は罪の意識があるからいつ裁かれるかとびくびくしているのだ。不眠症は自然に反するからそれ自体が罪悪である。罪はあらゆる病気のもとであり、罪深いからこそ人間は死ななければならないのだ。カフカの人間観である。

カフカは何を恐れるのか

では恐怖とは「死に対する恐怖」だろうか。確かに一般的にはそうだろう。

私たちは『父への手紙』の中で、カフカがなぜ父を恐れるのかその理由を見てきた。それによれば、幼い頃、真夜中にカフカが水を欲しがってむずかった時、業を煮やした父が幼いカフカをベッドから抱え上げ、露台に連れ出してひとりっきりで立たせておいた。そのことがトラウマになって父に対して恐怖を抱くようになったのである。「あの巨大な男、僕の父親であってしかも最終審であるものが、ほとんど理由もなくやってきて真夜中に僕をベッドから露台へ連れ出すかもしれない。つまり彼にとって僕という子供は、それだけ無価値なものでしかないのだ、という想像に責めさいなまれたのです。」その恐怖は「死ぬこと」に対する恐怖と言っていいだろう。

しかし、私はカフカの次の言葉がいっそう印象に残っている。実際には父はカフカを一度も殴らなかったが、「しかし、あなたが怒鳴り、顔を真っ赤にして、急いでズボン吊りをはずし、いつでも振り回せるよう椅子の背にかけておかれるのは、僕にとって、殴打よりもっとひどいことでした。まるで絞首刑を申し渡されるようなものです。それで実際に吊るされるのなら、すぐ死んで、何もかも過ぎ去りましょう。ところが絞首刑のすべての準備に立ち会わされ、綱が顔の前にぶら下がってきたところで、初めて恩赦を知らされるのでは、生涯その恐怖に苦しみ続けることになりかねません。」（本書一四五頁）

死刑が宣告されたのにそれが執行されず、いつまでも絞首台の上に立たされる。いつ綱が首に巻き付けられ、足場がはずされるかわからない。それは死刑囚にとって拷問に等しいだろう。「早く一思いに殺してくれ！」と叫びたくなる。早く死んで楽になりたいと思うだろう。彼は自ら死を望むのである。これは「死が決まっているのに死ねないこと」に対する恐怖と言っていいだろう。この場合、死は破滅ではなく救済となる。喜びとなるのである。

カフカにとってもちろん死は恐怖の対象である。しかし、カフカは死に対して二つの恐怖を区別していた。一つは「死ぬこと」そのものへの恐怖であり、これが死に対する一般的な恐怖である。この恐怖があるからこそ、人は「死にたくない」と思うのである。もう一つは「死が決まっているのに死ねないこと」に対する恐怖である。これは「死ぬこと」への恐怖が永遠に続くかもしれないという恐怖である。「死ぬこと」への恐怖が苦痛だとすれば、その苦痛が永遠に続くかもしれないという恐怖なのである。この恐怖は「死ぬこと」への恐怖よりも大きいだろう。その場合、人は「死にたい」と思う。彼にとって死は恐怖ではなく希望となる。むしろ彼は死を欲するのである。生きることが拷問であり死ぬことより辛いと感じるとき、人は自殺を考える。そしてそれができないとき、人は「殺してくれ」と叫ぶのである。

しかし、父は幼いカフカにズボン吊りを見せつけて脅しただけであって、実際に折檻することはなかった。自分は罪深く無価値な人間であるのに、このように父のお恵みによって辛うじて刑を免れるということを繰り返しているうちに、幼いカフカは咎の意識だけを募らせていった。彼は自分に自信がなく、いつ罰せられるかとびくびくしている内気な子供になったのである。

咎の意識と反抗しないこと

幼いカフカにとって父は絶対的な存在だった。咎（罪）の意識は父が決めた規則に従えない後ろめたさから来ていた。ただ、幼いカフカはこうした過敏さとともに無関心な面も持っていた。彼は「この無関心が不安や咎の意識による神経衰弱から僕を守ってくれた」と述べている（本書一四八頁）。成長とともに彼の咎（罪）の意識も移ろっていった。

「罪は何か……私たちはこの言葉とその処置を知っています。ところがその感じと認識を私たちは失ってしまったのです。おそらくそれはきっと呪詛《じゅそ》であるし、神に見捨てられたことであるし、無意味なことであるのです。」（『対話』八十頁）

「たいていの人間は決して悪人ではありません。……人間は自分自身の言葉や行為の効果を考えないでしゃべったり行為をするから、悪くもなるし、罪を犯すことにもなるのです。それは夢遊病者で、悪党ではないのです。」（『対話』六十頁）

「罪悪とは、自分の使命を避けることです。誤解、短気、投げやり――こういったものは罪悪です。」（『対話』一一六頁）

大人のカフカにとって咎（罪）の意識は子供の時ほど深刻ではない。それは幼い頃、咎（罪）の意識にさいなまれ過ぎた反動かもしれない。たいていの人間は「夢遊病者」のように無意識のうちに罪を犯してしまうのであって、決して悪人ではないのだ。咎（罪）とはせいぜい自分の使命を果たさない程度のことである。

だから、何か困難に直面した時、それを自分のせいにして咎（罪）の意識を持って自分を責める必要はない。それが過ぎ去るのをじっと待てばいいのだ。

「あなたは反抗してはいけません。冷静にしていなさい。冷静は力の現われです。人は冷静によって力を獲得することができます。これが極性の法則です。ですから冷静にしていらっしゃい。静かに隠忍することが解放してくれます。――処刑からでさえも。」（『対話』一三〇頁）

「静かに我慢しなさい。悪と不快なことを、静かに自分の身に起こるままにしておきなさい。それを避けないでおくのです。反対に、それを正確に観察しなさい。反動的な刺激の代わりに能動的な理解を置くのです。そうすれば、あなたは問題を超越するでしょう。人間は、自分の卑小を超えることによってのみ偉大になることができます。」（『対話』一三二頁）

カフカは反抗せず我慢すること、冷静にしていることを求める。悪や不快なことが自分の身に起こるままにしておき、それに耐え、それをひたすら観察するのである。何か問題に直面した時、それに抵抗するのではなく、それを理解しようと努めるのだ。問題を理解することによって、はじめて人は問題を超越することができ、偉大になることができるのである。

これは咎（罪）の意識に対する自己防衛であり、カフカの処世術である。だが、嵐が来た時、物陰に隠れてじっと耐え、嵐が過ぎるのをただ待つというのは、あまりに消極的すぎないか。冷静に相手を観察して精神的に優位に立ったとしても、実質的に屈服したのではただの気休めではないのか。それでは根本的な解決にはならないのではないか。

しかし、そう思う人はカフカがユダヤ人であることを忘れている人であろう。私たちは前章の「四　ミレナへの手紙」において、ヨーロッパにおけるユダヤ人迫害の歴史とプラハにおけるユダヤ人差別の実態を見てきた。プラハにおいてユダヤ人の法的平等権が認められたのは、カフカが生まれるわずか十六年前のことであり、プラハのユダヤ人街が貧民窟から近代的な街並みに生まれ変わったのも、二十世紀に入ってからのことだった。さらに、第一次世界大戦後の民族自決主義の高まりが反ユダヤ主義を助長し、「ユダヤ人狩り」の危険を肌で感じたカフカ自身パレスチナへの移住を真剣に考えるようになったことも私たちは見てきたのである。

圧倒的多数のヨーロッパ人（キリスト教徒）に囲まれて生きるユダヤ人たちが、差別に対してそのつど反抗していたのでは迫害はいっそうエスカレートし、状況はますます悪化するだろう。だから、彼らは反抗せずじっと耐えるのである。それが虐げられた人々が歴史の中で身に着けてきた知恵なのである。しかし、外見上は反抗せず相手に屈服するように見えたとしても、彼らは内面において相手を冷静に観察し、相手を理解しようとする。つまり、知的側面において相手を凌駕しようとするのだ。知恵を持つことは力を持つことであり、自分たちが生き延びるためにはぜひとも必要なことなのである。ユダヤ人が教育に熱心で知的探求心が旺盛であることも、彼らが迫害の中で身に着けてきた民族の知恵なのである。

カフカが相手に反抗するのではなく、相手を観察し理解することを主張するのは、幼い頃の父の教育やカフカ自身の性格という個人的な要因だけでなく、ユダヤ人という民族的な要因も影響していると考えるべきだろう。

満足して死ねる

「生活を完全に理解する者は、死に対して恐怖を持ちません。死の恐怖は、満たされぬ生活の結果にすぎません。それは不信の現われです。」(『対話』八十二頁)

生活を完全に理解する者は生活に満たされた者である。生活が満たされない者は死の恐怖を感じるが、生活に満たされた者は死の恐怖を感じない。生活を完全に理解することが重要なのだ。カフカにとって真の生活とは「書くこと」であった。「書くこと」に専念できれば、彼の生活は満たされるのであり、彼は死を恐れることなく、満足して死ねるのである。

「先だってフェーリクスのところに行ったときのこと。帰路マックスに、僕は臨終の床で、もし苦痛がさほどひどくなければ、非常に満足していられるだろう、と言った。それに付け加えるのを忘れ、あとでは故意に言わなかったことだが、僕が書いた最良のものは、この、満足して死ねるという能力の中にその根拠を持っているのだ。そういう最上の作品の中の、優れた、非常に説得的な文章が常に目指しているのは、次のようなことなのだ。すなわち、登場人物が死ぬが、それは彼にとって非常に辛いものになるので、そこに彼にとっての不当さ、少なくとも無情というものが生じ、その結果、少なくとも僕の考えでは、その死が読者を動かすようになる、ということ。しかし臨終の床で満足していられると信じている僕にとっては、こういう叙述は、密かに言うが一つのゲームなのだ。なぜなら僕は、死んで行く人物の中に入ってすら喜んで死ぬが、そのことによって計算しながら、死へ集中された読者の注意を、とことんまで利用するからだ。だから僕自身は、臨終の床で嘆くという風に僕が設定している人物よりも、はるかに明晰な意識を持っている。そしてそれゆえにこそ、僕の嘆きは可能な限り完全なものなのであり、現実の嘆きのように、いわば突然途切れてしまうのではなく、美しく澄み切って流れて行くのだ。これは、まだ嘆きと信じさせるには程遠いような悩みを、僕がいつも母に向かって嘆いていたのと同じことだ。もちろん母に対しては、読者に対するほどの大きな芸術的消費は必要ではなかった。」(『日記』一九一四年十二月十三日)

カフカは、自分は「満足して死ねる」「臨終の床で満足していられる」、つまり死に臨んでも冷静でいられると信じていた。それゆえ、登場人物が辛く無情な死を遂げても、語り手であるカフカは、冷静に登場人物の死に対する読者の同情をゲーム感覚で意図的に利用して、現実には途切れてしまう死の嘆きを、美しく澄み切った完全な嘆きへと昇華させるのである。

カフカの作品の主人公たちは一見辛くて無情な死を遂げたように見えても、その死には不思議と悲愴感が感じられない。『判決』のゲオルク・ベンデマンは入水自殺するとき、「お父さん、お母さん、僕はあなたがたをいつも愛していました」と言って川に飛び込む。『変身』のグレゴール・ザムザは「これ以上家族に迷惑はかけられない」と断食し衰弱死する。また『流刑地にて』の将校は処刑機械の存続を旅行者に託そうとして、その機械のすばらしさをアピールするために自ら機械の台の上に寝て自殺する。『断食芸人』は断食という自分の芸を極める当然の結果として死んで行く。彼らは死に臨んで不思議と迷いはない。彼らは満足して死んで行くのである。それは生に対して未練がないということだろう。生まれてきた以上は死ぬのは当たり前なのだ。カフカは、生きる者にとって死は「恐怖」の対象でもあるが、実は同時に「故郷」へ帰ることでもあると考えていたのだと思う。したがって、死は何ら辛いことでも無情なことでもないのである。

ところが、一般に読者は死は辛く無情なものだと思い込んでいる。だが、自分は臨終の床で満足していられると思っているカフカは、取り乱すことなく死を冷静に見つめるのである。カフカは主人公の死を描くに際して、死に向けられた読者の注意を十分利用して、たいしたものでないものを特別なもののように印象づける技法を意図的に用いるのだ。それゆえ、読者はカフカが描く死が辛く無情な現実の死ではなく、浄化された死、理想的な死のように感じ、その死の嘆きも美しく澄み切った完全な嘆きのように感じるのである。

それは、カフカにとっては一種のゲームなのだ。母に向かってたんなる悩みを大袈裟に言いたてて、嘆きと信じさせるようなものである。読者はカフカの「マジック（魔術・奇術）」にかかって何らかの錯覚に陥り、彼の「夢のような内面生活」の世界に、したがって「空想（ファンタジー）」の世界に閉じ込められてしまうのだ。そこでは、たんなる悩みが本当の嘆きのように見えてくるのであり、辛く無情な現実の死が浄化された美しい死のように感じられ、死の嘆きも完全で美しく澄み切ったものとなるのである。

現実の死を浄化し、永遠のものとすること。カフカが文学で果たそうとしたのはそのことだったのではないか。

カフカはなぜ「満足して死ねる」のか

カフカは、自分は「満足して死ねる」「臨終の床で満足していられる」と言うが、それはいったいなぜなのだろう。カフカにとって死はどのようなものだったのか。次にこのことについて改めて考えてみたい。

カフカはさまざまな形の死を描こうとした。しかし、死を主題的に描こうとすると、その作品は「空想（ファンタジー）」とならざるを得ない。なぜなら、死そのものが必然的な想像物すなわち「ヌーメノン（可想的存在）」だからである。

死は誰もが知っている事実であるが、誰も自分では死を経験したことはない。したがって、死の感性的「直観」は存在しない。私たちは普通「死は非常な苦痛だ」と思っているが、それは私たちが死んで行く人間が苦しむのを見て、死は辛く苦しいものだと想像するからである。あるいは、自分が病気やケガで苦痛を味わうとき、その延長線上に死があるのだろうと想像するからである。死が本当に辛く苦しいものかどうか誰にもわからない。死んでしまえば、私たちには意識がないからである。

カフカがよく使う「アンビバレント（両価性）」な表現、「罪はないのに悪魔」「焼きあぶられることのない唯一の罪人」「欺瞞なしに欺瞞する」「不幸の中で幸福である」「カインのしるし（カインが殺人者であることを知らしめると同時に、彼を殺してはならないという印）」、これらの表現は「死は誰もが知っているのに、誰も経験したことがない」という死そのものが持つ「アンビバレント（両価性）」に基づくのだろう。

私たちが死を経験したことがないのに「死ぬのが恐い」「死にたくない」と思うのは、多くの場合死んで行く過程で激しい肉体的な苦痛が伴うからである。したがって、「死ぬのが恐い」というのは一般に「死に伴う肉体的な苦痛が恐い」という意味であり、死に対する恐怖とは「肉体的な苦痛」に対する恐怖ということになるだろう。また私たちが「幽霊が恐い」とか「殺人鬼が恐い」と思うのも、それが死の「肉体的な苦痛」を連想させるからであろう。

他方、死の苦痛には「精神的な苦痛」もある。自分が死んだあと残された家族はどうなるのかとか、自分にはまだやり残した仕事があるとか、生きることに対して未練があるとき、私たちは「死にたくない」と思うのである。さらに「精神的な苦痛」としては、死後どうなるのかわからないという不安もあるだろう。苦しみがずっと続くのか、あるいは心安らかに過ごせるのか。これは宗教と関係してくるだろう。

このように考えてくると、私たちが抱く死に対する恐怖というのは、突き詰めれば肉体的及び精神的な「苦痛」に対する恐怖ということになるだろう。しかし、死に対する恐怖が「苦痛」に対する恐怖だとすると、それは相対的なものとならざるを得ない。死よりももっと辛く苦しいものがあれば、死は恐怖ではなくなるからである。カフカは幼い頃、父がズボン吊りをはずし、いつでも振り回せるよう椅子の背にかけておくのを見て、実際に殴打されるよりも苦痛を感じたと述べているが、生きることが死ぬことよりも辛いと感じるとき、死は恐怖ではなく、むしろ希望となる。彼は「死にたい」と思うのである。

あるいは、わが子が川で溺れそうになったとき、親は自分の死を顧みず子供を助けようと川に飛び込むだろう。それは子供への愛が死の苦痛を上回ったとも、子供を失うことの精神的な苦痛が死という肉体的な苦痛を上回ったとも言えるだろう。いずれにせよ、死に対する恐怖が「苦痛」に対する恐怖だとすると、その恐怖は相対的なものとならざるを得ないのである。

しかし、生きることが死ぬことよりも辛いから「死にたい」というのは、本当は生きたいのにそれができないということであって、「満足して死ねる」とは違うだろう。また、溺れそうなわが子を助けようとする場合も、「満足して死ねる」とは言わないだろう。親はできれば「死にたくない」のである。

もし、死に対する恐怖が苦痛に対する恐怖であるとすれば、その苦痛を乗り越えて「満足して死ねる」というのは、死ぬという行為が個人的な利害をはるかに越えた何か崇高なもののために死ぬという場合ではないだろうか。例えば、自分一人が死ぬことによって多くの人々の命が救われるというような場合である。イエスが十字架にかけられて死んだとき、彼は満足して死んだだろう。彼が死ぬことによって人類の罪が贖われたからである。したがって、「満足した死」とは「聖人の死」であろう。

では、カフカは聖人だっただろうか。おそらくそう思う人は一人もいないだろう。カフカは自分に自信がなくいつもおどおどしていて優柔不断な性格であり、ただ「書くこと」だけが生き甲斐だった普通の青年であり、とても聖人とは言えないだろう。それでは、私たちが死に対する恐怖を考えるとき、「苦痛」以外で、恐怖の対象となるものがほかにあるだろうか。

死は「未知なるもの」である

私は、それは死が必然的な想像物すなわち「ヌーメノン（可想的存在）」であることだと思う。私たちが死に対して恐怖を感じるのは、もちろん死が苦痛を伴うからでもあるが、そもそも死がどんなものなのか、また死後私たちはどうなるのか、全くわからないということ、つまり死は全くの「未知なるもの」「得体のしれないもの」だからだと思う。

私たちが暗闇を恐れるのは、暗闇では私たちに危害を加えるものが潜んでいたとしても、それがわからないからだろう。わからないということが私たちを不安にさせ、疑心暗鬼にさせるのだ。「幽霊の正体見たり枯れ尾花」ということわざがあるが、これは、恐怖心があると何でもない枯れ尾花（ススキの穂）でさえも恐ろしい幽霊のように見えてしまうという意味であり、またそれとは逆に、それまで幽霊だと思っていたものが枯れ尾花だとわかれば恐怖心はなくなるという意味でもあるのだ。したがって、死がいかなるものであるかがわかれば、死に対する恐怖心もなくなり、「満足して死ねる」と言うこともできるのではないか。

もし、死に対する恐怖が「苦痛」に対する恐怖だとすると、「満足して死ぬ」ためにはその「苦痛」を乗り越えるだけの強靭な精神力が必要だろう。だがそれは聖人の死であって、私たちがその境地に達することは難しいだろう。しかし、死に対する恐怖が「未知なるもの」に対する恐怖だとすれば、その「未知なるもの」が何であるかが理解できれば、恐怖心はなくなり「満足して死ねる」と言えるのではないか。そしてこのことは「苦痛」を乗り越えるよりもはるかに容易であろう。

カフカは『対話』の中でヤノーホに「生活を完全に理解する者は、死に対して恐怖を持ちません。」と言っているが、生活（生）を理解することと死を理解することとは結局同じであろう。「いかに生きるか」は「いかに死ぬか」と密接に関係しているのであり、人は「満足した生を送った」からこそ「満足して死ねる」のである。したがって、生活

〈生〉を理解する者は死を理解する者であり、死を理解する者は死に対して恐怖を持たず「満足して死ねる」と言えるのではないか。

ここで読者の中には次のような疑問を持つ人がいるかもしれない。まず、カフカは「満足して死ねる」というほどの充実した人生を送ったのかという疑問である。子供に恐怖心を植え付けて自分の言うことを聞かせようという父の教育によって抑圧された少年時代を送り、成人してからは作家活動に専念したかったのに、生活の糧を得るために仕方なく役所勤めに甘んじ、三度も婚約しながら三度ともこれを破棄し、さらには肺結核を患い、最後はドーラという伴侶を得たものの、四十歳の若さで死んだ彼の人生は果たして満足のいくものだったのかという疑問である。そしてもう一つは、死が「ヌーメノン（可想的存在）」であるとすれば、私たちには感性的「直観」が与えられていないのだから、そもそも死を理解するということが可能なのかという疑問である。

第一の疑問については、答えは簡単であろう。満足するかしないかは全くの個人的・主観的な問題であり、カフカが満足していると言うのなら他人がとやかく言うことではないということである。第二の疑問に対する答えも、基本的には第一の答えと似たものである。もし、「理解する」が客観的に「認識する」という意味なら、カントが言うように死には感性的「直観」がないのだからそれは不可能であろう。しかし、主観的に「解釈する」という意味なら、ある程度論理的整合性が取れていれば可能なのではないか。私たちは日頃から明確に「認識」できないものであっても、自分なりに「解釈」しているのではないか。むしろ「認識」できない「ヌーメノン（可想的存在）」であるからこそ、それは「解釈」すべきものなのではないだろうか。したがって、「カフカにとって死はどのようなものだったのか」という問いは「カフカは死をどのように解釈していたか」と言い直すことができるだろう。

この問いに答えるためには、カフカ以外の人間が死をどのように解釈していたかを見ることが参考になるだろう。

実存主義と死

哲学はもともと「いかに生きるべきか」を考える学問だから、哲学者は死や不安についてあまり真剣に考えてこなかった。死や不安を主題的に扱うようになるのは実存主義が最初である。その先駆者となったのが十九世紀のデンマークのキェルケゴールとドイツのニーチェである。

キェルケゴール（カフカは彼の著作を読んでいた）はそれまでの哲学が求めてきた普遍的真理を否定し、私にとっての真理である「主体的真理」の重要性を説いた。そして、人間についてもこれを普遍的な存在としてではなく、個別・具体的に生きる「実存」として捉えた。しかし実存の根底には「無」があり、「無」は実存を「不安」にさせる。この「不安」が実存を「絶望」へと陥れるのである。「絶望」とは「死に至る病」である。だがキェルケゴールは、実存は「絶望」することによって自らを「神の前の単独者」として自覚すると言う。実存はキリスト教を通して本来の自己になるのである。

これに対して、ニーチェは「神の死」を宣言する。あらゆる価値の基準である神の死は「ニヒリズム（虚無主義）」をもたらす。ニーチェは人間を行動へと駆り立てる衝動を「力への意志」と呼ぶが、神が死んだ「ニヒリズム（虚無主義）」の世界においては、「力への意志」は目標もなくただやみくもに創造と破壊を繰り返すだけである。その結果、時間は直線ではなく円環となる。つまり、同じことの永遠の繰り返しとなるのである。これが「永遠回帰」であり、究極の「ニヒリズム（虚無主義）」である。しかし、ニーチェはこの虚無的な「永遠回帰」を自らの運命として受け入れ、これを愛することを要求する。この「運命愛」こそが「ニヒリズム（虚無主義）」を克服する唯一の手段となる。この「運命愛」を引き受けることのできる強靭な精神を持った人が「超人」である。ニーチェはキリスト教の神に代わるこの「超人」によって、新しい価値が生み出されることを期待したのである。

二十世紀に入ってヨーロッパ全土を巻き込んだ第一次世界大戦（一九一四～一八年）は、人類がそれまで経験したことのない大量の死者と破壊を生み出した。人々が死をこれほど身近に感じたことはそれまでなかっただろう。カフカ自身は従軍することはなかったが、妹の夫たちは軍隊に召集され、プラハには一時大量の戦争難民が流入した。この未曽有の戦争は人々に生と死の意味を再考することを迫り、その時代の要請に答える形で登場したのが実存主義哲学であった。それまであまり顧みられることがなかったキェルケゴールやニーチェの「主体的思考」が再評価され、人間存在の真実を普遍的・抽象的にではなく、具体的・現実的に把握しようという機運が高まったのである。

この時期を代表する実存主義哲学者はカフカと同世代であり、彼自身兵士として戦争に参加した経験を持つハイデガーである。ハイデガーは人間を「現存在」と呼び、人間の存在の在り方を「実存」と呼ぶ。人間は自分の意志とは関係なくこの世界に生まれ、そこで日々自分の存在を未来へと投げかけて生きている。したがって、人間は「世界内存在」である。ただその生き方は日常の些末な出来事に心を奪われ、本来の自分の姿を見失った「世人」に堕落してしまっている。しかし、私たちは時に「不安」に襲われることがあるが、それによって私たちは自分の本来の姿、本来的自己に気づかされるのである。本来的自己とは「死への存在」である。私たちは必然的に死を免れないのだが、普段はそのことから眼をそむけているのである。ハイデガーは自分が「死への存在」であることから逃げるのではなく、それを直視して「覚悟」を持って生きろと言う。この「覚悟」を持つことによって人間は本来の自己になれるのである。

実存主義者には有神論者も無神論者もいるが、彼らに共通しているのは、まず彼らが言及しているのは事実上の死ではなく、死の「自覚」だということであり、そして次に死の「自覚」はよりよく生きるための「通過点」あるいは「契機」だということである。

私たちは日常的に享楽にふけり些末な事に心を奪われながら、無秩序で偶然性に支配された現実世界を生きている。このような不合理な状態をフランスのカミュは「不条理」と呼んだが、「生（生命）」にとって「死」は最も「不条理」

なものであろう。そして、私たちはこの「不条理」な現実世界において堕落し「本来的自己」を見失っている。だがこのような状態では、私たちは真に「生きる」すなわち真に「実存する」ことはできない。真に「実存する」ためには私たちは「本来的自己」を回復する、あるいはむしろ「本来的自己」にならねばならないのだ。その「契機」となるのが「死を自覚（覚悟）する」ことであった。「死を自覚（覚悟）する」ことによって私たちははじめて漫然とではなく、目的意識を持って「生きる」ことができるのである。こうして、実存主義者たちはこの「不条理」な現実に耐え、これを乗り越えるよう「頑張れ！」と私たちにエールを送るのである。

カフカと「不条理」

現実世界が「不条理」であると考えていた点では、カフカは実存主義者と変わらない。むしろ、彼ら以上にそれを実感していただろう。カフカの小説は「不条理」すなわち「訳のわからないもの」に満ち溢れている。それゆえ、カフカの作品は「不条理文学」と呼ばれるのである。

しかし、実存主義者とカフカとでは多くの点で異なっている。第一に対照的なのは「死」の論じ方の違いである。まず、実存主義者が論じたのは死の「自覚」であって、死そのものではない。彼らにとって死の「自覚」はよりよく「生きる」ための「通過点」であった。これに対して、カフカが論じたのは「事実」としての死であり、死は生の「終着駅（ターミナル）」であり「最終目的地（ゴール）」であった。ここで旅は終わるのであって、そこから先は何もないのである。これは、実存主義者が（もちろん意識の上でだが）死を乗り越えられると考えていたのに対して、カフカはそれは不可能だと考えていたことを意味しているだろう。人は死に抗うことはできず受け入れるしかないのである。

第二に両者が異なるのは、現実に生きている自己の状態をどう認識していたかである。実存主義者は、「不条理」な現実において人間は「本来的自己」を見失っていると考えていた。そして「本来的自己」を取り戻すためには、死を自覚することによって「不条理」を克服しなければならないと考えたのである。これに対して、カフカは人間の「本来的自己」についてはほとんど言及していない。ただカフカ自身の「本来的自己」は明確であり、それは「書くこと」であった。したがって、必要なのは「本来的自己」の回復ではなく、この「不条理」の実態を理解することだった。「不条理」の実態が理解できれば、「満足して死ねる」と考えたのである。

これは両者が人間の能力をどう考えていたかにも関係してくる。実存主義者は、人間はこの「不条理」に打ち勝つだけの強さを持っていると考えていたが、カフカは、人間はそのような能力は持っておらず、弱い存在であると考えていた。このことはカフカの生い立ちを考えれば十分納得がいくだろう。カフカの作品は「僕の人間的弱さの個人的な証明」なのである。カフカの主人公たちは直面する状況に対処することに手いっぱいで、「本来的自己」の回復など思いもよらなかったのである。

第三に、両者の根本的な違いは「死」に象徴される「不条理」をどのようなものと考えていたかに帰着するだろう。実存主義者にとって「不条理」は、不自然なもの、異常なもの、人間に害を与えるもの、克服すべきものであった。これに対して、カフカにとって「不条理」は、その異様な相貌にもかかわらず、自然なもの、正常（当たり前）なもの、抗うことのできないものであったのである。

これは自然観の違いでもある。人間にとって自然はもともと自分たちの力ではどうにもならない驚異であった。洋の東西を問わず、太古の人々は自然現象を神々の意志の現われと捉え、それとの共存によって自分たちの生命を維持しようとしてきた。いわゆる神話的自然観である。やがてギリシアでは、文明の発展とともに自然現象を理性によって論理的に説明しようとする自然哲学が成立し、いわゆる哲学的自然観が登場した。しかし、哲学的自然観が普及するのは知識階級だけであり、大多数の民衆は素朴な神話的自然観にとどまっていた。この二つの自然観は中世を通して併存していたが、十七世紀に自然を機械と見なす科学的自然観が確立し、それが私たちに物質的繁栄をもたらすと、神話的自然観は非科学的と見なされ、時代遅れの迷信として排除されていったのである。

実存主義者の自然観が哲学的・科学的自然観であり、カフカのそれが神話的自然観に近いことは明らかであろう。自然の驚異を「不条理」と感じる点は同じでも、自分の能力を信頼している実存主義者はこれを征服すべき対象と考え、自分の弱さを自覚しているカフカは征服など思いもよらず、せいぜい共存することを望むだけであり、それも無理ならせめて「満足して死ねる」ことを願うのである。

両者の人間社会と向き合う態度も自然と向き合う態度と変わらないだろう。社会の「不条理」な現実（これは特に「人間疎外」と呼ばれる）に直面した時、自らの能力を信頼している実存主義者は「人間疎外」に抗い、これを乗り越えるべく「死を覚悟して（死んだ気になって）頑張れ！」と私たちを叱咤激励する。そうして初めて私たちは「本来的自己」すなわち「真の人間」になれるのである。一方、自分が弱い存在だと自覚しているカフカは、「人間疎外」に抗って、これを乗り越えようなどとは思わない。反抗することなく我慢して、それが過ぎ去るのをひたすら待つのである。ただ、それを観察し理解しようとするだけである。理解すれば恐怖は和らぎ、「満足して死ねる」からである。

どちらの生き方を好ましく思うかは、その人の気質の問題だろう。しかし、はっきりしているのは太古の人々はカフカと同じように考えていただろうということである。文明社会にさまざまなほころびが見え始めている現在、私たちは一度立ち止まって、人間の能力や社会の進歩について改めて考えてみる必要があるのではないか。

カフカと死

カフカは主人公たちのさまざまな死を描いてきたが、中でも最も「不条理」な死は『変身』の主人公グレゴール・ザムザの死ではないだろうか。

『変身』の主人公グレゴール・ザムザはごく普通のセールスマンである。セールスマンの仕事は好きではなかったが、両親と妹を養うためにはこの仕事を続けるしかなかった。朝起きた時、会社に行きたくないと思うことは誰にでもある。何か理由をつけて会社を休みたいと思うだろう。グレゴールは無意識のうちに自分が虫になれば会社に行かなくて済むと思ったのである。そして彼は虫に変身した。希望がかなったのである。ところがいったん変身してしまうと予期せぬことばかりだった。彼はうろたえる。これからどうしようかとおろおろするばかりである。

これはカフカの主人公たちに共通する際立った特徴であるが、グレゴールはどうして自分が虫になってしまったのかという原因については考えない。したがって、彼は後悔することもない。現状を受け入れてこれからどうしようかと考えるだけである。グレゴールの思考は哲学的・科学的ではなく神話的である。眼に見えない根源に迫ろうとするのではなく、眼に見える表面にとどまっている。それは、太古の人々が自然災害に見舞われたとき、なぜ災害が起きたのかを考えず、取りあえずこれからどうしようかと考えるのに似ている。だから、彼はドアの隙間に聞き耳を立て、家族が自分をどう思っているか探ろうとするのである。

家族は何とか生活していくために、それぞれが職を持ち、足りない分は下宿人を置くことにした。一方、グレゴールは家族が自分を厄介者だと思っていることを悟ると、食べ物を摂るのをやめ衰弱していった。ある晩、妹が下宿人のためにヴァイオリンを弾いていると、音楽の音色に引き寄せられて、グレゴールが居間に出てきてしまった。この化け物を見た下宿人たちは仰天し、下宿をすぐに引き払うと言い始めた。この騒動に嫌気がさした妹は「もう我慢できない。この化け物は兄ではない。この化け物から解放されたい」と主張する。グレゴールはすでに衰弱しきっていたが、「これ以上、家族に迷惑をかけないためには、自分が姿を消すしかない」と決心し、翌朝、静かに息を引き取った。

いったん変身して異物（化け物）となった人間の運命は決まっている。人間社会で生きて行くことはできないのである。彼は自分の運命を受け入れ満足して（納得して）死んで行くのである。

結核菌が喉頭にまで及び、食事も会話もままならなくなり、いよいよ自らの死を悟ったカフカは自分が書いた作品を思い返してみて、主人公の中で唯一「満足して死ねていない」人物に気がついた。『審判』のヨーゼフ・Kである。銀行員だったヨーゼフ・Kはある朝理由もわからず逮捕され、裁判にかけられ、一年後に死刑判決を受けて処刑されたのである。処刑されるとき、彼は「まるで犬だ！」と言い、恥辱が残っていくように感じたのだった。無念の死であった。

カフカは自分が「満足して死ぬ」ためには、ヨーゼフ・Kにも「満足した死」を与えなければならないと思っただろう。そうして書いたのが「歌姫ヨゼフィーネ、あるいは二十日鼠族」だった。この小説が絶筆となった。「ヨゼフィーネ」という名前は「ヨーゼフ」の女性形である。そしてカフカはヨゼフィーネの死を「地上の苦しみから救済され、嬉々として民族の英雄たちの仲間入りをした」と書いた。カフカはヨーゼフ・Kにそして自分自身に「幸福な死」を与えたのである。もちろん最後に「われわれ（二十日鼠族）は歴史を記録しないから、彼女は彼女に相応しい高級な救済を享受しつつ、彼女の同胞すべてと同じように、忘れられてしまうことだろう」と書き添えることを忘れなかった。

この小説が収録されている短編集『断食芸人　四つの物語』の校正刷りを見届けて間もなく、カフカは愛するドーラに看取られてこの世を去った。カフカの最後の言葉は記録に残されていないが、私はカントの最後の言葉「これでよし（Das ist gut）！」と同じだったと思う。彼が死んだのは四十一歳の誕生日の一か月前だった。

三　カフカにとって文学とは

文学に関連したカフカの言葉をアフォリズム風に並べてみる。

僕は文学から成り立っている

「僕は文学的関心を持っているのではなく、文学から成り立っており、それ以外の何ものでもなく、他のものではありえないのです。僕は最近『悪魔信仰の歴史』という本で次のような話を読みました。「ある聖職者がとても美しい甘美な声をしていて、それを聞くと人はこの上なく快い気持ちになりました。ある僧がこの愛らしい声をある日聞いて言いました――これは人間の声ではなく、悪魔の声だ。すべての讃嘆者のいる前で、彼が呪文を唱えて悪霊を祓うと、それは追い出され、すると屍《しかばね》は（というのは、その場合肉体は霊ではなく悪魔によって生かされていたのです）崩壊し、悪臭を放ちました。」僕と文学の関係も似たようなもの、全く似ているので、ただ僕の文学はあの僧の声のように甘美ではないだけです。」（『フェリーツェII』一九一三年八月十四日）

僕は文学から成り立っている。文学は悪魔のようなもので、したがって僕は悪魔によって生かされているのだ。もし悪魔祓いによって悪魔が僕から離れれば、僕の肉体は崩壊するだろう。

書くことは郷愁である

「今でもそうだが、僕はすでに午後に次のような大きな欲望を感じた。それは、僕の中から僕の不安な状態を洗いざらい書き出してしまおう、それもその不安な状態は僕の内部の深みから生ずるのだから、今度は同じように紙の深みへ書き込もうという欲望であり、あるいは書かれたものを僕が完全に自分の中へ取り込むことができるような具合に書き下ろしたいという大きな欲望である。これは決して芸術的な欲望ではない。今日レーヴィが一座のやるどんなことにも不満であり関心が持てないと語ったとき、僕は彼の状態は郷愁によるものだとはっきり説明してやったが、しかしこの説明をはっきりと口にしてしまったにもかかわらず、僕はこれをどうやら彼に向かって言ったのではなく、自分のために取っておいたのであり、そして僕自身の悲しみのためにそれをしばらく楽しんだのだった。」(『日記』一九一一年十二月八日)

カフカにとって文学は「僕の内部の深みから生ずる不安な状態を洗いざらい書き出してしまうこと」であった。これは芸術的な欲望ではない。その不安な状態は同時に「郷愁」でもあるのだ。この僕の内部の深みから生じる不安な状態にカフカは故郷にいるような懐かしさを覚えるのである。

書くためには孤独を必要とする

「書くことに対する僕の態度、人間に対する僕の態度は不変であり、一時的な状況ではなく、僕の木質に基づいています。僕は自分が書くことのために孤独を必要としますが、「隠者のように」ではなく、それでは不十分で、死者のように必要なのです。この意味での書くことはより深い眠り、つまり死であり、死者を墓から引き出さないだろうし、引き出すことができないように、僕も夜の書き物机から引き離すことはできません。」(『フェリーツェⅡ』一九一三年六月二十六日)

書くことは深い眠り、すなわち死である。

書くことは過度なまで自分を開くこと

「いつかあなたは、僕が書いている間、そばに座っていたい、と書きました。考えてもごらん、そうしたら僕は書けないでしょう（それでなくてもたくさんは書けないのです）、しかしそうなれば全然書けないでしょう。書くということは、過度なまで自分を開くことなんだから。極度の率直さと献身、そこで人間は人と交わりながらもう自分を喪失すると思い、だから正気でいる限りそこからいつも逃避する――なぜなら、人は生きている限り生きようとします――ような、その率直さと献身も、書くことのためにはまだ決して十分ではありません。この生活の表面から書くことへ移されるものは――他に方法がなく、より深い源泉が沈黙しているとすれば――無であり、それはより真実な感情がこの表面を動揺させる瞬間に崩壊してしまいます。だから書くときは、いくら孤独でも十分ということはなく、書く人の周りが静かすぎるということはなく、夜はまだあまりに夜でなさすぎるのです。」（『フェリーツェⅠ』一九一三年一月十四から十五日）

カフカにとって書くことは「夢のような内面生活を描くこと」であり、それは「過度なまでに自分を開くこと」であった。そのためには、人との交わりを絶ち「地下室居住者のように」孤独の中で生活するしかない。日常生活から隔絶することによってさまざまな感情に煩わされることなく、自分が「無」となることによってはじめて「書くこと」ができるのである。

マックス・ブロートはフェリーツェに宛てた手紙（一九一二年十一月二十二日）の中で、カフカの両親の文学への無理解を非難して、「なぜ神が彼の頭脳を通じて生み出させようとしている作品を書かせてやれないのか？」と書いているが、カフカにとって「書くこと」は孤独の中で自分が「無」となって作品が自分の中で自然と形成されていくのに身を任せることだったのである。それは文学の神（むしろ悪魔）がカフカに乗り移る瞬間でもある。

「書くことは一種の降神術です。」（『対話』二十九頁）

存命中の作家は彼らの書いた本と生きた関連を持っている

「これは、存命中の作家は彼らの書いた本と生きた関連を持っている、という私の理論から説明できることです。作家たちは、自分たちの露わな存在で、その本のために、かあるいは、その本に反対して闘っているのです。本の本当に独立した生命というものは、作家の死後に、もっと正しく言えば、死後しばらく経ってからようやく始まります。なぜと言って、この連中は熱心なもので、死後もしばらくは自分たちの本のために闘うからです。しかしその後は本も孤立して、自分の心臓の鼓動の強さしか頼れなくなります。……存命中の作家の本は本当にその作家の住居の一番奥にある寝室であり、キスされるためのものだ、ということです。」（『ミレナ』二〇三―二〇四頁）

存命中の作家の本はその作家にとって最もプライベートな部分である。

文学は病気・芸術は悲愴

「文学は病気です。しかし熱を抑えたからといってまた健康にはなりません。反対に！　高熱が浄化して、輝かしてくれます。」（『対話』五十八頁）

「文学は生を変えます。こいつは時にはもっと厄介です。」（『対話』二十八頁）

「芸術は常に全人格の問題です。ですから芸術は結局のところ悲愴なのです。」（『対話』三十頁）

文学は木の梢へと駆り立てる

「あなたは、フェリーツェ、いろんな頭の中のいろんな文学が一体どんなものかわからないのです。それは絶えず猿のように、地上ではなく樹の梢へと駆り立てるのです。それは道を迷ったものであり、どうしようもありません。」（『フェリーツェⅡ』一九一三年七月八日）

文学は人を絶えず猿のように樹の梢へと、上へ上へと駆り立てる、どこに行こうとしているのかわからない衝動である。

夜々を書くことで疾駆する

「ただ夜々を書くことで疾駆すること、それが望みです。そしてそのために滅びるか狂気になること、それも望むところです。なぜならそれはとっくに予感された必然的な結果だから。」(『フェリーツェⅡ』一九一三年七月十三日)

書き続けることができれば、死んでも気が狂っても構わない。

小説の発端

「あらゆる小説の発端は、何はさておき可笑《おか》しなものだ。この新しい、まだ不完全な、どこもかしこも傷つきやすい生物が、この世界の完成された機構の中で生きて行けるかどうかは、絶望的なことであるように思われる。というのはこの世界は、あらゆる完成された機構がそうであるように、みずからを閉鎖しようと努めるものだからだ。もちろん忘れてならないのは、その小説が存在すべき何らかの正当性を持っている場合には、それがまだ完全に形作られていないときでも、自分の完成された機構を自身の中に孕《はら》んでいるということだ。だからこの点において、小説の発端に対しての絶望は、不当なのだ。しかしやはり、親たちはその乳幼児に絶望するに違いない。彼らにはこの哀れな、そしてとりわけ可笑しな生物を、世の中に連れ出す気などなかったのだから。もちろん人は、自分の感じる絶望が当たっているかどうか決して知ることはない。しかしこれについての熟慮は、人に、ある一つの拠り所を与える可能性がある。そしてこの体験の欠如が、昔から僕を損なってきたのだ。」(『日記』一九一四年十二月十九日)

あらゆる小説の発端はおかしなものだ。この不完全な生物が世界の中で生きて行けるかどうかは全くわからない。

この世界は閉鎖的であるからだ。しかし、その小説が存在すべき正当性を持っているなら、自身の中にその小説の完成された機構を孕んでいるはずである。だから、小説の発端に対する絶望は不当であり、人はその絶望が当たっているかどうか熟慮する。しかし、カフカにはその熟慮が欠けていた。だから、彼の小説は未完のままで放棄されてしまうのだろう。

文芸と文学の違い

「「文芸は現実逃避です。……文学は圧縮、つまり精髄です。文芸はこれに反して溶解物で、無意識の生を軽快にする嗜好品、つまり麻酔剤です。……文学はまさに正反対です。文学は目を覚まさせます。」
「文学はですから宗教になる傾きがあるのですね。」
「そこまでは僕は言いませんが、祈りになる傾きは確かです。」」（『対話』三十二頁）
『田舎医者』の私への贈呈本……に、次のような書き込みがある「文芸は事物を快適な気持ちの良い光の中に置こうと骨を折る。ところが詩人は、事物を真実と純潔と持続の領域に高めることを余儀なくされる。文芸は安楽を探し求める。ところが詩人は幸福の探求者で、他のものはすべて安楽ではない。」」（『対話』三十三頁）
文芸は現実逃避、生を軽快にする嗜好品、麻酔剤である。これに対して文学は生の圧縮・精髄であり、覚醒であり、また祈りに似たものである。詩人は物事を真実と純潔と持続の領域に高め、単なる安楽でない真の幸福を探求する。

詩　人

「実際は、詩人というものは常に、社会的平均よりもはるかに小さくて弱いのです。ですから詩人は、地上の生活を他の人よりもはるかに強烈に強く感ずるのです。詩人の歌は詩人にとって個人の叫びにすぎないのです。芸術は芸術家にとって悩みであって、この悩みを通して芸術家は新しい悩みのために自己を解放するのです。詩人は決して巨人ではなくて、自分の実存の鳥籠の中の多かれ少なかれ色美しい小鳥にすぎないのです。」(『対話』十五頁)
詩人の歌は個人の叫びにすぎない。詩人は壮大な天空や大地をではなく、他の人以上に個別的な地上の生活を歌い上げる。カフカが描こうとしたのはあくまでもありふれた個人の生活であった。

「詩人は本来国家に危険な要素です。詩人は変革を欲するからです。国家と、そして国家とともにそのすべての忠誠なる奴僕は、つまりただこれ持続を望みます。」(『対話』九十九頁)
「詩人は孤立した死を永遠の生へ、偶然を合法的なものへと導くべき任務を持っています。詩人は預言者的任務を持っているのです。」(『対話』一一六頁)
詩人は変革を欲するから国家にとって危険である。また詩人は預言者的任務を持っている。これらは先ほどの「詩人の叫びは個人の叫び」と矛盾するように見える。ただ「詩人は孤立した死を永遠の生へと導く」と考えれば、両者は結びつくだろう。詩人は個別を普遍へと高めるのである。

俳優の演技・芝居

「俳優は芝居気があるはずです。俳優の感情と言葉は、観客に望み通りの効果を与えるには、観客の感情と言葉より大きくなければなりません。芝居が生活に働きかけるべきものとすると、芝居は日々の生活よりも力強く、強烈でなければなりません。これが重力の法則です。射的をするときは、実際より高く、的の上のところを狙わなければなりません。」(『対話』三十八頁)
「芝居が一番強い効果を出すのは、芝居が非現実的なものを現実的なものにするときです。そのとき舞台は、現実を内部から照らす魂の潜望鏡になります。」(『対話』三十九頁)

これはカフカの方法論である。芝居について言えることは文学についても言えるだろう。観客の心をつかむためには、俳優は観客の感情や言葉よりも上を狙わなければならない。また、芝居が効果を出すのはありそうもないことをありそうなことにするときである。そのとき、舞台は現実を内部から見る魂の潜望鏡となる。つまり、観客（読者）は俳優と一体となって現実を内側から覗くのである。

大袈裟な表現を用いてありそうもないことをありそうなことに思わせる。現実を外側からではなく、主人公と一体となって内側から見させる。冷静に考えれば、カフカの舞台設定はありそうもないことである。しかし、読者はそのたんなる「空想（ファンタジー）」を「現実（リアル）」のように錯覚するのである。それがカフカの「マジック（魔術・奇術）」なのである。

音楽と文学

「音楽は、新しい、より繊細な、より複雑な、したがってより危険な刺激を生み出します。……ところが文学は刺激の混乱を浄化しようとします。つまり意識にまで高めて清め、そうすることによって人間らしくしようとするのです。音楽は、感覚生活の掛け算です。文学はこれに反して、感覚生活を制御して向上させるものです。」（『対話』九十六頁）

音楽は感覚の掛け算で刺激的であるが、文学は感覚を制御して、感覚的刺激を意識にまで高める。それこそが人間らしい行為である。

言語について

「僕は、人が言ったり書いたりしようと思うことを、完全に表現する力を欠くことがあるという意見に与《くみ》しません。

言語の無力を言ったり、言葉の限界と感情の無限性を比較するのは、全くの見当違いです。無限の感情は、心の中でと全く同様に、言葉においても無限です。内奥で明晰なものは、言葉となっても必ずそうなのです。だから言語について心配する必要は決してないのですが、言葉を見てしばしば自分自身のことを心配するべきです。自分がどんな状態か、自分自身の中からどうしてわかるでしょうか。この嵐のような、また転々とする、または泥沼のような内奥こそ僕ら自身であり、しかし言葉が僕らの内から駆り出される道程、ひそかに進展する道程において、自己認識が白日の下にさらされ、そしてその自己認識が依然として覆い隠されているとしても、やはり僕らの面前にあり、すばらしい、または恐ろしい眺めを呈します。だから僕を、最愛の人、僕が最近内部から送り出したこの厭わしい言葉に対して守ってください。」(『フェリーツェI』一九一三年二月十八日から十九日)

カフカは言語の表現力に絶対的な信頼を置いていた。言葉は心の内面をその通りに表現することができるというのがカフカの確信であった。だから、問題なのは言葉ではなくて、その時の自分の精神状態なのである。

「言語はそこ(脚本)では、重要な仲介者、何か生きているもの、一個の媒介物です。ところがこれを手段のように扱ってはならないのです。それを体験し、悩みぬかなければならないのです。言語は永遠の恋人です。」(『対話』九十七頁)

言語は生きた媒介物である。言語は体験し、悩みぬくものであり、永遠の恋人である。カフカがいかに言葉を大切に思っていたかがよくわかる。

僕が書こうとしたものは人間ではなく形象である

「僕は個々の夫婦を羨むことはない。夫婦というものの全体を羨むだけだ。――ある特定の夫婦を羨む場合にも、実は結婚の幸福全体を、その無限の多様性を羨んでいるのだ。ある特定の結婚の幸福は、最も好ましい場合でさえ、

おそらく僕を絶望させるだろう。」(『日記』一九二一年十月十七日)

カフカは個々の夫婦（結婚生活）を羨むことはない。結婚生活の全体とその無限の多様性を羨むのだ。それは夫婦（結婚生活）の理想的な「理念」と言っていいだろう。彼が見ていたのは現実の個々の夫婦ではなく、夫婦（結婚生活）の「理念」だったのである。

「真の現実性は常に非写実的です。……支那の色彩木版画の明朗性と純粋性と真実性を見てごらんなさい。こういうことができるのは——それは何物かでしょう！」(『対話』一〇三頁)

真の現実性は非写実的つまり抽象的である。カフカは「支那の色彩木版画」と言っているが、これは「日本の浮世絵」を念頭に置いているのではないか。

「『少年ロスマンの姿と火夫の姿はとても生き生きとしています。』と私は言った。

カフカの顔つきは暗くなった。

「それは副産物にすぎません。僕は人間を描いたのではないのです。一つの物語を物語ったのです。それは形象です。形象にすぎません。」

「そんならきっとお手本があるに違いありません。形象の前提は見ることです。」

カフカは微笑した。

「人が物の写真を撮るのは物を感覚から追い払うためです。僕の物語は眼を閉じることの一種です。」」(『対話』二十三—二十四頁)

カフカは、ある人間の個性や運命を語るのではない。彼を主人公とした「物語」すなわち彼の生きる「世界」を物語るのだ。彼の生きる「世界」は「感覚」からは知ることはできない。それは「形象」である。「形象」は「写真（もちろんカフカは「白黒写真」を念頭に置いている）」であり、人が「写真」を撮るのは「物を感覚から追い払うため」である。「僕の物語は眼を閉じることの一種だ」とは「僕の物語は、個々の感覚を超越した地平――これが「形象」である――を描いている」という意味だろう。だから、心の眼で見るしかないのである。

普通のものが奇跡である

「「エトシュミットは、私がありふれた事件の中へ奇跡をこっそり忍び込ませていると主張しています。それはもちろん彼の側からの重大な誤解です。普通のもの自体がすでに奇跡なのです。私はそれをただ記録するだけです。私が半分暗がりの舞台の照明のように、物を少しばかり明るくしているということはあり得ます。しかしそれは正しくありません！　実は舞台は少しも暗くないのです。真昼の明かりでいっぱいなのです。そのために人々は眼を閉じてしまって、ほとんど物が見えないのです。」

「直観と現実の間にはしばしば痛ましい相違があります。」と私は言った。

カフカはうなずいた。

「すべては戦いです。闘争です。日々それを征服しなければならない人だけが、愛と生に値するのです。」

彼は少し間を置いた。それから彼は皮肉な微笑を浮かべて低い声で言った。「とゲーテは言いました。」」（『対話』三十九―四十頁）

カフカはありふれたものの中に奇跡を忍び込ませたのではなく、そもそも普通のものそれ自体が奇跡なのだ、彼はそれを記録したに過ぎないと言う。人々はこの「普通のものそれ自体が奇跡だ」ということが真昼の明かりの中で見えなくなっているのであり、「すべてが戦いである」ことを忘れているのである。この戦いに勝つ人だけが愛と生に値する。
では、カフカはこの戦いに勝ったのだろうか。

第五章　カフカをめぐる考察

一　カミュとカフカ

カフカの作品は「不条理文学」と言われることがあるが、「不条理（absurde）」という言葉でまず思い浮かべるのは、フランスの作家アルベール・カミュ（一九一三～一九六〇）であろう。カミュの小説『異邦人』は「不条理」をテーマとした代表的な作品である。また、『シーシュポスの神話』は「不条理」に関する哲学的エッセイであり、『異邦人』の哲学的解説書だと言われている。

本節では、まず『異邦人』（窪田啓作訳、一九七四）と『シーシュポスの神話』（清水徹訳、一九七四）をテキストとして、カミュが「不条理」についてどのように考えていたかを明らかにし、次に、カミュの「不条理」とカフカの「不条理」の共通点と相違点について論じてみたい。

『異邦人』のあらすじ

この小説の舞台はアルジェリアの首都アルジェで、主人公ムルソーは平凡なサラリーマンである。構成は二部構成で、第一部はムルソーが殺人を犯すまでの経緯、第二部は逮捕後の尋問や裁判の様子、死刑判決が下されてからのムルソーの心境が描かれている。

この小説は次のような印象的な言葉で始まる。

「きょう、ママンが死んだ。もしかすると、昨日かもしれないが、私にはわからない。養老院から電報をもらった。「ハハウエノシヲイタム、マイソウアス」これでは何もわからない。恐らく昨日だったのだろう。」（六頁）

この電報を受け取ったムルソーはその日の午後養老院に向かい、その晩の通夜と翌日の葬儀に参列した。葬儀の翌日は週末の土曜日でムルソーは海水浴に行き、そこで以前同僚だったマリーと偶然出会った。その後、二人は喜劇映画を見に行き、一夜を共にした。

しばらく後に、ムルソーは同じアパートの隣人レエモンに頼まれ、彼をだましたアラビア人の情婦への手紙を代筆したことをきっかけに、トラブルに巻き込まれることになる。

ある日曜日、ムルソーはレエモンに誘われ、マリーと一緒にレエモンの友人マソンの別荘を訪れた。昼食後、男三人で浜辺に出たところ、レエモンの跡をつけてきたアラビア人二人と喧嘩になり、レエモンが匕首《あいくち》で腕を斬りつけられた。

治療を終えたレエモンは拳銃を持ち出して別荘を出てアラビア人の所へ向かったが、ムルソーがついて行きレエモンから拳銃を取り上げ、彼がアラビア人に発砲するのを抑えた。二人は別荘に戻ったが、ムルソーは拳銃を持ったまま一人で再び浜辺に出た。激しい暑さに耐えかねて、岩陰の泉で涼みたかったのである。

ムルソーが泉の近くに行ったとき、例のアラビア人もそこにいた。彼は匕首を抜いて身構えた。ムルソーは灼熱の太陽の光で額に痛みを感じ、視界も汗で見えなくなった。彼は拳銃を発射し、男は動かなくなったが、なお四発撃ちこんだ。ここで第一部は終わっている。

この小説は文体としては「一人称の語り」であり、読者はムルソーの視点からすべてを見ることになる。読者がまず感じるのは、ムルソーの内面の無感動と無関心であろう。ムルソーは母の死に臨んでも動揺することなく、涙も流さない。棺を閉じる前の最後の別れもしなかった。彼にはすべてが他人事のように感じ、目の前の出来事にのめり込むこともなく、常に冷めた目で周囲を見ているという印象を受ける。

ムルソーとマリーとの間に次のような会話の場面がある。

「夕方、私に会いにマリーが来ると、自分と結婚したいかと尋ねた。私は、それはどっちでもいいことだが、マリーの方でそう望むのなら、結婚してもいいと言った。すると、あなたは私を愛しているか、と聞いてきた。前に一ぺん言ったとおり、それには何の意味もないが、恐らくは君を愛していないだろう、と答えた。「じゃあ、なぜあたしと結婚するの?」と言うから、そんなことは何の重要性もないのだが、君の方が望むのなら、一緒になっても構わないのだ、と説明した。」（四十六頁）

「どちらでもいい」「それは何の意味もない」「それは重要ではない」これがムルソーの口癖である。ムルソーは明確な意志を持たず、成り行きに任せて生きているニヒル（虚無的）な性格の人物である。また、物語はムルソーの意志と関係なく、偶然の重なりによって進んでいく。母の葬儀の翌日に海辺でマリーと出会ったのも偶然であり、アパートの隣人のレエモンのトラブルに巻き込まれたのも偶然である。そして、アラビア人を殺害してしまうのもムルソーにとっては偶然と言っていいだろう。偶然の重なりによって彼は殺人を犯してしまうのである。

第二部は、逮捕されたムルソーが予審判事の尋問を受ける場面から始まる。ムルソーは判事を真に受けておらず、尋問もすべてゲームのように感じていた。その後の弁護士との会見でも、母の葬儀の日に苦痛を感じたかと聞かれると、ムルソーは「もちろん私は母を愛していたが、しかし、それは何ものも意味していない。健康な人は誰でも多少とも、愛する者の死を期待するものだ」と答えた。興奮した弁護士が、予審判事にその日は自分の感情を抑えつけていた、と言えるかと尋ねると、ムルソーは「言えない。それは嘘だ」と答えた。とにかく、ムルソーは自分の発言が世間からどう受け止められるか考えることができず、自分が感じたことをそのまま口にする。特に、殺人と母の葬儀での自分の行動とは何の関係もないと思っている。

予審判事に「第一発と第二発との間に、なぜ間を置いたのですか」と尋ねられても、ムルソーは何も答えなかった。予審判事が興奮して「君は神を信じるか」と尋ねると、彼は「私は信じない」と答えた。判事は尋問の最後に「自分の行為を悔いているか」と尋ねた。ムルソーは「実のところ、悔恨よりもむしろ、ある倦怠を感じている」と答えた。

こうした予審が十一か月続き、判事との関係も慣れて打ち解けたものになっていった。

次の年の夏に裁判が開かれた。第一日目、証言台にはまず養老院の院長が立った。院長はムルソーが母の埋葬の日いかにも冷静だったことに驚いたと言った。この時、ムルソーはこの人たちに自分がどれだけ憎まれているかを感じた。やがてマリーが証言台に立った。検事はマリーに母の葬儀の翌日の二人の行動について詳しく聞いた。そして検事はこう言った、「陪審員の方々、その母の死の翌日、この男は海水浴に行き、不真面目な関係をはじめ、喜劇映画を見に行って笑い転げたのです。もうこれ以上あなた方に申すことはありません。」

第二日目、検事は死刑を求刑した。裁判長はムルソーに殺人の動機について聞いた。彼は「それは太陽のせいだ」と言った。廷内から笑い声が上がった。弁護士の最終弁論が終わり、別室で陪審員の協議が行われた。法廷が再開され、裁判長はムルソーに「あなたはフランス人民の名において広場で斬首刑を受けるのだ」と言った。裁判長は何か言いたいことはないかと尋ねたが、ムルソーは「ないです」と答えた。

死刑判決後、ムルソーは独房で斬首刑のメカニックからいかにして逃れられるかを考えてみたが、死が確実なことは疑い得なかった。ムルソーは死の確実性に基礎を与えた判決のあいまいさと、判決が言い渡されてからのその冷酷な施行との間には、滑稽な不均衡があると感じた。

「判決が十七時にではなく、二十時に言い渡されたという事実、判決が全く別のものであったかもしれぬという事実、判決が下着を取り換える人間によって書かれたという事実、それがフランス人民（あるいはドイツ人民、あるいはシナ人民）の名においてというようなあいまいな観念に基づいているという事実――こうしたすべては、このような決定から多くの真面目さを取り去るように思われた」（一一六頁）。しかし、いったん死刑が宣告されるや、その効果は確実で真面目なものとなるのである。

ムルソーは二つのことを絶えず考えていた。夜明けと上訴である。夜明けは死刑執行人がやって来る時刻であり、その時刻が過ぎると日中はずっと上訴のことを考えた。しかし結局、ムルソーは上訴を却下した。「人生は生きるに値しない」「三十歳で死のうが、七十歳で死のうが大した違いはない」「死ぬときのことを、いつとか、いかにしてとかいうのは意味がない」のである。

ムルソーが上訴を却下した時、彼が面会を拒否し続けていた司祭が独房に入ってきた。司祭は突然「なぜ私の面会を拒否するのですか?」と言った。ムルソーは、神を信じていないのだと答えた。司祭はとにかくムルソーに罪を自覚させ、悔悛させせようと話しかけてくる。しかしムルソーは、神のことで時間を無駄にしたくなかった。

司祭が「わが子よ。私はあなたとともにいます。しかし、あなたの心は盲《めし》いているから、それがわからないのです。私はあなたのために祈りましょう」と言った時、ムルソーの内部で何かが裂けた。彼は大口を開けて怒鳴り出し、司祭をののしり、祈りなどするな、消えてなくならなければ焼き殺すぞと言い、司祭の法衣の襟首をつかみ、罵倒し続けた。

「私は自信を持っている。自分について、すべてについて、君より強く、また私の人生について、来たるべきあの死について。」「私は正しかったし、今もなお正しい。いつも、私は正しいのだ。」「他人の死、母の愛――そんなものが何だろう。いわゆる神、人々の選び取る生活、人々の選ぶ宿命――そんなものに何の意味があろう。」「誰でも特権を持っているのだ。特権者しか、いはしないのだ。他の人たちもまたいつか処刑されるだろう。君もまた処刑されるだろう。人殺しとして告発され、その男が、母の埋葬に際して涙を流さなかったために処刑されたとしても、それは何の意味があろう?」(一二八～一二九頁)。看守がムルソーの手から司祭を引き離し、司祭は部屋を出て行った。司祭の眼には涙があふれていた。

ムルソーは、窓から差し込む星々の光を感じて眼を覚ました。彼は平和な気持ちになり、久しぶりに母のことを思った。生涯の終わりになぜ母が「許嫁《いいなずけ》」を持ったのか、また生涯をやり直す振りをしたのか、わかるような気がした。

死に近づいて、母はあそこで解放を感じ、全く生き返るのを感じたに違いなかった。ムルソーもまた全く生き返ったような思いがした。あの大きな憤怒が、彼の罪を洗い清め、希望をすっかり空にしてしまい、彼は初めて世界の優しい無関心に心を開いた。彼は自分が幸福だったし、今もなお幸福であることを悟った。彼に残された望みは、処刑の日に大勢の見物人が集まり、憎悪の叫びをあげて、彼を迎えることだけだった（一三〇頁）。

『異邦人』における不条理

第一部では、ムルソーの眼で世界を見ていることもあり、読者の中には、彼が世間からどう見られるかあまり気にせず、自分の感情の赴くままに行動する姿に、少なからず共感を覚える人がいるかもしれない。三年間遠く離れた養老院で暮らしていた母の葬儀に参列した時、死の実感が湧かず、涙を流さないことはあるかもしれない。また、葬儀の翌日に海水浴に行くことも、海辺で出会った女友達と映画を見に行き、肉体関係を持つこともあるかもしれない。これを以て、ムルソーが全くの性格異常者であるとか、極悪非道の悪人だとは誰も思わないだろう。

また、殺人に至る経緯についても、ムルソーが計画的にアラビア人を殺害したとは誰も思わないだろう。ムルソーがレエモンに頼まれて情婦への手紙を代筆したのも偶然だし、レエモンとマソンの別荘に行ったのも偶然であり、レエモンの拳銃を持つことになったのも偶然である。そして、アラビア人に発砲したのも、意図的に殺害しようとしたのではなく、激しい暑さと太陽のまぶしさのために意識が朦朧としていたからであり、ムルソーはまさに「太陽のせいで」引き金を引いてしまったのである。

ところが、ムルソーが逮捕され、予審判事や検事の側からこの事件を眺めてみると、この事件は全く別の相貌を呈してくる。不運な偶然の重なりによって起きてしまったと思われていた事件が、極悪非道の殺人鬼によって引き起こされた計画的な殺人事件として再構築されていく過程に、読者は少なからず衝撃を受けることになる。ムルソーが予審判事の質問を真剣に受け止めず、漫然と答えていたその内容が、ムルソーの意図から独立して、凶悪な殺人事件を立証する重要な証拠となっていくのである。

検事の描く事件のシナリオは次のようなものである。ムルソーは母の葬儀でも涙を流さず、その翌日に女と海水浴に行き、喜劇映画を見て、肉体関係を持つような男であり、女衒《ぜげん》を生業《なりわい》としているような低俗な友人（レエモンのこと）を持ち、彼と共謀してその情婦にひどい仕打ちをし、浜辺で情婦の身内のアラビア人がレエモンに怪我をさせたことに腹を立て、レエモンから拳銃を取り上げ、殺意を以てアラビア人に発砲し、死を確実にするためにさらに四発の弾丸を撃ち込んだのである。ムルソーは殺人と母の葬儀での自分の行動とは何の関係もないと思っていたが、検事そして陪審員（世間）はそうではなかった。世間の常識では、母の葬儀で涙を流さない者は必然的に凶悪な殺人事件を起こすものなのである。

裁判が進行していく過程で、ムルソーは自分の思いと検事（世間）の見方との間に大きな隔たりがあることを感じる。また、裁判が被告人である自分とは関係ないところで進行しているという感覚を覚える。したがって、裁判長から死刑を言い渡された時も、どこか上の空で真面目に受け取ることができなかった。自分と世間（世界）との間のこの断絶感、それが「不条理」の感覚である。

しかし、判決の根拠には確実性が感じられないとしても、いったん死刑が宣告されれば、その効果は確実で真面目なものとなる。ムルソーは独房で斬首刑について想像してみた時、はじめて死の恐怖を感じ、体を震わすのである。

死は生（人間）にとって最も隔絶したものであるから、最も「不条理」なものであろう。ムルソーは死という「不条理」を意識した時、まずこれを回避すること、つまり上訴することを考えたが、すぐにこれを却下した。人生は生きるに値しないし、三十歳で死のうが、七十歳で死のうが、大した違いはないのであり、死はいつか必然的にやって来るのである。

ムルソーがそう考えて心の平安を取り戻した時、司祭が独房に入ってきた。司祭は死刑囚であるムルソーに神による魂の救済を説いた。この司祭の説教に、無神論者であるムルソーはそれまで押さえていた感情を一気に爆発させた。ムルソーが司祭を激しく罵倒し、独房から追い出した後、夜、眠りから覚めて心静かに死について思いを巡らす場面は、この小説の中で最も感動的な場面である。しかし同時に、この場面はムルソーの内面が最もわかりにくい場面でもある。

ムルソーが死刑判決を受け入れたことによって、世界の優しい無関心に心を開き、世界を身近に感じたということは、自分が孤独ではなく確かにこの世界に存在していることを実感したということであろう。それゆえ、ムルソーは今まで幸福であったし、今もなお幸福であると感じたのである。さらに、「あの大きな憤怒が、私の罪を洗い清め、希望をすべて空にしてしまった」から、つまり、司祭の説く神による魂の救済をきっぱりと拒否したから、ムルソーは神を媒介することなく、自分が直接に世界と結びついていると実感し、生き返ったような気持ちになれたのだろう。そして、世界との結びつきをより強く感じるために、処刑の日に大勢の見物人が憎悪の叫びで彼を迎えることを期待するのだろう。しかしそれは、自分と世界との断絶である「不条理」を克服したことになるのだろうか。

確かに、ムルソーの母が死に臨んで幸福だったと考えることに違和感はない。彼女の死は自然死であり、死を身近に感じる養老院において、彼女が許嫁を持って人生を生き直そうとしたことは理解できる。しかし、ムルソーの死は自然死ではなく、死刑判決による死であり、しかも彼にとっては納得のいかない判決だったはずである。それなのに、「人生は生きるに値しない」「三十歳で死のうが、七十歳で死のうが大した違いはない」として不当な判決を受け入れることは、「不条理」を克服することではなく、むしろ「不条理」に屈服することではないのか。「不条理」を克服しようとするのなら、上訴してあくまでも裁判で争うべきではないのか。不当な判決を受け入れることは「自殺」に等しい行為ではないのか。

しかしムルソーは、「人生は生きるに値しない」として不当な判決を受け入れ、神による魂の救済を拒否し、世界の優しい無関心に心を開いて、この世界に生きていることの幸福を実感し、そして処刑される時に、自分がより孤独でないことを感じるために大勢の見物人が憎悪の叫びで彼を迎えることを期待するのである。こう考えるムルソー自身が「道理に合わない」「訳がわからない」という一般的な意味で「不条理」な人間なのではないか。

「不条理」とは世界の在り方なのか、それとも、人間の在り方なのか。あるいはまた、世界と人間とのかかわり方なのか。『異邦人』という小説においては、「不条理」はイメージで描かれており、その内容は曖昧である。それゆえ次に、カミュ自身が「不条理」について哲学的に解説した書である『シーシュポスの神話』を見る必要があるだろう。

不条理と自殺

『シーシュポスの神話』は「不条理な論証」「不条理な人間」「不条理な創造」「シーシュポスの神話」の四つの章と、付録として「フランツ・カフカの作品における希望と不条理」という評論から構成されている哲学的なエッセイである。

特に最初の「不条理な論証」の章はカミュの「不条理論」の中核をなす重要な章である。この章は「不条理と自殺」「不条理な壁」「哲学上の自殺」「不条理な自由」の四つの節から成り立っている。

「不条理と自殺」の節は次の言葉で始まる。

「真に重大な哲学上の問題は一つしかない。自殺ということだ。人生が生きるに値するか否かを判断する、これが哲学の根本問題に答えることなのである。」（十一頁）

自殺とは「苦労するまでもないと告白すること」である。私たちが生存している理由の第一は習慣であり、自殺はこの習慣というものが実につまらぬ性質のものであり、生きるためのいかなる深い理由もないということを認めたということを前提としている（十四頁）。

精神が生きてゆくのに必要な眠りを精神から奪ってしまうこの見定めがたい感覚、幻と光を突然奪われた宇宙の中で自分を異邦人と感じる感覚、「人間とその生との、俳優とその舞台とのこの断絶」を感じ取る感覚、これがまさに「不条理性」の感覚である。この試論の主題は、まさしく「不条理と自殺との間の関係、自殺がどこまで不条理の解決となるか」を明らかにすることである（十五頁）。この本でカミュは何度か「不条理（あるいは不条理性）」を定義しているが、この「人間とその生との、俳優とその舞台との断絶」がその最初の定義である。

また、別の箇所でカミュは次のように述べている。「人生が生きるに値しないから人は自殺するのだ、なるほどこれは真理かもしれない、——だが、これは自明の理なのだから、真理とはいっても不毛な真理である。しかし、このように生存を侮辱し、このような否認の中へと投げ込んでしまうのは、生存にはいささかの意義もないということから由来するのか。生存の不条理性は、人が希望あるいは自殺によってそこから逃れることを要求するものなのか。これこそ、他のいっさいを退けて、あらわに引き出し、追求し、具体的に説明すべきことである。不条理は死を命じるか、これこそ、超然とした精神のあらゆる思考方法や戯れから切り離し、他のいかなる問題よりも優先させるべき問題である。」（十八頁）

ムルソーは「人生は生きるに値しない」として不当な死刑判決を受け入れた。普通なら彼の行為は自殺と見なされてもやむを得ないだろう。しかし、カミュは「生存の不条理性は、人が希望あるいは自殺によってそこから逃れることを要求するか」と問う。「人生は生きるに値しない」と感じたとしても、希望（これは宗教による救済である）あるいは自殺によって生から逃れる以外の第三の道はないのかと問うのである。

「このように考えてくると、自殺についての考察は、僕の関心をそそる唯一の問題、死に至るまで貫かれた論理が存在するか、という問題を提出するきっかけを僕に与えてくれる。はたして、そういう論理が存在するのか、しないのか、それが僕に解るのは、僕がここでその出発点を示そうとしている論証を、過度の情熱のとりことはならず、ひたすら明証の光の中だけでたどってゆくことによってしかない。それは、僕が不条理な論証と名づけるものだ」（十九頁）。こうして、カミュは「死に至るまで貫かれた論理が存在するか、否か」を解明するために、ひたすら明証的に「不条理な論証」を開始するのである。

不条理な壁

カミュはまず、いかなる時に私たちは不条理を感じるか、いくつか例を挙げる。毎日毎週同じリズムで生活している中で、ある日突然「なぜ」という問いが頭をもたげてくる時。一人の女の見慣れた顔つきの下に、数か月か数年前のその女の姿が浮かび上がってくる時。このように習慣という舞台装置が崩壊し、世界が世界自体へと戻ってしまう瞬間がある。その時、私の前にある世界のあの厚みとあの奇怪さ、それが不条理である（二十六頁）。

一方、人間もまた非人間的なものを分泌する。人間自体にある非人間性を前にした時の不快感、あるがままの自分の姿を見せつけられた時の「嘔吐感」、私たちが鏡を眺めている時に突然眼に映ってくる異邦人、これらもまた不条理なものである（二十七頁）。

最後に、カミュは死について語る。私たちは普段「死を知らぬ」ように生きているが、それは死の経験というものがないからである。私たちはせいぜい他人の死についての経験しか語ることができない。しかし、死は数学のように確実なものである。死ねば魂は身体から消え失せてしまうという、死のこの決定的な側面が不条理の内容をなしている。死を前にしては、いかなる道徳もいかなる努力も、先験的（ア・プリオリ）に正当であるとすることはできないのである（二十八頁）。

次に、カミュは人間の精神（思考）について検討する。しかし、科学にとっても理性にとっても、世界は解読不能で非合理的なものである。「この世界はそれ自体としては人間の理性を超えている」（三十五頁）。不条理とは「この世界が理性では割り切れず、しかも人間の奥底には明晰を求める死に物狂いの願望が激しく鳴り響いていて、この両者がともに相対峙したままの状態」のことである。こうして、カミュは不条理を次のように定義する、「不条理は人間と世界と、この両者から発するものであり、この両者を結ぶ唯一の絆である」（三十六頁）。これが不条理の第二の定義である。

「不条理性はそれと認識された瞬間から、一つの熱情と化す」（三十七頁）とカミュは言う。その熱情とは、非合理的なものの権利を擁護することであり、合理主義批判である。「僕らの時代ほど、理性への攻撃が激しかったことはない」（三十八頁）。カミュはこうした熱情を持つ思想家たち（ハイデガー、ヤスパース、シェストフ、キェルケゴール、フッサールと現象学者）を概観し、彼らに共通した一致点を次のようにまとめている。「何ものも明らかではない、いっさいは混沌だ、だから人間はただその明徹な視力を保持し、自分を取り巻く壁を明確に認識するしかない。」（四十三頁）

このように考える彼ら（主に、実存哲学者たち）にとっての結論は「自殺」ということになるかもしれない。しかし、カミュはそこに留まることはできない。彼は「せめて一度でも「これは明らかだ」と言えれば、いっさいは救われる」（四十三頁）と考えているからだ。

こうして、カミュは「不条理な論証」をさらに続けようとする。「非合理的なもの、人間的な郷愁、この両者の対峙から立ち現れる不条理、――これが劇の三人の登場人物であり、この劇を一人の人間存在にとって可能な限りの論理を貫きながら、どうしても終幕へと導かねばならない。」（四十四頁）

哲学上の自殺一

先ほど名前を挙げた諸精神たちに共通している風土は「死をもたらす風土」（四十五頁）である。このような風土のもとで生きることは、そこから出てゆくか、そこに留まるか、そのどちらかを要求する。ここで重要なのは、第一の場合ならどうやってそこから出てゆくか、第二の場合なら何ゆえそこに留まるのかを知ることである。カミュは自殺の問題および実存哲学の結論に対して抱きうる関心をそのように定義する（四十六頁）。

カミュは先ほど、不条理は人間の中にあるものでもなく、世界の中にあるものでもなく、両者の共存の中にあるものであり、両者を結ぶ唯一の絆であると言ったが、彼はこの一つの確実性からいっさいの帰結を引き出せると言う。それは、人間と世界と不条理のこの三項関係の第一の性格は、これが分割され得ぬものであり、三項のうち一つを破壊してしまえば、全体を破壊することになるということである。人間の精神をよそにして不条理はあり得ないし、不条理は死とともに終わる。一方また、世界をよそにしても不条理はあり得ないのである（四十八頁）。

今問題になっているのは、いかにして不条理から脱け出るか、はたして自殺は不条理からの論理的帰結として引き出されるべきものなのかを知ることである。とすれば、探究の唯一の方法は、不条理の本質である「絶えざる対置と闘争」（四十九頁）を尊重することである。

こうした闘争は、この世界において実現されねばならない希望などいささかも存在しないこと、たえず拒否し続けるべきだということ、充足が得られぬという状態をいつでも意識していることを前提としている。こうした要請を破壊したり、ごまかしたり、かわしたりすること（世界と人間との相容れぬ状態を破壊してしまう、不条理への同意）は、すべて不条理をなし崩しに滅ぼしてしまう。「不条理はそれに同意を与えない限りにおいてのみ意味がある。」（四十九頁）

ところで、一連の実存哲学は例外なしに僕に逃亡を勧めてくる。「この哲学者たちは不条理から出発していながら、独特な理論を展開して、自分を圧《お》し潰《つぶ》すものを神と崇め、自分を素っ裸にしてしまうものの中に、希望の理由を見出すのだ。彼らのいずれの場合でも、この強いられた希望の本質は宗教的なものである」（五十頁）。ヤスパースは、自分の無力を告白するが、少しも証明を行わず、超越者と生の超人間的な意義を一挙に肯定してしまう。こうして不条理は神となる。こうした論証は論理的であるとは言えず、飛躍である（五十一頁）。

シェストフも不条理を神と認める。「シェストフにとっては、不条理の受容は不条理そのものと同時である。不条理を確認することとは、不条理を受け入れることであり、シェストフの思考の論理的努力のいっさいは、不条理を明るみに出し、同時に不条理のもたらす無限の希望をほとばしり出させようとすることにある」（五十三頁）。「シェストフにとっては、理性はむなしい、が、理性を超えた彼方に何ものかが存在する。不条理な精神にとっては、理性はむなしい、しかも、理性を超えた彼方には何もないのだ。」（五十五頁）

不条理はふたつのもの（非合理的なものと明晰を求める人間の理性）の均衡状態においてしか価値を持たないのだが、シェストフは一方の項だけに全部の重みをかけ、均衡を破壊してしまう（五十五頁）。これとは反対に、不条理な人間は両者の闘争を承認し、理性を絶対的に軽蔑することもなく、非合理的なものの存在を認める。彼は経験の全与件をくまなく見つめ、しかも知る前に跳ぼうなどとはしない。彼はただ意識の中には、希望の入り込む余地などないということを知っているだけである（五十六頁）。

キェルケゴールも飛躍を行う。幼少の頃の彼をあれほど脅《おび》えさせたキリスト教に、晩年において彼は結局戻ってゆく。人生の意義と深さについて彼を絶望の淵へと追い込んだまさにその当のものが、今や彼にその真実と光明を与えるのだ。不条理はこの世の経験の残留物でしかないのに、彼は不条理をあの世の標識としてしまうのだ（五十七頁）。

キェルケゴールが非合理的なものに反抗の叫び声をあげる代わりに、夢中になって何ものかにすがりつくとき、彼はこれまで自分を照らし導いてきた不条理を無視して、以後彼の持つ唯一の確実性、つまり非合理的なものを神とするに至るのだ。重要なのは病から癒えることではなく、病みつつ生きることだが、彼は病から癒えることを望むのである（五十八頁）。

カミュは、自分は理性の限界を認めてはいるが、だからといって理性を否定しはしない、と言う。キェルケゴールは「絶望は一つの事実ではなく、一つの状態、罪の状態そのものだ、罪は人を神から遠ざけるから」と言うが、これに対してカミュは、「不条理とは意識的人間の形而上的状態であり、神へと人を導かぬものだ」と言う。「不条理、それは神のない罪」である（六十頁）。

不条理の状態とは、精神と世界とが互いに突っ張りあい支えあって、しかも相擁しあうことはできない状態であり、問題はそこに生きることである。しかし、一連の実存哲学者たちは、思考が思考自体を否定し、自己を乗り越えて、この否定を行うもの自体の中へ向かおうとする。実存哲学者たちにとっては、否定が神であり、この神は人間的理性の否定によってのみ支えられている。カミュはこれを「哲学上の自殺」と呼ぶ（六十二頁）。

哲学上の自殺二

この論証の目標は、世界は何ものも意味しないという哲学から出発して、ついには世界に一つの意義と一つの深さとを見出すに至る精神の歩みを照らし出すことにある。こうした歩みのうち最も悲惨な歩みは、（実存哲学に見られるような）宗教的なものである。しかし、最も逆説的な歩みは、はじめは世界には支配的原理などいささかもないと思っていたくせに、結局は世界に充足的原理を与えてしまうに至る歩みだ。後者の例として、カミュはフッサールと現象学者たちの「志向」を挙げている（六十三頁）。

思考するとは見ることを学び直すことであり、意識を向けることであり、心象の一つ一つをそれぞれ特権的な場たらしめることである。「現象学は世界を説明することを拒絶し、現実経験の記述に留まろうとするのである。唯一絶

対の真理など存在しない。多数の真理があるだけだとまず主張する点で、現象学は不条理の思考につながる。」(六十四頁)

しかし、思考方法には心理的な面と形而上学的な面がある。確かに、志向性は現実を汲みつくそうとするが、説明はしないという心理的態度だけを明示しようとするなら、それは不条理な精神と言ってよい。だが、真実という観念を純理論的にさらに拡張し基礎づけようとすると、つまり認識の各対象の「本質」を発見しようとすると、人は経験にその深さを回復させてしまうことになり、これは不条理な精神には理解不能なことなのである(六十五頁)。

世界のいっさいの相貌はそれぞれに特権的だということは、すべては等価であると言うに等しい。こうしてフッサールは「真なるものは絶対的にそれ自体として真である。真理は一つだ。たとえ、その真理を知覚するものが何であろうと、人間であろうと怪物であろうと天使であろうと神々であろうと」と断定し、普遍理性の勝利を宣言するのである(六十七頁)。結局、フッサールは人間の理性の総合能力を否定した後で、永遠の普遍理性の中へと飛躍するのだ。こうしてカミュは次のように結論する。「僕がここに見出すのは、具体的なものの味わい、人間の在り方の意義ではなく、具体的なものそれ自体を普遍化しようとするほど乱暴な主知主義なのである。」(六十九頁)

キェルケゴールとフッサールは、理性の屈服と理性の勝利という互いに対立する道をたどりながら、結局はともに同じく思考を思考自体の否定へと導いてしまう。フッサールの抽象的な神からキェルケゴールの雷で人を打つ神に至る距離はそれほど大きくはない(六十九頁)。不条理な精神にとって世界は、フッサールにおいて理性が勝利を収めた時ほど合理的・理性的でもなく、かといって、キェルケゴールにおいて理性が屈服した時ほど非合理的・反理性的でもない。「世界は人間の理性を超えている」それだけのことなのだ(七十一頁)。「不条理な精神とは、自己の限界を確認している明晰な理性のことだ。」(七十二頁)

カミュにとって、不条理は明証的な事実である。そして、彼はここで不条理を「欲望する精神とそれを裏切る世界との間の背反状態、僕の抱く統一性への郷愁、あの四散した宇宙、そして、それらの四散した断片をつなぎ結ぶ矛盾」と言い換えている。キェルケゴールは僕の郷愁を抹殺し、フッサールは四散した宇宙をもとの形に集め直すが、カミュが期待していたのはそれではない。カミュが期待したのは、こういう分裂とともに生き、ともに思考すること、受容すべきか拒絶すべきかを知ることである。「不条理に基づいて生きることがはたしてできるだろうか、あるいは、論理の必然的帰結として不条理ゆえに死ぬべきなのか」を知ることである（七十三頁）。彼の関心を惹くのは、哲学上の自殺ではなく、端的な自殺そのものなのである。

不条理な自由一

カミュは、これまでの論証を次のようにまとめている。

一方には、僕の統一性への欲望、解決したいという本能的欲求があり、他方には、世界における混沌、偶然や等価性がある。僕はこの世界にこの世界を超える意義があるかを知らない。僕に理解できるのは、人間としての在り方に対応したものだけだ。希望を介入させない限り、この両者を和解させることができないことも僕にはわかっている（七十五～七十六頁）。

カミュは、世界を理解しようとする人間理性とそれを拒む世界との対立関係をあくまでも維持することを要求する。そして、彼には「僕が触れるもの、僕に抵抗するもの」しか理解できず、人間を超える世界そのものの意義など到底理解できないのである。カミュは自分自身を「不条理な精神」として実存哲学者とは区別しているが、しかし、こうした世界との向き合い方はやはり「実存哲学的」であろう。

カミュは『異邦人』のムルソーの内面を次のように解説している。

「彼はただ自分によくわかることしかやろうと思わないのだ。すると彼は、それは傲慢の罪だという断言を聞かされる。しかし彼には罪という観念が何のことだかわからない。お前はたぶん地獄行きだと言われても、地獄というこの奇怪な未来を自分の眼前に描き出すほどの想像力は彼にはない。永生を失うぞと言われても、永生など彼にはくだらぬものにしか思えない。相手は彼の有罪を認めさせようと躍起になるが、彼の方では自分は無罪だと感じている。そう、彼はただそれしか感じない、一点非の打ちどころのない無罪性しか感じていない。いささかも罪を犯していないから、彼にはすべてが許されている。こうして、彼が自分に要求するのは自分の知っていることだけで生きること、存在するものに満足し、確実ならざるものは何一つ介入させぬことである。すると、確実なものなど何もないという返答を聞かされる。だが、少なくともそのこと、確実なものなど何もないということ、それは確実だ。彼と関係するのはこの確実性だ。つまり、上訴の可能性なしに、これっきりのものとして生きることがはたして可能か、彼はそれを知りたがっているのである。」（七十七〜七十八頁）

カミュはムルソーの生き方を次のように結論づける。

「以前は、人生を生きるためには人生に意義がなければならぬのか、それを知ることが問題だった。ところがここでは反対に、人生は意義がなければないだけ、それだけいっそうよく生きられるだろうと思えるのである」（七十八頁）。「人生は生きるに値しない。それゆえ、いっそうよく生きねばならない」。ムルソーは「不条理な精神」となったのである。

「生きるとは不条理を生かすことだ。不条理を生かすとは、何よりもまず不条理を見つめることだ。エウリュディーケ〔注：ギリシア神話に出てくるニンフ、オルフェウスは彼女を冥府から連れ戻そうとするが、彼女を見たために彼女は冥府に連れ戻されてしまう〕とは逆に、不条理は人がそこから眼をそむけるときにのみ死ぬ。こうして、筋道の通った数少ない哲学的姿勢の一つは「反抗」である。反抗とは、人間と人間固有の暗黒との不断の対決だ。不可能な透明性への要求だ。反抗は毎秒毎秒世界を問題にする。ちょうど危険が人間にとっては自己を意識する絶好の機会となるのと同じように、形而上的反抗は意義を経験の全面にゆきわたらせる。形而上的反抗とは、人間が絶えず自己自身に現前していることだ。それは憧れではない、それは希望を持たぬ。この反抗とは、圧倒的にのしかかってくる運命の確信——ただし普通ならそれに伴う諦めを切り捨てた確信——それ以外の何ものでもない。」（七十九頁）

こうしてカミュは自殺をきっぱりと否定する。

「自殺は反抗に続いて起こると人は思うかもしれない。だがそれは誤りだ。自殺は反抗の論理的到達点をなすものではないからである。自殺は不条理への同意を前提とするという点で、まさに反抗とは正反対である。自殺とは、飛躍がそうであるように、ぎりぎりの限界点で受け入れることだ」（七十九頁）。「不条理とは死を意識しつつ同時に死を拒否することだという限りにおいて、不条理は自殺の手から逃れ出てしまうのだ。死刑囚の脳裏をよぎる最後の思考がぎりぎりの極限点に至り、めくるめく死への転落が今にも起ころうとするまさにその直前の地点で、しかもなお彼が数メートル前方に眼にする靴紐、不条理とはそれだ。自殺者の正反対のもの、まさしくそれが死刑囚である。」（八十頁）

カミュは自殺者と死刑囚（不条理な精神）とは正反対のものだと言う。自殺者はぎりぎりの限界点で不条理に同意し、不条理を受け入れる。しかし、不条理な精神は不条理を生かそうとする。それは不条理をしっかりと見つめることである。カミュはそれを「反抗」と呼ぶ。反抗するとは、不条理を受け入れることなくそれと対決し続けることであり、毎秒ごとに世界と向き合い、経験に意義を認め、絶えず自己を意識しており、希望を持たず、運命を諦めることなしに確信することである。

こうしてカミュは、改めて不条理を「死を意識しつつ同時に死を拒否すること」と定義する。死刑囚が処刑されるまさにその瞬間において、冷静に周囲を観察していること、それこそが不条理である。不条理な精神は死の直前まで自分を見失わない、つまり自殺をしないのである。

「こうした反抗が生を価値あるものたらしめる。反抗が一人の人間の全生涯に貫かれたとき、はじめてその生涯に偉大という形容が冠せられるのだ。」「意識的であり続け、反抗を貫く、——こうした拒否は自己放棄とは正反対のものだ。人間の心の中の不撓《ふとう》不屈で熱情的なもののすべてが、拒否をかきたてて人生に刃向わせるのだ。重要なのは和解することなく死ぬことであり、進んで死ぬことではない」（八十〜八十一頁）。これが不条理な論証の第一の帰結である。

『異邦人』における不条理についての私の解釈

ここで、カミュの論証はひと段落するので、これまで見てきた『異邦人』における不条理についての私なりの解釈を述べたいと思う。

まず、私はこの「反抗が一人の人間の全生涯に貫かれたとき、はじめてその生涯に偉大という形容が冠せられる」という表現に、正直なところ違和感を覚える。これがカミュのもう一つの代表作である『ペスト』の主人公であるリウーとタルーについて言われたのなら納得できるのだが、『異邦人』のムルソーに偉大という形容詞が当てはまるのか疑問に思うからである。リウーやタルーがペストという災厄（不条理）に真っ向から反抗し、人々を救済するために奔走する姿は英雄的であるが、殺人を犯し上訴を却下して死刑を受け入れたムルソーの行為が英雄的だとは到底思えないからである。

また、『異邦人』の場合、不条理が何であるかが曖昧であるように思われる。カミュは不条理が立ち現れる構造を基本的に、「人間精神―世界―不条理」という三項関係として捉えている。そして、『ペスト』の場合は、不条理はペスト、世界はロックダウンされた都市であり、リウーとタルーはロックダウンされた都市を舞台としてペストと格闘するというようにこの三項関係は明瞭となっている。ところが、『異邦人』の場合は、そしてこの『シーシュポスの神話』においても、不条理と世界との関係が今一つ明確に浮かび上がって来ないのである。

その理由は、カミュの不条理についての最初の定義である「人間と生との、俳優とその舞台との断絶」という表現が影響していると思われる。この表現では不条理は人間と世界との断絶という二項関係のことであり、世界そのものが不条理であるかのような印象を与えると思うからである。しかし、この場合でも、カミュは世界と不条理とが同一であると言っているわけではない。私たちは「不条理」と「非合理的なもの」を明確に区別しなければならないだろう。世界はもともと「非合理的なもの」であるが、「不条理」ではないのである。世界を理解したいという人間精神の切実な欲求に対して世界がそれを跳ね返すとき、人間精神は初めて「不条理」を感じるのである。それまで「習慣」の中に埋没していた世界が突然「不条理」へと変貌し、私たちに襲いかかって来るのである。

ムルソーは真面目に仕事をこなし、人付き合いも悪くはなく、休日には映画や海水浴を楽しむ、ごく普通のサラリーマンである。彼は世界に対して何の不満も不安も感じていなかった。そのムルソーが最初に世界に対して違和感を覚えたのは、母の葬儀の時だった。養老院から教会へ母の棺を運んでいく道中、強烈な太陽の日差しによって彼の意識は朦朧となってしまう。そして、彼が浜辺で殺人を犯した時も、激しい暑さと太陽のまぶしさのために意識が朦朧となり、彼は思わず拳銃の引き金を引いてしまったのである。世界が突然「不条理なもの」となり、ムルソーに襲いかかってきて、彼はまさに「太陽のせいで」殺人を犯してしまうのである。

世界が「不条理なもの」へと変貌していく様は、裁判の進行によって決定的となる。世界（世間）は母の葬儀の際に涙を流さなかったムルソーを凶悪な殺人者と決めつけて、死刑の判決を下すのである。ムルソーは自分を排除しようとするこの世界の厚みと奇怪さを前にして、自分が「異邦人」であると感じざるを得ない。

ムルソーは死刑を受け入れるか上訴するか、二者択一を迫られる。この場面がこの小説における最大の転換点であると同時に、最大の問題点でもある、と私は思う。

『異邦人』のこの場面をもう一度振り返ってみよう。

ムルソーは上訴を却下したらどうなるか考えてみた。その時は死ぬ時だ。他の人より先に死ぬだけである。「人生は生きるに値しない」ということは誰でも知っている。三十歳で死のうが、七十歳で死のうが大した違いはない。今であろうと、二十年後であろうと、死んでゆくのは、同じくこの私なのだ。

このとき、ムルソーを苦しめたのは次のことだった。それは「これから先の二十年の生活を考えた時、私が胸に感じた恐ろしい心躍りだった。しかし、それは、二十年たって、やっぱりそこまでゆかなければならなくなった時、自分がどう考えるかを想像することによって、息の根を止めてしまいさえすればよかった。」

これから先の二十年の生活とは、おそらく上訴して再審での判決が死刑ではなく、懲役刑になった時のことを指しているのだろう。そして、二十年後に刑期を終えた時も、考えることは結局今と同じなのではないか。この時ムルソーの心に「二十年監獄暮らしをするよりも、いっそ今死刑になった方が楽ではないか」という考えが浮かんだと想像することはあまりにうがち過ぎだろうか。

ともあれ、ムルソーは次のように結論を出す。「死ぬときのことを、いつとか、いかにしてとかいうのは、意味がない。それは明白なことだ。だから、(難しいのは、この「だから」という言葉が推論上表わすところのいっさいを、見失わないということだ)だから、私は上訴の却下を承認せねばならなかったのだ。」(一二一頁)

ここでカミュは、ムルソーが上訴を却下するのは「必然だった」と言っているのである。上訴するという選択肢は初めからなかったのである。それは、『シーシュポスの神話』における次の言葉でも明らかであろう。「上訴の可能性なしに、これっきりのものとして生きることがはたして可能か、彼はそれを知りたがっているのである」(七十八頁)。死刑が確定し、処刑されるまでの短い時間をいかに生きるか、カミュがこの論証を完成させるためには、是非ともこの状況を作り出す必要があったのである。

先ほどの問いの答えは、ムルソーの母がすでに出してくれている。彼女は死を身近に感じる養老院において、許嫁を持って人生をやり直そうとした。世界（ペレ老人）は彼女を受け入れてくれたのである。死に臨んで彼女は幸福だったろう。同様に、上訴を却下して死刑を確定させたことによって、世界は再びムルソーを受け入れてくれたのである。ムルソーが殺人を犯す時、そして裁判の最中、世界は彼に襲いかかる「不条理なもの」であったが、死を覚悟した今は、世界は特に彼に関心を示さず優しく彼を包んでくれていた、以前のような穏やかな世界に戻ったのである。だから、彼は「自分が幸福だったし、今もなお幸福であることを悟った」のである。

私は、ムルソーが上訴を却下して死刑を受け入れたのは、「自殺」を決意したからだと思ったのだが、そうではなかったようである。そもそもカミュにとって死刑は必然であって、「自殺」が問題となるのは、死刑が確定してから処刑されるまでの間のムルソーの生き方に関してなのである。「希望」「自殺」「反抗」がかかわってくるのは、生が凝集されたこの短い期間においてなのである。

不条理は、明晰を求める人間理性とそれを拒む非合理的な現実世界との間の均衡・対立状態において生じるものである。そして、カミュはこの三項関係を維持したままで、不条理を克服する方法があるかどうかを知ろうとするのである。まず、宗教による魂の救済である「希望」は、人間理性が現実世界を理解しようとすることを放棄し、彼岸へと飛躍することだから、この三項関係は崩壊してしまう。したがって、宗教に救いを求める実存哲学をカミュは受け入れることはできない。

次に、「自殺」についてである。『シーシュポスの神話』は「真に重大な哲学上の問題は一つしかない。自殺ということだ。人生が生きるに値するか否かを判断する、これが哲学の根本問題に答えることなのである」という言葉で始まっているので、「自殺」がこの本の最大のテーマであるはずだが、カミュの結論はいささか拍子抜けするように思われる。

実際にカミュが論じるのは事実としての自殺ではなく、「哲学上の自殺」なのである。それは人間理性が自分の本性である「思考」を放棄することである。だから、実存哲学が理性の屈服を認めるのは、「希望」へと飛躍するのと同様に人間理性の「自殺」なのである。一方、人間理性を信頼しているかのように見えるフッサールの現象学も、現実経験の記述に留まっていれば三項関係は維持されるが、理性が普遍理性となって個別的真理を超えた本質を論じようとすると、世界は「非合理的なもの」ではなくなり、結局ここでも三項関係は崩壊してしまうのである。これもまた「哲学上の自殺」である。

カミュは、この三項関係を維持しつつ不条理を克服する唯一の方法を「反抗」と呼ぶ。反抗とは、人間理性が不条理を生かすことであり、不条理をしっかりと見つめることである。そして、不条理を受け入れることなくそれと対決し続けることであり、毎秒ごとに世界と向き合い、経験に意義を認め、絶えず自己を意識しており、希望を持たず、運命を諦めることなしに確信することである。

カミュは、ムルソーが処刑されるまさにその瞬間において、冷静に周囲を観察し、大勢の見物人が憎悪の叫びで彼を迎えることを期待するその姿勢に「反抗」の象徴を見ているのである。しかし、読者はすでにおわかりかと思うが、この「反抗」も「哲学上の自殺」と同様に、事実としての「反抗」ではなく「形而上的な反抗」なのである。ムルソーは死刑判決に対して「現実的に」反抗するのではなく、「精神的に」反発し、死の恐怖を克服して最後まで明晰な意識を保持しようとするのである。

「反抗」はカミュにとって生涯のテーマとなるが、『異邦人』のムルソーの反抗はまだ精神的なものに留まっていると言わざるを得ない。これが不条理に対する現実の反抗になるのは、『ペスト』のリウーとタルーにおいてである。ただ、今まで「どちらでもいい」「それは何の意味もない」「それは重要ではない」が口癖だったムルソーが、強い意志を持って死刑に臨もうとする姿勢へと変わっていったのは、彼が人間的に成長した証しであることは間違いないだろう。

不条理な自由二

次にカミュは話題を自由に移す。カミュにとって、自由は個人的経験であって、人間の自由とか「自由それ自体」とかは意味をなさない。「僕が自由について抱きうる概念は、囚人が自由について抱く概念あるいは国家のただ中にいる現代の個人が自由について抱く観念以外のものではない。僕の知る唯一の自由は、精神と行動の自由だ。」（八十二頁）

続けてカミュは、不条理と自由の関係について次のように述べる。

「ところで、不条理は永遠の自由を得るためのいっさいの機会を滅ぼしてしまうが、逆にまたそれは行動の自由を僕に返してくれるし、その自由を奮い起こさせる。不条理のために希望と未来とを剥奪されるということが、人間の自由な行動の可能性の増大を意味するのだ。」（八十二頁）

不条理すなわち死に出会う以前は、人はさまざまな目的を抱き、未来を気にし、自己正当化に心を配って生きている。つまり、人は自分が自由であるかのように振舞っているのだ。しかし、いったん不条理に出会い、自分がいつ死ぬかわからないと気づいたとき、人は存在することの自由はもはやないことを知るのである。そこでは死が唯一の現実なのだ。（八十三頁）

しかし同時に、不条理な人間は、自分がこれまで自由を当然のものとして仮定し、そうした仮定に縛られ、そうした仮定の幻の上で生きていたのだということを理解する。人生に何か一つの目的を思い描いている限り、彼はその目的を達しようと、自分の自由の奴隷になりつつあったのだ。「僕が希望を抱く限り、自分では真実だと思っていることや、ある在り方とか創造の仕方とかを気にかけている限り、つまり自分の人生を秩序づけ、そのことによって、人生に意味があると自分で認めていることを自分みずから証明している限り、僕はみずから柵を設け、その間に自分の人生を押し込めているのだ。」（八十四頁）

「明日というものはない、――不条理はこのことを僕にはっきりと教えてくれる。以後ここに、僕の深い自由の根拠があるのだ」（八十五頁）。不条理な人間は、死の方を見つめながら、この情熱的な注意の集中以外のすべてから解放されていると感じている。刑場へと向かう死刑囚が生の純粋な炎以外のいっさいに関心を示さないように、「死と不条理とが妥当な唯一の自由、人間の心情が経験し生きることのできる自由の原理となる」（八十六頁）。これが不条理な論証の第二の帰結である。

ここでのカミュの自由に関する論証は、非常に情熱的であり精神の高ぶりを感じるが、私には、ハイデガーの冷静な「世人」についての議論を思い出させる。日常的な些末な出来事に心を奪われて生きている「世人」は決して自由ではなく、みずからを「死への存在」と自覚した時、人は「本来の自己」に目覚め、真に自由な存在となるのである。カミュは自分と実存哲学との違いを強調するが、私は、カミュはきわめて「実存哲学的」だと思っている。

最後にカミュは、経験の質と量について言及する。

「もし僕が、この人生には不条理という顔しかないということを納得すれば、もし僕が、この人生の均衡は、僕の意識的反抗と、その反抗がさながらもがくようにして行われる場である暗黒との果てしなく続く対立に基づくことを、身を以て知るならば、もし僕が、僕の自由はその限られた運命との関係においてしか意味がないということを認めるならば、そのとき僕はこう言わなければならぬ、重要なのは最もよく生きることではなく、最も多く生きることだと」（八十七頁）。なぜなら、「不条理は一方ではあらゆる経験は無差別だと教えながら、他方では最大量の経験へと人を押しやるものだからである。」（八十九頁）

しかし、どれだけの量の経験を獲得するかということは、僕らの人生の状況如何によるのではなく、全く僕ら次第のことである。「同じ年数を生きた二人の人間に対して、世界は常に同じ量の経験を提供する。それを意識化するのは受取る側の問題だ。自分の生を、反抗を、自由を感じ取る、しかも可能な限り多量に感じ取る、これが生きるということ、しかも可能な限り多くを生きるということだ。そして、すべてを明晰に見分けている時、価値のシステムは無用となる。いや、もっと単純に考えよう。唯一の障害、唯一の〈儲けそこない〉は夭折によって起こると言おう。」（九十頁）

自分の生をこの地上で感じることが純粋な悦びであり、絶えず意識の目覚めた魂の前にある現在時とその継起、これこそ不条理な人間の理想である。これが不条理な論証の第三の帰結である。「不条理に関する瞑想は、非人間的なものに苦しむ意識から出発して、その行程の終わりでは、人間的反抗の熱情的な炎の真っただ中へと帰着するのだ。」（九十一頁）

こうしてカミュは、「僕は不条理から、僕の反抗、僕の自由、僕の熱情という三つの帰結を引き出した。意識を活動させる、ただこれだけによって、僕は、はじめは死への誘いであったものを生の準則に変える、——そうして僕は自殺を拒否する」（九十一～九十二頁）と述べる。「問題は論証ではなく、生きることだ」（九十四頁）。これがこの論証の結論である。

不条理は死を命じない。生きるとは不条理を生かすことだ。不条理を生かすとは不条理を見つめることであり、それが反抗である。反抗とは死を意識しつつ、同時に死を拒否することだ。反抗とは、死刑囚が処刑されるまさにその瞬間において、冷静に周囲を観察し、明晰な意識を持ち続けることである。こうした反抗が生を価値あるものたらしめるのである。

不条理すなわち死に出会う以前、人はさまざまな目的を抱き、未来を気にして、自己を正当化しようと心を配っているが、そうした状態は自分で自分を柵の中へ押し込めているのだ。明日というものはない。死を意識してはじめて人はそうした束縛から解放されて、真に自由な存在となるのである。死を意識した人間は、残された時間を可能な限り生きようとする。生きようとする情熱は、死を意識する前よりもはるかに多くなる。したがって、彼の生は充実したものとなり、彼は幸福を感じるのである。

不条理に出会った当初、人は、人生は生きるに値しないと感じ、自殺を考えるかもしれない。あるいは、希望（宗教）に救いを求めるかもしれない。しかし、不条理に同意することなく、不条理を見つめ、明晰な意識を持ち続けるなら、そうした反抗的態度を維持できるなら、人は真に自由な存在となり、充実した人生を送ることができるのである。

このように見てくると、カミュのこの「不条理な論証」は、無神論的な実存哲学以外の何ものでもないように、私には思われる。カミュも結局、他の実存主義者たちと同じように「死を覚悟して頑張って生きろ！」と私たちにエールを送るのである。

ただ、私が論理的に見て釈然としないのは、カミュは「自殺や夭折は〈儲けそこない〉だ」と言いながら、ムルソーに、上訴せず死刑判決を受け入れさせたことである。この点は、カミュが定義する意味での「不条理」ではなく、「道理に合わない」「訳がわからない」という一般的な意味で、ムルソーは「不条理な」人間ではないかと思うのである。また、カミュはムルソーの内面を理性の面からのみ分析して、感情の面に眼を向けていないように思われる。予審判事も不審に思っていたが、ムルソーはアラビア人を殺害したことに対して、悔悛の情や謝罪の気持ちをいっさい口にしていない。カミュは、意識の理性的明晰さを強調するあまり、感情の動揺を捨象してしまったように見える。この点でも、ムルソーは感情に左右されない冷徹な人間という意味で「不条理な」人間であるという印象を与えるのである。『シーシュポスの神話』での解説がなければ、読者はムルソーをこの意味で「不条理な」人間だと感じるのではないだろうか。

さて、「不条理な人間」の章は不条理な人間の具体例を、「不条理な創造」の章はカミュの芸術論を述べたものなので、ここでは省略する。次に、この本の題名にもなっている「シーシュポスの神話」の章を見てみよう。

シーシュポスの神話

「神々がシーシュポスに課した刑罰は、休みなく岩を転がして、ある山の頂まで運び上げるというものであったが、ひとたび山頂にまで達すると、岩はそれ自体の重さでいつも転がり落ちてしまうのだった。無益で希望のない労働ほど怖ろしい懲罰はないと神々が考えたのは、確かにいくらかはもっともなことであった」（一六八頁）。シーシュポスは神々を侮蔑し、死を憎悪し、生を熱望した罪で、地獄において上述のように終わることのない永遠の刑罰を課せられたのである。
「この神話が悲劇的であるのは、主人公が意識に目覚めているからだ」（一七〇頁）とカミュは言う。しかし、限りなく悲惨な境遇であっても、「人を圧し潰す真理は認識されることによって滅びる」（一七一頁）。それはオイディプスの場合も同じである。オイディプスが自分の運命を知った瞬間つまり不条理を発見した瞬間に悲劇が始まるが、同時に彼は幸福を感じるのである。「幸福と不条理とは同じ一つの大地から生まれた二人の息子である。」（一七二頁）
オイディプスが「私は、すべてよし、と判断する」と言った時、この言葉は世界から神を追放し、運命を人間のなすべき事柄へと変えるのである。同様に、シーシュポスの沈黙の悦びも、彼の運命は彼の手に属しているということにある。
「不条理な人間は「よろしい」と言う、彼の努力はもはや終わることがないであろう。人にはそれぞれの運命があるにしても、人間を超えた宿命などありはしない、少なくとも、そういう宿命はたった一つしかないし、しかもその宿命とは、人間はいつかは必ず死ぬという不可避なもの、しかも軽蔑すべきものだと、不条理な人間は判断している。それ以外については、不条理な人間は、自分こそが自分の日々を支配するものだと知っている。

「今や、シーシュポスは幸福なのだと想わねばならぬ」（一七三頁）。これがこの本の結びの言葉である。

神々を侮蔑した罪でシーシュポスに課せられた刑罰は、巨岩を山頂まで運び上げるという行為を永遠に繰り返すことであった。巨岩はその重さでいつも山頂から転がり落ちてしまうからである。しかし、シーシュポスは不幸ではない。なぜなら、彼はこの不条理な自分の運命を知っているからである。自分の運命を知るということは、自分の運命が自分の手に属しているということである。不条理な人間は、いつかは死ぬということ以外、自分こそが自分の日々を支配していると知っているのである。それゆえ、シーシュポスは幸福なのである。

この章は私にニーチェの『ツァラトゥストラ』を思い出させる。

ニーチェは「神の死」を宣言する。あらゆる価値の基準である神の死は「ニヒリズム（虚無主義）」をもたらす。神がいないとすれば、神による天地創造もなく、最後の審判もない。したがって、時間は過去から未来へと直線的に進むのではなく、円環をなす。人はこれまで生きたこの生を無限に繰り返し生きねばならない。これが「永遠回帰」であり「ニヒリズム（虚無主義）」の極致である。シーシュポスが課せられた刑罰がこの「永遠回帰」の思想と極めて類似していることがおわかりだろう。

未来への希望がいっさいないこの世界において、ニーチェはこの虚無的な「永遠回帰」を自らの運命として受け入れ、これを肯定することを要求する。「これが生だったのか、しからばもう一度」と生きることを要求するのである。

これが「運命愛」である。

シーシュポスが自分の不条理な運命を知ることによって幸福を感じるのと、ニーチェのこの「運命愛」とが非常に近しい関係にあることも読者はおわかりだろう。シーシュポスが不条理な英雄であるように、「運命愛」を説くツァラトゥストラも強靭な精神を持つ「超人」なのである。私は、カミュがいかに自分を実存哲学者から区別しようとも、結局、カミュの「不条理」の思想は、ハイデガーの「死への存在」やニーチェの「ニヒリズム（虚無主義）」から決定的に影響を受けた、無神論的な実存哲学であると思うのである。

カミュのカフカ論

『シーシュポスの神話』には付録として「フランツ・カフカの作品における希望と不条理」と題した評論が掲載されている。次に、このカミュによるカフカ論を概観しよう。

カミュは「カフカの芸術のすべては、読者に再読を強いるというところにある」と言う。それはカフカの作品が「象徴」的な作品だからである。象徴的な作品ほど理解しにくいものはない。特に、カフカの作品において象徴を把握しようとすれば、象徴に正面から挑みかかり作品の密かな底流を求めようとせず、表面に現れたものからドラマに接近して、形式から小説に接近するのがしかるべき態度である（一七七頁）。

カフカの小説は「不安をかきたてる意外な出来事が起こって作中人物を駆り立て、作中人物は慄《おのの》きながら執拗に問題の解決を求めるが、実はその問題が何であるか作中人物は決してはっきりとは語らない」（一七八頁）というものである。また、カミュは、カフカの作品の「自然らしさ」を指摘する。カミュは、その自然らしさは「ある人間の生の奇怪さと、その人間が奇怪な生を受け入れるときの素直さとの間に感じられる距離に正比例する」（一七九頁）と言っている。

『審判』は人間の在り方とカフカに特有なもの、『城』は現実態としての神学と赦しを求める魂の個人的な波瀾、『変身』は倫理の慄然たる具体像と自分がやすやすと動物になってしまうと感じた時の驚き、こうした根本的な「両義性」の中にこそ、カフカの秘密がある。自然らしく思えるものと異常なもの、個体と普遍的なもの、悲劇的なものと日常的なもの、不条理と論理的なものの間で揺れ動きながら保たれている平衡関係が、カフカの作品に独特な響きと意味を与えているのである（一八〇頁）。

象徴はまさしく二つの面、観念と感覚の二つの世界を前提とし、この両者の間の連絡のための辞書を前提としているが、この辞書を作るのは難しい。カフカの場合、この二つの世界は、一方は日常生活の世界、他方は超自然的な不安な世界である。カフカの作品を読むと、「重大問題は常に路上にある」というニーチェの言葉を果てしなく実地で活用している光景に立ち会っているような気がする（一八〇頁）。

人間の在り方には根本的な不条理性がある。そして、不条理は身体を途方もなく超えてゆくものが、他でもないその身体に住まう魂なのだということである。この不条理性を具体的に描き出そうとすれば、身体と魂とを対照の位置に据え、互いに作用させることによって、不条理に生命を与えなければならない。こうしてカフカは、悲劇は日常的なものによって、不条理は論理的なものによって表現したのである（一八〇～一八一頁）。

カフカの作品には「悲劇における論理的なものと日常的なものとの共犯関係」がある。『変身』の主人公ザムザが、自分が毒虫になってしまうという異様な目に会いながらも、彼が苦にしているのは、自分が来ないので店主が怒っているだろうということだけである。この微妙な調子にカフカの芸術のすべてがある（一八二～一八三頁）。

同様に、カフカは不条理を表現するのに首尾一貫した論理を用いる。風呂桶の中で釣りをしている狂人の物語は、医者が狂人に「釣れるかね」と尋ねた時、彼はきっぱりと「とんでもない、馬鹿な、これは風呂桶じゃないか」と答えるという話だが、カフカの世界は、何も出てきはしないと知りながら、風呂桶で釣りをするという贅沢を人間が自分にさせる言語を絶した宇宙なのである（一八四頁）。

カミュは、『城』における主人公Kが城にはっきりと採用してもらうためにたどった道は、フリーダからバルナバス姉妹へ至る道であり、それは自らを恃《たの》む愛から不条理を神とするに至る道であると捉える。そして、ここでカフカの思想はキェルケゴールと合致すると言う。測量技師の最後の試みは、神を否定するものを通して神を見出そうとすることだったのである（一八八頁）。

カミュは、ここに実存哲学的思考の逆説を見る。彼は、キェルケゴールの「地上で実現されるべき期待など打ち殺してしまわねばならぬ、そうしてこそ初めて、人は真の期待によって救われるのだ」という言葉は、カフカにおいては「『審判』を書かなければ『城』に取り掛かることはできなかった」と書き直すことができると言う（一八九頁）。

カミュは「いずれにせよ、カフカ、キェルケゴール、シェストフの作品のような、その発想形態が近しい作品、簡単に言えば、実存哲学的小説家や哲学者の作品が、不条理とその諸帰結の方に完全に顔を向けていながらも、結局のところはあの大いなる希望の叫びを発するに至るというのは不思議なことだ」（一八九頁）と断定するのである。

「カフカの偉大さと普遍性は、彼が、希望から悲嘆へ絶望的な叡知から意志的な盲目への日々の移行を、実に豊かに具象化するすべを知っていたという事実に由来する。人間性から逃れてゆく人間、自分の矛盾の中に信仰の理由を汲み、自分の豊饒な絶望の中に希望の理由を汲む人間、自分の慄然たる死の修行を生と呼ぶ人間、こうした人間の感動的な相貌が、彼の作品の中にくっきりと描き出されているという、その限りにおいて、彼の作品は普遍的なものだ（真に不条理な作品は普遍的ではない）。彼の作品は、宗教的発想に基づくものだから普遍的なのだ。」（一九二頁）

カミュの表現は難解であるが、ここでは、カミュは『城』のKを念頭に置いているのだろう。測量技師として採用してもらうという地上の希望が果たされないKは、絶望から次第に神による救済という宗教的な希望すなわち普遍的なものへと接近していく。それは同時に不条理から離れていくことでもあった。「真に不条理な作品は普遍的ではない」からである。カフカは結局、キェルケゴールと同じ道を歩むのである。

カミュは、ニーチェこそが不条理の美学の極限的な諸帰結を引き出した唯一の芸術家であると見ている。それは、ニーチェが不毛でしかも傲然と勝ち誇った明徹なまなざし、あらゆる超自然的な慰めの頑強な否定を僕らに伝えてくるからである（一九三頁）。

不条理な作品の要求する偉大さ――カフカの作品には見出すことができない――とは、芸術の本分が、普遍的なものを個別的なものに、ひとしずくの水のはかない永遠性をその水滴にあたる光の戯れに結び付けることであるとすれば、こうした二つの世界の間に、不条理な作家が相違を導入するすべを知っているということである。不条理な作家の秘密は、これら二つの世界が、この上ない不均衡な関係を保ちながら接合するその正確な地点を見出すすべを知っているということである。

こうした地点は、人間と非人間的なものとが共存する場であるが、ここでの真理は地上のものであるのに、こうした地上の真理を精神が否定する瞬間が訪れる。その時、人間は希望のことだけで頭がいっぱいになる。「カフカが宇宙全体に対して行う激烈な訴訟（審判）の果てに僕が見出すのは、まさにこのごまかしの道なのだ。そして、彼の下す信じがたい判決は、モグラまでが鼻を突っ込んできて彼岸への希望を抱きたがるこの醜悪で衝撃的な世界に、結局は無罪を言い渡すのである。」（一九四頁）

「象徴（シンボル）」と「寓意（アレゴリー）」

ここからは、カミュのカフカ論と私自身のカフカ論とを比較することによって、カミュの描く世界とカフカの描く世界との共通点と相違点について論じてみたい。

まず、カミュはカフカの作品の特徴は「象徴（シンボル）」にあると言う。この見解は多くのカフカ論に共通したものであり、私自身、前章において「寓意（アレゴリー）」という言葉を用いて指摘したとおりである。多少のニュアンスの違いはあるにせよ、「象徴（シンボル）」も「寓意（アレゴリー）」も共に「抽象的な概念を具象的な事例によって表現すること」を意味する点で共通している。したがって、問題となるのは、表現される「抽象的な概念」とそれを表現する「具象的な事例」とがそれぞれ何を指しているかである。

カミュは、象徴は「観念」と「感覚」の二つの世界を前提としており、特にカフカの場合、この二つの世界は「日常生活の世界」と「超自然的な不安な世界」であると述べている。したがって、カフカの作品は「超自然的な不安な世界」における「観念」を「日常生活の世界」における「感覚的なもの」によって表現していることになる。それゆえ、カミュは、カフカの作品には「重大問題は常に路上にある」というニーチェの言葉がそのまま当てはまると言ったのである。

ところで、私は本書を「現実（リアル）」と「空想（ファンタジー）」という対概念に基づいて論じているので、まずは、カミュが指摘するカフカの二つの世界とこの「現実（リアル）」の世界と「空想（ファンタジー）」の世界とがどのような関係にあるかを明確にすることから始めたいと思う。

確認のために、改めて私の考えを述べると、「現実（リアル）」の世界と「空想（ファンタジー）」の世界との違いは、端的に「存在するもの」の世界と「存在しないもの」の世界の違いである。そして、私が言う「現実（リアル）」の世界とは、私たちが感覚によって直接知覚できる「物質」からなる「感覚的世界」と知性の対象である「観念（イデア）」からなる「超感覚的世界」の二つの世界が併存している世界である。つまり、私は「球」「白さ」「本質」「存在」といった「観念（イデア）」は「現実（リアル）」の世界に存在している――もちろん「物質」とは異なる存在の仕方で――と考えているのである。

これに対して、「空想（ファンタジー）」の世界に属する「存在しないもの」とは、私たちが頭の中で思い浮かべるたんなる「想像物」であって、「観念」ではあるが「イデア」とは異なり、それに対応するものが「現実（リアル）」の世界のどこにも存在しないものである。例えば、日本の怪獣映画の主人公「ゴジラ」やガリバーが漂着した「小人の国（リリパット）」、アリスの「不思議の国」に出てくるチェシャ猫やトランプの女王などがこれに当たる。

ただ、「空想（ファンタジー）」の世界に属する「存在しないもの」であっても、カントが「ヌーメノン（可想的存在）」と呼んだ「物自体」や「神」「霊魂」「自由」などの「理念」は「想像物」ではあっても、私たちが勝手に思い浮かべたものではなく、私たちが必然的に考えざるを得ない何ものかである。そして、その何ものかをカントは「物自体」として哲学的に語り、カフカは文学作品として語ったのではないかというのが私の主張である。

さて、カミュの「象徴（シンボル）」に話を戻すと、カミュは、象徴は「観念」と「感覚」の二つの世界を前提としていると言っているのだから、これは「感覚的世界」と「超感覚的世界」とが併存する「現実（リアル）」の世界に属する問題であることがわかる。したがって、カフカの「日常生活の世界」と「超自然的な不安な世界」という二つの世界も共に現実世界に併存していると、カミュは考えているわけである。つまり、カミュは、カフカの作品はフローベールやドストエフスキー、そしてカミュ自身の作品と同じように「現実（リアル）」の世界を描いた作品であると考えているのである。それゆえ、カミュは、現実世界における具象的な「鳩」が抽象的な「平和」を表現（象徴）するように、カフカの作品は「象徴（シンボル）」的な作品だと言ったのである。

これに対して、私はたびたび言及しているように、カフカの描く世界は「現実（リアル）」の世界ではなく「空想（ファンタジー）」の世界であると考えている。具体的には、『イソップ物語』を思い浮かべればわかりやすいだろう。私がカフカの作品の特徴として「寓意（アレゴリー）」という言葉を用いるのも、『イソップ物語』のような「寓話」を念頭に置いているからである。

例えば、「アリとキリギリス」の話は、夏の間アリたちは冬に備えて一生懸命に働いて食料を蓄えるが、キリギリスはバイオリンを弾いて遊んでいた、やがて冬になり、蓄えのないキリギリスは飢えてアリたちに食料を乞うという話であるが、結末は、アリが食料を分けてやる場合と、分けるのを拒否する場合と二通りある。いずれにせよ、この話は、目先の享楽に現《うつつ》を抜かすことなく将来のことを考えて計画的に生きろ、という教訓を示していることは周知のとおりである。

この場合の「寓意（アレゴリー）」は、アリとキリギリスという動物の世界の話を通して、人間世界における生き方の教訓を表現しているわけである。つまり、「空想（ファンタジー）」の世界における具象的な事例を通して、「現実（リアル）」の世界における人間の好ましい生き方という抽象的な概念を表現しているのである。私は、カフカの作品が道徳的教訓を説いていると言うつもりは毛頭ないが、登場するのが動物ではなく人間であっても、形式的には、カフカの作品は「寓話」と同様の構造を持っていると思うのである。

ただ、一般的に「寓話」によって表現されるものは、『イソップ物語』のように「現実（リアル）」の世界における道徳的教訓であったり、『ガリバー旅行記』のように社会風刺や社会批判であったりする場合が多い。しかし、カフカの作品で表現されるのは、もちろん現実の社会批判という要素もあるだろうが、より根本的には、「物自体」のように「存在しないもの」であっても私たちが必然的に考えざるを得ない何ものか、すなわち「ヌーメノン（可想的存在）」であるというのが私の考えである。そして、このことがカミュも言うように、カフカの作品が難解であり「読者に再読を強いる」理由だと思うのである。

整理しよう。カミュの解釈は、カフカの作品は「現実（リアル）」の世界を描いたものであり、その特徴である「象徴（シンボル）」とは、具象的な「鳩」が抽象的な「平和」を表現するように、「日常生活の世界」における具象的な「感覚的なもの」が「超自然的な不安な世界」における抽象的な「観念」を表現している、というものである。

これに対して、私の解釈は、カフカの作品は「空想（ファンタジー）」の世界を描いたものであり、その特徴である「寓意（アレゴリー）」とは、『イソップ物語』や『ガリバー旅行記』などの「寓話」が「現実（リアル）」の世界における道徳的教訓や社会批判を表現しているのと同じ構造を持っているが、より根本的には、「存在しないもの」であっても私たちが必然的に考えざるを得ない「ヌーメノン（可想的存在）」を表現している、というものである。

「両義性」と不条理

「象徴（シンボル）」に続けて、カミュはカフカの作品の特徴として「両義性（アンビバレンス）」を挙げている。この見解も多くのカフカ論に共通したものであり、私自身も「両価性（アンビバレント）」という言葉を用いて指摘した（本書一四一頁）。私が「両価性」という訳語を当てた「アンビバレント」は形容詞であり、その名詞形は「アンビバレンス」であるから、元の単語は同じである。［ambivalence］はもともと「同一の対象に対して相反する意味や感情が同時に存在すること」という意味の言葉であるが、カミュと私とではその解釈にずれがある。したがって、ここでは表記上「両義性」と「両価性（アンビバレント）」という別々の訳語を用い、それぞれの意味の違いについて明らかにしたい。

まず、カミュはカフカにおける「両義性」を「自然らしく思えるものと異常なもの、個体と普遍的なもの、悲劇的なものと日常的なもの、不条理と論理的なものの間で揺れ動きながら保たれている平衡関係」と定義している。したがって、カミュは、カフカにおける「両義性」を相反する二つの「もの（対象）」が並行して存在している状態と考えているわけである。

さらに、カミュは不条理との関連で、「不条理は身体を途方もなく超えてゆくものが、他でもないその身体に住まう魂なのだということである。この不条理性を具体的に描き出そうとすれば、身体と魂とを対照の位置に据え、互いに作用させることによって、不条理に生命を与えなければならない」と述べている。つまり、カミュは、カフカにおける「両義性」の相反する二つの「もの（対象）」の原型は身体と魂という物心二元論であり、不条理とは身体に住まう魂が身体を超えて行こうとすることである、と考えているのである。

ここで、カミュ自身が「不条理」についてどのように述べていたかを確認しておこう。

「人間とその生との、俳優とその舞台との断絶」、「この世界が理性では割り切れず、しかも人間の奥底には明晰を求める死に物狂いの願望が激しく鳴り響いていて、この両者がともに相対峙したままの状態」、「不条理は人間と世界と、この両者から発するものであり、この両者を結ぶ唯一の絆である。」「非合理的なもの、人間的な郷愁、この両者の対峙から立ち現れる不条理、——これが劇の三人の登場人物である。」

これらの表現からわかることは、不条理は、明晰を求める人間理性とそれを拒む非合理的な現実世界との間の均衡・対立状態において生じるものだということである。世界はもともと非合理的なものであり人間理性の理解を超えているが、それだけではまだ不条理は生じない。そのような世界を明晰に理解しようとする人間理性の働きかけが世界によって拒絶されたとき、はじめて人間理性は世界を乗り越えられない壁と感じ、自分と世界との断絶を意識するのである。この人間理性と世界との断絶と絶えざる闘争の意識が不条理の意識である。

この不条理から抜け出す方法として「希望」と「自殺」が考えられるが、「希望」は人間理性が現実世界を理解しようとすることを放棄し彼岸へと飛躍することであり、「自殺」は理性がそもそも自分を亡き者にしてこの闘争自体を終わりにすることだから、結局、この三項関係は崩壊してしまう。そして、このように不条理に同意し不条理をなし崩しにしてしまうことは「ごまかしの道」であり、真に不条理の克服にはならないとカミュは言うのである。

カミュは、この三項関係を維持しつつ不条理を克服する唯一の方法を「反抗」と呼ぶ。反抗とは、人間理性が不条理を生かすことであり、不条理をしっかりと見つめることである。そして、不条理を受け入れることなくそれと対決し続けることであり、毎秒ごとに世界と向き合い、経験に意義を認め、絶えず自己を意識して、希望を持たず、運命を諦めることなしに確信することであった。

ところが、キェルケゴールやシェストフなどの実存主義の哲学者たちは、不条理から出発しながら、その闘争関係を貫くことをせずに希望へと飛躍し、自らの理性を否定して不条理を神とするに至るとカミュは言う。彼らは最終的に不条理に反抗することをやめ、宗教に救いを求めるのである。

そして、カフカも彼らと同類であるとカミュは言う。『審判』から『城』へ至る道、そして、『城』においてフリーダからバルナバス姉妹へ至る道は、自らを恃む愛から不条理を神とするに至る道なのである。結局カミュは、マックス・ブロートと同様に、カフカはユダヤ教の神に帰依し、彼岸へと飛躍することによって魂の救済を求めたと解釈しているのである。カミュが、カフカの「両義性」を魂と身体の平衡関係と解釈したのも、身体からの魂のこの「超越」を念頭に置いてのことではないかと私は思う。

これに対して、無神論者を自認するカミュは神の死を宣言したニーチェに真に「不条理な精神」の理想を見る。「永遠回帰」という「虚無主義（ニヒリズム）」の極致に直面した時、逃げることなくこれを運命として引き受け、「しからばもう一度」と積極的に生きようとする「運命愛」を説くツァラトゥストラこそ「超人」であり、神に代わる新しい価値の創造者である。

カミュは、シーシュポスにツァラトゥストラと同様の強靭な精神を見る。シーシュポスは神々を侮蔑したために、巨岩を山頂まで運び上げるという行為を永遠に繰り返さなければならないという刑罰を課せられる。しかし、彼はこの刑罰に絶望することなく、むしろ幸福さえ感じる。それは、彼が自分の運命を理解しているからであり、彼の運命は他の誰でもない彼自身の手に属しているからである。

自分の運命を支配するのは自分自身である。これが「不条理な精神」の、そして「反抗的人間」の意識である。したがって、彼は「無神論者」である。彼は自分が自分にとっての神だと意識しているからである。彼は自分の運命に耐えかねて、自殺したり希望を求めて彼岸に飛躍しようとは思わない。ただ彼は、自分はいつかは死ぬということを知っており、死を意識しつつ同時に死を拒否するのである。

しかしカフカは、不条理が人間理性と世界（魂と身体）との両義性に基づく闘争によって生じることを理解していたが、この闘争を最後まで貫くことなく、宗教的希望へと飛躍してしまった。結局、カフカは実存哲学的な小説家であって、真に「不条理な作家」ではなかったというのが、カミュの結論である。

「両価性（アンビバレント）」と不条理

カミュは、カフカにおける「両義性」を、自然らしく思えるものと異常なもの、個体と普遍的なもの、悲劇的なものと日常的なものなど、相反する二つの「もの（対象）」の平衡関係と捉え、カフカにおける不条理を「身体を途方もなく超えてゆくものが、他でもないその身体に住まう魂なのだ」と解釈していた。つまり、カミュは、「不条理は、明晰を求める人間理性とそれを拒む非合理的な現実世界との間の均衡・対立状態において生じるものだ」という自らの主張をカフカにも適用したのである。カミュはカフカにおける「両義性」を魂と身体との関係という哲学的（存在論的）関係として解釈したのである。

これに対して、私が「両価性（アンビバレント）」と言う場合、この言葉にそれほどの哲学的意味を持たせてはいない。カフカの日記や手紙に出てくる「罪はないのに悪魔」「焼きあぶられることのない唯一の罪人」「欺瞞なしに欺瞞する」「不幸の中で幸福である」「カインのしるし（カインが殺人者であることを知らしめると同時に、彼を殺してはならないという印）」などの表現は、もっと単純で心理的であるというのが私の見解である。

第三章で見たとおり、父の教育の影響もあり、カフカは自分に自信が持てずいつも不安を抱えていた。自分は無能だから高校を卒業することはできないだろうと思っていたし、本当は作家活動に専念したかったのに、作家一本でやっていく自信がなかったので役所勤めを続けたのである。また、彼はフェリーツェとの結婚を望んでいたが、結婚することによって作家活動に支障が出ることを恐れていた。「僕は彼女なしでは生きることはできないが、彼女とともに生きることもできない」。私は「両価性（アンビバレント）」という言葉で、このように相反する感情に捕らわれた心理的葛藤状態を指している。こうした心理的葛藤状態から脱するには決断するしかないのだが、カフカはその決断ができなかったのである。

『父への手紙』の中で、カフカは自分のこうした優柔不断さを父の教育のせいだと非難していた。父は一方では子供たちに自立や結婚を勧めたが、他方ではそれが現実に移されそうになると反対の行動に出た。それは「一人が相棒の手を取り、きつく握りしめ、そうしておいて、「さあ行けよ、行ってみろよ、なぜ行かないんだ？」と叫んでいるのに似ていた」と彼は書いている。このように二つの矛盾した命令を同時に出すことによって、相手が精神的にストレスを受けることを、心理学では「ダブルバインド（二重拘束）」と呼ぶが、父のこの「ダブルバインド（二重拘束）」によって、カフカは金縛りにあったように身動きできなくなってしまったのである。

このような心理的葛藤状態を端的に表現した短編小説が『掟の門前』であろう。掟の門に入れてくれと頼む田舎者（カフカ）に門番（父）は、「そんなに入りたいなら、私の制止を無視して入ってみるがいい。しかし、私は一番下っ端の門番にすぎず、広間ごとにより権力の強い門番がいるのだ」と脅す。田舎者は門に入りたいのに、また実際には門は開いているのに、門番の言葉に恐れをなし、結局、彼は門に入ることができず死を迎えるのである。この寓話はもともと未完の長編小説『審判』の一部であったが、カフカはこれを非常に気に入っており、「伝説」と呼んでいた。カフカはこれを独立させて短編集『田舎医者』に収録したのである。

こうした心理的葛藤状態から「道理に合わない」という一般的意味での「不条理」の感情が生まれてくるのである。それも、『父への手紙』の中で、カフカ自身が幼い頃の体験から説明している。

父は自分だけが絶対的に正しいと信じる暴君であり、父の命令はカフカにとってそのまま天の至上命令だった。ところが、父がカフカに課した戒めを父自身が守らないことによって、その命令はカフカを抑圧するものとなった。つまり、幼いカフカは父自身が命令を守らないことで、父の命令の正当性に疑問を持ったのである。父自身が守らないような命令を、なぜ自分だけが守らなければならないのかという疑問である。この「なぜ自分だけがこのような目に会わなければならないのか」という疑問がカフカにとっての「不条理」の感情の原点になったと私は思う。

カミュは、世界はもともと非合理的なものであり人間理性の理解を超えているが、それだけではまだ不条理は生じないと考えていた。そのような世界を明晰に理解しようとする人間理性の働きかけが世界によって拒絶されたとき、はじめて人間理性は不条理を意識するのである。同時にカミュは、人間理性は自分の運命を変えることはできないにしても、運命を理解することによって、意識的に運命を制御できると考えていた。それが「反抗」である。つまり、カミュにとって不条理とその克服である「反抗」は、基本的に人間理性の主体的な意識の問題であった。

これに対して、カフカにとって不条理は父の理不尽な命令に象徴されるように、世界そのものが持つ非合理性に由来する。それは私たちの意識の問題ではなく、私たちが意識しようがしまいが、有無を言わさず私たちに襲いかかって来る漠然とした脅威であった。朝起きたら自分の身体が毒虫に変身していた。朝起きたら見知らぬ男に自分が逮捕されたことを告げられた。測量技師として招聘されたのに担当者に会うことすらできない。カフカの作品の主人公たちを突然襲うこうした不条理な運命に、ある者はなすすべもなく翻弄され、ある者は抗おうとするが、状況は一向に改善されることなく、彼らは消耗しやがて死んで行くのである。

カミュは、カフカの作品の主人公たちは不条理との闘争（反抗）を途中で放棄して、宗教的希望へと飛躍してしまったと解釈しているが、これはマックス・ブロートの宗教的カフカ論を念頭に置いてのことだと思われる。ブロートは『城』の「初版あとがき」で、「『審判』と『城』で描かれているのは、（中世ユダヤの神秘説であるカバラの意味における）神性の二つの現象形式――裁きと恩寵――なのである」と述べており、また、キェルケゴールの『おそれとおののき』を引き合いに出して、カフカとキェルケゴールの共通性に言及していた（本書七十六頁）。こうしたブロートの解釈をカミュも踏襲したのである。

確かに、カフカの最後の作品となった『歌姫ヨゼフィーネ、あるいは二十日鼠族』では、カフカはヨゼフィーネに「地上の苦しみから救済され、民族の英雄として同胞たちに受け入れられるという幸福な死」を与えている。だがそれは、結核菌が喉頭にまで及び、いよいよ自らの死を悟ったカフカが、自分が「満足して死ぬ」ためには、自分の作品の主人公の中で唯一無念の死を遂げた『審判』のヨーゼフ・Kにも「満足した死」を与えなければならないと思ったからであることはすでに述べた（本書二一四頁）。カフカの作品としては例外的な結末であった。

むしろ私には、カミュの作品とカフカの作品の結末には共通性があるように思われる。

「無神論者」を自認するカミュは、彼の作品の主人公たちに次のような死を与えている。『異邦人』は、ムルソーの「私に残された望みは、処刑の日に大勢の見物人が集まり、憎悪の叫びをあげて、私を迎えることだけだった」という言葉で終わっている。また、『ペスト』では、ペストに感染したタルーは死の直前、看病してくれたリウー夫人に「ありがとう、今こそすべてはよい」とささやき、微笑んだように見えた。彼らは来世に希望をつなぐことなく、現世において生を全うすることに満足しているように見える。

カフカも日記に「自分は満足して死ねる」「自分は臨終の床で満足していられる」と書いたように、主人公たちに次のような死を与えていた。『判決』のベンデマンは父の死刑判決を受けて入水自殺するとき、「お父さん、お母さん、僕はあなたがたをいつも愛していました」と言って川に飛び込んだ。『変身』のザムザは「これ以上家族に迷惑はかけられない」と断食し衰弱死した。『流刑地にて』の将校は処刑機械のすばらしさを旅行者にアピールするために自ら実験台となった。『断食芸人』は断食という自分の芸を極める当然の結果として死んで行ったのである。

カフカの主人公たちは、カミュの主人公たちほどの明晰な意識と強い意志は持っていないにせよ、彼らの関心もまた来世にではなく、現世に留まっているように見える。それゆえ、私は「カフカが文学で果たそうとしたのは、現実の死を浄化し、永遠のものとすることだ」と言ったのである。カフカにとって死は「終着駅（ターミナル）」であり、旅はここで終わるのであって、そこから先は何もないのである。

では、カフカもカミュと同様に「無神論者」だったと考えるべきなのだろうか。最後に、カフカと宗教の関係について考えてみたい。

信仰と無神論

宗教と言っても、未開社会のアニミズムから現代の新興宗教までさまざまな形態が考えられるが、ここで対象とするのは、世界宗教（仏教、キリスト教、イスラム教）や特定の民族や地域で信仰されている宗教（ユダヤ教、ヒンドゥー教、儒教、道教、神道）などの既存の宗教についてである。それでも、これらの宗教を特徴づける定義はさまざま考えられるが、ここでは次のように定義しておこう。宗教とは「神または何らかの超越的絶対者、或いは卑俗なものから分離され、禁忌された神聖なものに関する信仰・行事またはそれらの連関的な体系。帰依者は精神的共同社会（教団）を営む。」（新村出編『広辞苑』第二版補訂版、一九八〇）

宗教とは、突き詰めれば「神や何らかの超越的絶対者、あるいは聖なるものへの信仰」である。ユダヤ教、キリスト教、イスラム教は唯一絶対の神を信仰する一神教であり、ヒンドゥー教やわが国の神道は多神教である。また、儒教は「天」、道教は「道（タオ）」という絶対的存在を崇拝している。これに対して、仏教はやや異質で、瞑想と修行によって悟りの境地である「ニルヴァーナ（涅槃）」に至ることを目的としているが、なかでも大乗仏教は、悟りを開いた「仏陀」や修行者である「菩薩」による人々の救済を説くので、一種の多神教と考えていいだろう。

では、それらの宗教を信仰するとはどのようなことを意味するのだろうか。例えば、「あなたは特定の宗教を信じていますか?」と問われたとき、読者はどのように答えるだろうか。

以前、私は次のように書いた。

「私に照らして考えると、日本人である私は、宗教的には仏教徒と見なされるだろう。家には仏壇があり、ある寺の檀家であり、法事などの宗教的な行事には一般的な日本人並みに参加し、仏教的無常観や菩薩の慈悲などの思想内容についてもある程度理解している。しかし、だからと言って、私の思考形式が仏教的世界観によって影響を受けているとか、私の生活信条が仏教的倫理観によって支えられているかどうかということになると、私はそれをあえて否定はしないが、また同時に特に肯定もしないだろう。私は自分をそこまでの仏教徒とは思っていないからである。」(本書七十七頁)

先ほどの質問について言えば、人によっては仏教の宗派名まで言う人もいるだろうが、私なら、もし相手が外国人ならば「私は仏教徒です」と答えるかもしれないが、たいていは「特定の宗教は信じていません」と答えるだろう。ではその時、「それなら、あなたは無神論者ですか?」と問われたら、「はい」と答えるだろうか。多くの日本人はそれにも抵抗を感じるのではないだろうか。熱心に信仰しているわけではないが、「無神論者」というのは言い過ぎのように思えるからである。

ここからわかることは、宗教を信仰するという場合でも意識的にかなりの幅があるということである。宗教学者の中村圭志は「濃い宗教」と「薄い宗教」という区別をしているが、「濃い宗教」とは、神仏の奇跡的な救いを信じて一生懸命に祈ったり、一つの教えを集中的に信仰することであり、「薄い宗教」とは、人々の知識や習慣として受け入れられている宗教的文化で、要するに「生活習慣としての宗教」であると述べている(KIDSNA STYLE【中村圭志】宗教はタブーではなく相手を知ること)。この区別に従えば、私は仏教を「薄い宗教」として信仰していると言えそうである。

しかし、仏教はもともと「悟り」の宗教であり、仏陀でさえも超越的絶対者ではないから、そう考えることもできそうだが、ユダヤ教、キリスト教、イスラム教の一神教の宗教においても「薄い宗教」という考え方が成り立つのだろうか。イスラム教徒は、神アッラーをたんなる生活習慣として礼拝しているのだろうか。むしろ、彼らはそのような形式的な信仰は神に対する冒瀆であると考えるのではないだろうか。一神教の信者たちは、神は実在すると信じているからこそ、神の掟である戒律を忠実に守ろうとするのではないか。彼らにとっては「濃い宗教」しかありえないのではないか。

私たちは、キリスト教徒とイスラム教徒が十字軍遠征で戦い、同じキリスト教徒であっても、カトリック派とプロテスタント派が宗教戦争を戦ったことを知っている。また、ヨーロッパのキリスト教神学は「神の存在証明」をめぐって展開してきたし、神の存在に疑いの目が向けられるようになるのは、自然科学が発達する十七世紀からであり、十八世紀の啓蒙主義の時代になってようやく近代的な唯物論的無神論が受け入れられるようになったことを知っている。しかしなお、二十一世紀の現在においても、聖書に書かれた内容はすべて真実であると考えるアメリカのプロテスタント教会における「ファンダメンタリズム（根本主義）」や、イスラム法を遵守し伝統的価値観への回帰を主張する「イスラム原理主義」などの宗教的超保守派が存在することもまた私たちは知っているのである。

それらの情報から、私たち日本人は、ほとんどの一神教の信者たちが神をたんなる心理的現象と考えず、もっとリアルな実在と考えていると漠然と思っているのではないだろうか。しかし、それはテレビニュースなどで目にした一部の過激な信者の言動からくる私たちの思い込みであって、一般の信者にとって神は心の中の霊的なリアリティーであり、心の外に事実として存在しているわけではないのである。

イギリスの宗教学者カレン・アームストロング〔注：彼女は、ローマ・カトリック教会の修道院で七年間尼僧として過ごした」は『神の歴史—ユダヤ・キリスト・イスラーム教全史』（高尾利数訳、一九九五）の「序論」において、これら一神教の学者や聖職者から学んだこととして次のことを挙げている。

「神が上なる世界から降臨して来るのを待っている代わりに、自らが自らのために意図的に神についてのセンスを創造すべきである」

「いかなる意味でも—神を—「かなたにある実在」（a reality 'out there'）と仮定してはならない」

「神のことを、通常の合理的な方法で発見されるような客観的な事実として経験できるなどと期待してはならない」

「神というものは、深い霊感を与える詩や音楽と同様に、創造的なイマジネーションの産物である」

「神は現実（リアリー）に存在するものではないが、しかし神は世界で最も重要なリアリティーである」（十一～十二頁）。

また、彼女は「宗教は、その「彼岸性」にもかかわらず、きわめて「実利的な」（pragmatic）なものである」（十三頁）とも述べている。

アームストロングの「神は客観的な事実として実在するのではなく、私たちのイマジネーション（想像力）の産物である」という宗教観は、私たち日本人にも共感できるものであろう。また、一神教の信者の信仰も私たちとそれほど違わないことがわかり、宗教は異なっても同じ人間として彼らを身近に感じることができるのではないか。特に、私たち日本人は宗教に「現世利益」を求める傾向が強いから、宗教が「実利的」（pragmatic）だという彼女の見解は私たちをおおいに安心させてくれるのである。

とは言え、「悟り」を目指す仏教と多神教である神道が融合した独自の宗教を信仰する私たち日本人と、唯一絶対の神をいただく一神教の信者との間には、考え方に隔たりがあることもまた事実であろう。それは絶対的基準や権威を認めるかどうかという考え方の基本にかかわることである。日本人は判断の絶対的基準を持たず、そのつどそのつどの状況に応じて判断しようとする傾向があるから白か黒かが曖昧である場合が多い。これに対して、一神教の信者は唯一神という絶対的基準に照らして、善か悪か、白か黒かを明確に判断しようとする傾向が強い。それは信仰そのものについても言えることであり、彼らは神を信じるか信じないかを明確にしようとする。したがって、「無神論」という言葉が真に現実味を帯びてくるのは一神教においてなのである。

カフカとユダヤ教

ヨーロッパにおいて「無神論者」という言葉は相手を侮辱するための言葉であったが、十七から十八世紀にかけての科学の発達と啓蒙主義の浸透は、人々に神の存在を否定することが可能であるばかりか、むしろ好ましい態度であるという感覚を養うこととなった、とアームストロングは述べている（前掲書三八六頁）。科学による自然現象の解明は宗教の源泉の一つであった「未知なるものへの恐怖」を迷信だとして退けたのである。現在、自分を「無神論者」だと自覚しているかどうかは別にして、宗教に興味を持たない人の割合は世界中で確実に増えていることは間違いないだろう。ただ、科学が発達した現在においても、伝統的で素朴な信仰を守り続けている人々が一定数いることもまた事実なのである。

前出の中村圭志は、『西洋人の「無神論」、日本人の「無宗教」』（二〇一九）の「第4章　無神論のロジック」において、無神論者が一神教の神の存在を否定する論点を次のように述べている。

古代イスラエル人が信じていたヤハウェという神は、まずは奇跡を起こす神であり、民に規律と戒律を与えた神だった。やがてヤハウェは途中から天地創造の神となり、ここから一神教がスタートしたのである。したがって、一神教を背景に持つ無神論者もまた、ヤハウェの三つの性格〈奇跡の神〉〈規律の神〉〈創造の神〉に沿って神を否定することになる。一神教世界では宗教の議論というと、唯一絶対の神は存在するのかしないのかというところに話が向かう。

だから、神の存在証明、宇宙論的証明、設計からの証明といった〈創造の神〉をめぐる議論が前面に出る。そして、自然科学の発達は無神論者に神のこの相に対する強力な武器を与えたのである。

確かに一神教は、科学の発達によって神は客観的実在であるという〈創造の神〉の相については大きな打撃を受けたが、人々の救済を説く〈奇跡の神〉の相や社会秩序の安定化を目指す〈規律の神〉の相についてはそれほど影響を受けなかった。本来、人々が宗教に求めるのは神の実在を認識することではなく、幸福で平安な日々の生活を送ることである。アームストロングも言うように、宗教はもともと「実利的」(pragmatic)なものなのである。一部の知識人は教義の整合性を重視するが、一般の信者にとっては、教義の矛盾はそれほど問題ではない。彼らにとっては、欲求の充足こそが目的なのである。

十七世紀フランスの哲学者、神学者、物理学者、数学者であったブレーズ・パスカルも信仰と無神論との間で揺れ動いていた一人であった。パスカルは理性に基づく神の存在証明に疑問を持っていたが、だからと言って、無神論に与《くみ》したわけではなかった。彼は信仰は「賭け」だと言ったのである。そして、神が存在する方に賭ければ、もし負けたとしても失うものは何もないが、神が存在しない方に賭けてもし負けた場合は、取り返しのつかない損失を被るだろうと言ったのである。これが有名な「パスカルの賭け」である。パスカルは新時代において、信仰は論理的整合性の問題ではなく、非合理的な選択(決断)の問題すなわち「賭け(コイントス)」だと考えたのである。

人間理性が神が存在することを証明するのは不可能であるが、逆に神が存在しないことを証明することもまた不可能であろう。最後はコイントスで決めるしかないのだ。そして、パスカルやキェルケゴールは神は存在する方に賭けたのであり、ニーチェやカミュは神は存在しない方に賭けたのである。

またユダヤ人でも、『我と汝』の著者であるマルティン・ブーバーやカフカの親友であるマックス・ブロートは信仰に賭けたが、「宗教は民衆の阿片である」と言ったカール・マルクスや、「宗教は幻想であり、人類の幼児期に属するものにすぎない」と言ったジークムント・フロイトは無神論に賭けたのである。では、カフカはどちらに賭けたのだろうか。

プラハに住むユダヤ人は西ユダヤ人と呼ばれる。同じユダヤ人であっても、東ユダヤ人はヘブライ語の混ざったイディッシュ語を話し、ユダヤの伝統を色濃く残した信仰と習俗を守っていたが、カフカの属した西ユダヤ人はヨーロッパ人(キリスト教徒)との同化が進み、カフカ家のユダヤ教信仰は「ユダヤ的生活を何とか守っていく程度」のものだった。

若い頃のカフカは、こうした形骸化したユダヤ教信仰に反発して、イディッシュ語劇団の団員たちと交流したり、第一次世界大戦勃発後にプラハに流入してきた東ユダヤ人難民との接触を通して、伝統的な東ユダヤ人の信仰や習俗に心惹かれていった。フェリーツェにベルリンに開設された東ユダヤ人難民のための「ユダヤ人ホーム(フォルクス・ハイム)」で活動することを勧めたのもその表れだろう。

この頃のカフカはまだシオニズムについては懐疑的であったが、第一次世界大戦終結後、チェコスロバキアがオーストリアから独立すると、プラハではユダヤ人排斥運動が高まり、カフカも次第にシオニズムに傾斜していった。だがこれは、ブロートが指摘するようにカフカのユダヤ教信仰の深まりというよりは、もっとプリミティブ(原始的)なユダヤ人狩りに対する「死の恐怖」に由来するものであろう。カフカにとってユダヤ教は信仰の問題というよりは、習俗や生活環境の問題だったのである。

カフカは「僕は今でもユダヤ人街(ゲットー)の記憶だけがユダヤ人の家庭を支えていると思う」と日記に書き、チェコ人のヤノーホにも「ユダヤ人気質はもちろん信仰の問題だけではなくて、何はおいても信仰によって規定された共同体の生活実践の問題です」と語っている。それゆえ、最晩年に敬虔な東ユダヤ人であったドーラ・ディマントとべルリンで過ごした半年間は、病魔に苦しめられながらも、カフカにとっては故郷に帰ったような心安らかな日々だったろう。彼は「死に臨んで満足していた」はずである。

結論から言って、私は、カフカは「賭け」をしなかったのだと思う。カフカにとってユダヤ教は「濃い宗教」ではなく、「薄い宗教」すなわち「生活習慣としての宗教」だったのである。カフカのこのように白か黒かをはっきりさせないところ、優柔不断なところに、私たち日本人は親しみを覚えるのではないだろうか。人間は「両価性（アンビバレント）」な感情に常に揺れ動いているのであり、そうきっぱりと決断できるものではないのである。

ただ、「薄い宗教」と言っても、ユダヤ教徒と日本の一般的な仏教徒とを同じレベルで考えるのはやはり間違っている。ユダヤ教はもともと仏教やキリスト教などよりはるかに戒律や祭儀が厳格な宗教なのである。ユダヤ教徒は男性に割礼を施したり、安息日を厳守することをはじめ、食べ物のタブーにしても私たちの想像以上にさまざまな制約があり、日常生活の中に信仰が深く浸透しているのである。最後にそれを示唆する例を挙げよう。

二十世紀の一神教世界に最大の衝撃をもたらしたのは、何といってもナチス・ドイツによるホロコーストである。ホロコーストによって神に失望した一神教信者は多いだろう。カフカはホロコーストを体験しなかったが、彼の三人の妹たちはホロコーストの犠牲になった。長くなるが、アームストロングの記述を引用しよう。

「アウシュヴィッツの恐怖は、より伝統的な神の観念を持っていた多くの者たちにとってはむき出しの挑戦であった。超越的アパテイア（無感動）のうちに消える哲学者の疎遠な神は、耐えられなくなる。多くのユダヤ教徒はもはや、自らを歴史のなかに顕現する聖書の神、そして彼らがウィーゼル〔注：エリ・ヴィーゼル、ハンガリー出身のアメリカのユダヤ人作家、自らのホロコースト体験を自伝的に記し、一九八六年にノーベル平和賞を受賞した〕と共に、アウシュヴィッツで死んでしまったという神を承認できない。われわれのうちの一人を大きくしたような人格的神という理念は、困難さに満ちている。もしこの神が全能であったならば、ホロコーストを防げたはずだ。彼がそれを止めることができなかったならば、彼は無能で無益である。もし彼がそれを止めることができたのに、止めようとしなかったのならば、神は怪物である。ホロコーストが伝統的な神学を終わらせてしまったと信じるのは、ユダヤ教徒だけではないのである。

だがまた、アウシュヴィッツにおいてさえ、『タルムード』を研究し続け、伝統的な祭りを守っていたユダヤ教徒もいた。神が彼らを助けてくれると希望していたからではなく、そうすることに意味があったからである。ある日のこと、アウシュヴィッツで一群のユダヤ教徒が神を裁判にかけたという話があった。彼らは残虐さと裏切りのかどで神を訴えたのだ。彼らは、この現在のおぞましさのただなかでは、悪と苦難の問題に対する通常の答えには、ヨブのように、何の慰めも見出せなかった。彼らは、神のためのいかなる言い訳も、酌量すべき情状も見出せなかったので、神を有罪とし、おそらく死刑に値すると考えたのだ。ラビが判決を言い渡した。そして彼は天を見上げ、言った。裁判は終わった。夕方の祈りの時間だ、と。」（前掲書四九六～四九七頁）

ユダヤ人にとって信仰は、意識するとしないとにかかわらず、生活の一部になっているのであり、カフカの描く世界にも無意識のうちに「ユダヤ人気質」が反映されているのである。カフカの文学は彼がユダヤ人であることを抜きにしては語れないだろう。

参考文献
・カミュ『異邦人』（窪田啓作訳、新潮社、一九七四）
・カミュ『シーシュポスの神話』（清水徹訳、新潮社、一九七四）
・「宗教」：新村出編『広辞苑』第二版補訂版（岩波書店、一九八〇）
・「【中村圭志】宗教はタブーではなく相手を知ること」：KIDSNA STYLE
〈https://kidsna.com/magazine/article/entertainment-report-200228-00010802〉（2023/3）

・カレン・アームストロング『神の歴史—ユダヤ・キリスト・イスラーム教全史』（高尾利数訳、柏書房、一九九五）
・中村圭志『西洋人の「無神論」、日本人の「無宗教」』（ディスカヴァー携書、二〇一九）

二　ドストエフスキーとカフカ

ロシアの作家フョードル・ミハイロヴィチ・ドストエフスキー（一八二一～一八八一）の作品は一般に「不条理文学」に分類されることはないが、カミュは『シーシュポスの神話』において、イワン・カラマーゾフの「いっさいは許されている」という言葉を引いて、「この言葉もまた不条理の匂いがする」（九十七頁）と述べ、「第3章　不条理な創造」の「キリーロフ」の節においてドストエフスキー論を展開している。

本節では、まずカミュのドストエフスキー論を参照しながら、ドストエフスキーの描く世界とカフカの描く世界との類似点と相違点について論じてみたい。

カミュのドストエフスキー論

カミュは、「ドストエフスキーの小説では、人生の意義如何という問いは、極限的な解答、――人間の生存は虚妄であるか、しからずんば永遠であるか、そのどちらかだという極限的な解答しかありえぬほど激烈な調子で提起される」（二四九頁）と言う。そして、『悪霊』の登場人物であるキリーロフが導き出した答えは、「論理的自殺」であった。

キリーロフの論証は次のようなものである。

神は必要だ、神はどうしても存在しなければならないと彼は感じている。だがまた彼は、神は存在しない、神は存在し得ないということを知っている。彼は叫ぶ、「どうして君に解らないんだろう、これだけで自殺をするに十分な理由じゃないか。」

「俺は、自分が誰にも左右されないということと、新しい、身の毛もよだつような自由とをはっきりと示すために自殺をしてやる。」

カミュは、ここにキリーロフの反抗と不条理性を見る。カミュは、自殺は反抗ではなく逃避であると考えているが、キリーロフの場合、自殺はたんなる逃避ではなく積極的な意味を持っているのである。すなわち、キリーロフが自殺しようと思うのは、自分が神になりたいからなのだ。「もし神が存在しなければ、キリーロフが神だ、もし神が存在しなければ、キリーロフは自殺しなければならぬ、つまりキリーロフは自殺をして自ら神とならなければならない」のである（一五一頁）。いわゆる「人神論」である。

キリーロフが神（人神）になりたいと思うのは、たんにこの地上で自由であるということ、不滅の存在に仕えないということ、それだけのことにすぎない、とカミュは言う。「もし神が存在するならば、いっさいは神に従属しているのであり、僕らは神の意志に反しては何もできない。もし神が存在しなければ、いっさいは僕らに従属している。キリーロフにとってもニーチェにとってと同様に、神を殺すとは自分が神になることだ、――福音書の語る永遠の生命をこの地上においてただちに実現することなのだ。」（一五三頁）

だが、神を殺すというこの形而上学的犯罪だけで人間の完成ができるのなら、なぜさらに自殺をしなければならないのか。このような疑問に対して、キリーロフは次のように答えている。

もし君がこのこと（神が存在しなければ人間にはいっさいが可能だということ）をはっきりと感じていれば、君は皇帝（ツァー）であり、自殺する必要は少しもない。君は栄光の絶頂に生きていられる。しかし、一般の人間たちはこれを知らない。それゆえキリーロフは、人類愛のために自殺して、同胞たちに王者の歩むべき苦しい道を示し、身をもって真っ先にそれを歩いて見せねばならないのである（一五四頁）。

このように、ドストエフスキーにおける自殺の主題はまさに不条理な主題であるとカミュは述べているが、ここでカミュを離れて、『悪霊』の内容について簡単に触れておこう。

『悪霊』は一八七一～七二年にかけて雑誌「ロシア報知」に連載され、一八七三年に単行本として出版された。ドストエフスキーはこの小説の構想を一八六九年のネチャーエフ事件から得ている。この事件は、架空の世界革命団体のロシア支部代表を名乗るネチャーエフが秘密組織を結成したが、組織内部では構成員が相互不信に陥り、ネチャーエフが大学生イワン・イワノフを裏切り者として殺害したという事件である。警察当局はイワノフ殺害事件の関係者の逮捕と秘密結社の一斉摘発を行ったが、ネチャーエフ自身は逮捕を免れ、スイスに亡命した（「悪霊（ドストエフスキー）」『ウィキペディア』）。

『悪霊』の登場人物では、ピョートル・ヴェルホーヴェンスキーがネチャーエフをモデルにした人物であり、イワン・シャートフが殺害されたイワン・イワノフをモデルにした人物である。それに対して、「人神論」を唱えて自殺するアレクセイ・キリーロフはドストエフスキーが創造した全くの架空の人物であり、『悪霊』では、ヴェルホーヴェンスキーが自殺しようとするキリーロフに、シャートフを殺害したのは自分だという虚偽の遺書を書かせていっさいの罪をキリーロフに負わせようとし、自らは逃亡してしまう。

しかし、この小説の真の主人公は彼らではなく、類い稀な美貌と並外れた知力・体力をもつ徹底した「ニヒリスト（虚無主義者）」ニコライ・スタヴローギンである。彼らは例外なくスタヴローギンの影響を受けており、ヴェルホーヴェンスキーはそのカリスマ性からスタヴローギンを組織の象徴的存在にしようとしていた。ドストエフスキーはスタヴローギンを、善悪の感覚を失った人間、生きて行くのが気が狂いそうなほど退屈な人間、自分の人生をできる限り醜悪に滅茶苦茶にしてやりたいという願望を持つ人間——カミュにしてみれば、「完全に不条理な人間」——として描いている。

この小説のテーマはエピグラフ（題辞）に掲げられた『新約聖書』ルカによる福音書第八章三十二～三十六節に尽くされている。そのまま引用しよう。

「そこなる山辺に、おびただしき豚の群れ、飼われありしかば、悪霊ども、その豚に入ることを許せと願えり。イエス許したもう。悪霊ども、人より出でて豚に入りたれば、その群れ、崖より湖に駆け下りて溺る。牧者ども、起こりしことを見るや、逃げ行きて町にも村にも告げたり。人びと、起こりしことを見んとて、出でてイエスのもとに来たれり、悪霊の離れし人の、衣服をつけ、心も確かにて、イエスの足もとに座しおるを見て怖れあえり。悪霊に憑かれたる人の癒えしさまを見し者、これを彼らに告げたり。」(ドストエフスキー『悪霊』江川卓訳、一九七四)

「悪霊」とは、若い頃ドストエフスキー自身が傾倒した空想的社会主義や無政府主義、人民主義(ナロードニキ)、無神論などの革命思想であり、「豚ども」とはそうした革命思想に取り憑かれた、ヴェルホーヴェンスキーやシャートフなどの若者たちであり、彼らは相互不信から仲間割れを起し、自殺し、逃亡し、結局自滅していくのである。聖書では、悪霊が離れて病が癒えた人がイエスの足もとに座しているという描写で終わっているが、小説『悪霊』は、主人公スタヴローギンの自殺で終わっており、病が癒えた者は一人もいないように見える。この作品はドストエフスキーの作品の中でも最も陰鬱で救いのない悲劇的な作品であろう。

さて、カミュの『シーシュポスの神話』に話を戻すと、カミュは「スタヴローギンとイワン・カラマーゾフはキリーロフの死によって解放された、彼らは皇帝(ツァー)であろうと試みる」と述べている。

「スタヴローギンは〈反語的〉生活を営む、それがどんなものかは周知のとおりだ。彼は自分の周りに憎悪を惹き起こす。しかも、彼の遺書には、この人物を解く鍵となる言葉、「私は何一つ憎悪できなかった」という言葉が見出されるのだ。彼は無関心の中に住まうツァーなのである。イワンもまた、精神の王権の譲渡を拒むことによってツァーである。弟のアリョーシャのように、謙虚に身を持さなければ信仰は得られないということを自分の生活態度によって証明する人々に向かって、彼はおそらく、そんな生活をしなければ永世を得られないとしたら、まったく卑劣な条

件だと答えることができたであろう。彼を解く言葉は、「すべては許されている」である。」（一五五〜一五六頁）

こうしてカミュは、ドストエフスキーを次のように評価する。

「すべてよし、すべては許されている、憎悪すべきものは何一つない、これは判断にならぬ判断だ。だが、このような、火のように熱く、また氷のように冷静なこれらの人間たちが、僕らにあんなに近しく感じられる小説を創造するというのは、何という驚くべき創造であろう。彼らの心の中で轟々ととどろいている熱っぽい無関心の世界が、僕らにはいささかも奇怪なものとは思えない。僕らはそこに、僕らの日々の苦悩を見出すのだ。おそらく、ドストエフスキーほど、この不条理な世界に、これほど身近で、これほど苦しみを味わわせる魔力を与えた小説家は、ただの一人もいないであろう。」（一五六頁）

カミュはこのようにドストエフスキーに対して最大級の賛辞を与える。スタヴローギンもイワン・カラマーゾフもムルソーと同系列の人間すなわち「不条理な人間」の典型なのである。しかもドストエフスキーは、彼らを激情的な無神論的合理主義という革命思想を持つと同時に、心情的にはこの上なく醒めたニヒリスト（虚無主義者）として、すなわち「火のように熱く、また氷のように冷静な人間」として描き切ったのである。そこにカミュは、ドストエフスキーの卓越した思想性と天才的な心理描写を読み取るのである。

しかし次の瞬間、論調は一変する。カミュはドストエフスキーの完全な形而上学的転回に言及する。

「論理的自殺の論証が批評家たちの間に抗議を惹き起こしたとき、ドストエフスキーは、『作家の日記』のそれ以後の部分で、論旨を発展させ、こう結論している。「永世への信仰が人間存在にとってこれほどまでに必要なのは（それを持たなければ、ついには自殺に至るほどであるのは）、それが人類の正常状態であるからだ。とすれば、人間の魂の不滅は、疑いもなく存在する。」また、彼の最後の小説の終わりに近いページで、神とのあの壮大な闘争の終わるところで、子供たちはアリョーシャに尋ねる、「カラマーゾフさん、宗教が教えてくれることは本当のことなんですか、僕たちが死者たちの間から蘇って、再びお互いに会えるというのは。」するとアリョーシャは答える、「きっとまた会えます、そして、過ぎ去ったことをお互いに楽しく話し合うんです。」

こうして、キリーロフ、スタヴローギン、イワンは敗北する。『カラマーゾフの兄弟』が『悪霊』に答えている。」(一五七頁)

カミュのドストエフスキーに対する結論はカフカに対する結論と同じものである。すなわち、ドストエフスキーもまた不条理の小説家ではなく、実存哲学的小説家なのである。実存哲学的小説家の作品は、不条理とその諸帰結の方に完全に顔を向けていながらも、結局のところはあの大いなる希望の叫びを発するに至るのである。あるいは、彼の描いた作品は不条理な作品ではなく、不条理な問題を提起する作品である。「ドストエフスキーの回答は、身を屈して謙虚であること、スタヴローギンの言葉を借りれば、〈恥辱〉である。だがこれとは反対に、不条理な作品は回答を与えない、ここに不条理な作品と、不条理な問題を提起する作品との差異のすべてがある。」(一五九頁)

ドストエフスキーは「神は存在するか」という問題について生涯苦しみ悩み続けた。ドストエフスキーにとって神の存在は人間の自由と直結した問題であった。もし神が存在すれば、永遠の生命は約束されるが、人間は神に従属しなければならず自由はないことになる。他方、もし神が存在しなければ、人間は何ものにも従属せず自由であるが、永遠の生命は望むべくもない。ドストエフスキーは永遠の生命を取るか自由を取るか、この二者択一に生涯悩み続けたのである。『カラマーゾフの兄弟』において、神に献身的に身をささげるアリョーシャやゾシマ長老も、また神を冒瀆するイワンも、ドストエフスキーの思想と心情の偽らざる二つの側面なのである。

だが結局、ドストエフスキーが出した答えは、混沌とし苦悩に満ちたこの此岸に留まることなく、彼岸(永遠)へと飛躍することだった。キリーロフが自由の喪失と考え、スタヴローギンが〈恥辱〉と考えていた道をドストエフスキーは選んだのである。だから、先ほどの「人間の生存は虚妄であるか、しからずんば永遠であるか」という問いに対するドストエフスキーの答えは、「存在は虚妄であり、しかも存在は永遠である」と要約できるとカミュは言う（二五九頁）。これは逆説的な実存哲学的小説家の答えである。真に不条理な小説家であれば、「人間の存在は虚妄であるが、彼岸（永遠）に飛躍することなく、此岸におけるこの自分の運命を引き受けるべきである」と答えたであろう。

ドストエフスキーもカフカも現実世界の不条理がいかなるものかを正しく理解していながら、結局此岸に留まることなく、彼岸へとそして希望へと飛躍してしまった。彼らはニーチェの歩んだ道ではなく、キェルケゴールの歩んだ道を選んだのである。これがカミュの見解である。

『罪と罰』

カミュは、ドストエフスキーの作品は「人間の存在は虚妄であるか、それとも永遠であるか」そのいずれかの判断を私たちに迫る、という言い方をしていた。しかし、私は、ドストエフスキーは「自由を取るか、信仰を取るか」その狭間で生涯悩み続けたのであり、彼の作品は彼自身のその「アンビバレント（両価性）」な葛藤の過程を小説としてまとめたものであると思う。現世を欲望のままに自由に生きようとしたキリーロフもスタヴローギンもイワン・カラマーゾフも、そしてまた、永遠の生命と神の愛を信じたアリョーシャ・カラマーゾフも共にドストエフスキー自身の偽らざる分身なのである。

ここからは、『罪と罰』と『カラマーゾフの兄弟』を中心に、そうしたドストエフスキーの心の葛藤の過程をたどってみたい。

『罪と罰』（一八六六年）の主人公ラスコーリニコフはペテルブルクに住む大学生だったが、貧窮のため学費が払えず、大学を除籍された。彼は、人間は「凡人」と「非凡人」という二種類の範疇に分けることができ、大多数の「凡人」は一般的な道徳に服従しなければならないが、ナポレオンのような選ばれた「非凡人」は人類に無限に貢献できるがゆえに、既成道徳に縛られることなく、自由に行動してもよいという思想を持ち、その論文を雑誌に発表していた。

ラスコーリニコフはその思想に基づいて、社会の害毒でしかない高利貸しの老婆を殺害して、奪った金を社会のために役立てるという計画を立て、それを実行した。ところが、偶然にも老婆の義妹リザヴェータに殺人現場を目撃され、彼女をも殺害してしまう。この想定外の殺人に動揺したラスコーリニコフは罪の意識と良心の呵責にさいなまれることになる。

そんなとき、ラスコーリニコフは始終酒浸りの貧しい下級官吏マルメラードフが馬車に轢かれたところに出くわす。マルメラードフは介抱の甲斐なく死ぬが、これをきっかけにラスコーリニコフはマルメラードフの娘ソーニャと出会う。ソーニャは貧しい家族の生活を支えるために娼婦に身を落としていた。また、彼女はリザヴェータの友人でもあった。

予審判事のポルフィーリィはラスコーリニコフの論文を読み、彼が犯人であると確信したが、実質的な証拠は何もなかった。そこで、ポルフィーリィはラスコーリニコフとたびたび接触し、心理的にプレッシャーをかけ、彼を自白に追い込もうとした。精神的に窮地に立たされたラスコーリニコフはソーニャに救いを求め、彼女に犯行を告白してしまう。ソーニャは彼を見離さないことを誓い、彼に自首を勧めたが、ラスコーリニコフはそれを拒み、あくまでもポルフィーリィとの闘いを続けることを告げ、部屋を後にした。

この二人の会話を隣室で立ち聞きしていたのがスヴィドリガイロフだった。ラスコーリニコフの妹ドゥーニャはスヴィドリガイロフ家で住み込みの家庭教師をしていたが、彼の妻が亡くなったため、母とともにペテルブルクに出てきていた。ドゥーニャに恋心を抱いていたスヴィドリガイロフも彼女を追ってペテルブルクに来たのだった。彼はラスコーリニコフの犯罪をネタにドゥーニャに結婚を迫ったが、拒絶された。絶望したスヴィドリガイロフは、ドゥーニャやソーニャとその妹弟たちに財産を残して自殺してしまう。

ポルフィーリィの執拗な追及や妹ドゥーニャに犯行のことを知られたこともあり、完全に精神的に疲労困憊したラスコーリニコフは再びソーニャのもとを訪れ、彼女の力を借りて自首する。

ラスコーリニコフへの刑罰は彼が自首したこともあり、シベリア流刑八年という比較的軽いものだった。ソーニャもラスコーリニコフを追ってシベリアに移住し、時おり監獄に面会に行った。しかし、ラスコーリニコフは服役した当初はまだ完全に悔悛したわけではなかった。彼は自分が本当に罪を犯したとは思っておらず、英雄たちは自分の歩みを持ちこたえることができたのに、彼にはそれができず自首してしまったこと、また自殺すらできなかったことに対して自負心を傷つけられ、彼は病気になってしまう。

ラスコーリニコフの病が癒え、二人が再会したとき、二人は互いに限りなく愛し合っていることを悟った。愛が二人を復活させたのである。刑期はまだ七年残っていたが、一人の人間の更生の新しい物語が始まったのである。

この小説の主題は「復活」である。この小説には『新約聖書』ヨハネによる福音書第十一章「ラザロの復活」に言及した箇所が二か所出てくる。この章は、死後墓に葬られて四日たち死臭を発しているラザロの死体を、イエスが民衆の前で文字通り生き返らせるという奇跡を起こしたことを記している。まさに「死者の復活」である。

ラスコーリニコフは貧困にあえぎながら、西欧風の無神論的合理主義に心酔し、周囲との接触を断ってひたすら自室にこもって思索を続けた結果、非凡なる英雄は社会への貢献のためには、流血の犯罪を犯しても許されるという身勝手な思想を抱くようになる。こうして彼は、高利貸しの老婆に対する強盗殺人を正当化したのである。

しかし、犯行後、ラスコーリニコフは、何の罪もないリザヴェータも殺害してしまったこともあって激しい苦悩に陥り、自分が英雄ではなかったことを思い知ることになる。彼は幻覚に捕らわれた夢遊病者のようになってしまう。彼は老婆とその義妹を殺しただけでなく、自分自身をも殺してしまったのである。

一方、ソーニャも貧しい家族の生活を支えるためとはいえ、自分の貞操を犠牲にして娼婦となったが、これもまた自分自身を殺したことに変わりはなかった。ラスコーリニコフもソーニャも共に死者なのである。その二人が出会い、互いに引かれ合い、お互いの愛を確信することによって、死から蘇ったのである。

語り手（ドストエフスキー）は、ラスコーリニコフに「弁証法に代わって生活が到来した」と語っているが、現実離れした妄想的な思想に捕らわれていたラスコーリニコフは、熱心なキリスト教（ギリシア正教／正教）徒であるソーニャの無償の愛の実践によって救われ、地に足の着いた人間らしい生活が送れるようになったのである。この小説における自由とは、「我意」であり「放縦」であり、いわば「悪をなす自由」である。このような自由は信仰の前には敗北するしかないであろう。

この小説の結末は「最後に愛は勝つ」というメロドラマ風の終わり方であり、ドストエフスキーらしくない感じもするが、ラスコーリニコフはソーニャという女性の無償の愛によって復活したのであって、神の愛すなわち信仰に目覚めたわけではないことは留意すべきであろう。それは、この小説の後に書かれた『悪霊』（一八七三年）がラスコーリニコフの後継者である無神論的虚無主義者たち（スタヴローギンがスヴィドリガイロフと近しい関係にあることを直感した読者もいるだろう）の物語であることを見ても明らかであろう。自由と信仰の問題が真に主題的に扱われるのは『カラマーゾフの兄弟』（一八八一年）においてである。

『カラマーゾフの兄弟』

カラマーゾフ家の家長であるフョードル・パーヴロヴィチ・カラマーゾフは強欲で好色な成り上がりの地主だった。

最初の妻とは長男ドミートリイをもうけたが、妻はドミートリイを残して駆け落ちしてしまう。また、第二の妻とは次男イワンと三男アレクセイ（アリョーシャ）をもうけたが、妻に先立たれたうえ、フョードルはろくに養育しようとしなかったため、子供たちはほとんど他人の手によって育てられた。

長男のドミートリイは退役軍人で直情型の乱暴な性格だった。彼にはカチェリーナという婚約者がいたが、妖艶なグルーシェンカに恋しており、カチェリーナとの婚約を解消することを望んでいた。そのため、ドミートリイはカチェリーナからの借金を返済しようと、母の遺産を父フョードルに要求していた。一方、フョードルもグルーシェンカを後妻にしようとしていたため、二人は激しく対立し、ドミートリイは父に暴力をふるうこともあった。

次男のイワンは大学出のインテリで、現代的な無神論的合理主義を標榜し、「神がいなければ、すべては許されている」という思想を持ち、カラマーゾフ家の使用人スメルジャコフは彼に心酔していた。また、イワンはカチェリーナを密かに愛しており、父が再婚すると相続する遺産が減ることから、父の再婚には反対だった。

三男のアリョーシャはゾシマ長老のもと修道院で修道僧となっていたが、ゾシマの勧めで還俗し家に戻っていた。信仰をめぐるイワンとの対話は、この物語のハイライトである。一方、ドミートリイは酒場でスネリギョフを侮辱する事件を起こしたが、カチェリーナはスネリギョフがそのことでドミートリイを訴えることがないよう見舞金をアリョーシャに頼み、アリョーシャはスネリギョフ家に向かった。

ところが、アリョーシャはスネリギョフの息子イリューシャに石をぶつけられ、スネリギョフも息子の手前見舞金を受け取ることを拒否したが、これ以後、アリョーシャはスネリギョフ家と交流するようになり、イリューシャと対立していた少年たちとを仲直りさせるなどした。

こうした中、フョードルが何者かに殺害され、大金が盗まれるという事件が起きた。今までの経緯から、容疑者としてドミートリイがすぐに逮捕された。ただ、アリョーシャはスメルジャコフを疑い、イワンがスメルジャコフを問い質《ただ》したところ、スメルジャコフは犯行を自白した。しかし、彼は自分はイワンにそそのかされたのであり、殺したのはイワンだと言った。イワンはスメルジャコフに裁判での証言を約束させたが、その直後、スメルジャコフは自殺してしまう。その知らせを聞いたイワンは半狂乱になる。

裁判では、イワンが犯人はスメルジャコフでそれをそそのかしたのは自分だと証言するが、結局、ドミートリイは有罪となり、シベリア流刑懲役二十年を言い渡された。

裁判の後、イワンは病の床に就き、カチェリーナが看病した。アリョーシャはイワンやカチェリーナとシベリアに移送されるドミートリイを途中で脱走させる計画を立て、それをドミートリイに告げた。そして、この物語の最後の場面が、先にカミュが述べたあの場面である。

アリョーシャは病気で亡くなったイリューシャの葬儀に少年たちと参列した後、少年たちを前にして、「今僕たちは美しく善良な気持ちになって一つに溶け合っています。それはイリューシャ君のお陰です。僕たちはイリューシャ君を忘れないようにしましょう」と話す。コオリャ少年が尋ねる、「僕たちは皆いったん死んでも蘇って、新たに生きてゆける、お互いに顔を見ることができると教会では教えていますが、本当ですか?」アリョーシャが答える、「ああ、きっと蘇ってまた顔を合わせ、過ぎ去ったことをうれしい気持ちで語り合えますよ。」

カミュはこれを以て、イワンがアリョーシャに敗北した、すなわち、現代的な無神論的合理主義は素朴な信仰に敗北したと言っているが、そう結論付けるのは早急だと思われる。というのは、この場面の直前、アリョーシャは少年たちに、自分はしばらくこの町を離れることを告げ、「将来どんな悪人になったとしても、今の清らかな善良な気持ちを忘れないようにしましょう」という暗示的な言い方をしているからである。

話は前後するが、この小説の「作者の前書き」では、作者（ドストエフスキー）はこの小説の主人公はアレクセイ（アリョーシャ）で、伝記は一つだが小説は二つあり、大事なのは現代の活動を描いた第二の小説である。一番目の小説は十三年前の物語であって、主人公の青年前期の一瞬の出来事を書き留めたものにすぎないと言っている。つまり、この『カラマーゾフの兄弟』には続編があったのである。不幸にして、ドストエフスキーはこの小説を書き上げた翌年急死したため、私たちはその続編を見ることはできなくなったが、少なくとも、先のアリョーシャの言葉は前編の一時的な結論と見るべきだろう。物語はまだまだ続くのである。

イワンとアリョーシャの対話

イワンとアリョーシャの神の存在をめぐる対話は、この『カラマーゾフの兄弟』の中でも、否、ドストエフスキーのすべての小説の中でも最も感動的で最も有名な箇所だろう。この対話は「第五篇　賛否」の「三　兄弟相識」「四　叛逆」「五　偉大なる審問官」〔注：見出しおよび内容はドストエフスキー『カラマーゾフの兄弟』(原久一郎訳、一九七五)に基づく〕の三つの章にわたって展開されている。

これに先立って、「第二篇　場所がらをわきまえない会合」の「六　どうしてこんな人物が生きているのだ！」で、イワンの思想が明らかにされている。それによると、人類から不死不滅すなわち永遠の生命の信仰がなくなれば、この世から愛も生命力も消え失せ、道徳律も宗教的なものと正反対となり、背徳というものがなくなり、すべては許されることになる。つまり、無神論者の立場からすれば、悪行は許容されるばかりではなく、むしろ最も必要な、この上なく賢い行為となるのである。これを指して、カミュは「神がいなければ、すべては許されている」と言ったのである。

この対話において、イワンはまず、「ロシアの子供たち(自分たち若き知識階級)」にとって焦眉の急は永遠の問題だと言う。つまり、「神は存在するか」「不死不滅は存在するか」という問題であり、神を信じない者にとっては、社会主義や無政府主義などの革命の問題であるが、帰着するところは同一だと言う。これにアリョーシャも同意する。

こうしてイワンは、神の存在について語り始めるが、意外にも、自分は神の存在を認めると言う。ただし、神がこの地球を創造したのなら、神はユークリッド幾何学に基づいて創造したことになるが、幾何学者や哲学者の中には、あらゆる存在がユークリッド幾何学で創られたわけではないと言う者もいる。しかし、イワンは自分の知能はユークリッド式だから現世以外の事物については判断できない、つまり、神が存在するかどうかはわからないから、自分は神の存在も永遠の大調和も承認すると言うのである。

これは要するに神の不可知論である。しかしイワンは、神の存在は認めるとしても、神が創ったこの世界は決して容認できないと言う。このように、イワン（ドストエフスキー）は巧みな弁論によってアリョーシャ（読者）を自分の思想へと導くのである。そもそも、イワンがこの議論をアリョーシャに吹っ掛けたのは、アリョーシャをゾシマ長老から取り戻そうという意図があったのである。

イワンは、自分は隣人愛というものが理解できないと言う。聖人たちの行為は、偽善か義務の観念に強制された空疎な愛の現れであり、自分にそういう苦行を課したのだと言う。直ちにアリョーシャは反論する、「われわれ人間の心の中にも、キリストの愛のような素晴らしい要素があるんですよ。」

イワンはこのアリョーシャの言葉を引き取って、人間は本当に愛の心を持っているか、子供への虐待を例に挙げて問いかける。その内容は悲惨すぎて聞くに堪えないようなものである。アリョーシャがイワンの意図を問い質すと、イワンは「人間は悪魔なる代物を、自分たちと生き写しに創り上げたのだ」と答える。これに対してアリョーシャは直ちに「それなら神様も同じことじゃないですか」と反論する。

イワンはさらに、五歳の少女が夜中に便意をもよおし、お漏らしをしてしまった時、母親がその汚物を少女の顔に塗りたくり、食べさせようとしたり、極寒の中便所に一晩中閉じ込めたという事件があったことを話す。少女は「神ちゃま、どうか助けてください」と祈っていたという。また、ある退職した将軍が自分の領地で、かわいがっていた猟犬に怪我をさせた農奴の九歳の少年を母親の見ている前で、猟犬たちに狩りたてさせて殺したという事件を話して、アリョーシャに問う、「この将軍は銃殺するのが適当ではないだろうか?」アリョーシャは「無論、銃殺すべきです!」と答えた。イワンは喜びに躍り上がって、「お前にも、悪魔の子供が潜んでいるのだな」と言った。

アリョーシャはすぐに「僕は途方もないことを言いましたが、しかし……」と言いかけたが、イワンは「この地上にはその途方もないという奴が必要なんだよ」と言う。イワンは「この地上において、したことに対する報いが見たい」とか「自分の眼で、鹿がライオンのそばで寝転んでいる光景や、殺された人間が起き上がって、自分を殺した人間と抱き合う光景が見たい、そういう希望が宗教の基盤になるのであり、自分も信仰を持っているのだ」と言う。

しかし、イワンはすぐに疑問を呈する、「すべての人が苦悩によって永遠の大調和を贖うため、苦しまねばならないとしても、なぜ大人だけでなく子供までも苦しまねばならないのか。虐待された子供が流す涙が贖われることがないとすれば、永遠の大調和などありえないのではないか。はたして、この世界に子供を虐待するような暴虐者をもすべて赦す資格を持った人が存在するだろうか。」これは明らかに誘導尋問である。

アリョーシャは眼を輝かせて答える、「そういう資格を持った人が確かにいます。その人はすべての人に代わって、罪のない自分の血を流したのですから。」こうしてアリョーシャはイワンの術中にはまってしまう。アリョーシャ自身は「どんな極悪非道な人間でも神は赦してくださる」と言ったのだが、イワンはこれを「神によってすべては赦されている」という意味に意図的に解釈し、イワン自身の「神がいなければ、すべては許されている」という思想と結びつけたのである。こうしてイワン(ドストエフスキー)は自らの自由論である「大審問官物語」を語り始める。

「大審問官物語」

この物語の舞台は十六世紀のスペインのセヴィリアである。十六世紀は宗教改革の時代であり、プロテスタント教会がローマ・カトリック教会から独立し、ローマ・カトリック教会の側も対抗宗教改革によって、教会の改革と宗教裁判による異端の取り締まりを強化した。特にスペインでは、ジェスイット派（イエズス会）による宗教裁判が盛んに行われていた。

そのセヴィリアに突然キリストが現れたのである。彼は大寺院の広場に集まった群衆の前で、盲目の老人の眼を見えるようにし、棺の中の死んだ少女を生き返らせるという奇跡を起こしてみせた。そこを通りかかった大審問官の枢機卿――彼は九十歳の老人で、前日に百人もの異教徒を火刑に処したばかりだった――は、部下に命じてキリストを捕らえさせ、牢につないだ。そしてその夜、一人で牢を訪れ、キリストを尋問した。しかし、キリストは一言も答えなかったため、大審問官の独白という形になった。

大審問官は言う、「お前を明日裁きにかけ、極悪非道の邪教徒として火あぶりの刑にしてやる。お前は一切を法王に渡してしまったのに、今さらのこのこ顔を出すとはどういうことだ。われわれの邪魔をするな。」「一五〇〇年前、お前は民衆を自由にしようとしたが、その事業はわれわれがお前の名前において完成した。今や民衆は自分たちが自由になったことを疑わないが、それでも彼らはその自由をわれわれに捧げて、おとなしくわれわれの足もとに置いてくれた。われわれは自由を勝ち取り、民衆を幸福にしてやったのだ。元来人間は反逆的な存在であるが、反逆者では幸福になれない。彼らを幸福にする方法は一つしかないとお前は警告を受けたにもかかわらず、それに耳を貸さず、それを避けてしまった。そして、われわれがその事業を引き継いだのだ。」

アリョーシャが、キリストが受けた「警告」について尋ねると、イワン（大審問官）は「荒野の誘惑」についての私見を述べ始めるが、わかりやすくするために、ここではまず、『新約聖書』マタイによる福音書第四章一〜十一節に即して「荒野の誘惑」の内容を確認しておこう。

イエスは御霊に導かれて、四十日間荒野で断食した。すると、試みる者（悪魔）が近づいて来てイエスに言った、「あなたが神の子なら、これらの石がパンになるように命じなさい。」イエスは答えられた、「『人はパンだけで生きるのではなく、神の口から出る一つ一つの言葉で生きる』と書いてある。」これが悪魔の第一の問い（誘惑）とイエスの答えである。

すると悪魔はイエスを聖なる都（エルサレム）に連れて行き、神殿の屋根の端に立たせて、こう言った、「あなたが神の子なら、下に身を投げなさい。『神はあなたのために御使いたちに命じられる。彼らはその両手にあなたをのせ、あなたの足が石に打ち当たらないようにする』と書いてあるから。」イエスは言われた、「『あなたの神である主を試みてはならない』とも書いてある。」これが悪魔の第二の問い（誘惑）とイエスの答えである。

悪魔はまた、イエスを非常に高い山に連れて行き、この世のすべての王国とその栄華を見せて、こう言った、「もしひれ伏して私を拝むなら、これをすべてあなたにあげよう。」そこでイエスは言われた、「下がれ、サタン。『あなたの神である主を礼拝しなさい。主のみ仕えなさい』と書いてある。」これが悪魔の第三の問い（誘惑）とイエスの答えである。

イエスの揺るがない姿勢に悪魔は離れて行った。そして、御使いたちが近づいてきてイエスに仕えた。イエスは悪魔の三つの誘惑に打ち勝ったのである。

大審問官は「あの三つの問い（誘惑）よりも真実の言葉はない。この三つの問い（誘惑）には人類の未来の歴史全体が完全なる一個の姿に集結されている」と言い、第一の問いについて、次のように語り始める。

「お前は世の中に出ようとしている。しかも自由の約束というものを持っただけで、空手で世を渡るらしいが、生まれつき粗野で単純な大衆はその約束の意味がわからず、これを怖れて尻込みする。なぜなら、人間および人間社会にとって、自由という代物ほど耐え難いものはないからだ！　お前がもしこの石をパンにすることができるなら、全人類は従順な羊の群れのようにお前の後を追うだろう。ところが、お前は人間から自由を奪うことをせず、この申し出を退けてしまった。なぜなら、服従がパンによって贖われるとしたら、いかなる自由がありえようかとお前は判断したからだ。」

「お前は『人はパンだけで生きるのではない』と言い、自由の重要性を説いたが、人々はわれわれのところにやってきて、われわれの足もとに自由を投げ出し、『私たちを奴隷にしてください。その代わり食べるものをお恵みください』と嘆願するだろう。なぜなら、彼らは、この地上にあっては、自由とパンとが両立し難いことを知っている。また、自分たちが無力で、罪深く、虫けら同然の存在で、しかも反逆者であると悟っており、自分たちの間では公正に分配することができないことを知っているからだ。」

「よしんば、数千ないし数万の者が天上のパン（自由）のためにお前について行くとしても、地上のパンを蔑視できない幾百幾千万の人間はいったいどうなるのだ。お前にとって大切なのは偉大にして力強いわずかな幾万かの人間だけで、無力ながらもお前を愛慕する無数の者たちは見捨てるのか。われわれが彼らのために、彼らの怖れる自由を耐え忍んでやれば、彼らはわれわれを神と崇めるだろう。人間は万人が信仰し拝むに足る対象を求めている。お前はあらゆる人間を無条件でお前に跪《ひざまず》かせるために、精霊（本当は悪魔）が提唱した地上のパンという旗印を、天上のパンと自由の名において否定してしまったのだ。」

「お前は人間にとって、平安の方が善悪の認識における自由の選択よりも、大切なことを忘れたのか？　むろん人間にとっては、良心の自由ほど魅力的なものはないが、同時にまた、これほど苦しい要素はないのだ。お前は人間の自由を支配するどころか、さらにこれを増してやった。お前は、お前にそのかされ虜にされた人間が、自由意志によってお前について来るように、自由の愛を人間に望んだ。その結果、人間は確固たる古来の掟を捨て、以後、自分の自由意志により、自分で善悪を決定せざるを得なくなった。だが、お前は選択の自由という恐ろしい重荷が人間を虐げるならば、人間はお前を排撃し誹謗するようになると思わなかったのか。実際あれ以上に、人間にとって残酷な仕打ちはなかったのだ。」

次に、大審問官は第二の問いに言及して、次のように言う、「微力なる反逆の徒である民衆の良心を、彼らの幸福のために永久に征服し虜にすることができる力は三つしかない。それは奇跡と神秘と権威である。ところが、お前はその三つとも否定した。あの精霊が『自分が神の子かどうか知りたいなら、飛び降りてみよ』と言ったとき、お前は飛び降りなかった。しかし、元来人間は奇跡を求めるものだ。神よりもむしろ奇跡を求める存在だから、奇跡を否定するや否や、直ちに神も否定するのだ。」

「『おい、その十字架から降りてみろ、そうしたらお前を神の子だと信じてやろう』と、群衆が嫌がらせのからかい口をきいたとき、お前は十字架から降りなかった。お前は、人間を奇跡の奴隷とすることを欲せず、奇跡などの拘束を受けない、自由な信仰を渇望したのだ。お前が渇望したのは何ものにも拘束されない自由な愛である。しかし、お前は、人間をあまりに高く評価しすぎた。人間はお前が考えたよりも、はるかに弱く低劣に創られている。お前はあまりに多くを彼らに求めすぎたのだ。」

「確かに、お前のために身を捧げる、自由にして善美なる犠牲の子はいるだろうが、その数は幾千ないし幾万にすぎない。あとの弱い人間どもが強い少数者が耐え忍び得たことを、耐え忍び得なかったとしても、どうして彼らを責められよう。もしお前が、選ばれた少数者のためだけに姿を現したのだとすれば、それはまさに神秘というものだ。そうであれば、われわれにも民衆に、『大切なのは自由でも愛でもなく、神秘だ』と教え諭す権利があるわけだ。そこで、われわれはお前の偉業に修正を加え、奇跡と神秘と権威の上にこれを樹立した。その結果、民衆は自分たちが再び迷える羊として導いてもらえるようになり、自由の苦痛から解放されたのだ。われわれが人間の無力をおとなしく認め、その重荷を軽くしてやり、彼らの弱い本性に免じて罪を赦してやることにしたのは、はたして人類愛の精神にもとるだろうか?」

最後に、大審問官は第三の問いについて語り始める、「事業上のわれわれの同志は、もはやお前ではなく、彼、悪魔である。これがわれわれの大事な秘密だ! われわれはちょうど八〇〇年前、彼が地上のあらゆる王国を示してお前に勧めた最後の贈り物、すなわちローマと皇帝の剣を彼の手から奪い取り、われわれだけが地上における唯一絶対の王者であると宣言した。もし、お前があのとき、この最後の贈り物を受け入れていれば、お前は人類が地上で求めているすべてのもの、つまり、拝跪すべき対象、良心を託し得る対象を授けてやり、万人を普遍的な大調和の蟻塚に融合させてやることができたはずだ。しかし、お前は皇帝の剣を退け、われわれがそれを取り、そして、われわれは彼、悪魔に従ったのだ。」

「お前には、選ばれた少数の民しかいないけれども、われわれは万人に安心立命を与える。しかも、選ばれた人々もお前の出現を待ちくたびれて、お前に背き、自由の旗を揚げるだろう、過去においてお前自身が反旗を翻したように。しかし、われわれの方は、『お前たちは各自の自由を手放し、おとなしくわれわれに服従するとき、はじめて真に自由になれる』と民衆を説得する。いやむしろ、彼らの方からわれわれが真実であることを納得するのだ。なぜなら、お前のいわゆる自由が彼らをこの上なく恐ろしい隷属と惑乱の泥沼に引きずり込んだからだ。その結果、彼らのうち頑強でどう猛な者は自殺し、意地っ張りだが微弱な力しか持たない者は互いに殺し合い、三番目の力弱く不幸な者たちは、われわれの足もとに這いよって、『あなた方の仰せは真実でした。どうか私たちをお救いください』と叫ぶのだ。」

「民衆はわれわれからパンをもらうことに喜びを感じる。永久に服従するということがどんなにありがたいかを痛感するからだ。お前は羊の群れをばらばらにして、不案内の道に追い散らしたが、われわれは羊の群れを再び呼び集め、静かな謙虚な幸福を授けてやる。お前は彼らを持ち上げて傲慢の虜となるよう馴らしたが、われわれは彼らに傲慢の気持ちを起こさないよう説得する。そして、われわれは彼らが力弱き嬰児のような存在であることを自覚させ、彼らを愛するがゆえに、彼らの罪を赦してやる。そして、彼らはわれわれに服従し、われわれの下す解決を喜んで信用することによって、自分の意志で解決しなければならない現在の苦しみから救われるのだ。こうして、すべての者は幸福になる。ただし、彼らを統率するわれわれ少数者だけは秘密を保持し、不幸に終始しなければならないが。」

最後に、大審問官はキリストに、自分も荒野で草根木皮だけで生活したことがあると告白する、「私もお前の自由を祝福し、お前の選ばれたる少数者の仲間入りをしたいと思ったことがあった。しかし、私ははっと我に返り、道を引き返し、お前の業績を改定せる人々の群れに身を投じたのだ。私は傲慢不遜な連中から離れ、謙虚な人々の幸福のため、彼らのところに立ち返ったのだ。明日、私はお前を彼ら従順な羊の群れの前で火あぶりにしてやるぞ！」こうして、イワンは物語を語り終えた。

突然、アリョーシャが真っ赤になって叫んだ、「そんなのおかしいや！　兄さんの物語は結局キリストの讃美であって、誹謗ではありません。それに、自由というものをそんな風に解釈していいんでしょうか？　そんなのは正教の解釈ではなくて、カトリック教義の最悪の部分であり、ジェスイットの思想じゃありませんか！　人々の幸福のためにわが身に呪いを引き受けた秘密の保持者なんていつ出現しましたか？　兄さんの言う、悩める大審問官なんて単なる幻想にすぎませんよ。」

アリョーシャは、ジェスイット派はローマ法王のもと物質的幸福だけを追求し、彼らは神を信仰していないと非難する。これに対して、イワンは、老審問官は悪魔の誘惑を受け入れ、「キリストの名において」と偽って無力な民衆を導いたが、それは彼の人類愛の精神からだった。ジェスイット派の中にも一人くらいは老審問官のように全人類に対する愛を持ち続けた人物がいたかもしれないと反論する。

アリョーシャはイワンにこの物語の結末を尋ねた。その結末は、キリストは突然、老審問官に近づいてその唇に接吻した。老審問官はぎくりとしたが、そのまま戸口に進み、扉を開いて、「さあ、出て行け。もう二度と来るんじゃないぞ」と言って、キリストを牢から解放したというものだった。ただし、老審問官は自分の理想に踏みとどまったのである。

二人の対話の最後の部分を、演劇風に再構成してみよう。

アリョーシャ：「兄さんは、この老審問官のように、心の中に地獄を置きながら、どうやって粘っこい若葉を愛することができるのですか？　何を目安に生きて行くのですか？」

イワン：「それはカラマーゾフの力、カラマーゾフ一流の下劣そのものの力だよ。」

アリョーシャ：「それは『すべては許されている』という奴ですか？」

イワン：「まあ、そうだ。だが、お前は俺を否定するんだろう？」

アリョーシャは席を立って、兄に近寄り、無言のまま、静かにその唇に接吻した。

イワン：「こりゃ文学的盗作という奴だぞ！　でも、ありがとう。」

二人は外に出たが、居酒屋の入り口で立ち止まった。

イワン：「おい、アリョーシャ、もしこの俺に、粘っこい若葉をほんとに愛する力があるとしたら、それはお前を思い出すことによって、はじめて可能になるんだよ。お前がこの世のどこかに生きている――こう思うだけで十分だ。人生に愛想をつかさずにいられるんだよ。……もし俺が人生を投げ出したい気持ちになったら、お前がどこにいようと、俺はお前のところに相談に行くよ。では、さようなら。」

こうして、二人は別れた。

信仰と自由

キリストが大審問官の唇に接吻し、アリョーシャがそれをまねてイワンの唇に接吻したのは、「それでも、私はあなたを赦します」という愛の表現である。神の愛をこれほど見事に印象的に描いた作家はドストエフスキーのほかにいないのではないか。

ところで、明らかにドストエフスキーは大審問官について批判的に描いているが、大審問官は、アリョーシャも指摘しているように、カトリック教会のジェスイット派の枢機卿であろう。ロシアのキリスト教は正教であるから、まずは、両者の比較から始めよう。

正教は原始キリスト教の精神に忠実であるとされ、カトリックなど西のキリスト教に比べて、義よりも愛、十字架よりも復活、罪よりも救いを重んずるといわれる（「東方正教会」『日本大百科全書（ニッポニカ）』）。一般に、「キリスト教は愛の宗教である」と言われるが、正教はその傾向がいっそう強いと言えるのである。

ロシアのベルジャーエフはその著『ドストエフスキーの世界観』（『ベルジャーエフ著作集2』斎藤栄治訳、一九六〇）において次のように書いている。

「キリスト教的愛にとっては、すべての人間はキリストにおいて兄弟である。キリスト教的愛というのは、すべての人間が神の子であるという認識、すべての人間が神の似姿であるという認識である。人間は何よりもまず神を愛さねばならない。これが第一の誡《かい》命である。その後に隣人への愛の誡命が続く。人間を愛することができるのは、万物の父たる神が存在すればこそである。われわれは、すべての人間の中に神の似姿を愛さねばならぬ。」（一五六頁）

読者の中には、このベルジャーエフの指摘に、イワンとアリョーシャの対話を思い出す人もいるだろう。

無神論者のイワン——彼自身はそれを否定している——が「自分は隣人愛というものが理解できない」と言うと、見習い修道僧のアリョーシャは「われわれ人間の中にもキリストの愛のような素晴らしい要素があるんですよ」と答える。また、イワンが「人間は自分たちに生き写しに悪魔を創った」と言うと、アリョーシャは「それなら神様も同じことじゃないですか」と答える。そして、イワンの「はたして、この世界に子供を虐待するような暴虐者をもすべて赦す資格を持った人が存在するだろうか」という問いに対して、アリョーシャは眼を輝かせて、「そういう資格を持った人が確かにいます。その人はすべての人に代わって、罪のない自分の血を流したのですから」と答える。「神はどんな極悪非道な人間でも赦してくださり、愛してくださる!」、このアリョーシャの熱く純粋な思いが、大審問官へのキリストの接吻、イワンへのアリョーシャの接吻の伏線になっているのである。神は愛である。これがドストエフスキーの宗教観であろう。

さて、私は先ほど、ドストエフスキーは「自由を取るか、信仰を取るか」その狭間で生涯悩み続けたという言い方をしたが、そこには、自由と信仰は対立するものであり、両立は難しいという暗黙の前提があった。もし神が存在すれば、永遠の生命は約束されるが、人間は神に従属しなければならずそこには自由はない。他方、もし神が存在しなければ、人間は何ものにも従属せず自由であるが、永遠の生命は望むべくもないからである。

キリーロフは、自分が何ものにも従属せず自由であるために、自ら神（人神）になろうとして自殺した。ラスコーリニコフは、ナポレオンのような選ばれた「非凡人」は既成道徳に縛られることなく、自由に行動してもよいという思想に基づいて、社会の害悪でしかない高利貸しの老婆を殺害した。しかし、彼は罪の意識と良心の呵責に苦しみ、信心深く誠実なソーニャの無償の愛に救いを求めたのである。

彼ら無神論的合理主義を標榜する若者たちが主張する自由を象徴する言葉が、イワン・カラマーゾフの「すべては許されている」である。彼らにとっての自由は「自分の思い通りに何でもできる」というものであり、彼らは、社会に貢献できるなら、犯罪さえも許されると考えたのである。そのような自由は「我意」であり「放縦」であり、「悪をなす自由」と呼ぶべきものであろう。このような自由は信仰と到底両立できるものではない。

ところで、このような自由の概念は、彼自身が無神論者であるカミュの見解に沿うものである。私たちは、これまでカミュの思考の枠組みの中でドストエフスキーの世界を見てきたのであるが、そろそろカミュの視点から離れる時がやってきたと言うべきだろう。

話を「大審問官物語」に戻そう。

イエスが民衆に説いた自由——大審問官はこれを「天上のパン」「善悪の認識における自由の選択」「良心の自由」などと呼んでいる——もまた「すべては許されている」と表現できるだろう。だが、それは「自分の意志で選択し決定する」という意味であり、無神論者たちの主張する「我意」や「放縦」としての自由ではない。イエスの説く自由は信仰と対立するものではなく、むしろ、信仰は自由を前提としているのである。イエスは、人間が自らの自由意志でイエスにつき従い、イエスを愛することを望んだのである。

イエスは民衆に「人はパンだけで生きるのではない」と言い、自由の重要性を説いた。民衆の中には、イエスの説く自由を正しく理解し、「天上のパン」のために自らの意志でイエスについて行く者もいたが、彼らは偉大で強い精神力を持った人々であり、その数は数千ないし数万でしかなかった。しかし、幾百幾千万の大部分の人々は、生まれつき粗野で単純で無力であり、自らの意志で善悪を決定するなどという自由は耐え難い重荷でしかなかった。彼らは高尚な「天上のパン」よりも命をつなぐための「地上のパン」を求めたのである。

悪魔は、民衆の良心を虜にして自分に従わせるためには、奇跡と神秘と権威という三つの力が必要だとイエスを誘惑したが、イエスはそれらすべてを否定した。イエスは、民衆が奇跡や権威に拘束されてイエスに従うことを望まなかった。イエスが民衆に望んだのは、何ものにも拘束されない自由な愛だったのである。しかし、大審問官は、イエスは人間をあまりに高く評価しすぎた、あまりに多くを彼らに求めすぎたと非難する。ほとんどの人間は無力で罪深い存在であり、イエスの説く自由には到底耐えられないからである。

悪魔から奇跡と神秘と権威という三つの力を受け取り、イエスの事業を引き継いだのは、大審問官たち、すなわちカトリック教会だった。大審問官たちは、民衆から自由という耐え難い重荷を取り除いてやり、彼らに罪の赦しと「地上のパン」という幸福を与えた。民衆は、それと引き換えに大審問官たちの足もとに跪き、ひな鳥が親鳥に身を摺り寄せるように喜んでその保護下に入ったのである。

しかし、民衆が大審問官たちの足もとに跪き、自由を差し出してしまったということは、かれらが大審問官たちの奴隷になってしまったことを意味するだろう。しかも、大審問官たちの同志はもはやキリストではなく悪魔なのだから、民衆はキリストではなく悪魔の支配下に入ったことになるのではないか。そこに真の信仰があるだろうか。自由の放棄は人間の尊厳の放棄ではないのか。これが「大審問官物語」におけるドストエフスキーの問題提起であろう。

先ほどのベルジャーエフは、ドストエフスキーの自由について次のように述べている。

「ともあれ、一つの自由ではなくて二つの自由があることは確かである。最初の自由と最後の自由、つまり善悪を選択する自由と善における自由、非合理的自由と理性における自由とが。」（前掲書八十頁）

「真理は人間を自由にするが、しかし人間は自由に真理を信じなければならない。人間を、強制的に、無理やり真理にまで連れてゆくことはできない。キリストは人間に最後の自由を与える。しかし、人間は自由にキリストを信じなければならない。」（同頁）

ベルジャーエフが言う「最初の自由」すなわち「善悪を選択する自由」とは、私が言う「自分の意志で選択し決定する自由」であり、「最後の自由」すなわち「善における自由」とは、私が言う「信仰」に当たるだろう。キリストは人間に信仰――これは愛である――を与える。しかし、人間がキリストを信仰するかどうか、愛するかどうかは、人間自身の自由な決断にかかっている。人間を強制的に信仰に導くことはできないのである。

ドストエフスキーにおいては、信仰は自由を前提とする。自由がなければ、真の信仰もないのである。しかし、自らの意志で悪を退け、善を選択することは、無力な人間にとっては非常な困難を伴うだろう。しかし、その困難を乗り越えてはじめて人間は、神の似姿に相応しい存在になれるのである。大審問官たち他者の導きで神を愛するのではなく、自らの力で神を愛する。それが真の信仰であり、そこに人間の尊厳があるのである。

自由と悪

ドストエフスキーはこの「大審問官物語」において、彼らが自由とどのように向き合っているかによって、人間をいくつかの人物群に分類している。ここではまず、その人物群がドストエフスキーの作品の登場人物とどのように関係しているか、整理してみたい。そうすることで、ドストエフスキーが自由と信仰についてどのように考えていたか、より明確に把握できると思うからである。

まず第一に、イエスの説く自由によく耐え、自らの自由意志でイエスを愛する道を選んだ強い精神力を持った人たち、彼らこそ真のキリスト教徒と言えるだろうが、その数はせいぜい数万人でしかない。ドストエフスキーの作品の登場人物としては、ゾシマ長老がこれに当たるだろう。

次に、イエスの説く自由によって、この上なく恐ろしい隷属と惑乱の泥沼に引きずり込まれた幾百幾千万の普通の人々、彼ら民衆は、自由と自由な知恵と学問によって凄い谷間に引きずり込まれ、恐ろしい奇跡と解きがたい神秘の前に立たされる。彼らのうち頑強でどう猛な者は自殺し、意地っ張りだが微弱な力しか持たない者は互いに殺し合い、三番目の力弱く不幸な者たちは、大審問官たちの足もとに這いよって、救いを求めるのである。

民衆のほとんどは「すべては許されている」という自由によって惑乱される。そのような自由は知恵と学問がある者ほど奇跡的で神秘的に感じるだろう。彼らのうち一番目と二番目の者はそのような自由に翻弄され、自殺したり、互いに殺し合ったりして自滅していく。ドストエフスキーの作品の登場人物としては、これに属するのが、ラスコーリニコフ、キリーロフ、スタヴローギン、ヴェルホーヴェンスキー、イワン・カラマーゾフなどの無神論的合理主義を標榜する若き知識人たちであろう。彼らは自分たちが特別な存在であると錯覚して、既成道徳に縛られることなく、自由に行動してもよいという思想を持つにいたる。「すべては許されている」は、この人物群のスローガンとなる。彼らにとって自由は「我意」となり「放縦」となるのである。

そして、三番目の力弱く不幸な者たち——これが民衆の大多数である——はそのような自由の重荷に耐えられず、これを放棄して教会に救いを求める。この圧倒的多数の市井の素朴な人々がソーニャ、マルメラードフ、スネリギョフたちであり、アリョーシャ・カラマーゾフもここに分類するのが適当だろう。彼はまだゾシマ長老ほどの確固たる信仰心は持っていないからである。

最後に、大審問官たち、すなわち大多数の民衆を統率する少数者、彼らによってすべての者は幸福になるが、彼らのみは不幸である。なぜなら、彼らは彼らの同志がキリストではなく悪魔であるという秘密を保持しなければならないからである。彼らは神の幾億もの幸福な幼児と、何万人かの善悪をわきまえた神に選ばれた人々の呪いを背負った受難者となる。

だが、大審問官たちにも言い分がある。彼らに言わせれば、イエスの説く自由によく耐え、自らの自由意志でイエスを愛する道を選んだ強い精神力を持った人たちは自分自身を救ったにすぎないけれども、彼らは、人類愛のために自らの意志でキリストを離れ、悪魔と手を結んで、キリストの自由に耐えられない力弱い民衆に地上のパンという幸福を与えたのである。彼らは民衆を救ったのはキリストではなく、カトリック教会であると自負している。しかし、ドストエフスキーは彼らが善を選択したとは思わない。たとえ、彼らが人類愛を標榜しているとしても、民衆の選択の自由を否定するものは悪を選択したのであり、反キリストなのである。ここに、ドストエフスキーのキリスト教信仰の独自性がある。

ドストエフスキーにとって、キリスト教は自由の宗教である。そして、キリストの自由が善悪を選択する自由である以上、それは善をなす自由にも悪をなす自由にもなりうるのである。無神論的合理主義者たちは、当然のこととしてキリストを離れて悪をなす自由を選択した。彼らは「神がいなければ、すべては許されている」と主張して、我意へと、反逆的な自己主張へと向かったのである。我意としての自由は人間を解体し、彼らを空虚な妄想へと、犯罪へと向かわせる。彼らに取り憑いた悪霊は、無神論的な社会主義や無政府主義などの革命思想であり、彼らはこれら悪霊の奴隷となって、自らを滅ぼしてしまう。それが、ラスコーリニコフやスタヴローギン、キリーロフやイワン・カラマーゾフたちの運命である。

一方、大審問官たち、すなわちカトリック教会の指導者たちもまた、キリストを離れて悪をなす自由を選択したのである。彼らは人類愛を掲げて、民衆から自由の重荷を取り除いてやり、民衆に地上のパンという幸福を与えてやった。しかし、それはキリストが否定した悪魔の三つの力、奇跡と神秘と権威によって、民衆を奴隷化して精神的に支配することを意味した。ドストエフスキーは地上の幸福はキリストの自由とは両立し得ないと考えていた。「人はパンだけで生きるのではない」のである。彼は、地上のパンと引き換えに自由――キリストは自由そのものである――を抑圧して服従を強いることは、神を否定することであり、神を否定することは、神の似姿としての人間の尊厳を否定することであると考えていたのである。

キリストは、善を選択するか悪を選択するかを民衆の自由意志に任せて、決して善を強制しなかった。これに対して、大審問官たちは人類愛や地上のパンを掲げて、民衆に善を強制する。しかし強制は、それが善の強制であっても、結局少数の人間がほかの多数の人間の自由を抑圧して支配することであり、キリストの意志に反する。ドストエフスキーにとっては、あらゆる強制は自由の抑圧であり、反キリストであり悪なのである。

無神論的革命思想家たちもまた、彼らが善と考える政治制度を人民に強制する。彼らも地上のパンと人民の救済を掲げて、新しい国家を打ち建てようとしたのである。しかし、少数の人間がほかの多数の人間の自由を抑圧して支配するという形態はカトリック教会と少しも変わらない。こうして、ラスコーリニコフやイワン・カラマーゾフは大審問官と結びつく。実際、イワンは「第二篇　場所がらをわきまえない会合」の「五　アーメン、アーメン！」の中で、国家と教会の関係について自説を展開しているのである。

ドストエフスキーにとって、無神論的革命思想とは社会主義であり、社会主義は世俗化したカトリックであった。ただし、彼の社会主義はフランス流の空想的社会主義であって、マルクス主義ではないことは注意しなければならない。彼はマルクスを知らなかったのである（ベルジャーエフ前掲書一六八頁）。

ともあれ、ドストエフスキーが、社会主義とカトリック教会とがともに、地上の幸福を約束することと引き換えに民衆の自由を抑圧するがゆえに、反キリストであると考えていたことは明らかである。ドストエフスキーにとって、社会主義はイデオロギーの問題というより、何よりもまず信仰の問題だったのである。なおこの点では、カフカも同様の意見を持っていたと言えるだろう。彼もヤノーホに、「ボルシェヴィズム自体が一つの宗教であり、ロシア革命は宗教戦争の序曲だ」と述べていたからである（本書一三六頁）。

さて、ドストエフスキーは、イワンとアリョーシャの対話の中で、「ロシアの子供たち（若き知識階級）」にとって焦眉の急である永遠の問題について、イワンに次のように言わせている。

「つまりだな、つまりこのう、神なるものは存在するかとか、不死不滅というものはあるのかという問題なんだよ。

そして神を信仰しない連中は、社会主義や無政府主義をかつぎだし、全人類を新しい組織に変革せよ、などと主張するがね。しかし、別個の一端から出発するだけの相違で、要するに帰着するところはすべて同一の問題なんだよ。ま、こういうわけで、極めて才能のあるわがロシアの少年たちの大多数は、永遠の問題を語り合うことに専念している有様だ、おい、そうだろう？」

また、ドストエフスキーは「第一篇　ある家庭の歴史」の「五　長老たち」において、次のように書いている。

「アリョーシャは真剣に考えた結果、神と永遠不滅とが存在するという信念に打たれるや否や、自然の順序として直ちにこう独語した。

『俺は永遠不滅のために生きたい。中途半端な妥協などまっぴらごめんだ！』

が、これと全く同じ伝で、もし仮に、神や永遠不滅など存在しないのだ、という結論を得たのなら、即座に彼は無神論者や社会主義者の仲間入りをしたに相違ない。（けだし、社会主義は決して単なる労働問題、ないしいわゆる第四階級の問題だけにとどまらず、主として無神論の問題だからである。無神論に現代的な肉づけをした問題、つまり、地上から天に達するためではなく、天そのものを地上に引き下ろすため、特に神を抜きにして打ち建てられたバビロンの塔、に他ならぬからである！）」

『ドストエフスキーの世界観』の中で、ベルジャーエフは次のように書いている。

「キリストは自由である。反キリストは強制であり暴行であり精神の奴隷化である。反キリストの原理は史上においていろいろな姿をとる。——カトリック的神権政治から無神論的社会主義や無政府主義に至るまで。」（前掲書九十四頁）

「神は悪と苦難が存在するゆえにこそ存在する。世界に悪があることは神の存在証明である。もしも世界がもっぱら善であり純粋であるならば、神の必要もなく、世界はすでに神となっているであろう。神は悪があるゆえにある。すなわち神は自由あるがゆえにある。そしてドストエフスキーは、神の存在を自由によって、人間精神の自由によって証明する。人間精神の自由を否定する者は神をも否定するのである。その逆も然りだ。強制的に善であり純粋であるような世界、まぬかれがたい必然性によって調和的であるような世界は、無神の世界であり、合理的な非有機体であろう。ゆえに、神および人間精神の自由を否定する者は、世界をそのような合理的な非有機体に変え、そのような強制的な調和に変えようと努力しているのである。」（同一〇二～一〇三頁）

「カトリックと社会主義という互いに相反する二つの理念の間の類似は、まことに驚くべきものがある。そのいずれにも精神の自由の否定があり、いずれにも極端な正統主義と非寛容の精神があり、いずれにも善および徳行への強制があり、いずれにも強制的な世界主義と強制的な人間統合とがあり、いずれにも人間の力の自由なはたらきを許さない生活体制がある。」（同一七五頁）

フリー百科事典『ウィキペディア』によると、ニコライ・ベルジャーエフは、もともと無神論的共産主義を深く信じていたが、実際にソ連共産党支配下の生活を経験した後、転向し、共産主義を強烈に批判するようになった。一九二二年にはベルジャーエフはすでにパリに亡命していたが、レーニンのソ連革命政府によって「国外追放の状態」と定義された。彼は「共産主義国家」と「キリスト教系邪教団体」は極めて類似していると指摘した、と書かれている。

『ドストエフスキーの世界観』において描かれているドストエフスキーの社会主義に対する態度は、ベルジャーエフの反共産主義的感情が多分に反映しているだろうが、それを差し引いて考えても、やはりドストエフスキー自身が社会主義などの革命思想が人間を惑わす「悪霊」であると認識していたことは間違いないと思われる。それゆえ、スターリン体制下（一九二四年～一九五三年）のソ連政府は、『貧しき人々』以外のドストエフスキーの著作を発禁処分としたのである。ドストエフスキーの著作は一九五六年のスターリン批判以後、解禁再刊されたが、その後もソ連時代は冷遇された。ドストエフスキーがロシアにおいて再評価されるのは、実にソ連崩壊後のロシア連邦の成立（一九九一年）を待たねばならなかったのである（「フョードル・ドストエフスキー」『ウィキペディア』）。世界に誇る文豪の作品が、母国において長い間顧みられなかったことは歴史の悲劇と言うべきだろう。

さて、『カラマーゾフの兄弟』に関する節を終えるにあたり、最後にこの小説の続編について私見を述べたいと思う。アリョーシャはこの後、シベリアに移送されるドミートリイを途中で脱走させるという計画を実行し、犯罪者として官憲から追われる立場になるだろう。その後は逮捕されるか、逃げおおせるかはわからないが、十三年後、アリョーシャは屈強な壮年――彼は三十四歳になっている――となって舞台に登場してくるだろう。その時どのような人物になっているかは、「第二篇　場所がらをわきまえない会合」の「五　アーメン、アーメン！」におけるミウソフの言葉がヒントになるのではないか。彼は「社会主義のキリスト教徒は、社会主義の無神論者よりもはるかに恐ろしい」と言っているのである。ドストエフスキーは『カラマーゾフの兄弟』の続編で、アリョーシャをその恐ろしい「社会主義のキリスト教徒」として登場させるという物語を考えていたのではないか、それにしてもドストエフスキーの突然の死が惜しまれてならない。

ドストエフスキーと『自由からの逃走』

さて、私が「大審問官物語」を読んでまず思い浮かべたのは、実は「自由からの逃走」という言葉だった。この言葉は、精神分析学者エーリッヒ・フロム――ドイツ系ユダヤ人、ナチスの台頭後アメリカに移住した――が一九四一年に著した本の題名である。この本は、第一次世界大戦の敗北で帝政が倒れ、ワイマール憲法という当時最も民主的な憲法が制定されたドイツにおいて、なぜナチスというファシズムが出現したのかを当時の中産階級の社会心理的傾向に着目して、解明しようとしたものである。私には、「大審問官物語」における、キリストの自由の重荷に耐えられず、これを放棄して教会に救いを求める無力な民衆の姿が、第一次世界大戦後にファシズムに傾斜していくドイツの中産階級の姿と重なっているように感じられたのである。ドストエフスキーは二十世紀のファシズムの出現を予見していたのではないか、それが率直な驚きだった。

エーリッヒ・フロムは『自由からの逃走』（日高六郎訳、二〇〇一）の中で、次のように書いている。

「本書の主題は、次の点にある。すなわち近代人は、個人に安定を与えると同時に彼を束縛していた前個人的社会の絆からは自由になったが、個人的自我の実現、すなわち個人の知的な、感情的な、また感覚的な諸能力の表現という積極的な意味における自由は、まだ獲得していないということである。自由は近代人に独立と合理性とを与えたが、一方個人を孤独に陥れ、そのため個人を不安な無力なものにした。この孤独は耐え難いものである。彼は自由の重荷から逃れて新しい依存と服従を求めるか、あるいは人間の独自性と個性とに基づいた積極的な自由の完全な実現に進むかの二者択一に迫られる。」（四頁）

この後述べるけれども、私はカフカの小説の重要なテーマとして「自由」が挙げられると思っているので、それを論じる前に、ここで「自由」の概念について明確にしておくことは、是非とも必要な作業である。

『広辞苑』（第二版補訂版、一九八〇）によると、「自由」とは「①［後漢書］心のままであること。思う通り。自在。②（freedom, liberty）他からの拘束・束縛・強制・支配を受けないこと。「物体の自由落下」というように自然現象にも適用されるが、人間の場合には、行動の自由、選択の自由、必然性の認識に基づいて自身および自然を支配する積極的な自由、意志の自由、倫理的自由などのように、人間を取りまく諸条件を統御することをも意味する。」と記されている。

これからわかるように、「自由」とは本来「自分の思うままに振舞うこと」であるが、これには二つの側面がある。一つは「他からの拘束・束縛・強制・支配を受けないこと」であり、もう一つは「人間（自分）を取りまく諸条件を統御すること」言い換えれば「自分の自由意志で外部に働きかけること」である。この二つの側面は表と裏の関係にあると言っていいだろう。

だが、私たち――あるいはむしろ、日本人と言うべきかもしれない――が普通「自由」という言葉で思い浮かべるのは、第一の「他からの拘束や束縛を受けないこと」という意味であって、第二の「自分の自由意志で外部に働きかけること」という意味は場合によっては見逃してしまうのではないだろうか。しかしすでに、ドストエフスキーの自由が「自分の意志で選択し決定すること」という意味であることを確認したように、近代ヨーロッパにおいては第二の意味の自由こそが本来の自由なのである。それは市民革命が、たんに民衆が権力の束縛から解放されることを目的としただけでなく、民衆が権力を制限し打倒することを目的として遂行されたことを見ても明らかであろう。

フロムも前掲書において、二つの自由を区別している。「……からの自由」という消極的な自由と、「……への自由」という積極的な自由である（四十二頁）。したがって、先ほどの彼の言葉は、「近代人は「……からの自由」という消極的な自由は実現できたが、まだ「……への自由」という積極的な自由は実現できていない。近代人は古い束縛からは独立できたが、逆にそのことによって孤独や無力感に陥ってしまった。この孤独や無力感から脱するためには、新しい依存と服従を求めるか――これが「自由からの逃走」である――、あるいは積極的な自由の完全な実現に進むかのいずれかを選択しなければならない」という意味なのである。

フロムは「自由からの逃走」のメカニズムを次のように論じている。

まず彼は、個人が解放される以前に存在する人間同士の絆を「第一次的絆」（前掲書三十五頁）と呼ぶ。これには、親子の絆、未開社会における氏族の絆、中世の人間を教会や社会的階級に結び付ける絆などがある。子供が成長すると第一次的絆は次第に断ち切られ、個性化が進展していく。それは一面では、自我の力の成長であるが、反面、孤独と無力と不安の感情をもたらす。ここに、個性を投げ捨てて孤独と無力感を克服しようとする衝動が生まれる。人間は第一次的絆に代わる新しい絆を求めるのである。

フロムは、この新しい絆を求める衝動をマゾヒズムとサディズムという性的衝動から説明している。マゾヒズムは他人に完全に支配されたいという衝動であり、反対に、サディズムは他人を完全に支配したいという衝動であるが、フロムは、この二つの衝動は一つの根本的な要求の現われであると考え、これを「共棲」（一七六頁）と呼んだ。共棲とは、孤独や無力感から逃れるために、自己と他者とが完全に依存しあい一体化することを意味する。

さらに、フロムは「サド・マゾヒズム的性格」という言葉が神経症的な印象を与えることから、これを「権威主義的性格」（一八二頁）と言い換えている。権威主義的性格の人間は権威を讃え、それに服従しようとする。しかし同時に、彼は自ら権威であろうと願い、他者を服従させたいと願っている。彼は自由を束縛するものを愛する。彼は外部の優越した力を愛するのである。彼はそれと一体化し共棲することによって安定感を得るのであり、自分が「ひとりぼっち」ではないという心の安らぎを得るのである。

第一次世界大戦後のドイツの中産階級は、敗戦と帝政の崩壊によって一体何を信頼していいのかわからなくなっていた。さらに、一九二三年の歴史的なインフレーション——これはカフカも経験した——や一九二九年に勃発した世界恐慌によって彼らは経済的に大きな打撃を受けた。孤独と無力感に打ちひしがれた彼らは、指導者に対する盲目的服従や人種的政治的少数者に対する憎悪、ドイツ民族の優秀性などを説くナチスのイデオロギーを熱烈に歓迎したのである。

確かに、ドイツ・イタリア・日本というファシスト国家の民衆は、消極的な自由がもたらした孤独や無力感に耐えられず、カリスマ的指導者——日本の場合は、軍国主義というイデオロギーそのものであろう——という外的権威へ隷属することで、国民としての一体感と安定感を得たのは事実であろう。しかし、いわゆる民主主義国家の民衆にも、権威主義的傾向が認められるとフロムは指摘している。それは外的権威のように眼に見えるものではないので、「匿名の権威」（二八六頁）と呼ばれる。「匿名の権威」とは具体的には世論や常識のことである。

民主主義国家の民衆は、意識的には自分は自由だと思っているが、潜在的には孤独と無力を感じており、その喪失感を補うために、無意識のうちに世論や常識など周囲に同調しようとする。その結果、彼らもまた個性を失い画一的となり、自分の意志を持たない自動人形となってしまっているのである。「彼は他人からこう考え、感じ、意志すると予想されると思っている通りのことを、考え、感じ、意志している。彼はこの過程の中で、自由な個人の純粋な安定の基礎ともなるべき自我を喪失している。」（二八〇頁）

近代人はファシスト国家や民主主義国家を問わず、伝統的権威から解放されて「個人」となったが、しかし同時に、彼は安定した絆を失い孤独で無力なものとなった。この状態は彼の自我を根底から危うくし、彼は新しい権威――それは明確な外的な権威の場合もあるし、眼に見えない匿名の権威の場合もある――に進んで服従しようとする。彼は自由から逃走することによって、「ひとりぼっち」の寂しさや無力感から逃れようとするのである。

しかし、自由から逃走することによって得た安らぎは一時的で見かけ上のものであり、孤独と無力感の根本的な解決にはならない。真に「個人」として独立し充実した生活を送るには、積極的な自由の実現が是非とも必要なのである。そのためには、私たちは自らの自由意志による自発的な行為によって、失われた絆を回復すべく、外部に積極的に働きかけなければならない。このような自発的な行為を構成するものとして、フロムは「愛」と「仕事」を挙げている（二八七頁）。

この場合の「愛」は、自我を相手の内に解消したり、相手を所有することではなく、相手を自発的に肯定し、個人的自我を確保しつつ、個人と他者を結びつけるような愛である。また、仕事は、孤独から逃れるための強迫的な仕事ではなく、また自然を支配したり、人工物への崇拝や隷属であるような仕事ではなく、人間が自然と一つとなるような創造的な仕事である。こうした愛と仕事によって人間が積極的に社会に参加するときにのみ、人間は孤独と無力感を克服することができるのである。

最後に、この本の締めくくりの言葉を引用しておこう。

「人間が社会を支配し、経済機構を人間の幸福の目的に従属させるときにのみ、また人間が積極的に社会過程に参加するときにのみ、人間は現在彼を絶望——孤独と無力感——に駆り立てているものを克服することができる。人間が今日苦しんでいるのは、貧困よりもむしろ彼が大きな機械の歯車、自動人形になってしまったという事実、彼の生活が空虚になり、その意味を失ってしまったという事実である。あらゆる権威主義的組織に対する勝利は、デモクラシーが後退することなく攻撃に出て、かつて自由のために戦い続けた人々が心の内に抱いたような目標を、現実化するところまで前進するときにのみ可能であろう。デモクラシーは、人間精神のなしうる、一つの最強の信念、生命と真理とまた個人的自我の積極的な自発的な実現としての自由に対する信念を、人々にしみこませることができるときにのみ、ニヒリズムの力に打ち勝つことができるであろう。」（三〇二頁）

『自由からの逃走』は二十世紀に顕在化した「人間疎外」の症例の一つである。しかも、私たちは現在もなおさまざまな「権威主義」の誘惑にさらされている。こうした誘惑に打ち勝ち、個人として自立するためには、自発的に社会にかかわること、すなわち積極的な自由の実現が不可欠である。そして、それを可能にする政治形態はデモクラシーでしかありえない。この戒めは、二十一世紀の私たちも改めて心に刻まなければならないだろう。

さて、フロムは「権威主義」に言及した章で、民衆が自由の重荷から逃れようとすることがマゾヒズム的努力であることを表現した叙述の例として「大審問官物語」の一部を引用している（二六九頁）。したがって、フロムは、ドストエフスキーが民衆の権威主義的性格をすでに認識していたと判断しているわけである。しかし、そうであるとしても、ドストエフスキーが見ていた景色とフロムが見ていた景色とではやはり大きな隔たりがあると言わざるを得ないだろう。次にその違いを考えてみよう。

まずフロムは、民衆が自由から逃れようとする傾向をドイツの中産階級の社会生活全般にかかわる傾向として論じているが、ドストエフスキーは、この現象をキリスト教信仰の問題として論じている。またフロムは、自由からの逃走を、民衆は「第一次的絆」から解放されて個人として独立したが、かえって孤独と無力感に陥り、これを克服するために新たな権威へ服従しようとするマゾヒズム的衝動から説明しているが、ドストエフスキーは、民衆が自由を放棄するのは、心理的な要因よりもむしろ善悪を自分で判断しなければならないという倫理的責任が重荷となるからだと考えていたように思う。

しかし、決定的な違いは、二人が生きた時代の違いであろう。

ドストエフスキーが主要作品を書いたのは、一八六〇年代から一八七〇年代にかけてであるが、この時代のロシアは一八六一年に農奴解放令が出され、ようやく近代化が緒に就いたばかりであり、前近代的な社会制度がまだ色濃く残っていた。それは彼の作品の主要な登場人物たちの身分や職業を見ても明らかである。彼らはほとんどが旧貴族や地主とその子弟たちであり、彼らは自ら労働することなく、財産によって収入を得ていた。また職業としては学生、教師、退役軍人、官吏などであり、ドストエフスキー自身も属していたいわゆる「知識階級（インテリゲンチャ）」と呼ばれる人たちである。一方、農民や商人、工場労働者などはその他大勢の庶民としてしか描かれていない。

また、ドストエフスキーは『カラマーゾフの兄弟』の中で、社会主義が「第四階級」の問題であると言っているが、この言い方は、第一階級（身分）が聖職者、第二階級（身分）が貴族、第三階級（身分）が平民（農民と商工業者）というフランス革命当時の身分概念を念頭に置いたものであり、これらに属さない賃金労働者（プロレタリアート）

を第四階級と呼んだのである。つまり、ドストエフスキーが生きていたロシアではまだ資本主義経済は成立しておらず、封建的要素がかなり残っていたのであり、ロシア社会は「第一次的絆」から完全には脱却していなかったのである。それゆえ、個人はまだ独立しておらず、人々の孤独感や無力感も二十世紀ほどの深刻さはなかったと考えるべきだろう。この時代は日本ではちょうど幕末から明治初期に当たっており、ロシア社会と日本社会は似たような政治経済情勢にあったように思われる。

これに対して、フロムが対象としているのは、一九二〇年代から一九三〇年代にかけてのドイツを中心とした欧米の社会情勢である。経済はすでに独占資本主義の段階に達しており、第一次世界大戦後の民主主義の進展によって人民の権利は拡大し、封建的要素がほぼ一掃されたことによって、人々は「第一次的絆」から解放された。民衆はかつて人類が経験したことのないほどの自由を手に入れたのである。また、工場の機械化によって大量生産・大量消費が可能となり、自動車・映画・ラジオなどの新技術・新製品が普及したことによって、民衆の生活は現在に近いものとなった。いわゆる「大衆社会」が出現したのである。

カフカが主要作品を書いたのは一九一〇年代から一九二〇年代初めであるが、彼はフロムが生きたのとほぼ同じ時代を生きていたと言っていいだろう。カフカはナチスが台頭する前に亡くなったが、彼が住んでいたプラハはヨーロッパでも有数の先進地帯であり、それはカフカの作品の主人公たちの職業にはっきりと現れている。カフカ自身が労働者災害保険局の役人だったように、彼らは、商人、セールスマン、エレベーターボーイ、銀行員、測量技師などの中産階級や労働者であり、何ら特権的な階級ではない大衆の一員であった。カフカはまさに「二十世紀の作家」なのである。

ユダヤ人であったフロムは、第一次世界大戦後のドイツにおいて中産階級の人々——彼らの多くはキリスト教徒であり、ユダヤ人ではない——が自由から逃走し、ナチスという新たな権威に傾斜していく姿を精神分析学の視点から冷静に観察し、ナチスが政権を掌握するとドイツを脱出してアメリカに移住した。同じくユダヤ人のカフカは、第一次世界大戦後のプラハにおいて、ユダヤ人排斥運動の高まりを肌で感じ、パレスチナへの移住を考え始めていた。この二人のユダヤ人は時代の風潮を敏感に感じ取っていたのである。では、カフカは自由をどのように考えていたか。次に私たちが検討するのはこの問題である。

カフカと自由

カフカの小説、特に長編小説には、物語の展開上ある共通した傾向があるように思われる。それは、主人公がある日突然、ある出来事によって苦境に立たされる。彼はそれまでの日常を奪われ、不自由な状態に置かれる。彼は何とかしてその苦境を乗り越え、失われた自由を回復しようと行動するが、なかなかうまくいかない、というものである。まず『失踪者』では、十六歳のドイツ人カール・ロスマンは、女中との間に子供ができてしまい、両親によってアメリカに厄介払いされる。この物語は当初編集者ブロートによって「アメリカ」というタイトルが付けられたが、後に、カフカ自身はこの作品を「失踪者」と呼んでいたことが日記から明らかになり、訂正されたものである。

カールはアメリカに放り出されて、一人で生きて行かなければならないが、そういう苦難と闘う姿勢を象徴するのが、炬火ではなく剣を持った自由の女神像であろう。第一章の「火夫」――この章だけは生前、単行本として出版された――では、カールは上司から不当な扱いを受けていた火夫に同情し、いっしょに船長室に窮状を訴えに行くなど正義感のあるところを示している。

ニューヨークに着いたカールは初め伯父に面倒を見てもらうが、伯父との約束を破ったため家を放り出され、放浪の身となる。その後、一時オクシデンタル・ホテルでエレベーターボーイの職を得るが解雇され、女性歌手ブルネルダのもとで召使いとしてこき使われる。そんなある日カールはオクラホマの野外劇場の人材募集ポスターを見て応募し、技師として採用が決まる。『失踪者』は、採用されたカールたちが乗った列車がオクラホマに向かう場面で終わっている。

『審判』は、銀行員のヨーゼフ・Kが三十歳の誕生日を迎えた朝、見知らぬ二人の男がKの寝室に入って来る場面から始まる。彼は逮捕されたことを告げられるが、生活は今のままでよいと言われる。ある日Kは電話で次の日曜日に審査が行われるという連絡を受け、指定された住所に出かけた。Kは予審判事がKの職業を言い間違えたことに力を得て、逮捕や裁判所を非難する演説を行うが、予審判事は「君は今日尋問の機会を放棄してしまった」と言った。

訴訟のことを聞きつけた叔父がKに弁護士フルトを紹介したが、Kは叔父と弁護士と裁判所の事務局長が話をしている部屋を抜け出し、弁護士の看護婦レーニと関係を持ってしまう。弁護士を雇っても訴訟は一向に進展しなかったので、Kは裁判官の情報を得ようと法廷画家のティトレリに接触したが、得るものはなかった。Kはついに弁護士フルトを解雇した。ある日Kは銀行にとって大切な顧客を接待するために大聖堂に行くよう命じられるが、待っていたのは教誨師だった。二人は「掟の門前」について問答した。

三十一歳の誕生日の前夜、二人の紳士がKの住居にやってきた。彼らは処刑人であり、Kは郊外の石切り場に連れて行かれ、処刑されてしまう。恥辱が遺っていくように思いつつ、「まるで犬だ！」と言って、Kは死んだ。

『城』では、Kは城（伯爵家）が支配する村に測量士として招聘されたのに、村に着いてみると城の役所にたどり着くことすらできなかった。Kは、クラム長官の愛人のフリーダを利用して長官に近づこうとするが、フリーダが長官にKとの仲を告白してしまったため、その試みは失敗する。Kは村長から、Kが測量士として招聘されたのは役所内の手違いだったと説明されたが、今さら故郷に帰ることもできないし、今はフリーダという許嫁もいると主張して、とりあえず小学校の小使いの仕事を得た。その後も、宿屋に止めてあったクラムの橇で待ち伏せをしたり、伯爵家出身の母親を持つ小学生に母親と会えるよう働きかけたりと、何とかクラム長官に近づこうと手を尽くすが、何ら進展がないまま物語は終わる。

このように、主人公がある日突然自由を奪われ、自由を回復するために悪戦苦闘する様子を最も直接的に描いた作品は、短編集『田舎医者』に収められた「ある学会への報告」であろう。この物語は、猿から人間になったと自称する主人公が、ある学会においてその経緯を報告するというものである。

猿のペーターはアフリカの黄金海岸で狩猟探検隊に捕獲され、汽船でヨーロッパに移送される。狭い檻に閉じ込められたペーターが求めたのは、自由ではなく出口だった。彼はやろうと思えば檻から逃げることもできただろうが、それをしなかった。もし檻から逃げ出せたとしても、結局はまた捕まってもっと条件の悪い檻に入れられるか、海に飛び込んで溺死するかのいずれかだと思ったからである。そこで彼は猿であることをやめ、人間になろうと決心した。彼は檻の中から人間を観察し続け、その動作を真似した。彼は唾を吐くこと、パイプをふかすこと、焼酎を飲むことを覚え、ある日はっきりと「ハロー!」と言葉まで発したのである。

ペーターはハンブルクで調教師の手に渡されたが、彼は動物園ではなくサーカスに入ることに全力を尽くした。彼は学び続け、努力を重ねた結果、ヨーロッパ人の平均的な教養を身に着けるようになった。こうして彼は檻から出され、人間という出口を見出すことができたのである。自由を選び取ることはできないという前提に立つ以上、ほかに取るべき道はなかったのである。

ペーターは自由と出口を区別して、自由について次のように語っている。

自由とは「あらゆる方向に向かって開かれているという感情」であり、猿時代の自分は多分それを知っていたし、これに憧れる人間も知っている。しかし彼は、今も昔も自由を求めてはいない。自由について人間は見当違いをしている。自由は最も尊い感情に数えられるが、それに対応する錯覚もまたそのように尊い感情なのである。

ペーターは、サーカスで自分の出番の前に、二人組の空中ブランコの芸人が、ブランコを揺すってぱっと飛んで、相手の腕の中に飛び込んだり、相手の髪の毛を歯でくわえたりする演技を見ていると、「これも人間の自由なんだ」と思う。しかし、このような気ままで勝手な運動を自由だと考えることは、自然に対する冒瀆ではないか。これを見たすべての猿は笑い出すに決まっている。その笑い声でどんな建物も崩れ落ちてしまうだろう。

ここで、ドストエフスキーやフロムが自由についてどのように考えていたか確認しておこう。彼らが思い描いていた自由は「自分の思う通りに何でもできる」「自分の意志で選択し決定する」というものであった。特にフロムは、自由には「他からの拘束や束縛を受けない」という消極的自由（「…からの自由」）と「自分の自由意志で外部に働きかける」という積極的自由（「…への自由」）という二つの側面があることを指摘していた。

カフカも自由を「あらゆる方向に向かって開かれているという感情」と言い、空中ブランコの芸人が思い通りに演技する姿を指して、「これも人間の自由だ」と言っているのだから、彼も自由を、ドストエフスキーやフロムが考えていたのと同様に考えていたと言っていいだろう。そのような自由を象徴する言葉として、私はイワン・カラマーゾフの「すべては許されている」という言葉を思い浮かべる。したがって、私はこのような自由を「我意的自由」と呼ぼうと思う。

それに対して、カフカが「出口」という言葉で表しているものも、やはりある種の自由ではあるだろうが、それは「我意的自由」とは別種の自由である。猿のペーターにとって、自由とは檻から脱出することである。しかし、鍵を壊すなどして今の檻から物理的に脱出したとしても、また別の檻に入れられるか、海に飛び込んで溺死するかのいずれかであろう。したがって、彼には物理的に檻から脱出するという選択肢はない。では、それ以外で檻から脱出する方法、すなわち「出口」はあるのだろうか。そこで、ペーターが考え出した答えは「人間になること」だった。人間になれば檻から出られ、自由の身になれる。また捕まって檻に戻されることもないのである。

では、檻から脱出するために鍵を壊すのと、人間になるのとでは何が違うのか。それは、檻から脱出するという目的に対して直接的に行動するか、間接的に行動するかの違いであろう。言い換えれば、檻から出たいという欲求のままに行動するか、その欲求をいったん抑えて冷静に考えて行動するかの違いである。つまり、欲求――欲望あるいは本能と言ってもいい――のままに行動するか、それをいったん抑えて理性に基づいて行動するかの違いである。ここでは、自由に関する新たな局面が問題になっている。その局面とは私たちはどのように生きようとするのかという生き方の局面、すなわち「道徳的（倫理的）」局面である。カフカがここで問題にしているのは「道徳的（倫理的）」自由なのである。

カフカが自由について具体的にどのように考えていたかを知るためには、グスタフ・ヤノーホの『カフカとの対話』が参考になるだろう。グスタフ・ヤノーホは労働者災害保険局のカフカの同僚の息子で、当時は文学を志しておりカフカ作品のファンでもあった。年少のヤノーホに対して、カフカはあまり身構えることなく、本音を出せたのではないか。彼はヤノーホに、自由について次のように語っている。

「他人に対する自分の義理と義務にはっきり目覚めて生活すると、人間は本来ただそれでこそ、つまり拘束されることによって自由になるのです。そしてそれが人生の最高事です。」（『対話』六十六頁）

「人間は一見したところでは道徳的価値の代わりに、誘惑的に接近している無価値を選ぶということが、確かに人間のあらゆる過失の根源なのです。……人間の堕落（アダムとイヴの堕落。訳者）は人間の自由の証明です。」（同七十頁）

「『あれ（フランシス派修道院）は本来選挙―家族共同体です。人間は救済されようとして、進んで自分を制限し、最高の現実の財を棄て、自分の人格を棄てます。それは外面的に拘束して内面的自由を獲得しようとするのです。これが戒律に服従する意味です。」

「しかし戒律を認めない人は」と私は言った。「どうして自由を得ますか？」

「そういう人には、戒律は打つことによって知らされます。戒律を認めないものは、認めるまで引きずって行かれ、鞭打たれます。」」（同一二四頁）

最初の引用箇所で、カフカは「他人に対する義務に従って生きることが自由だ」と言っている。これは明らかに道徳的自由である。二番目の引用では、「人間が堕落するのは人間が自由だからだ」と言っているが、この場合の自由は「我意的自由」を指していることは明らかだろう。三番目の引用はやや極端であるが、カフカは「修道院で戒律を厳守して生活することで内面的自由が得られる」と言っているのである。ヤノーホの「戒律を認めない人はどうやって自由を得るか」という質問に対する「そういう人は認めるまで鞭打たれる」というカフカの答えは、本心なのかヤノーホをからかったのか、よくわからない。いずれにせよ、カフカは義務に拘束された道徳的自由あるいは戒律に拘束された内面的（宗教的）自由こそが真の自由であって、「我意的自由」は人間を堕落させると言っているのである。

倫理学を少しでも勉強したことのある人なら、道徳的自由というとすぐにカントを思い浮かべるだろう。カントは、欲望のままに行動することは、動物が本能に従って行動するのと同じで、ただ自然法則（必然性）に従って行動しているだけであり、そこには真の自由はないと考えていた。真に自由な行為とは、自発的な意志に基づく行為であり、それは理性がそのような欲望を抑えて自ら規則を立て（自己立法）、これに自ら服従するという行為である。カントはこれを「意志の自律」と呼び、したがって、このような自由は「自律的自由」と呼ばれる。猿のペーターが人間になろうと決心して、手に入れようとしたのはまさにこの「自律的自由」だったのである。

しかしながら、自律的な行為はまだ道徳的な行為ではない。その行為が真に道徳的な行為であるためには、自己立法によって立てた規則が、万人が正しいと認めるような普遍的な法則と一致しなければならない。こうしてカントは人間が従うべき道徳法則を「あなたの意志の確率（主観的原則）が常に同時に普遍的立法の原理として妥当するように行為せよ」と定式化したのである。

なお、カフカはヤノーホに「我意的自由」は人間を堕落させると言っているが、「我意的自由」が直ちに不道徳と結びつくわけではない。倫理学においては、「自律的自由」に基礎を置くカントの道徳哲学とは別に、「我意的自由」に基礎を置く功利主義の学説がある。功利主義は「我意的自由」を幸福追求の欲求と捉え、これを肯定し、倫理が目指すのは「最大多数の最大幸福」であると考える。また、人間の欲求には利己心のほかに、他者への共感や利他心もあるのであり、自己の幸福追求が他者に危害を与える場合には制裁を受けるという「他者危害原則」という制限が設けられている。したがって、「自律的自由」が常に道徳的行為と結びつき、「我意的自由」が常に不道徳な行為と結びつくわけではないのである（カントの道徳哲学と功利主義との比較については、拙著『高校生からの哲学入門：心と頭を鍛えるために』「第4章　道徳と幸福」（二〇二一）および加藤尚武『倫理学の基礎』（一九九三）参照）。

ドストエフスキーの作品の登場人物たちには、「我意的自由」を主張して奔放に行動し、時に犯罪さえも犯して自滅していく者が多い。それは、ドストエフスキー自身が若い頃、監獄生活を経験し、犯罪者と直に接したことがあることや、彼がギャンブル好きで浪費癖があり、多くの借金を抱えるなど波瀾万丈な生活をしていたことなどが反映しているだろう。

一方、カフカの主人公たちは苦境に立たされても、激情に駆られることなく、比較的冷静に行動しているように見える。それは、彼がヤノーホに語っていたように、開放的な「我意的自由」よりも自己抑制的な「自律的自由」を尊重していたことと関係しているだろう。だが、「ある学会への報告」において、ペーターが、自分が自由ではなく出口を求めたのは、それ以外の選択肢がなかったからだと言っているように、カフカ自身、「自由」は本来「我意的自由」であると考えていたが、それが望めないために次善の策つまり「出口」として「自律的自由」を選んだというのが正直なところではないだろうか。そのように「自由」ではなく「出口」に甘んじるというカフカの判断は、正義感は強いが、自分に自信がなく、ものごとを悲観的に考え、本当は作家活動に専念したいのに、保険局を辞める決心がつかなかった彼の優柔不断な性格が影響しているだろう。カフカは一か八かの「賭け」をしないのである。

私は、ドストエフスキーとカフカの自由観の違いは、このような二人の境遇や性格の違いがかなり影響していると思っているが、そのほかにも、彼らの思考の背景にある宗教の違いも関係しているように思う。ドストエフスキーの思考の根底には正教があり、カフカの思考の根底にはユダヤ教がある。だが、それは神を信じるかどうかという信仰の問題ではなく、生活習慣の問題としてである。宗教は社会と深くかかわっているから、人は意識するとしないとにかかわらず、その影響を受けざるを得ないのである。それは、日本人が幼い子供のころから、訳も分からず仏壇の「ののんの様」に手を合わせるのと同じことであろう。そうした行為を繰り返すことによって、仏教的な価値観や思考方法が自然と身に着くのである。

キリスト教の正教とユダヤ教の違いを確認することは、ドストエフスキーとカフカの思考方法や発想の違いを理解するうえで手助けになるだろう。

ユダヤ教とキリスト教

個人的な漠然としたイメージで言えば、『旧約聖書』の神は「裁く神」あるいは「怒れる神」であり、『新約聖書』の神は「愛の神」あるいは「恩寵の神」であるように思われる。旧約の神ヤハウェにしても新約の神イエス＝キリストにしても、神を信じる者には愛情を注ぎ、神の掟に背く者には厳しく罰するという両側面を持っているのだろうが、旧約の神には「怒れる神」の性格が、また新約の神には「愛の神」の性格がいっそう強く現れているように思うのである。

この点、『旧約聖書』と『新約聖書』をともに聖典と認めているキリスト教では、神は完全に「怒れる神」と「愛の神」の両側面を持っていると言えるだろうが、『旧約聖書』のみを聖典としているユダヤ教では、どうしても「怒れる神」のイメージが強くなるのである。

例えば、「創世記」には次のような話が出てくる。神は自分が造った人間の堕落を見て、彼らを洪水によって滅ぼすことを決め、唯一義の人であったノアにそのことを告げて、箱舟の建設を命じる。ノアが家族とすべての動物のつがいを箱舟に乗せると、神は大洪水を引き起こし、地上の生き物を殲滅してしまう。水が引いた後、ノアたちは箱舟を出て、その場に祭壇を築き、捧げ物を神に献じた。神はノアとその家族を祝福し、今後ノアの子孫たちを滅ぼすような大洪水を起こさないことを約束した。有名な「ノアの箱舟」伝説である。ここに示されているのは、人間の堕落をいっさい許さない厳格な神の姿である。

また、「出エジプト記」にも「怒れる神」の姿が描かれている。神はモーセにエジプトで奴隷状態にあったイスラエル人を率いて、カナンの地に向かうことを命じる。モーセはファラオにイスラエル人の出国を求めたが、労働力を失うことを恐れたファラオはそれを認めなかった。そこで神はエジプトに十の災難をもたらすことにし、最後にはファラオの息子を含めたエジプト人の長子を無差別に殺すという行動に出た。自分の息子を殺されたファラオは恐れをなし、イスラエル人の出国をようやく認めたのである。

さらに「出エジプト記」には次のような話も出てくる。モーセがシナイ山において神から「十戒」の石版を授けられたとき、モーセの帰りが遅いことを不安に思った一部のイスラエル人が「金の子牛」の偶像を鋳造し、それを崇拝するようになった。これを知った神は激怒し、モーセをすぐに下山させた。地上に戻ったモーセは直ちに「金の子牛」を破壊し、偶像崇拝に加担した三千人ものイスラエル人を殺害したのである。

一方、新約の神の憐み深い性格は、例えば「ルカによる福音書」の中の「放蕩息子の話」に象徴されるだろう。父（神）は常に自分の傍にいて律法に忠実な兄以上に、いったん道を踏み外して父のもとを去り、再び戻ってきた放蕩息子の弟により多くの愛情を注ぐのである。そこには分け隔てのない神の無償の愛が示されている。これに対して、旧約の神は猜疑心が強く、忠実な信者に対してもたびたびその信仰心を試そうとする。神がアブラハムに一人息子イサクを生贄に捧げるよう命じる話（「創世記」）が有名であるが、際立っているのは「ヨブ記」であろう。

「ヨブ記」はヨブの信仰を巡って神とサタンが賭けをするという物語である。サタンは神に「ヨブといえども理由なしに神を畏れたりはしない」つまり「自分の利益のために神を畏れるのだ」と主張し、神もヨブの信仰心を試そうとして、ヨブをサタンの手に委ねた。ヨブはサタンによって財産や子供たちを失い、健康までも損なうが、それでも神を呪う言葉は口にしなかった。その後、三人の友人がヨブを慰めるべくやって来たが、彼らはヨブが自覚しないまま罪を犯したのではないかと疑い、罪を認めて悔い改めるようヨブを説得した。しかし、身に覚えのないヨブはあくまで自分は潔白であり義《ただ》しいという主張を曲げなかった。

やがて、ヨブはなぜこのような罰を自分にもたらすのか神に問いただそうとし、内なる声に耳を傾けた。そのとき、嵐の中から神が現れ、「私が大地を据えたとき、お前はどこにいたか」とヨブに問いかけた。そして、神は自らの計画に基づいて世界を創造したのであり、怪獣や災いも含めてすべては神の支配下にあることをヨブに説いた。ヨブは神の偉大さに対して自分がいかに取るに足りない存在であるかを思い知り、神の前にひれ伏して悔い改めた。悔い改めたヨブを神は祝福し、失われた財産の二倍を与え、ヨブは多くの子供にも恵まれ天寿を全うしたのである。

ユダヤ教は『旧約聖書』を聖典とするが、特に冒頭の「創世記」「出エジプト記」「レビ記」「民数記」「申命記」のいわゆる「モーセ五書」は「律法（トーラー）」と呼ばれ神聖視されている。これは神がその意志をモーセに直接啓示した「成文律法」である。

しかし後に、シナイ山でモーセが受けた啓示の内容は「トーラー」だけでなく、「口伝律法（ミシュナ）」もあったとされ、この「ミシュナ」は二〇〇年頃、ラビ・ユダによって結集された。その後、パレスチナとメソポタミアの律法学者たちが「ミシュナ」を基本テキストとして多様な議論を展開し、かつ「注釈（ゲマラ）」を加えていった。

この「口伝律法（ミシュナ）」と「注釈（ゲマラ）」を集大成したのが「タルムード（教え）」であり、四世紀後半にパレスチナで完成したものが「エルサレム（パレスチナ）・タルムード」、これとは別にメソポタミアで五〇〇年頃集成したのが「バビロニア・タルムード」である。現代において「タルムード」として認識されているのはこの「バビロニア・タルムード」であり、ユダヤ教徒の主要教派の多くがこれを聖典と認めており、ユダヤ教徒の生活・信仰の基となっている（「ユダヤ教」『日本大百科全書（ニッポニカ）』、「タルムード」『ウィキペディア』）。

三十年頃、イエスはローマの支配を脅かす恐れがあるとして処刑されたが、イエスこそキリスト（救世主）であると信じる弟子たちによって教団が形成された。それは初め「ユダヤ教イエス派」にすぎなかったが、ペテロやパウロなどの使徒たちの活動を通じてユダヤ人だけでなく民族の違いを超えてローマ帝国内に広がっていった。世界宗教としてのキリスト教が成立したのである。

一方パレスチナでは、一～二世紀にかけてローマ帝国による政治的支配は次第に厳しくなり、ユダヤ人たちの宗教的自由も脅かされていった。彼らはローマに対してたびたび反乱を起こした。第一回ユダヤ戦争では、七十年にローマ軍によってエルサレム神殿が破壊され、第二回ユダヤ戦争では、彼らは一時エルサレムを奪回したが、一三五年に鎮圧され、この時からユダヤ人はエルサレムから追放され、故郷パレスチナを失うこととなった。

ユダヤ教はその後、パレスチナの地から離散（ディアスポラ）したユダヤ人とともに、ローマ帝国領内に広がっていったが、彼らは独自の集団を作り、シナゴーグ（集会所）で民族宗教としての儀礼を守った。神殿の司祭に代わりユダヤ教の宗教的指導者となったのが「ラビ（わが師）」たちであった。彼らはもともと平信徒の律法学者であり、「タルムード」を民衆に解説し、ユダヤ人コミュニティの指導者でもあった。その間四世紀に、キリスト教がローマ帝国で公認されやがて国教となると、ユダヤ教は異教として排除され、ユダヤ人は迫害されることになるが、彼らが民族としてのアイデンティティを保持することができたのはこの「タルムード」と「ラビ」の存在が大きな役割を果したのである（「ユダヤ教」『世界史の窓』）。

ユダヤ人の迫害についてはすでに何度も触れているのでここでは割愛する。『世界史の窓』の「ユダヤ教」では、キリスト教とユダヤ教の特色の違いをうまくまとめているので、それを引用しよう。
・キリスト教では神はイエスとして受肉し顕現したとし、父（神）と子（イエス）と聖霊は一体であるとする三位一体説を説く（カトリック、プロテスタント共通）。しかし、ユダヤ教では神は不可視であるとして顕現、受肉を否定する。
・キリスト教では人類の原罪からの救済は、メシア（救世主＝キリスト）の犠牲なしには不可能であるとするが、ユダヤ教では個人は直接神と向き合い、それぞれの努力によって救済されると考える。
・キリスト教ではメシアは神性を帯び、イエスとしてすでに顕現したとする。ユダヤ教ではイエスをメシアとは認めず、単なる異端者にすぎないと考える。したがってユダヤ教では『旧約聖書』だけが聖典であり、『新約聖書』は排除する。
・キリスト教、特にローマ・カトリックでは偶像崇拝に比較的柔軟であるが、ユダヤ教では中世以降、それを厳しく禁止している。
・キリスト教ではローマ教皇を頂点とした明確な聖職者ヒエラルヒーが成立し、教会―信徒が組織化されている。プロテスタントでも一般に教会・牧師が存在する。ユダヤ教には教会組織はなく、信仰上の問題はラビ（律法学者）が判断し、信者はそれに従う。
『世界史の窓』の「ユダヤ教」では、最後に、ユダヤ教の「律法（トーラー）」と「タルムード」による主な宗教儀礼・食物戒律を挙げている。

・安息日：金曜の日没から土曜の日没まで。土曜日は労働は禁じられ、集団礼拝のためシナゴーグに集まる。キリスト教の安息日である日曜日はユダヤ人にとって平日であり労働すべき日である。

・ユダヤ歴：太陰暦を基本とし太陽暦を組み合わせる太陰太陽歴。一年は十二か月で太陽暦の九～十月に当たるティシュリ月に始まり、八～九月に当たるエルル月に終わる。主な祭日は新年祭、贖罪日、「仮庵《かりいお》の祭り」、「過越《すぎこ》しの祭り」などがある。ユダヤ歴の紀元は創造紀元とされ、キリスト紀元の紀元前三七六一年を元年とする。

・食物戒律（カシュルート）：適正で清浄な食物の摂取が義務付けられており、動物では牛、羊、山羊、鶏・七面鳥はよいが、豚・ラクダの肉は不浄とされる。魚は鱗とひれのあるものはよいがイカ、タコ、エビ、カニは不可。その他細かな食物戒律がある。

近年、日本にも多くのイスラム教徒が訪れるようになり、彼らの食べてよいもの（ハラル）と食べてはいけないもの（ハラム）という食物戒律が話題になったりするが、イスラム教はユダヤ教を母体として生まれた宗教であるから、その原型はユダヤ教の食物戒律（カシュルート）にあるわけである。むしろ、同じくユダヤ教を母体とするキリスト教で食物制限がほとんどないというのが例外と言えよう。

また、服装や身なりについても、正統派と呼ばれる人々は髪や髭は伸び放題で、いつも黒い帽子と黒くて長い上着を身に着けていて、一目でそれとわかることもすでに述べた。彼らは現在でも「律法（トーラー）」と「タルムード」を厳格に守って生活しているのである。

ドストエフスキーの発想の基盤となっている正教は、先に見たように、同じキリスト教でも、カトリックなど西のキリスト教に比べて、原始キリスト教の精神に忠実であるとされ、義よりも愛、十字架よりも復活、罪よりも救いを重んずるとされる。一般に、キリスト教は「愛の宗教」と言われるが、正教はその傾向がいっそう強いのである。さらに、ドストエフスキーにとって、正教は「自由の宗教」でもあった。

キリストは、善を選択するか悪を選択するかを民衆の自由意志に任せて、決して善を強制しなかった。キリストを信じるか信じないかは完全に人間の自由意志に委ねられているのである。これに対して、大審問官たちカトリック教会は人類愛や地上のパンを掲げて、民衆に善を強制する。しかし強制は、それが善の強制であっても、結局少数の人間がほかの多数の人間の自由を抑圧して支配することであり、キリストの意志に反する。ドストエフスキーにとっては、あらゆる強制は自由の抑圧であり、反キリストであり悪なのである。

このような正教の神のイメージは、厳格な父よりもむしろ慈愛に満ちた母に近いであろう。悪を選択してしまった息子に対して、父は厳しく罰するけれども、母は優しく受け入れてくれる。また、そのような神のイメージはロシアの「母なる大地」とも重なるだろう。豊饒で雄大なロシアの「母なる大地」こそ神の象徴であり、ドストエフスキーにとって正教はロシア民族主義とも結びつくのである。

一方、ユダヤ教の神は堕落した人間を容赦なく殲滅する「怒れる神」である。『判決』で、父がベンデマンに「お前は自分のことしか考えない悪魔のような人間だ」という理由で溺死による死刑判決を下したのは、どこかノアの箱舟伝説の大洪水を連想させないだろうか。また、『審判』のヨーゼフ・Kや『城』のKの運命が見えない大きな力によって翻弄される姿は、ヨブが神の気まぐれによって翻弄される姿とどこか重ならないだろうか。

ヨブは意を決して内なる神に、なぜこのような罰を自分にもたらすのか問いただした。その時の神の答えは「私が大地を据えたとき、お前はどこにいたか」というものだった。これは、「被造物の分際で神に質問するとは何事か!」という、人間を見下した傲慢な態度であり、およそ答えになっていないであろう。キリスト教では、神は人の子=イエスとして受肉し、この地上において十字架にかけられ、自らの血を流すことによって人類の罪を贖ったのであり、神イエス=キリストは人性を持ち、地上に顕現したと考えられているが、ユダヤ教では、神は天上高く隔絶した存在のままであり、受肉も顕現もしないのである。

カフカは『父への手紙』の中で、幼いカフカにとって世界は三分されていたと語っていた。「まず第一は、子供の僕の世界です。僕はそこで奴隷として生き、僕だけのために考案され、しかもどういうわけか、僕が一度として完全には従いきれない法に規制されていました。第二は、僕の世界からは無限に隔たった、あなたが生きておられる世界です。父親のあなたは、そこで統治し、命令を発し、それが守られぬことに立腹していました。最後の第三の世界では、僕とあなたを除くすべての人々が、幸せに、命令と服従から解き放たれて、のびのびと生きていました。」（本書一四四頁）

この言葉は、子供に恐怖心を植えつけて自分の言うことを聞かせようという父の教育を非難した言葉であるが、ここでの「父親」を「神」と言い換えれば、これはそのままユダヤ教の神に対する恐怖と非難につながるだろう。カフカが父に対して反発したのは、実は父の高圧的で傲慢な態度の中に、暴君的なユダヤの神を見ていたからではないだろうか。しかし、人間は神の決定に対して納得がいかないとしても、それを否定して反抗することはできない。いかに理不尽な決定であっても、人間はそれを受け入れるしかないのである。なぜなら、それが神とユダヤ民族との「契約」だからであり、神によって選ばれた民の宿命だからである。

ユダヤ教の祭りには「出エジプト」に関連したものが多い。「過越しの祭り」は、神がエジプト中の長子を殺そうとした時、ユダヤ人の家だけは門口に仔羊の血を塗らせてそれを目印として過ぎ越したという故事にちなむ。また、「仮庵の祭り」は、出エジプトの際の荒野での苦しい生活を思い出すために、野外に仮小屋を建て居住するという行事である。これらの祭りを通して、ユダヤ人は、自分たちを奴隷の家から救ってくれた神に感謝するとともに、モーセを介して啓示された「律法（トーラー）」を守って生きることを改めて誓うのである。

毎年の年中行事を通して民族の苦難の歴史を絶えず再確認することによって、ユダヤ人は民族としてのアイデンティティを維持してきたのである。カフカ自身が述べているように、ユダヤ教はたんなる信仰の問題ではなく、共同体の生活実践の問題なのである（本書一七二頁）。

ドストエフスキーとカフカが描こうとしたもの

最後に、ドストエフスキーとカフカがそれぞれ何を描こうとしたのか、その違いについて改めて確認してこの節を終わりにしたい。

ドストエフスキーの作品の特徴は高い思想性と精緻な心理描写である。すでに『カラマーゾフの兄弟』におけるイワンとアリョーシャの対話の部分を引用したが、ここではその例として、カミュが『シーシュポスの神話』において論じていたドストエフスキー論である「キリーロフ」の内容を取り上げてみよう。その箇所は「『悪霊』第三部、第六章　労多き一夜、２」（江川卓訳、一九七四）で、シャートフを殺害したヴェルホーヴェンスキーがキリーロフの部屋を訪れ、彼にシャートフを殺したのは自分だという遺書を書かせる場面である。

遺書を早く書かせたいヴェルホーヴェンスキーに対して、キリーロフは遺書を書かないと言い始める。ヴェルホーヴェンスキーはキリーロフに自殺しようという気持ちを起こさせるために、自説を語らせようと水を向ける。

「キリーロフ、僕には君がなぜ自殺しようとするのか、どうしてもわからなかった。僕が知っていたのは、ただそれが十分に……確固たる信念に基づいたものだということだけだった。しかし、もし君が、何というか、信念を吐露したい気持ちがあるのなら、僕は喜んで聞かせてもらいますよ」

「僕の記憶では、何か神のことがからんでいたようでしたね……確か一度説明してくれたでしょう、二度だったかな。君が自殺したら、神になるんだとか、何とか？」

「そう、僕は神になる」

ピョートル（ヴェルホーヴェンスキー）はにこりともしなかった。彼は待っていた。キリーロフは微妙な目つきで彼を見やった。

「君は政治的詐欺師で陰謀家ですね。君は僕を哲学と歓喜の境地におびき出して和解を成立させ、怒りを散らして、仲直りのできたところで、僕がシャートフを殺したという書置きを書かせる魂胆でいる。」

キリーロフはそういうヴェルホーヴェンスキーの意図がわかっていながら、自らの「人神論」を語り始める。ヴェルホーヴェンスキーは相槌を打ちながらキリーロフの言葉に耳を傾け、これは自殺しないなと思うと、言葉をはさんで自殺を決意させようと誘導する。とうとう、キリーロフは遺書を書くことを承諾し、ヴェルホーヴェンスキーの言う通りに遺書を認《したた》め、署名し、そのままピストルを手にして別室に駆け込んだ。

しかし、十分たってもピストルの音は聞こえなかった。不安に思ったヴェルホーヴェンスキーがドアを開けて蝋燭を掲げると、キリーロフが何か叫びながらすさまじい形相《ぎょうそう》で飛びかかってきたので、彼は力任せにドアを閉めた。ヴェルホーヴェンスキーはキリーロフが思弁だけの人間で、自殺などしないと思い始め、自分がキリーロフを殺すしかないと決心し、再び別室に入っていった。しかし、そこには誰もいなかった。キリーロフはドアの右手の戸棚と壁の間のくぼみに隠れて立っていたのである。恐怖に捕らわれたヴェルホーヴェンスキーは大声を上げ足を踏み鳴らしながら、そのくぼみに突進し、蝋人形のようにぴくりとも動かないキリーロフの姿をまじまじと見た。

ヴェルホーヴェンスキーはふとキリーロフの顔に蝋燭の火を近づけて火傷させたいという衝動にかられ、火を近づけた。その時、キリーロフは頭で蝋燭を叩き落し、ヴェルホーヴェンスキーの指にかみついた。ヴェルホーヴェンスキーは悲鳴を上げながら、キリーロフの頭をピストルで三度殴りつけ、指をもぎ離すと、暗闇の中を部屋の外に駆けだした。部屋からは「今すぐ、今すぐ、今すぐ」という恐ろしい叫び声が十度ほど立て続けに聞こえてきたが、やがて高らかな銃声が聞こえた。キリーロフが自殺したのである。

この場面は、自殺して自ら神になるという思想に取り憑かれた偏執狂のキリーロフと、そのキリーロフにシャートフ殺害の罪をなすりつけようとする俗物的でずる賢いヴェルホーヴェンスキーとの心理的駆け引きが見ものであるが、後半では、なかなか自殺しないキリーロフに業を煮やしたヴェルホーヴェンスキーが、キリーロフを殺すために打たれることを覚悟で部屋に入っていくその恐怖心が見事に描かれている。

さらに、精緻な心理描写とともに際立っているのは、キリーロフとヴェルホーヴェンスキーの個性の違いである。キリーロフは典型的な「偏執狂」として、またヴェルホーヴェンスキーは典型的な「詐欺師」として描かれている。この二人に限らず、ドストエフスキーの作品の登場人物はそれぞれが強烈な個性を持っており、他の人物とキャラクターが重なることはない。『カラマーゾフの兄弟』においては、長男ドミートリイは乱暴で直情的だが愛情深い人物として、次男イワンは冷静でニヒルなインテリとして、三男アリョーシャは素直で心優しいが強情な面もある好青年として描かれている。ドストエフスキーの作品のすべての登場人物はそれぞれが独自のキャラクターを持っているのである。

ドストエフスキーの作品には、生き生きとした実在的な人間がいる。彼はその優れた鑑識眼によって、人間群像を、さまざまな性格と思想を持った人間がいることを描こうとしたのである。彼は時に美しく、時に醜く、時にいとおしく、時に嫌悪すべき人間のありのままの姿を描こうとしたのであり、完全に善なる人間もいないし、完全に悪なる人間もいないという人間の真実を描こうとしたのである。したがって、彼は卓越した心理学者であり、リアリストである。ドストエフスキーは私たちが現に生きているこの「現実（リアル）」の世界を描こうとしたのである。

では、カフカはどうか。

「文学の見地から見れば、僕の運命は非常に単純だ。夢のような僕の内面生活を描写するための才能は、他のすべてのことを副次的なものにしてしまった。そしてそれらはおそろしくいじけてしまい、いじけることをやめない。内

面生活の描写を除いては、他のいかなるものもついぞ僕を満足させることはできないのだ。」（『日記』一九一四年八月六日）

カフカが描こうとしたのは「現実（リアル）」の世界ではない。「夢のような僕の内面生活」である。したがって、それは「空想（ファンタジー）」の世界であり、現実には存在しない架空の世界、想像の世界である。しかし、カフカが描くのはたんなる「おとぎ話」ではない。実際に存在するものではないが、私たちが必然的に考えざるを得ない何ものかである。私はそれはカントが「ヌーメノン（可想的存在）」と呼んだものと同様のものだと考えている。そして、「ヌーメノン（可想的存在）」のうちで私たちにとって最も身近なものが「物自体」である。

カントは「現実（リアル）」の世界を「現象界」と呼ぶが、「現象」とは「現れ」であり、「現れ」である以上、現れる当のものがどこかにあるはずである。あるいは、「現象」を何かの結果だと考えるならば、やはりその原因となるものがどこかにあるはずである。この「現象」として現れる当のもの、あるいは「現象」の原因と考えられるもの、それが「物自体」である。

私たちはこのような「物自体」を必然的に考えざるを得ないのではないか。そして、「物自体」が「現実（リアル）」の世界にはないとすれば、その居場所は「空想（ファンタジー）」の世界——カントはこれを「叡知界」と呼んだ——でしかありえないだろう。しかし、「物自体」について語ろうとすれば、それは「現実（リアル）」の世界にはないのだからたんなる写実的な方法では不可能であろう。それゆえカフカは、カミュが「象徴（シンボル）」と呼び、私が「寓意（アレゴリー）」と呼んだ方法で語ったのである。「夢のような内面生活」を語るにはこの方法しかないのである。

グスタフ・ヤノーホの『カフカとの対話』には次のような場面がある。

「「少年ロスマンの姿と火夫の姿はとても生き生きとしています。」と私は言った。

カフカの顔つきは暗くなった。

「それは副産物にすぎません。僕は人間を描いたのではないのです。一つの物語を物語ったのです。それは形象です。形象にすぎません。」

「そんならきっとお手本があるに違いありません。形象の前提は見ることです。」

カフカは微笑した。

「人が物の写真を撮るのは物を感覚から追い払うためです。僕の物語は眼を閉じることの一種です。」」（『対話』二十三～二十四頁）

カフカは、ある人間の個性や運命を語るのではない。彼を主人公とした「物語」すなわち彼の生きる「世界そのもの」を語るのだ。「世界そのもの」は「感覚」からは知ることはできない。それは「形象」である。「形象」は「写真――もちろんカフカは「白黒写真」を念頭に置いている――」であり、人が「写真」を撮るのは「物を感覚から追い払うため」である。つまり、カフカにとって「写真」は、「感覚――それはそのつどそのつどの偶然性、具体性、生き生きとした現実性を現わしている――」から「形象――物の真の姿――」を解放するための手段なのである。

「感覚」はむしろ「形象」を見えなくしてしまう。「僕の物語は眼を閉じることの一種だ」とは、「僕の物語は、個々の感覚を超越した地平――これが「形象」である――を描いている。だから、心の眼で見るしかないのだ」という意味であろう。カフカが『火夫』において描こうとしたのは、カール・ロスマンという人間ではない。彼の生き方を通して「青春の光・美・幸福」という「物語（＝形象）」を描こうとしたのである。

あるいは、絵画で言えば、カフカが描こうとしたのは具象的で写実的な絵画ではなく、非写実的で抽象的な絵画であろう。マックス・ブロートはカフカが日本の歌川広重の版画を描いた絵葉書から着想を得たと指摘していた（本書十九頁）が、カフカは日本の浮世絵のようなデフォルメされた絵画に自身の作品との共通性を感じていたのだろう。

フランスを中心とした西欧では十九世紀末から二十世紀初めにかけて、「ジャポニスム」や「シュールレアリスム（超現実主義）」などの芸術運動が進行していたが、カフカもそうした風潮を肌で感じていたのかもしれない。

カフカが描こうとしたのが人間ではなく物語だということは、読者は登場人物の内面を客観的に観察するのではなく、主人公と一体となって物語世界を生きるということである。そして、読者が主人公と一体となるためには、主人公の個性は弱いほど容易であることは明らかだろう。主人公の個性が強すぎると、読者は感情移入がしにくくなり、主人公と自分とを同一視できなくなってしまうからである。ここに、物語を描こうとしたカフカと人間を描こうとしたドストエフスキーとの決定的な違いがある。

ヤノーホが「ロスマンの姿はとても生き生きしている」と感想を述べた時、カフカの表情が暗くなったのは、ヤノーホはまだ主人公ロスマンを客観的に眺めているだけで、ロスマンと一体となって物語世界を生きてはいないと感じたからであろう。カフカにとっては、読者が主人公と一体化できなければ、その作品は失敗なのである。『変身』で朝起きたら甲虫になっていたのは読者自身であり、『審判』で逮捕され犬のように処刑されるのは読者自身である。読者が主人公と一体となって物語世界を生きていると感じさせることが物語作家としてのカフカの目指すところなのである。

そのためにカフカが用いた語り方が、バイスナーが指摘していたように、「三人称限定（一元）視点」からの語りである。この語り方は「三人称」でありながら「一人称の語り」に近いものである。つまり、カフカは、ドストエフスキーのように人物の内面を外側から、つまり客観的に語るのではなく、内側から、つまり主観的に語るのである。そのため、読者は自分自身が主人公となって物語世界を生きているような感覚を覚えるのである。

さらに言えば、カフカでは、読者は主人公と一体になるだけでなく、「作品そのもの」とも一体化する。なぜなら、カフカの主人公の関心は常に目の前のことだけに限られ、どうしてこのような結果になったのかその原因を考えたり、過去を反省したりすることがない。したがって、「読者＝主人公」は自分の主観を意識することなく、今自分の目の前で起きている出来事に心を奪われ、その結果読者自身が物語世界に溶け込んでしまうからである。

『変身』の主人公グレゴール・ザムザは、自分がどうして甲虫になってしまったのか全く考えない。彼は支配人にまだ自分は勤務を続ける意志があることを伝えようとして、ベッドの上で仰向けになって動けない体を、多数の細い足を動かして必死になって腹ばいになろうとし、やっとの思いで部屋から出る。支配人は巨大な甲虫を見て驚愕し逃げ出そうとするが、ザムザは支配人を捕まえて、何とか自分を首にしないでほしいと必死になって懇願しようとする。だが、彼の発する声はすでに獣の叫びであり人間の声ではない。その時ザムザは、自分が化け物になってしまったことを忘れているのであり、彼の頭の中は首にしないでほしいという思いでいっぱいなのである。

では、読者が主人公と一体となって生きようとする世界、カフカの「夢のような内面生活」の世界とはいかなる世界であろうか。

それは生と死とが背中合わせに存在しているような世界であろう。それは朝起きたら自分の身体が巨大な甲虫になっているような世界であり、ある朝突然逮捕されろくな審議もされず一年後に処刑されるような世界であり、父にいきなり溺死による死刑判決を言い渡されるような世界であり、測量技師として招聘されたのに一向にその職に就けないような世界である。

それはどこか『旧約聖書』の世界に似ていないだろうか。『旧約聖書』の世界は神の怒りを買って大洪水によって溺死させられる世界であり、忠実な信者であっても自分の子供を生贄に捧げることを要求される世界であり、神がサタンと賭けをして運命をもてあそばれるような世界であり、子は父が定めた掟に奴隷のように拘束され、父ははるか彼方から子を支配し、掟が守られないことに立腹しているような世界である。

また、その世界の街並みは、広い大通りに面して高さと色合い、デザインが統一された建物が整然と立ち並ぶ秩序ある近代的な街並みではなく、狭くて入り組んだ路地に小さくて古い家々が無秩序に立ち並ぶ薄汚れた街並みであろう。それはカフカが子供の頃に暮らした再開発される前の「ユダヤ人街（ゲットー）」である。

「私たちの心には、相変わらず暗い片隅、秘密の道、盲窓、汚らしい中庭、騒がしい居酒屋、閉め切った宿屋などが生きています。私たちは新しく作った町の広い街路を通っていきます。ところが私たちの歩きつきも目つきも不確かです。心の中は、まだ古い貧民窟の路地にいるように震えているのです。私たちの心はまだ、衛生施設が実現したことについては何も知らないのです。私たちの心の中にある不健康な古いユダヤ人街は、われわれの周囲の衛生的な新しい街よりはるかに現実的です。醒めた状態で、私たちは夢の中を歩いているのです。過去の時代の亡霊にすぎないのです。」（『対話』四十三頁）

この古いユダヤ人の貧民窟がカフカの「夢のような内面生活」すなわち「心の故郷《ふるさと》」であり、カフカはここでの出来事を物語るのである。

参考文献

・カミュ『シーシュポスの神話』（清水徹訳、新潮社、一九七四）
・ドストエフスキー『悪霊』上・下（江川卓訳、新潮社、一九七三）
・「悪霊（ドストエフスキー）」：『ウィキペディア』〈https://ja.wikipedia.org/wiki/悪霊－（ドストエフスキー）〉（2023/1）
・ドストエフスキー『罪と罰』上・下（米川正夫訳、新潮社、一九七五）
・ドストエフスキー『カラマアゾフの兄弟』一～五（原久一郎訳、新潮社、一九七五）
・「東方正教会」：『日本大百科全書（ニッポニカ）』〈https://kotobank.jp/word/東方正教会-104169〉（2023/1）
・ニコライ・ベルジャーエフ『ドストエフスキーの世界観』（『ベルジャーエフ著作集2』斎藤栄治訳、白水社、一九六〇）
・「ニコライ・ベルジャーエフ」：『ウィキペディア』〈https://ja.wikipedia.org/wiki/ニコライ・ベルジャーエフ〉（2023/1）

・「フョードル・ドストエフスキー」:『ウィキペディア』〈https://ja.wikipedia.org/wiki/フョードル・ドストエフスキー〉(2023/1)
・エーリッヒ・フロム『自由からの逃走』(日高六郎訳、東京創元社、二〇〇一)
・「自由」:『広辞苑』(第二版補訂版、岩波書店、一九八〇)
・「ユダヤ教」:『日本大百科全書(ニッポニカ)』〈https://kotobank.jp/word/ユダヤ教-145181〉(2023/1)
・「タルムード」:『ウィキペディア』〈https://ja.wikipedia.org/wiki/タルムード〉(2023/1)
・「ユダヤ教」:『世界史の窓』〈https://www.y-history.net/appendix/wh0101-071.html〉(2023/1)
・グスタフ・ヤノーホ『カフカとの対話』(北村義男訳、河出書房、一九五四)

三　スピルバーグとカフカ

私は以前から、スティーヴン・スピルバーグの映画とカフカの文学作品との間には何か共通するものがあると感じていた。

例えば、スピルバーグの最初期の監督作品である『激突!』（一九七一）は、主人公のセールスマンが車で荒野のハイウェーを運転中、低速で走行していた大型トレーラー型タンクローリーを追い越したことで、そのトレーラーに追い回されるという話である。踏切で停車中の主人公の車をトレーラーが後ろから押して列車と衝突させようとしたり、道路わきの電話ボックスから警察に電話しようとする主人公を電話ボックスごと跳ね飛ばそうとしたり、トレーラーは次第に殺意をあらわにしながら執拗に後を追ってくる。現代の日本で言えば、究極の「あおり運転」である。

主人公は峠道に逃げ込み、何とかトレーラーを振り切ろうとするが、車のラジエーターが故障してしまい、逃げ切ることが難しいと悟った彼はトレーラーとの決闘を決意する。彼はトレーラーを峠の途中の崖へと続く丘へ誘い込み、車をUターンさせてトレーラーと正面衝突する直前で車から飛び降りた。衝突の炎と煙で視界を奪われたトレーラーはそのまま走り続け、主人公の車もろとも崖下に転落する。トレーラーが落下しながら捻じれ軋む音はまるで巨大な獣の咆哮のようである。決闘から生還した主人公が崖の縁《へり》に腰かけて、二台の車の残骸を見つめるシーンでこの映画は終わる（「激突!」『ウィキペディア』）。

私がこの映画とカフカの作品との共通性を感じたのは、この映画では、主人公に危害を加えようとするトレーラーの運転手はいっさい顔を見せないという点である。主人公は自分を命の危険にさらそうとしている相手が誰だかわからないのである。相手がわかれば話し合いを持つこともできるが、わからなければ交渉の余地はない。実際、主人公はドライブインのレストランでそのトレーラーの運転手と思われる男に声をかけるのだが、それは別人だった。相手が誰だかわからないのに、こちらの行動は相手にしっかり見られているという恐怖、この恐怖は『審判』のヨーゼフ・Kや『城』のKが抱いた恐怖や不安につながるように思えたからである。

相手の正体がわからないことからくる恐怖は、スピルバーグの映画の至る所に見られる。『ジョーズ』（一九七五）では、海で泳いでいた女性が海底に引きずり込まれたり、食いちぎられた人体の一部が見せられるだけで、巨大人食いザメの姿はなかなか画面に登場しないし、『ジュラシック・パーク』（一九九三）では、姿は見えないが、巨大生物が闊歩する地響きや振動による水溜まりの波紋などで、ティラノサウルスが近づいてくることが暗示される。相手が見えないだけに、どのような敵がどこからどのように襲ってくるかわからないことが、不安や恐怖をいっそうかきたてるのである。

また、スピルバーグの映画には古代の秘宝や太古の古生物などが登場する作品が多い。『インディ・ジョーンズ』シリーズ（一九八一～）では、主人公の考古学者インディ・ジョーンズが、『旧約聖書』に記されている「聖櫃《ひつ》（十戒が刻まれた石版を収めた箱）」をめぐってナチス・ドイツと争奪戦を繰り広げたり、インドのある村で邪教集団に誘拐された子供たちや奪われた秘宝を奪還するなどの冒険活劇が展開される。そして、『ジュラシック・パーク』シリーズの主役はもちろん現代によみがえった恐竜たちである。

現在私は、スピルバーグの映画の世界とカフカの文学の世界はユダヤ的な『旧約聖書』の世界に共通のルーツを持っているのではないかと思っているが、実は、スピルバーグがユダヤ人であることを知ったのは最近のことである。スピルバーグがナチス・ドイツのホロコーストを題材にした『シンドラーのリスト』（一九九三）で、アカデミー賞の監督賞と作品賞を受賞した時も、彼は娯楽映画だけでなくシリアスな映画も作れるんだと思った程度だった。

スピルバーグがユダヤ人であることを知ったのは全くの偶然と言っていいだろう。自分なりのカフカ論をまとめてみようと思い、彼の日記や手紙などの資料を読んでいくうちに、私の頭の中で次第にカフカのイメージが固まっていった。そして、それはある映画の登場人物を私に思い出させた。

その映画はロバート・ゼメキス監督の『バック・トゥ・ザ・フューチャー』（一九八五）である。この映画は、主人公の高校生がタイムマシンで自分が生まれる前の時代にタイムスリップし、当時高校生だった自分の両親と出会うというＳＦコメディである。その時両親はまだ付き合っておらず、あろうことか母親は主人公に恋してしまう。主人公は二人を何とか結び付けようとするのだが、その時の父親役の俳優（クリスピン・クローヴァー）の容姿や仕草やいかにも優柔不断そうな性格が、私の中でカフカのイメージと完全に重なったのである。なお、主人公が現代に戻ってきた時、タイムスリップする前と状況が変わっており、父親は小説家として成功していたというオチまでついていた。

そこで、インターネットで『バック・トゥ・ザ・フューチャー』を検索し、この映画の製作総指揮にスティーヴン・スピルバーグの名前を見つけたのである。私は『激突！』を見た時から、スピルバーグの世界とカフカの世界との共通性を感じていたから、今度は「スピルバーグ」を検索し、そこで彼がユダヤ人であることを知ったのである。『バック・トゥ・ザ・フューチャー』の主人公の父親のキャラクターが誰の発案かは知らないが、スピルバーグの生い立ちなどを調べていく過程で、私はカフカとの共通性をますます意識するようになったのである。

伝記作家フランク・サネッロによると、スティーヴン・スピルバーグ（一九四六～）はオハイオ州シンシナティでウクライナ系ユダヤ人の家庭に生まれた。父アーノルドは電気技師で、母リアはコンサートピアニストだった。父は仕事の都合上、引っ越しが多く、スティーヴン少年は常に転校生だったため、友人も少なく孤独な少年時代を送っていた。

母のリアは冒険好きな女性で、ユダヤ人居住地域で暮らすことを望まず、一家はキリスト教徒たちの中に住んでいた。そのため、近所の子供たちからは「スピルバーグ家のやつらは汚いユダヤ人だ」としょっちゅうののしられた。そこで、スティーヴンは彼らの家の窓にピーナッツバターを塗り付けて仕返ししたこともあったという。

その地域の唯一のユダヤ人家族として、スティーヴンは自分たちが周囲から孤立していると気づいていた。クリスマスの時、飾りつけをしないのは彼らの家だけであり、スティーヴンは他のみんなと同じようになりたいと思い、自分がユダヤ教徒であることを恥じていた。

スティーヴンが最も辛かったのは、十六歳の時サンフランシスコ近くのカリフォルニア州サラトガに引っ越した時である。彼はその学校で唯一のユダヤ人だった。彼が廊下を歩いていると、他の生徒たちが咳をしながら「ユダヤ人（蔑称）」という言葉をささやいてきたり、自習室では、ユダヤ人がいかに欲深いかを証明するために、一セント銅貨を投げてくる者もいた。

こうした人身攻撃の恐怖は六か月続き、成人してからもトラウマとなって彼を苦しめた。また、彼は学習障害（失読症あるいは難読症）を抱えており、読む速度が非常に遅いために勉強が苦手で、容姿にも自信がなかった。そのため、彼は引っ込み思案で、友人たちの生き方にはついて行けず、いつも自分に不安を感じており、「異星人」のような気分だったと述懐している。そんなスティーヴン少年が唯一打ち込めたものが映画製作だった（フランク・サネッロ『はじめて書かれたスピルバーグの秘密』「第1章　ちびっ子監督」（中俣真知子訳、一九九六））。

スピルバーグ家はユダヤ教の戒律にそれほど忠実ではなかったようである。ユダヤ教に関する子供の頃の楽しい思い出は、タブーを破るやましさを感じながら母親と一緒にロブスターをゆでたことであり、また、その他の子供時代の記憶としては、「過越しの祭り」の時に、礼拝所でハシディズム派の長老たちが「種なしパン（マツア）」を回してくれたことと、安息日に母親がロウソクに火を灯したことくらいだった。スピルバーグにとってのユダヤ教は宗教というより文化や生活習慣という側面が強かったのであり、この点でも、カフカとの共通性が認められるのである。

スピルバーグが、自分がユダヤ人であることを強く意識するようになったのは、結婚して子供ができてからのようである。彼は子供たちに、自分が世界で一番古い民族の一員であるという誇りを持ってほしかったと語っている。そうした自らの宗教的ルーツを再発見する試みが『シンドラーのリスト』の製作であった。

この映画はもちろんナチス・ドイツによるホロコーストを告発するものであるが、スピルバーグは当時のボスニアにおける「民族浄化」をよみがえったホロコーストと見なし、激しい怒りを感じていた。彼はインタビューで次のように答えている。

「問題意識は一つではなく、組み合わさっていた。つまり、ホロコーストの関心と、ボスニアで再び起こっていた「ショアー（ホロコーストを意味するヘブライ語）」の兆候の恐怖。同じ恐怖は、クルト族の根絶やしを図るサダム・フセインの企てにも見られた。僕らが走り抜けてきた世界史のこうした瞬間は、一九四三年に起こった事態とそっくりだった。『シンドラーのリスト』は人間の苦難を描いたものだ。ユダヤ人はもちろんのこと、エイズ患者やアルメニア人やボスニア人の苦しみもね。これは全人類のものなんだ。」（同掲書「第17章　頂点をきわめる」）

カフカにしてもスピルバーグにしても、彼らは差別による苦難や恐怖を経験しつつも、自分たちが、世界で一番古い民族であり『旧約聖書』の民であるユダヤ民族の一員であることに誇りを感じていたことは間違いない。彼らの作品は彼らがユダヤ人であることを抜きにしては語れないだろう。

とは言え、彼らの作品にユダヤ人気質という特殊性ばかりを求めても、彼らの作品を正しく評価したことにはならないだろう。彼らの作品が世界中で受け入れられているという事実は、彼らの作品が全人類に共通する普遍性を表現しているからこそである。それゆえ次に、南波克行編『スティーブン・スピルバーグ論』（二〇一三）を参考にしながら、二人の作品に共通する普遍性について考えてみよう。

「スピルバーグの才能を「信じられないような出来事に真実味をもたらす」力にあると指摘したのはフランソワ・トリュフォーであるが、「あらゆる日常のひとこまにほんの少し超常的（ファンタスティック）な部分を加えて撮影しながら、もう片方の天秤の釣り合いを取るため、超常的（ファンタスティック）な場面においては、できるだけ日常的な要素を加味していた」という『未知との遭遇』に対するトリュフォーの指摘は『E.T.』でも当てはまる。」（論考1「夜の暗がりの寄る辺なさとともに――スピルバーグ映画の子供たち」大久保清朗）

* * *

ここで、トリュフォーがスピルバーグの映画の特徴として指摘しているのは、「日常的なもの」と「ファンタスティック（超常的、幻想的）なもの」との共存関係である。スピルバーグは「ファンタスティック（超常的、幻想的）なもの」を描く場合でも私たちの日常生活における出来事のように自然に描くのである。トリュフォーのこの指摘は宇宙もののSF映画である『未知との遭遇』（一九七七）についてなされたものだが、これは同じ宇宙もののSF映画であるジョージ・ルーカス監督の『スター・ウォーズ』（一九七七）と比較したうえでの発言だと思われる。ルーカスの『スター・ウォーズ』は銀河系を舞台にしたさまざまな登場人物たち（人間、異星人、ロボット）の冒険活劇であり、私たちの日常（地球）から遠く離れた完全に「超常的（ファンタスティック）」な世界の物語である。それに対して、スピルバーグの『未知との遭遇』そしてまた『E.T.』（一九八二）も、地球上での人間と宇宙人との接触を描いたものであり、私たちの日常の中に「超常的（ファンタスティック）」なものが入り込んでくるという設定になっている。

その違いは人間と宇宙人との意思疎通に関してはっきりと現れている。『スター・ウォーズ』では、人間と宇宙人とは同じ世界（宇宙）に住む者として、人間同士が会話し合うように意思疎通するが、『未知との遭遇』や『E.T.』

では、人間と宇宙人とは異世界に住む者として意思疎通が困難であることが前提になっている。それゆえ、『E．T．』において主人公の少年とE．T．の気持ちが通じ合うラストシーンが私たちに心暖まる感動を与えるのである。こうした「空想（ファンタジー）」と「現実（リアル）」との融合が、スピルバーグの映画に独特な雰囲気を生み出しているのである。

スピルバーグの映画に対するトリュフォーの指摘とほぼ同様な指摘を、カフカの作品に対してカミュがしていたのを私たちはすでに見ている。

「自然らしく思えるものと異常なもの、個体と普遍的なもの、悲劇的なものと日常的なもの、不条理と論理的なものの間で揺れ動きながら保たれている平衡関係が、カフカの作品に独特な響きと意味を与えているのである。」

「カフカの作品には「悲劇における論理的なものと日常的なものとの共犯関係」がある。『変身』の主人公ザムザが、自分が毒虫になってしまうという異様な目に会いながらも、彼が苦にしているのは、自分が来ないので店主が怒っているだろうということだけである。この微妙な調子にカフカの芸術のすべてがある。」（本書二五九頁）

また、カフカ自身が「ありふれたもの」と「奇跡」について次のように語っていた。

「エトシュミットは、私がありふれた事件の中へ奇跡をこっそり忍び込ませていると主張しています。それはもちろん彼の側からの重大な誤解です。普通のもの自体がすでに奇跡なのです。私はそれをただ記録するだけです。私が半分暗がりの舞台の照明のように、物を少しばかり明るくしているということはあり得ます。しかしそれは正しくありません！　実は舞台は少しも暗くないのです。真昼の明かりでいっぱいなのです。そのために人々は眼を閉じてしまって、ほとんど物が見えないのです。」（本書二二五頁）

彼らが描く世界は、ドストエフスキーが描くような完全な「現実（リアル）」の世界でもないし、ルーカスが描くような完全な「空想（ファンタジー）」の世界でもない。その中間に二人の世界は位置しているのである。たとえて言えば、彼らが描くのは、半分は昼だが半分は夜であるような「トワイライト・ゾーン」の出来事であり、あるいは半分は目覚めているが半分は夢の中にいるような曖昧な意識状態であり、あるいは半分は大人であるが半分はまだ子供であるような思春期の記憶のようなものであろう。こうした「現実（リアル）」と「空想（ファンタジー）」あるいは「日常的なもの」と「奇跡的なもの」のように相反するものの共存・平衡関係が、二人の作品にアンビバレントで微妙な雰囲気を与えているのである。

＊　＊　＊

「まずは、スピルバーグのフィルモグラフィの一番最初のシークエンス（『激突！』の最初の場面）が、何も見えない暗闇と、その中から聞こえてくる音、そこへ射し込んでくる「光」の連なりで始まったこと、そしてそれらが「我が家からの出発」を描いているということは、とても重要である。彼の映画の多くが、我が家から「外」に出てしまい、その帰郷の道をなかなか見つけられずにいる人々の姿を描くのは、決して偶然ではない。スピルバーグは、ここから始まり、既に四十年を超える映画作家としての仕事でずっと、帰宅を目指す困難な、ほとんど絶望的な試みばかりを、ひたすら撮り続けているのである。」

「一九八二年に、スピルバーグは『ニューヨーク・タイムズ』でミチコ・カクタニのインタビューを受けており、彼の映画の主人公たちについて、このように語っている。

〈……僕は対立が好きなんだ。犠牲者と略奪者の対立が。主人公の前に敵が立ちはだかり、しかも、そいつは主人公より強い。だから主人公は、どこか逃げ道を見つけるか、真正面から突っ込むかして、なんとか敵に勝たなければならない。そんな映画が好きなんだよ。〉

スピルバーグの映画はしかし、常にビルドゥングス・ロマンとしての成就に挫折し続ける。主人公を「白いおうち」

から「外」に追い出して、スピルバーグが彼に与える「敵」は、いつもバランスを欠いて強すぎるからである。だから、彼の主人公たちは皆、「敵」を破砕する過程で、自分自身をも破壊してしまうのであり、出発点の「白いおうち」に帰ることができなくなってしまうのである。」（論考5「スピルバーグの戦争と肯定の炎」西田博至）

この論考の筆者は、スピルバーグの映画の多くが、「我が家から「外」に出てしまい、その帰郷の道をなかなか見つけられずにいる人々の姿を描く」と述べているが、「白いおうち」とは物理的な我が家だけでなく、心安らぐ精神的な故郷を、したがってまた、住み慣れた日常を意味しているだろう。

家を出るということは独り立ちするということであり、自らの力で運命を切り開かねばならないということである。そこでは家にいた時と違い、さまざまな困難が待ち受けている。それらの困難を一つ一つ乗り越えて人は成長し、故郷に戻って来ることもできるのだが、スピルバーグが主人公のために用意した「敵」は格別に大きくて強いのである。したがって、主人公たちはその戦いに辛うじて勝ち、何とか生還できたとしても、彼らが払った犠牲はあまりに大きく、『激突！』の主人公のように虚脱状態になってしまうのである。スピルバーグの主人公たちは決して英雄ではない。

スピルバーグの主人公たちは常に敵と戦っている。たいていは逃げ回っているが、時には真正面から敵に立ち向かうこともある。スピルバーグの「僕は対立が好きなんだ。犠牲者と略奪者の対立が」という言葉は、カフカの「すべては戦いです。闘争です。日々それを征服しなければならない人だけが、愛と生に値するのです」（本書二二五頁）を思い出させる。どちらも、生きることは戦うことだと考えているのである。

だが、戦いに勝つとは何を意味するのだろう。二人の作品の主人公たちを見ていると、それは華々しく敵を打ち負かすことではなく、どんな形でもいいからとにかく生き延びることだと思えてくる。『『シンドラーのリスト』は人間の苦難を描いたものだ。ユダヤ人はもちろんのこと、エイズ患者やアルメニア人やボスニア人の苦しみもね。これは全人類のものなんだ。」アウシュビッツ——カフカはこの地名を知らないが——から生還すること、それこそが勝利なのである。

私は前節で、カフカの小説、特に長編小説に見られる共通した傾向として、「それは、主人公がある日突然、ある出来事によって苦境に立たされる。彼はそれまでの日常を奪われ、不自由な状態に置かれる。彼は何とかしてその苦境を乗り越え、失われた自由を回復しようと行動するが、なかなかうまくいかない、というものである。」（本書三二二頁）と書いたが、これを「帰宅を目指す困難な、ほとんど絶望的な試み」と言い換えてもそれほど抵抗はないだろう。カフカもスピルバーグもともに、「戦いに勝つことの難しさ」を描き続けているのである。

前節では、失われた自由を回復するために主人公が悪戦苦闘する様子を直接的に描いたカフカの作品として、短編集『田舎医者』に収められた「ある学会への報告」を挙げたが、短編集『田舎医者』に収録されている作品の多くが、この「戦いに勝つことの難しさ」を共通のテーマとしているように思われる。

「田舎医者」：ある晩、医者は重病人の診察を頼まれ、家に女中と馬丁を残して吹雪の中、馬車で患者のもとに駆けつけた。患者の傷は大きく手の施しようがなかったが、患者にはたいしたことはないと納得させた。医者は家に戻ろうとするが、来た時と違い、馬は一向に進まない。女中のことが心配な医者は気が気ではなく、騙されたと思いつつ雪原をさまようのである。

「掟の門前」：田舎者が掟の門に入ろうとするが、そこには門番がいて「今はだめだ」と言う。男は、掟はどんな人間にも開かれているものだと思いながら、門番の許可を得ようと、全人生と全財産を費やした。臨終のとき、男は門番に「どうして長年の間、私のほか誰もここに来なかったのか」と尋ねた。門番は「この門はお前だけのものだ。ほかの人間は絶対に入れてもらえない」と答え、門を閉めた。

「皇帝の使者」：皇帝陛下が臨終の床から一介の臣下である君に、一通の密書をお送りになったという。使者は直ちに出発したが、宮廷のいくつもの部屋や階段や中庭を通り抜け、さらに首都の街並みや世界の中心を通り抜けなければならない。夕暮れ時、君は窓辺にたたずんで、いつ届くかわからないその密書の夢を見るのだ。

「兄弟殺し」：夫は夜、仕事を終え、帰宅するために事務所を出た。角を曲がった五軒先の自宅では、妻が帰りを待っていた。しかし、夫が角を曲がろうとした時、待ち伏せしていた殺人者が彼の首に短刀を振り下ろした。殺人者は恍惚となり、「すべてが成就するわけじゃない。すべての花の夢が実を結ぶわけじゃない」と叫ぶ。やじ馬とともに駆け付けた妻が夫の死体にくず折れるのを見た殺人者は、胸糞が悪くなるのを抑えながら、口もとを警官の肩に押し付けた。

「ある学会への報告」：アフリカで捕獲された猿が檻から出て自由になるために、人間になろうと必死に努力するという話である。彼はヨーロッパ人の平均的な教養を身に着け、学術的な会合にも出席するようになるが、夜、家に戻ればチンパンジー娘が待っていて、彼は猿の本性に戻って楽しみにふけるのである。

医者と夫は愛する女性が待つ家には戻れないし、田舎者は掟の門に入ることはできない。また、皇帝の使者は君のもとへは来ないし、人間になることが猿にとって幸せであったかどうかはわからない。生きることは戦うことだが、たいていは志半ばで斃れてしまい、戦いに勝つことはまれである。たとえ勝ったとしても、それが期待したものであったかどうかはわからない。

「「……しかしこんな不信心の時代には、人は快活でなければなりません。それが義務です。沈みゆくタイタニック号では、楽隊は最後まで演奏を続けました。こうして絶望の拠り所をなくすのです。」

「しかし突拍子もない快活は、手放しの悲しみよりもはるかに哀れなものです。」

「それは確かです。しかし悲しみは望みがないことです。そして望み、希望、前進、ただこれだけが大切なのです。危険はただ狭い限られた瞬間にあるだけです。その背後は奈落です。その奈落を克服したときには、すべてはもう変わっています。ただ瞬間が大切です。瞬間が生を規定するのです。」」（グスタフ・ヤノーホ『カフカとの対話』

五十八頁）

『シンドラーのリスト』のラストシーン……ドイツが無条件降伏し、ナチス党員のシンドラーが工場を去る時、ユダヤ人会計士のシュターンがシンドラーに「一つの生命《いのち》を救う者が世界を救える」という『タルムード』の言葉を送る。シンドラーは「努力すればもっと大勢救い出せた」と泣き崩れる。スピルバーグはそこに人生の真実を見るのである。

人生はいつ何が起こるかわからない。そして、生きることが戦うことだとすれば、勝ち負けにかかわらず無傷ではいられない。単純なハッピーエンドはあり得ないし、最悪の場合、待っているのは死である。しかし、彼らの主人公たちは決して絶望はしない。ほんのわずかでも望みは捨てないのである。「何が起ころうと最後まで諦めないこと、生きる望みを捨てないこと、たとえ死の瞬間においても。」二人は私たちに、そのことを繰り返し訴えているのではないか。

＊　＊　＊

「対話の可能性が全く閉ざされていることは、自動的に恐怖をもたらすだろう。『激突！』（一九七一）が画期的だったのは、主人公を追い回すトラックの運転手が、決して姿を見せないことではなかったか。それはすなわち、はじめから対話の可能性が閉ざされており、文字通り問答無用であるということだ。」

「たぶんスピルバーグという個人にとって、最大の恐怖というのは、この他者と交信しようという意識の欠如、という事態なのだと思う。巨大トラックや、サメや、肉食竜はそのまま、ユダヤ人を虐殺するナチスの姿に転じていく。ホロコーストというのは、人類の歴史で他者に対して、対話の余地なく問答無用な行為を行った最大最悪の事例のはずだ。」（論考7「スピルバーグとコミュニケーション」南波克行）

この論考の筆者は、スピルバーグにとって最大の恐怖は「他者と交信しようという意識の欠如」だと述べ、映画の製作順に、巨大トラック、サメ、肉食竜、ナチスを並列しているが、私は、これらに対する恐怖の背景は微妙に異なっており、次の三つに分類するのが適当ではないかと思う。

まず、サメや肉食竜は人間ではないから、彼らは「他者と交信しようという意識」が欠けているというよりは、そもそもコミュニケーション能力が欠けているのである。したがって、対話は不可能である。しかし、彼らは人間に危害を加えようという意図を持って人間を襲うわけではない。彼らにとって人間はたんなる餌にすぎず、彼らは本能に従って問答無用に人間を襲うが、彼らに悪意はないのである。この点が人間と異なる。私はこのような恐怖を「怪獣の恐怖」と呼ぼうと思う。

これに対して、巨大トラックの運転手とナチスの将校は人間であり、「他者と交信しようという意識の欠如」という表現が当てはまるのは彼らに対してであろう。しかし、彼らの行為は極端ではあるが、対話の余地なく悪意を持って相手に危害を加えようとする点では、日常のさまざまなハラスメントやいじめとつながるものである。それは、相手を敵か味方に区別し敵を排除しようとする、誰もが潜在的に持っている自然的欲求に根ざしたものであろう。このような欲求が対立と闘争を生むのである。私はこのような恐怖を「通常の恐怖」と呼びたい。それは、スティーヴン少年が感じた恐怖でもあるだろう。

ナチスの将校と巨大トラックの運転手との違いは、自分に危害を加えようとする相手がはっきりしているか、あるいはその姿が見えないかの違いである。自分に危害を加えようとする相手が誰だかわからないということは、そもそも誰と対話していいのかわからないということである。この状態では「通常の恐怖」よりもさらに恐怖は増幅されるだろう。私はこのような恐怖を特に「匿名の恐怖」と呼びたい。相手がはっきりしている「通常の恐怖」ならまだわずかながら対話の可能性は残されており、対処の仕方もあるかもしれないが、相手がわからない「匿名の恐怖」では対話の可能性は完全に閉ざされており、対処のしようがないからである。

スピルバーグの映画の魅力は、何といってもアクション映画、アドベンチャー映画、ＳＦ映画など、ＣＧやＳＦＸなどの特殊技術を駆使したスピード感とスリル溢れる圧倒的な迫力ある映像である。そのような冒険活劇に観客が求めるのは、主人公と敵とが真っ向から対決し、手に汗握る死闘を繰り広げるわかりやすい展開であろう。そのような展開に最もマッチするのが「怪獣の恐怖」であることは言うまでもない。それは娯楽映画の王道でもあるだろう。

またスピルバーグは、「僕は対立が好きなんだ。犠牲者と略奪者の対立が」と語っていたように、『シンドラーのリスト』のようなシリアスな社会派映画においても、対立と闘争と犠牲者の恐怖を描いた作品が多い。だがその場合に描かれる恐怖は、主人公に危害を加えようとする相手がはっきりしている「通常の恐怖」であって、サスペンス風の映画であっても敵の正体が最後までわからないという「匿名の恐怖」を描いた作品は『激突！』以外にはほとんどないように思う。

スピルバーグは「匿名の恐怖」に焦点を当てた『激突！』を製作することによって映画界に衝撃を与えたが、彼は同時にこのような映画の限界も感じたのではないか。それは、正体のわからない敵を表現することが映像的に難しいということもあるだろうが、多様な観客が映画というメディアに求めるのは、勝ち負けがはっきりしたわかりやすい結末であることを再認識したからだと思う。敵の姿が見えないと結末も何となく曖昧になってしまうのである。『ジョーズ』以降、スピルバーグは「匿名の恐怖」を主題としてではなく、「通常の恐怖」を盛り上げるための効果的な手段として使うようになる。その結果、彼は世界的な人気監督となったのである。

今まで見てきたように、カフカも「他者と交信しようという意識の欠如」に基づく恐怖や不安を主題とした作品を多く書いている。しかし、スピルバーグと比較してみると、映画と小説というメディアの違いもあって、その傾向はかなり異なっている。まず、カフカの小説は純文学であり冒険小説ではないから、「怪獣の恐怖」を扱った作品はない。

また、カフカの小説では「通常の恐怖」と「匿名の恐怖」を描いた作品数は拮抗しており、特に彼の代表作とされる『審判』や『城』は「匿名の恐怖」を描いた典型的な作品である。

私はこの「匿名の恐怖」がカフカの小説の最大の特徴であると考えているが、この問題は項を改めて論じることにしたい。

＊　＊　＊

「目を凝らして見つめなければ訪れぬ、奇跡という名のファンタジーと、見てはならぬ凄惨な現実としてのリアルの両方を、どちらも譲らぬ強度で、圧倒的な映像力で示すことが、スピルバーグの作品の力強さを形作っている。どちらか一方が欠けても、人生と歴史は成り立たず、その二つの総合において世界は成り立っているのである。」

「スピルバーグが私たちに見せてくれるのは、そうした世界観と人間についての認識であり、それがすなわちスピルバーグのリアルとアンリアルの間という意味だ。スピルバーグの作品群を見ることで、私たちは常に変わらずその二つの世界の狭間に生きているということを教えられる。」

「映画（『フック』（一九九一））の終わりにティンカー・ベルはピーター・パンに言う。

「目の覚め切らない、夢うつつの世界があるでしょ。そこがネバーランドなのよ。」

夢うつつの世界。夢と覚醒との間であり、それはまさにリアルとアンリアルの間の空間でもある。それがネバーランドであるという定義は、スピルバーグ自身がその空間（ネバーランド）に存在するのだ、と考えるならば、スピルバーグその人のポジショニングもはっきりする。彼は夢と覚醒の両方を投げかけてくる作家なのだ。」（論考９「リアルとアンリアルの間」南波克行）

スピルバーグとカフカの主人公たちはリアルとアンリアルの間、「現実（リアル）」と「空想（ファンタジー）」の中間に住んでいる。あるいは、その二つの世界を往来しているのである。彼らは日常の中に奇跡を見出し、奇跡の中に日常を見出す。この「日常的なもの」と「奇跡的なもの」の共存・平衡関係が、二人の作品にアンビバレントで独特な雰囲気を与えているのである。

参考文献

・「激突!」:『ウィキペディア』〈https://ja.wikipedia.org/wiki/激突!〉(2023/1)
・フランク・サネッロ『はじめて書かれたスピルバーグの秘密』(中俣真知子訳、学習研究社、一九九六)
・南波克行編『スティーブン・スピルバーグ論』(フィルムアート社、二〇一三)
・グスタフ・ヤノーホ『カフカとの対話』(北村義男訳、河出書房、一九五四)

四　フーコーとカフカ

『監獄の誕生―監視と処罰』

カフカはプラハ大学法学部を卒業後、一年間の司法実習を経て、一九〇七年、民間の一般保険会社に就職したが、過酷な労働を強いられたためすぐに退職し、一九〇八年、マックス・ブロートの父親の推薦で「労働者災害保険局」に再就職した。これは労働者の権利保護のために当時新たに設けられた半官半民の機関で、労働災害防止および事故後の世話を業務としていた。ここでのカフカの主な仕事は、諸企業を災害危険度別に分類し、その分類に異議のある事業主がいれば、その異議申し立て訴訟を処理することなどだった。カフカの有能さや勤勉さは上司に大いに認められ、順調に出世もした（池内紀・若林恵『カフカ事典』（二〇〇三）二〇二頁）。カフカの小説には『判決』『審判』『流刑地にて』など裁判や処罰に関係したものが多いが、それにはこのような彼の経歴も影響しているだろう。

さて、私がこれから取り上げようとする『監獄の誕生―監視と処罰』という本は、フランスの哲学者ミッシェル・フーコー（一九二六〜一九八四）によって一九七五年に発表された、西欧における刑罰の歴史的変遷を分析しまとめた学術書である。フーコーはこの本において、近代的な監獄制度が誕生するまでの処罰権力の変遷を三つの様式に分類し、その特色を厖大な資料を駆使して詳述している。なぜ私がこの本を取り上げるのかというと、フーコーのこの学術書がカフカの小説の独特な世界を解釈するうえで、多くの示唆を与えてくれると思うからである。フーコーの学問的な知でカフカの小説の世界を眺めてみると、それまで不可解だったさまざまな事象が一つ一つ腑に落ちるように思えるのである。まずは、この本の論旨を概観しよう。やや長くなるが、次に引用する。

「いずれにしても次のように言っていいだろう。十八世紀末に人々が直面しているのは、処罰権力を組織化する三つの方法であると。第一には、古い君主権に基盤をもって依然として機能していた方法である。他の二つの方法はどちらも、社会全体に属すると考えられる処罰権力の予防・効用・矯正を主とした概念と関連しているが、しかしこの二つの方法は、企図している装置の次元では互いに非常に異なるのである。大幅に図式化すれば、こう言ってもいいだろう。君主権にあっては処罰は、君主統治権にまつわる一つの儀式であって、受刑者の身体に加える報復の祭式本位の烙印を活用する。しかも君主の、またその権力の物理的な現存が不連続、不規則であり、常に自分自身の法の上に君臨しているだけに、この場合の処罰は、なおさら強烈な恐怖の効果を見物人の目に繰り広げる。次に、改革的な法学者たちの計画では、処罰は個人を法主体として、再規定するための一つの手続きである。烙印ではなく表徴を、表象の記号体系化された総体を活用するのであり、そうした表象の総体については、最大限に速やかなその流布と、できるだけ普遍的なその受容が、懲罰の情景によって確実に行われなければならない。最後に、監獄制度の目下整備されつつある計画では、処罰は個人に対する強制権の技術である。その処罰は、身体の訓育によって行為の中に習慣という形で残される痕跡とともに、そうした訓育の方法を――表徴ではなく――用いるのである。しかも刑罰の種別的な管理権の設定を前提とするのである。〔第一の方法の〕君主とその力、〔第二では〕社会体、〔第三での〕管理装置。烙印と表徴と痕跡。儀式と表象と訓練。〔罪人については〕打ち負かされた敵、再規定の途上にある法的主体、無媒介的な強制権に服従せしめられる個人。身体刑に付される身体、自らについての表象が操作される精神、訓育を受ける身体。こうした様々の構成要素の三つの系列こそは、十八世紀後半に相互に対決する三つの〔刑罰の〕仕掛けの特色をなすものである。われわれはそれら三つを法理論に還元することもできず（その三つが法理論を検証しているとしても）、またそれらを装置もしくは制度と同一化することもできず（その三つがそれらに基盤を持つとしても）、さらにまた、その三つの根源を道徳的選択に求めることもできないのである（その三つがそこに自らの正当化を見出すとしても）。それらは処罰権力が行使される場合の様式である。三つの権力技術論。」（ミッシェル・フーコー『監獄

の誕生—監視と処罰』（田村俶訳、一九七七）一三三頁）

ここでフーコーが分類している三つの処罰権力の様式とは、第一に、君主による身体刑（拷問や残酷な処刑）、第二に、社会による処罰の一般化（独立した司法権による合法的裁判）、第三に、管理装置としての監獄（従順な身体を生み出す規律・訓練）である。

まず絶対王政時代は、すべての犯罪は被害者に対する罪であると同時に、統治する君主の権威と権利を侵害する行為であると見なされ、処罰はいったん傷つけられた君主権を回復するための儀式という意味合いを持っていた。それゆえ、処罰は君主権の威厳を民衆に華々しく誇示するための見世物であり、罪人の身体に対してできるだけ残忍な形で遂行される復讐であった。

やがて、十七世紀の古典主義時代、十八世紀の啓蒙の時代を経て人権意識が高まってくると、改革者たちによって、君主による身体刑の極端な残忍性が非難されるようになる。しかし、フーコーはこうした傾向を人間性の尊重の現れとは考えず、むしろ処罰権の新しい経済策や技術論として捉えている。改革者たちは、処罰権は君主にではなく社会全体に属するものであると考え、社会の秩序を乱した犯罪者に対してその代価を支払わせ、再び犯罪を犯さないようにするために、身体よりも精神に働きかけようとした。処罰は個人を法的主体として再規定する（更生させる）ための一手段となったのである。受刑者は身体に烙印を押されることなく、主に公共土木事業に従事させられたが、それは社会全体の利益と民衆に対する見せしめとの両方の効果を狙ったものであった。

ところが、十八世紀末になると、改革者たちによる法に基づく処罰の一般化は、監獄という監禁装置に取って代わられることになる。その間の事情をフーコーは次のように説明している。啓蒙の時代および大革命時代には古代ローマが模範とされたが、そこには二重の役割が志向されていた。一方は、共和制の相貌のもとでの自由の制度であり、他方は、軍事中心の相貌のもとでの規律・訓練という理念的図式である。前者は市民権という法的理想であり、後者は規律・訓練中心の対処の技術である。そして、この規律・訓練によって国家統治を確実なものにしたいと強く望んだのがナポレオン・ボナパルトだった。

「法学者ないし哲学者たちが契約というものの中に、社会体の建設もしくは再建のための原初的モデルを探求していた一方では、軍人は、さらには彼らとともに規律・訓練を旨とする技術者たちは、個人および集団にわたっての身体への強制権のための諸方式を磨き上げていたのである。」（前掲書一七一頁）

フーコーは「規律・訓練（ディシプリンdiscipline）」を「身体の運用への綿密な取り締まりを可能にし、体力の恒常的な束縛を揺るぎないものとし、体力に従順＝効用の関係を強制する方法」（前掲書一四三頁）と定義している。つまり、「規律・訓練」とは、対象となる人間の一つ一つの動作や姿勢といった個人の身体の細部にまで介入し、その人間を「従順な身体」に矯正しようとする技術のことである。こうした「規律・訓練」は以前から修道院、学校、軍隊、仕事場などでも行われていたが、十八世紀末以降、処罰の様式として監獄の収容者に対して全面的に適用されることになったのである。

「規律・訓練的な権力の成功はおそらくは、次の単純な道具を用いた点に存しているに相違ない。つまり階層秩序的な視線、規格化を行う制裁、しかも自らに特定な方式での両者の組み合わせたる試験。」（前掲書一七五頁）

規律・訓練的な権力の第一の特徴は「階層秩序化された監視」である。この権力は視線の作用によって強制を加える仕組みを前提としている。監視される者は監視する者によって強制され支配される。また、監視する側でも、上部から下部へ監視の網の目が張りめぐらされることになり、このピラミッド型の組織全体が権力を生み出すのである。

規律・訓練的な権力の第二の特徴は「規格化を行う制裁」である。この権力は身体を詳細に管理することによって、一定の規格にはめ込もうとする。罰することは訓練すること、すなわち比較し差異化し階層秩序化し同質化することである。そして、度重なる訓練によっても規格に合わない者は集団（社会）から排除される。

「監視を行う階層秩序の諸技術と規格化を行う制度の諸技術とを結び合わせるのが、試験である。それは規格化の視線であり、資格付与と分類と処罰とを可能にする監視である」(前掲書一八八頁)。個人は試験を通して監視され、規格に合致するかどうか常に試される。そして、試験の結果は文書として記録される。つまり、この権力は「書記行為(エクリチュール)」を歯車の一部品としているのである。試験は個人を記録文書の中に捕まえて客体化する儀式である。

この規律・訓練的な権力は、一方で、規格に合わない者を周辺部に追いやり排除するという消極的な機能を持つが、他方では、監視の網の目を社会全体に張りめぐらすことによって、権力の行使をより速やかな、より軽快な、より有効的なものにするという積極的な機能を持つ。したがって、この権力の十八世紀以降の漸進的な拡張は、「規律・訓練的な社会」すなわち現代につながる「監視社会」の形成に資することになるのである。

カフカとフーコーとの類似性は、カフカの短編小説『流刑地にて』とフーコーの提示した三つの処罰権の様式のうちの「君主による身体刑」との間で最も端的に見出すことができるだろう。

「大半のヨーロッパ諸国の場合と同様にフランスでは――イギリスの場合の名高い例は別として――、犯罪訴訟の手続きは、判決に至るまでは秘密にしておかれていた、つまり、公衆にだけでなく被告人自身にも不透明なままであった。訴訟手続きが行われる過程では、被告人は埒外に置かれるか、少なくとも、彼は告訴・証憑《ひょう》・供述・証拠を知ることはできなかったのである。犯罪司法の次元では、知こそは訴追の絶対的特権であった。証拠調べについて、一四九八年の勅令が述べた言葉を使うと、「出来得る限り最大の注意を払い、最大限に秘密を保持すべし」という次第である。一六七〇年の王令はそれ以前の時代の過酷な制度を要約し、ある点では強化しているが、その王令によれば、被告人は訴訟手続き書類に近づきえず、告発者が誰であるかを知りえず、証人を忌避するに先立って証言の意味を知りえず、訴訟の最終時点まで無罪の弁明を行い得ず、訴訟手続きの適法性を証明するためであれ、もしくは根本的には被告側に参与してもらうためであれ、弁護士を持ちえないのだった。他方、司法官の方は、偽名による告発を受け入れてもよく、被告人に訴訟内容を隠してもよく、詭弁を弄した尋問を被告人に行ってもよく、ほのめかしの手を使ってもよかった。司法官は、ただ一人で、しかも全権をもって真実を組み立て、その真実によって被告人を攻囲するのであった。しかもその真実をば裁判官たちは、書類や文書の形式で既成事実として受け入れていた。彼らにとっては、これら構成要素だけが証拠になっていたのであり、判決を下す以前に彼らは被告人に尋問するためただ一回面会するだけであった。秘密保持と文書を中心とするこうした訴訟手続き形式によって、われわれが直面するのは、犯罪事項においては真実を確証することが、君主とその裁判官にとって絶対権ならびに独占権であった、という原理である。」（前掲書四十頁）

『流刑地にて』で描かれた裁判と処罰制度（本書四十一頁参照）は前近代の犯罪訴訟と「君主による身体刑」の実態そのものであることがわかるだろう。その流刑地では、告発者の申し出だけで、被告人は弁明の機会を与えられることなく、たった一人の将校（裁判官）によって判決が下される。そして、処刑は公開の場で、受刑者の身体に鉄針で直接罪名を刻み付ける残酷な機械を用いて行われるのである。また『審判』においても、裁判所の内実は直接には描かれていないが、被告人のヨーゼフ・Kの知らないところで審議がなされ判決が下される点は前近代の裁判制度と少しも変わらないのである。

私たちは、『流刑地にて』や『審判』で描かれたような状況は民主主義の現代ではありえないと漠然と思っている。しかし、時代を前近代にさかのぼってみれば、それは当たり前の情景だったのであり、また歴史的事実として、二十世紀以降もナチス・ドイツの「ゲシュタポ（秘密国家警察）」や日本の「特高（特別高等警察）」によって同様の恐怖がもたらされたことを私たちは知っているのである。

『流刑地にて』で裁判権を握っていた将校は、旅行者に、今の司令官にこの制度を存続させるよう助言してほしいと頼んだが、旅行者がそれを拒否したため、自らその機械に乗り自殺してしまう。だが、その将校が信奉する前の司令官の墓碑銘には、「いつか閣下は復活し、同志を糾合してこの流刑地を奪回する」と刻まれていた。前近代の裁判権の亡霊はいつまた復活するかわからない、それはカフカによる現代人への警鐘なのである。

「一望監視施設（パノプティコン）」

「伝統的には権力とは、見られるもの、自分を見せるもの、自分を誇示するものであり、権力が自分の力を発揮する際の動きに、逆説的にだが、その力の本源を見出すのである。その権力が行使される相手の人々は、闇の中に留まるかのように人目につかなくてもよく、もっぱら彼らは自分たちに譲渡されるあの権力上の分け前からしか、もしくは一時的にそこから入手する権力上の反映からしか、光を与えられてはいない。ところが規律・訓練的な権力の方は、自分を不可視にすることで、自らを行使するのであって、しかも反対に、自分が服従させる当の相手の者には、可視性の義務の原則を強制する。規律・訓練では、見られるべきものは、こうした当の相手（部下であり、受験生である）の方である。彼らに行使される権力の支配は、彼らを明るみに出すことで確保される。規律・訓練における個人を服従強制（臣民化、主体化でもある）の状態に保つのは、実は、絶えず見られているという事態、常に見られる可能性があるという事態である。」（前掲書一九〇頁）

権力関係すなわち支配と服従の関係は、よく「見る―見られる」の関係にたとえられる。その場合、支配する側は「見る」側であり、支配される側は「見られる」側であると考えるのが一般的であろう。ところが、フーコーは伝統的な権力においては、支配する側は「見られる（見せつける）」側であり、支配される側は「見る（見せられる）」側であって、この関係が逆転するのは、「規律・訓練的な権力」が定着してからであると言う。

フーコーは、権力者とは本来華々しい自分の雄姿を相手に見せつけることによって、相手を圧倒するものだと考えていた。それゆえ、君主は自らの権威を民衆に誇示するために、壮大な宮殿を造営し、荘厳な戴冠式を行い、大土木事業を展開したのである。また、すべての犯罪は君主に対する反逆と見なされたから、処罰はいったん傷つけられた君主権を回復するための儀式であった。それゆえ、処罰は民衆の目の前で罪人の身体に対してできるだけ残忍な形で行われた。公開処刑は君主の威厳を見せつけるための格好の見世物だったのである。

その一方で、民衆は訴訟手続きから完全に除外されていた。訴訟内容は秘密にされ、逆に裁判官には絶大な権限が与えられていた。訴訟にかかわる「知」は君主と裁判官によって独占されていたのである。しかし近代以前、訴訟内容に限らず、人民を無知の状態に置くことは、為政者にとって統治を行う上での常套手段だったと言うべきだろう。権力を掌握することの最も根本的な形態は「知」を独占することである。そして、「知」は「見られる」側ではなく、「見る」側によって占有される。君主制における権力の有りようは、外見上は民衆に「見られる（見せつける）」側であったが、内実は民衆を「見る」側であるという二面性を持っていたと考えるべきだろう。

フランス革命後、権力は君主から人民の手に移ったが、そのことによって外見上の権力の構造も大きく変化する。なぜなら、新しい統治者は建前上人民の代表であって、人民の負託を受けてその地位に就いたのであり、前近代の君主のように自らの権威を民衆に対してことさらに誇示する必要はなかったからである。その結果、新しい統治者は民衆を「見る」ことに専念できるようになったが、民衆に自分たちが「見られている」という意識を持たせることの危うさは十分に理解していた。そのため、新しい統治者は民衆を常に「見られている」状態に置く一方、逆に「見ている」自分が民衆からできるだけ「見えない」ようにすることを心掛けたのである。こうして権力は「規律・訓練的」になったのである。

また、別の箇所で、フーコーは、歴史的に見て権力が規律・訓練化したのはペストへの対応がきっかけだったとも述べている。彼は、特定の人々を社会から排除し監禁する形式について、ライ病患者とペスト患者の例を挙げているが、ライ病患者は「大いなる閉じ込め」の一般的形式をもたらしたが、ペストの方は規律・訓練の図式をもたらしたと言う。

ライ病患者は社会を清浄化するという名目で、社会から完全に隔離され監禁された。ライ病患者の場合は、監禁自体が目的だったのである。これに対して、ペストが発生した都市では、その都市は閉鎖され他の地域との交通は遮断されたが、同時に、その都市内では碁盤割が施され、異なる地区に細分化されて地区ごとに代官が置かれ、その地区では街路ごとに世話人が置かれて、組織的な監視体制が整備された。住民は発症の有無や症状の重篤さなどによって個別的に管理され、感染拡大を極力抑えるために当局の権限は平時に比べて強化された。このペストへの対応が権力の規律・訓練化を促したのである。

「ペストが招き寄せた事態とは、人々を一方と他方に区分する二元論的で集団的な分割であるよりもむしろ、多種多様な分離であり、個人化を行う配分であり、監視および取り締まりの深く行き届いた組織化であり、権力の強化と細分化である。」(前掲書二〇〇頁)

「〈ライ者〉をいわば〈ペスト患者〉のように扱うこと、監禁の雑然たる空間への規律・訓練の緻密な細分化を投影させること、権力の行う分析的配分の方法でその空間に対処すること、排除された者を個人別に取り扱うこと、ただし排除を明示するために個人化の諸方式を用いること——そうした点こそは十九世紀の初め以来、規律・訓練的な権力が規則正しく行ってきた事柄である。」(前掲書二〇一頁)

二〇一九年十二月中国の武漢市で初めて患者が確認された新型コロナウイルス感染症(COVID-19)は瞬く間に世界中に拡大し、二〇二〇年一月WHO(世界保健機関)は「国際的な公衆衛生上の緊急事態」を宣言し、三月には「パンデミック(世界的大流行)」を宣言した。日本では四月に第一回目の「緊急事態宣言」が発令され、国民に対してマスク着用や外出自粛、施設の利用制限などの要請がなされたが、中国や欧米では、より強権的な「ロックダウン（都市封鎖）」を実施した国があったことは記憶に新しい。罹患した場合死を招くような重篤な感染症の拡大を抑えるには、政府による監視体制の強化がどうしても必要になるのである。新型コロナウイルス感染症を経験した私たちにとって、ペスト対策をきっかけに権力が監禁・監視体制を強化し、規律・訓練化していったというフーコーの主張は十分説得力があるように思われる。

さて、ここで取り上げる「一望監視施設（パノプティコン）」は、イギリスの功利主義者ジェレミー・ベンサム（一七四八～一八三二）が考案した理想的な監獄（刑務所）の建築様式のことである。その語源はギリシア語の「あまねく（pan）」と「見る（optic）」に由来する。「パノプティコン（panopticon）」は「全展望監視システム」と訳されることもある。

ベンサムは、「自然は人類を苦痛と快楽という二人の主権者の支配のもとに置いてきた。功利性の原理とは、人々に快楽すなわち幸福をもたらす行為は善であり、逆に苦痛をもたらす行為は悪であると考える原理である」と述べている。つまり功利主義とは、人々に幸福をもたらすかどうかが善悪の基準となるという道徳論である。また彼は、快楽は量的に計算できるとし、社会全体の快楽の量を最大にすること、すなわち「最大多数の最大幸福」を実現することが議会と政府の使命であると主張した。

ベンサムはこうした功利主義の理念に基づき、様々な分野で法改正を提案した。特に、当時のイギリスの刑法は極めて苛酷であり、わずか数シリングの物を盗んだ者を鼻そぎの刑に処し、スリを死刑にするほどであった。また刑務所の施設も非人道的なものだったので、刑務所内で死亡する囚人も多かった。そこで、彼は刑法と刑務所の改革に熱心に取り組んだのである（『世界の名著38　ベンサム、J・S・ミル』「ベンサムとミルの社会思想」関嘉彦（一九六七））。

「最大多数の最大幸福」という原理からすると、犯罪者に刑罰を課すことが正当化されるのは、犯罪者への復讐のためではなく、犯罪を抑止して被害者を減らすためであろう。また、身体への過酷な処罰は犯罪者に不必要な苦痛を与えることであり、それは悪である。むしろ、犯罪者を監禁・拘留し、労働に従事させ、再び犯罪を犯さないよう教育して更生させ、被害者に対して賠償させることができれば、社会全体の幸福の増進につながるだろう。こうして、ベンサムは功利主義の観点から死刑を廃止し、犯罪者の教育による更生を主張したのである。

しかし、刑務所をより人道的な施設に変え、囚人を労働させ、更生のための教育を施すとしても、そのために監督する看守を多く配置しなければならないとすれば、それだけ費用がかさみ、結局は社会全体の幸福の増進にはつながらない。そこで、少ない人員で多くの囚人を効率よく監視するために、ベンサムが考案した理想的な刑務所の建築様式が「パノプティコン」だったのである。

フーコーは「パノプティコン」について次のように説明している。

「ベンサムの考え付いた〈一望監視施設（パノプティコン）〉は、こうした組み合わせの建築学的な形象である。その原理はよく知られるとおりであって、周囲には円環状の建物、中心に塔を配して、塔には円周状にそれを取り巻く建物の内側に面して大きい窓がいくつも付けられる（塔から内庭越しに、周囲の建物の中を監視するわけである）。周囲の建物は独房に区分けされ、その一つ一つが建物の奥行きをそっくり占める。独房には窓が二つ、塔の窓に対応する位置に、内側に向かって一つあり、外側に面するもう一つの窓から光が独房を貫くように差し込む。それゆえ、中央の塔の中に監視人を一名配置して、各独房内には狂人なり病者なり受刑者なり労働者なり生徒なりを一人ずつ閉じ込めるだけで十分である。周囲の建物の独房内に捕らえられている人間の小さい影が、はっきり光の中に浮かび上がる姿を、逆光線の効果で塔から把握できるからである。独房の檻の数と同じだけ、小さい舞台があると言いうるわけで、そこではそれぞれの役者は唯一人であり、完全に個人化され、絶えず可視的である。一望監視のこの仕掛けは、中断なく相手を見ることができ即座に判別しうる、そうした空間上の単位を計画配置している。」（前掲書二〇二頁）

フーコーはベンサムの「パノプティコン」を規律・訓練的な権力によって説明する。規律・訓練的な権力が目指すのは「従順な身体」を生み出すことである。囚人を従順にするためには、まずは囚人を独房に入れなければならない。他の囚人との連携を断ち個人化し、権力と一対一で向き合わせることで、囚人は権力の調教を受け入れやすくなるのである。

また、その独房は内側に面した窓を通して、中央の監視塔によって常に見られている状態にある。もし、看守がいるかいないかを囚人が知ることができれば、囚人は看守がいるときだけ模範囚として振舞えばよいと考えるだろう。しかし、囚人からは監視塔の内部は見えないから、今実際に看守がいて自分を監視しているかどうかを知ることはできない。その結果、囚人は常に看守によって監視されていることを意識して、模範囚の規格に合うように振舞うことになるのである。

「その点から生じるのが〈一望監視装置（パノプティック）〉の主要な効果である。つまり、権力の自動的な作用を確保する可視性への永続的な自覚状態を、閉じ込められる者に植え付けること。監視が、よしんばその働きに中断があれ効果の面では永続的であるように、また、権力が完璧になったためその行使の現実性が無用になる傾向が生じるように、さらにまた、この建築装置が、権力の行使者とは独立したある権力関係を創出し維持する機械仕掛けになるように、要するに、閉じ込められる者が自らがその維持者たるある権力的状況の中に組み込まれるように、そういう措置を取ろう、というのである。そうであるためには、囚人が監視者に絶えず見張られるだけで充分すぎるか、それだけではまったく不充分か、なのだ。まったく不充分というのは、囚人が自分は監視されていると知っているのが肝心だからであり、他方、充分すぎると言ったのは、囚人は現実には監視される必要がないからである。そのためベンサムが立てた原理は、その権力は可視的でしかも確証され得ないものでなければならない、というのであった。可視的とは、被拘留者が自分がそこから見張られる中央部の塔の〔監視者の〕大きい人影を絶えず目にする、との意である。確証され得ないとは、被拘留者は自分が現実に凝視されているかどうかを決して知ってはならないが、しかし、自分が常に凝視される見込みであることを確実に承知しているべきだ、との意である。」(前掲書二〇三頁)

「パノプティコン」の目的は「権力の自動的な作用を確保する可視性への永続的な自覚状態を、閉じ込められる者に植え付けること」である。囚人は監視塔に看守がいるかどうか知ることができないため、常に見られている可能性があることを意識せざるを得ない。その結果、囚人は無意識のうちに監視者の視線を内面化し、自発的に模範囚として振舞うようになる。こうして、囚人はたとえ看守がいなくとも、自発的に自らを規律を守る「従順な身体」に作り替えるのである。このように「パノプティコン」という装置は、監視者の存在を匿名化することで、かえって囚人に常に監視されているという意識を持たせ、その結果、監視者があえて囚人に強制しなくても、囚人自身がこの権力関係を内面化し、権力の自動化と常態化を図るという、非常に経済的で効率的な管理システムなのである。

さらに、フーコーは次のように述べている。

「〈一望監視装置(パノプティック)〉は、見る=見られるという一対の事態を切り離す機械仕掛けであって、その円周状の建物の内部では人は完全に見られるが、決して見るわけにはいかず、中央部の塔の中からは人は一切を見るが、決して見られはしないのである。

これは重要な装置だ、なぜならそれは権力を自動的なものにし、権力を没個性化するからである。その権力の本源は、ある人格の中に存せず、身体・表面・光・視線などの慎重な配置の中に、そして個々人が掌握される関係をその内的機構が生み出すそうした仕掛けの中に存している。一段と大きな権力が統治者において明示される場合の、儀式や祭式や標識は無用となる。不均斉と不均衡と差異を確実にもたらす一つの仕組みがこうして存在するわけで、したがって誰が権力を行使するかは重大ではない。偶然に採用された者でも構わぬくらいの、何らかの個人がこの機械装置を働かすことができる。したがって、その管理責任者が不在であれば、その家族でも側近の人でも友人でも来訪者でも召使いでさえも代理が務まるのだ。まったく同様に、その人を駆り立てる動機が何であってもよく、たとえば、差し出がましい人間の好奇心であれ、子供のいたずらであれ、この人間性博物館を一巡したいと思うある哲学者の知的好奇心であれ、見張ったり処罰したりに喜びを見出す人間の意地悪さであれ構わない。こうした無名で一時的な観察者が多数であればあるほど、被拘留者にしてみれば、不意を襲われる危険と観察される不安意識がなおさら増すわけである。〈一望監視装置（パノプティック）〉とは、各種各様な欲望をもとにして権力上の同質的な効果を生む絶妙な機械仕掛けである。」（前掲書二〇四頁）

この規律・訓練的な権力の本質は人格すなわち監視者の人間性の中に存するのではなく、「パノプティコン」という機械仕掛けそのものの中に存する。したがって、この権力は、被監視者は監視者によって完全に見られるが、決して監視者を見ることはできず、逆に、監視者は被監視者の一切を見るが、決して被監視者から見られはしないという、不均斉で不均衡な仕組みがいったん出来上がってしまうと、没個性化し、誰が権力を行使するかは重要ではなくなる。つまり、誰でもがこの権力を行使できるのである。

監視するのは正規の看守である必要はなく、その家族や召使いや子供であっても構わない。また、この権力を行使する動機も、囚人の実態を知りたいという好奇心でも、子供のいたずらでも、人を処罰することに喜びを見出す人間の意地悪さでも構わない。むしろ、こうした一時的な監視者の方が被監視者の不安意識を増幅させ、被監視者を権力に対してより従順にさせるのである。この匿名の規律・訓練的な権力は、前近代の君主権のような華やかな「見せつける」権力に比べて、目立つことなくはるかに少ない労力で相手を自由に支配することができるのである。

この「パノプティコン」という管理システムは、監獄に限らず軍隊、学校、病院、仕事場など、規律・訓練的な権力が作用する様々な施設で応用が可能である。だが、ベンサムはこのシステムを一定の施設内の監視装置として機能させるだけで満足せず、さらにこれを一般化し、「至る所に常時目を光らせ社会全体に隙間も中断もなく及ぶ網目状

の仕掛けにしようと夢想するのである。」（前掲書二一〇頁）
再三の要望にもかかわらず、ベンサムの提案はイギリス政府に採用されることはなかったが、十九世紀には「パノプティコン」の発想は各国の刑務所の設計に影響を与え――日本でも、博物館明治村に移築された金沢監獄や網走監獄の施設の一部にその影響を見ることができる――、また他の様々な施設にも応用されることによって、「規律・訓練的な社会」すなわち現代につながる「監視社会」の形成に資することになるのである。

一般に、フランス革命などの市民革命は、新興の市民階級（ブルジョアジー＝資本家）が政治的に自由で平等な社会の実現を目指して、封建的束縛や絶対王政の支配を打破した革命であり、その経済的な背景は、ブルジョアジーが自ら支配権を握る資本主義社会を成立させるためであったと解釈されてきた。そして、フーコーは「資本主義経済の増大が規律・訓練的な権力という種別的な様式を呼び求めた」と言う。
「歴史的には、ブルジョアジーが十八世紀に、政治上の支配階級になったその過程は、形式的には平等主義の、明瞭な、記号体系化された法律上の枠組みの設定によって、しかも議会制ならびに代議制の体制の組織化を通して庇護されてきた。しかし、規律・訓練の様々な装置の発展および一般化は、こうした過程の、他方の、暗闇の斜面を組み立ててきたのだった。原理上は平等主義的な権利の体系を保証していた一般的な法律形態はその基礎では、規律・訓練が組み立てる、本質的には不平等主義的で不均斉な、微視的権力の例の体系によって、細々とした日常的で物理的な例の機構によって支えられていた。……自由［の概念］を発見した〈啓蒙時代〉は、規律・訓練をも考案したのだった。」（前掲書二二一～二二二頁）
つまり、ブルジョアジーによる市民革命には相反する二つの方向性（ベクトル）があったのである。一方は、特権的な封建勢力を打倒して、個人が自由に政治・経済・文化的な活動を営むことができる平等な社会すなわち民主主義社会を実現し、その基本的人権を法的に保障することであり、他方は、資本家が工場における労働者との不均斉で不平等な関係を固定・強化し、規律・訓練によって効率的に生産性を高め利潤の増大を図ることである。前者は市民革命の光の部分であり、後者は闇の部分であると言っていいだろう。自由と平等という政治的理想の実現を目指す市民革命が進行していた社会の根底において、それと同時に、この理念に反する不均斉で不平等な関係を固定・強化する規律・訓練が密かではあるが確実に浸透していたのである。

さらにフーコーは、規律・訓練は一種の「反＝法律」だと考える必要があると言う。

「ある規律・訓練を受諾することは、なるほど契約の手続きで承認されうるものかもしれないが、その規律・訓練が強制される仕方、それが働かせる機構、ある人々に対する他の人々のあべこべにしえない従属関係、いつも同じ側に固定される〈より多くの権力〉、共通の規則についても別々の〈成員〉では違ってくる立場の不平等、以上の事態によって、規律・訓練による人々の絆と契約による人々の絆は対立するものとなり、後者の絆は、規律・訓練的な機構を内容として持つようになるや系統的に絶たれてしまうのである。たとえば、労働契約という法的擬制を、どんなに多くの［規律・訓練の］実際の処置がゆがめるかは周知のとおりである。工場における規律・訓練が最も重要でないわけではないのだから。」（前掲書二二二頁）

契約による人々の絆は基本的に対等であり、その内容は一律であって成員によって条件が違ってくることは原則ありえないはずである。しかし、規律・訓練による人々の絆は反対に対等ではありえず、成員の特性によって条件が変わってくるのが普通である――例えば、学校における教師と個々の生徒との関係――。では、自由・平等が声高に叫ばれていた大革命期に、明らかにこれに反する反＝法律的で不平等な関係を助長する規律・訓練がなぜ社会の根底において浸透していったのか、フーコーがその要因として見出したのが「監獄の誕生」だったのである。

すでに見たように、前近代の処罰権の方式は君主による身体刑だった。それは民衆の目の前で罪人を残酷な仕方で処刑するという見せしめによって犯罪を抑止する効果を狙ったものであるが、同時に、君主の権力と威厳を民衆に見せつけるための儀式でもあった。やがて、啓蒙時代を経て、処罰権は君主にではなく社会全体に属すると考えられるようになると、処罰は社会の秩序を乱した犯罪者に対してその代価を支払わせ、罪を償わせる手段であると見なされるようになる。つまり、犯罪者を見せしめのために処刑するのではなく、彼らを監禁・拘留し懲罰として労働に従事させ、再び犯罪を犯さないように教育を施して更生させる方が社会全体の利益につながると考えられるようになったのである。こうして監獄は犯罪者をたんに拘留する場所から、規律・訓練によって犯罪者を教育し更生させる施設へとその存在意義を変えていった。その方向性を決定づけたのがベンサムの功利主義だったのである。

ベンサムは「最大多数の最大幸福」というスローガンを掲げて、政府に様々な民主主義的な改革を提案したが、特に力を入れたのが刑法と監獄の改革だった。当時のイギリスの刑法は厳罰主義を取り、監獄の環境も劣悪だった。ベンサムは功利主義の立場から、犯罪者の幸福にも目を向けるべきだとし、死刑を廃止して犯罪者を規律・訓練によって更生させ、社会復帰させることが社会全体の幸福の増進につながると主張した。そのために彼が考案した理想的な監獄の建築様式が「パノプティコン（一望監視施設）」だったのである。「パノプティコン」は監視者が匿名になることによって、囚人自らが監視者の視線を内面化し、「見る―見られる」という権力関係を自動化し常態化するという監視システムである。ベンサムはこの方式によって少ない看守で多くの囚人を効率よく監視し、規律・訓練の成果を最大限引き出すことができると考えたのである。

「パノプティコン」の発想は各国の監獄（刑務所）の設計に影響を与え、また監獄に限らず規律・訓練的な権力が作用する様々な組織においても応用されることになる。その代表的な例は軍隊であろう。絶対王政時代は軍隊は傭兵によって構成されており、彼らは国王の軍隊であった。しかし、市民革命によって成立した民主主義国家は国民国家でもあったから、祖国の独立を守ることは国民の義務と考えられるようになった。こうして、近代国家は国民皆兵による徴兵制を採用することになる。新たに組織された国民軍は一般の農民や商人、職人たちによって構成されていたから、彼らを一人前の兵士に育て上げるには「従順な身体」を生み出す規律・訓練の技術が是非とも必要だったのである。フーコーは規律・訓練を推進した人物としてナポレオン・ボナパルトの名前を挙げているが、それは当然と言うべきだろう。

規律・訓練的な権力関係が対等で平等な関係ではなく、反＝法律的であることは一般に認知されていたはずである。しかし、監獄にしても軍隊にしても一般社会から隔離された閉鎖的な空間であったし、また「最大多数の最大幸福」という功利主義の理念やナポレオンが率いたフランス国民軍の成功は人々から好意的に受け取られ、規律・訓練が反＝法律的であるという負の側面を見えづらくしたことも事実だろう。その結果、規律・訓練の技術は市民生活に直結した職場（労使関係）にも浸透していくことになる。法律上対等な契約関係と考えられていた工場における事業主と労働者の関係にも波及していったのである。そしてそれこそが、市民革命を推進したブルジョアジーたちの真の狙いであった。「資本主義経済の増大が規律・訓練的な権力という種別的な様式を呼び求めた」のである。したがって、こうして成立した資本主義社会は必然的に「監視社会」でもあったのである。

私たちは、私たちが生活している現代社会は自由・平等という基本的人権が法律で保障されている社会であり、犯罪を犯さない限り、収監されその権利を剥奪されることはないとふつう思っている。しかし実際は、私たちの行動は常に監視の目にさらされているのであり、私たちは社会が求める規格に合っているかどうか絶えず試されているのではないか。そしてもし、規格に合わないと判断されれば、容赦なく収監され排除されてしまうのではないか。私たちはそうした「監視社会」に生きているのではないか。フーコーは現代人が抱えている漠然とした不安を処罰権力の歴史的変遷を踏まえてこのように解明して見せたのである。

そして、フーコーが見ていたのと同じ景色をカフカもまた見ていたと私は思う。

監視・匿名・組織

「役所は何かその辺のどうでもいい馬鹿げた機関（事実そうでもあります、それも十分至極に。しかし今これは問題外です。それはそうとしてこれは、馬鹿げているというよりは空想的な機関なのです）ではなく、私の今までの生活だったものです。……いい加減に役所をあしらっていくことはできます。誰かより少ししか働かず（事実そうしています）、仕事をだらしなくさぼり（事実そうしています）、それにもかかわらずもったいぶって収まり（事実そうしています）、役所で考えられる限りの優遇を、当たり前だと言わんばかりに平然と受けることはできます。がしかし、嘘をつくことは、何といってもただの一公吏にすぎないこの私が、突然自由な人間として、胸の当然な高鳴り以外に何一つ駆り立てるもののないというその場所に赴くために、嘘をつくことは、そればかりは何としてもできません。これでは私には嘘はつけないのです。」

「私は役所で他の連中のようにうまく嘘がつけないらしいのです。彼ら――大部分の者がそうです――の意見によると、役所で彼らはしょっちゅう不当な扱いを受けており、力以上に働いているにもかかわらず――この意見さえ持てたなら！　この意見さえ持てたら、もうほとんどウィーン行急行列車に乗り込んだも同然です――、役所は馬鹿な仕組みで動かされている機械と同じで――俺ならもっとずっとうまくやるのに――、その馬鹿げた管理のおかげでとんでもない地位をあてがわれており――俺の能力に従えば上の上の歯車だのに、ここではただ下の下の歯車として働かなくちゃならん等々です。しかし私にとっての役所は――小学校も高等学校も大学も家族も一切がこれと同じでしたが、一人の生きた人間、私がどこにいようと、無邪気そのものの目玉で、私を見つめている生きた人間なのです。私にとっては、今広場を自動車で走っているのが聞こえてくる人たちよりも、なお縁の薄い人間ではありますが、それでも何等か私とは未知の方法でつながっている一人の生きた人間なのです。ですから、もう全く無意味なくらい私とは縁がないとも言えるのですが、しかし、正にその故にこそ手心を加えて、優しく扱わなければならないのです。」

（マックス・ブロート編『決定版カフカ全集8　ミレナへの手紙』（辻瑆訳、一九九二）一〇六～一〇七頁）

この手紙は、また会いたいと言ってきたウィーンのミレナ・イェセンスカに対して、会うためには役所（労働者災害保険局）に嘘の欠席届を出さなければならないが、自分にはそれはできないと、カフカが断っている内容になっている。ここでカフカは、役所は、小学校や高等学校や大学や家族と同じように、「一人の生きた人間、私がどこにいようと、無邪気そのものの目玉で、私を見つめている生きた人間」だと言っているが、ここから、カフカはこれらによって常に見られているという意識を持っていたことがわかるだろう。

また、多くの職員が自分は精一杯働いているのにそれが評価されず、役所では冷遇されているという不満を持っていて、そうであれば嘘をつくことは容易だろうが、カフカ自身はいい加減な仕事しかしていないのに比較的優遇されているので、それはできないと言い訳をしているのである。実際カフカは、病気療養が多かったにもかかわらず、順調に出世しており、自分を見る役所（上司）の視線は寛容であると感じていたから、その上司に嘘はつけないというのであろう。

カフカが常に誰かに見られているという意識を持つようになったのは、多分幼い頃の父の教育が影響しているだろう。父の教育というのは、例えば、真夜中にむずかる幼いカフカをベッドから抱え上げ、露台に連れ出してしばらく一人っきりで立たせておいたというように、子供に恐怖心を植え付けて言うことを聞かせようとする単純で乱暴なものだった。そのため、もともと繊細で体力的にもひ弱だったカフカはますます自信をなくし、父に対して咎の意識を募らせていったのである。また、学校に通うようになってからも、決して優等生ではなかったカフカは、無事に進級できるだろうかといつも教師の視線を気にしていたのであり、こうした自信のなさが、自分はいつも誰かに見られているという意識を定着させていったのだろう。

フーコーは現代の「監視社会」を支えているのは「ディシプリン（discipline）」であることを解明したが、「ディシプリン」は、もともと「しつけ、訓練、規律」という意味であり、家庭でのしつけや学校での教育、軍事訓練などを指す言葉だった。したがって、カフカがいつも誰かに見られているという意識を持つようになったのは、幼い頃からのこの「ディシプリン」の結果だと考えられるのである。

すでに見たように、フーコーはこの「ディシプリン(規律・訓練)」を、特に、十八世紀の啓蒙時代から大革命期にかけて成立した権力の新しい方式を指す言葉として使っていた。それは、対象となる人間の一つ一つの動作や姿勢といった個人の身体の細々とした点まで監視し、その人間を「従順な身体」に矯正しようとする技術のことであった。「パノプティコン(一望監視施設)」は、この「ディシプリン」を監獄において効率的に機能させるために、ベンサムが考案した建築様式のことである。それは、監視者が匿名になることによって、被監視者が監視者の視線を内面化し自発的に権力関係を受け入れ、これを自動化し常態化するという非常に効率的な監視システムであった。そして、「パノプティコン」の発想は監獄に限らず規律・訓練的な権力が作用する様々な組織において応用され、やがて「規律・訓練的な社会」すなわち現代につながる「監視社会」を形成することになるのである。

ところで、この規律・訓練的な権力が作用する人間関係は、親と子、教師と生徒、看守と囚人というように対等ではなく、不均斉で不平等な関係である。では、このような不平等な権力関係が自由と平等が声高に叫ばれていた大革命期に、なぜ一般社会に浸透していったのか。それは、「資本主義経済の増大が規律・訓練的な権力という種別的な様式を呼び求めた」からだとフーコーは言う。「ディシプリン」や「パノプティコン」は、新興のブルジョアジー(資本家)たちが工場において労働者を効率的に管理・支配して、生産性を高め利潤の増大を図るための格好の手段となったのである。したがって、こうして成立した資本主義社会は必然的に「監視社会」でもあった。

労働者災害保険局に勤めていたカフカは、職務上、労働者の置かれている苛酷な状況を間近で見ていたのであり、それゆえ、「監視社会」の実態を肌で感じていたはずである。それは彼の文学作品にも少なからず影響しているだろう。

いと思う。

次に私は、カフカの作品を「ディシプリン」や「パノプティコン」という、このフーコーの視点から眺め直してみたいと思う。

昼間は役所勤めをしていたカフカは、執筆の時間がなかなか取れなかったが、それでも集中的にある程度まとまった量の作品を書いた時期が三回あった。まずは一九一二年であり、次が一九一四年、最後が一九二二年から一九二四年にかけてである。一九一二年はフェリーツェ・バウアーと出会った年であり、一九一四年はそのフェリーツェと婚約したがすぐに解消した「ホテル内の法廷」があった年である。そして最後は、保険局からようやく年金付きの退職が認められ、作家活動に専念できるようになってから、亡くなるまでの期間である。この三つの時期に書かれた作品を中心に検討してみよう。

一九一二年に、カフカは『判決』、『変身』、『失踪者』の第二稿――この第一章が『火夫』として生前に出版された――を書いている。この年の八月にカフカはブロート邸でフェリーツェ・バウアーと出会い、九月に彼女に初めてラブレターを書いた。その時の高揚感が残る中、一晩で一気に書き上げたのが『判決』だった。この小説のテーマは明らかに、父と子の規律・訓練的な関係である。

若い商人ゲオルク・ベンデマンは、父から仕事を引き継いで商売を大いに発展させ、また金持ちの娘との婚約も決まり、幸せの絶頂にあった。ゲオルクは優越感に浸りながら、婚約したことを知らせる手紙をペテルスブルクにいる友人――彼の景気はよくなかった――に書き、そのことを知らせに父の部屋に行った。

父は息子に商売の実権を奪われ、さらに妻に先立たれて意気消沈し、老耄していた。その父が突然「ペテルスブルクにはお前の友人はいない」と言い出した。発作が始まったと思ったゲオルクは、父をベッドまで連れて行き寝かしつけた。ところが、父は突然布団を跳ねのけ、ベッドの上に仁王立ちになり、息子を怒鳴り始めた。息子に対する不満や嫉妬が一気に爆発したのである。父は最後に、「お前は自分のことしか考えない悪魔のような人間だ。だから、お前に溺死による死刑判決を下す」と叫んで、ベッドの上にくず折れた。ゲオルクは突き飛ばされたように川へと向かい、橋の欄干を飛び越えた。彼の最後の言葉は「お父さん、お母さん、僕はあなたがたをいつも愛していました」だった。

この小説の最大の謎は、ゲオルクはなぜ父の死刑判決を何の抵抗もなく受け入れ、自殺したのかだろう。それは、父子の規律・訓練的な関係によって説明がつく。抜け殻のようになっていた父が突然生気を取り戻し、ゲオルクを怒鳴り散らしたことで、ゲオルクは子供時代の記憶、父に厳しくしつけられた記憶がよみがえったのである。最後のゲオルクの言葉は、叱られた子供の言い訳以外の何ものでもないだろう。子供の頃に身についた習慣は消えることなく、ふとしたきっかけでよみがえるのである。私たちも、立派な大人が年老いた両親の前で子供のように振舞う光景を目にしたことがあるだろう。幼い頃に築かれた親子関係はそのままずっと続くのであり、いつまで経っても親は親、子は子なのだ。その当たり前のことをカフカは衝撃的にドラマチックに描いたのである。

『変身』はある朝目覚めると、自分の身体が巨大な虫になっていた男の物語である。グレゴール・ザムザは両親と妹を養うためにセールスマンの仕事をしていたが、その仕事は好きではなかった。会社に行きたくないと思うことは誰にでもあるだろう。そして、グレゴールは自分が虫になれば会社に行かなくても済むと思ったのだろう。その望みがかない、彼は虫になった。これは出社拒否、引き籠りの比喩だろう。

しかし、こうしてグレゴールは今までの一家の大黒柱から一転して、一家の厄介者になってしまった。家族は生活のためにそれぞれが職を持ち、それでも足りない分は下宿人を置くことにした。一方、自分が家族のお荷物になってしまったことを自覚したグレゴールは、食事を摂らなくなり、衰弱していった。

ある晩、妹が下宿人のためにヴァイオリンを弾いていると、その音色に引き寄せられて、グレゴールが居間に出てきてしまった。この化け物を見て仰天した下宿人たちは、下宿をすぐに引き払うと言い始める。この騒動に嫌気がさした妹は、「もう我慢できない。この化け物は兄ではない。この化け物から解放されたい」と言い出した。これを聞いたグレゴールは「自分は姿を消すしかない」と決心し、翌朝静かに息を引き取った。死体は墓地に埋葬されることもなく、手伝いのばあさんが処分した。

その日、「過ぎ去ったことはくよくよしても仕方がない」という父の言葉で、三人はそれぞれ仕事を休んで、久しぶりに電車で郊外に出かけた。春の日差しの中で、三人は自分たちに明るい未来が待っているように感じ始めていた。

この小説は社会の規格から外れてしまった人間の運命がどうなるかを象徴しているだろう。それは社会から排除されるしかないのだ。多くの読者は、「この化け物は兄ではない」という妹の言葉や、グレゴールが死んだことで解放感を感じる家族の心情を薄情だと思うかもしれない。しかしそれは、グレゴールが人間だった時のことを覚えているからである。グレゴールを巨大な虫としか思わない手伝いのばあさんは、グレゴールの死体を当然のことのように「ごみ」として捨てるのである。ばあさんにとっては、それはただの死んだ虫でしかないのだ。それに、グレゴールは決して不幸ではない。望み通り、やりたくないセールスマンの仕事から解放されたのである。ただその先のことを考えていなかっただけのことである。「過ぎ去ったことは仕方がない。だから、前を向くしかない。」これがこの作品におけるカフカのメッセージだろう。

『失踪者』は、十六歳のドイツ人カール・ロスマンが新天地のアメリカで様々な苦難に遭遇しながら成長していく姿を描いた長編小説である。そして、他の作品と比べてこの作品の際立った特徴は「労働問題」を主題的に扱っている点であろう。

例えば、第一章「火夫」では、カールはルーマニア人の上司に不当な扱いを受けている火夫に同情して、火夫とともに船長室に行き、船長に火夫の窮状を訴える。しかし、会計主任は火夫が苦情ばかり言ってくると非難し、またルーマニア人の上司も船長室にやってきて、二人は直接対決することになった。この間に、船長と一緒にいた紳士がカールの伯父ヤーコプであることが判明する。

カールは船長に改めて公平な裁定を求めたが、伯父はカールに「正義は大事だが、同時に規律の問題も無視するわけにはいかない。船長にとっては規律の方が大事だ」と言った。火夫も「その通り」とつぶやいたので、この一件は落着し、カールは伯父とともに船を降りた。

公平や正義を求めるカールの主張が労働者側の主張であり、規律を求める伯父の主張が経営者側の主張であることは明らかだろう。そして、両者の主張はブルジョアジーによる市民革命の二つのベクトル、自由で平等な民主主義社会を実現するという政治的理想と、規律・訓練によって生産性を高め利潤の増大を図るという経済的欲求にそれぞれ対応しているのである。また、フーコーの言い方に従えば、カールは契約による人間の絆を重視し、伯父は規律・訓練による人間の絆を重視していると言えよう。

ところで、カールの主張は社会主義思想とも結びつく。実際、カフカは社会主義者や無政府主義者の集会にたびたび参加したが、彼がその場で発言することはなかった。カフカは労働者の現状に同情し、資本主義の矛盾を感じてはいたが、行動を起こすところまでは行かなかったのである。それは、火夫が伯父の意見に同意したことからもわかるだろう。

カールはしばらく伯父の家で厄介になるが、伯父の意向に背いたために追い出され、放浪の身となる。カールは二人の放浪者と行動をともにするが、たまたま立ち寄ったオクシデンタル・ホテルでドイツ人の女性コック長と出会い、同郷のよしみでエレベーターボーイの職を得た。いわゆる「コネ」である。

この間の経緯は、実生活においてカフカが町の有力者であった親友マックス・ブロートの父親の推薦で労働者災害保険局に就職したのと符合するだろう。また、コック長はカールを大変気に入ったようで、エレベーターボーイの寝泊まりする大部屋ではなく、個室を用意しようとしたが、他のエレベーターボーイたちからの嫉妬を怖れたカールはその申し出を断った。これもカフカが保険局で上司から優遇されていたことと符合する。上司はカフカの能力を高く評価し、戦争が勃発した際には、業務上不可欠だとしてカフカの兵役免除を申請したほどだった（池内紀・若林恵『カフカ事典』（二〇〇三）二〇二頁）。

語り手は、エレベーターボーイの勤務時間が十二時間で、朝六時からと夕方六時からの二交代制だとか、ホテル内の様々な職種や従業員の具体的な仕事内容について細々と述べている。そこから伝わってくるのは、二十四時間活動し続ける巨大ホテルのエネルギーである。カフカはアメリカを訪れたことはなかったが、ここで描かれている情景は一般的なヨーロッパ人が持つ新世界アメリカのイメージなのだろう。

しかし、転機は突然訪れた。ある朝カールは事件に巻き込まれ、持ち場を離れたわずかな間に、エレベーターの前には急行列車で到着した客が殺到し、そこをたまたまボーイ長が通りかかって、その混雑した光景を見てしまったのだ。カールはすぐにボーイ長に呼び出され、職務怠慢を理由に解雇を申し渡されたのである。

ボーイ長にカールの解雇を強く進言したのは門衛長だった。彼はカールが門衛室の前を通る時に、挨拶しなかったことを根に持っていて、カールをずっと監視していたのである。「物事に決着が着く瞬間というのは、ヨーロッパであろうとアメリカであろうと同じだろうが、勤務成績などは考慮されず、最初にカッとなった時、口をついて飛び出した判決通りに決まってしまうのである」と語り手は語っている。

カフカも、ミレナへの手紙の中で、役所の同僚の大部分が今の自分の地位に不満を持っていると書いていたが、私たちはふつう、企業内の人事は本人の能力や努力によって決定されるべきであり、もし、本人の能力や努力とは関係のない、親のコネや上司のえこひいきなどで人事が決まるとすれば、それは不公平であり不当だと思うだろう。しかし実際には、採用や解雇や人事などの決定の多くは、不平等な規律・訓練的な人間関係の中で行われているのではないか。カフカはこの作品で、労働関係が公平であってほしいという私たちの願望が幻想であることをさり気なく指摘したのである。

ここで取り上げた三作品に共通しているのは、私たちは規格化を伴う監視の目に絶えずさらされていること、その視線は時に私たちに有利に働くこともあるが、たいていは気まぐれで悪意に満ちていること、そして、私たちは監視者が誰であるかを知っていること、つまり監視者はまだ匿名ではないということである。ここではまだ、「パノプティコン」は登場しない。監視者が匿名になるのは、カフカが「ホテル内の法廷」を経験したあとなのである。

カフカとフェリーツェの住まいはプラハとベルリンだったから、二人の交際は主に文通によるものだった。カフカはフェリーツェに膨大な量の手紙を書いたが、健康に自信がなかった彼は、結婚生活と作家活動が両立できるかどうかずっと悩み続けていた。そして、思い悩んだ末、とうとう一九一三年九月、カフカは北イタリアの旅行先からフェリーツェに別れの手紙を書いた。しかし、フェリーツェは友人のグレーテ・ブロッホを仲介者に立て、十一月には文通は再開された。

その後も、カフカの葛藤は続いたが、一九一四年六月一日、二人はベルリンのフェリーツェの家で正式に婚約した。だが、その直後からカフカはヒポコンデリー（心気症）を発症し、七月十二日ベルリンのアスカニッシャー・ホーフ・ホテルで婚約を解消した。いわゆる「ホテル内の法廷」である。結局、またグレーテ・ブロッホの仲介で、十一月にはフェリーツェとの文通は再開するが、この間カフカは、八月から十月にかけて長編小説『審判』の執筆を開始し、それを一時中断して『失踪者』の最終章である「オクラホマの野外劇場」と『流刑地にて』を書いている。

『失踪者』はカール・ロスマンがオクシデンタル・ホテルを解雇された章で中断していたが、この時期に最終章が書かれたのである。

カールはある街角でオクラホマの野外劇場の団員募集のポスターを見かけた。そのポスターには報酬のことが書いてなかったので、インチキ臭い感じがしたが、カールは「なんびとたりとも歓迎！　芸術家志望者来たれ！　誰でも適材適所に配置！」という文句に惹かれて、受付場所のクレイトン競馬場に出かけた。そこでカールはすでに団員になっていた女友達のファニーから、この劇場が世界一の大劇場だと聞かされ、期待を膨らませる。

オクラホマの野外劇場は基本的には労働者のユートピアとして描かれている。そこは誰でも、たとえカールのように身分証明書を持たない者でも、また偽名の者でも採用してくれるのである。ただ、適材適所とポスターには書いてあったが、職種は劇場側が決めることになっていた。

カールは本当は俳優として採用されたかったが、受付で窓口をあちこちたらい回しにされた後、結局「ニーグロー（黒人）」という名前で、技術労務者として採用されることになった。ただ、募集隊の支配人からは、力仕事ができる体力があるかどうかも聞かれ、オクラホマでもう一度検査があると言われた。採用が決まった連中には、歓迎の御馳走が振舞われたが、食事の後、彼らは輸送指揮者に急き立てられ、駆け足で停車場まで移動し、オクラホマ行きの列車に乗車させられた。

この章は、カールたちが乗った列車が、激しい流れの川にかかった鉄橋を渡るとき、窓から冷たいしぶきが入ってきて彼らを震え上がらせたという、どことなく不安を予感させる描写で終わっている。それは、オクラホマの野外劇場が本当は労働者のユートピアなどではなく、身分証明書を持たないような社会のあぶれ者を重労働に従事させる強制収容所のようなところだと暗示しているかのようである。

「オクラホマの野外劇場」はこのように相矛盾する様々な解釈が可能であろうが、労働問題を主題的に扱っている『失踪者』の一部と考えると、全体として一つの共通した枠組みが見えてくる。それは、労働は「組織」と密接に関係しているということである。火夫が働いていた旅客船、オクシデンタル・ホテル、オクラホマの野外劇場、これらはすべて多くの従業員が働く組織であり、そして、従業員はその組織の中の一つの歯車なのである。

フーコーは、規律・訓練的な権力の特徴として、「階層秩序化された監視」を挙げていたが、これについて次のように述べている。

「実際、監視は個々人を基礎とするというのは事実だが、監視の運用は、上部から下部へ、しかもある程度までは下部から上部へ、しかも横手に作り上げられるかかり合いの網目の運用であって、この網目がその総体を〈保持〉させ、相互に支え合う権力的な影響を総体の隅々にまで及ぼす。つまり監視者も常時監視される、という仕組みである。規律・訓練の階層秩序化された監視における権力は、一つの物として所有されるわけでもなく、一つの権利として譲渡されるわけでもなく、一つの機械仕掛けとして機能するのだ。しかもその権力はピラミッド型の組織によって〈頭〉を配置されるのは事実だが、実はその装置全体が、〈権力〉を生み出して、この永続的で連続した領域の中に個々人を配分している。」(前掲書一八一頁)

監視の基本はもちろん個人である。個人である上司が個人である部下を監視するのである。しかし、その上司もまたさらに上の上司によって監視されている。こうして監視の網の目が縦横に張りめぐらされ、ピラミッド型をした一つの機械装置が形成される。これが組織であり、組織には一人の最高の監視者(責任者)はいるけれども、実際には、その機械装置全体が権力を生み出しているのであり、個人はすべてその機械装置の一つの歯車として組織の中に組み込まれているのである。

これまでの作品では、カフカは、監視するものとして個人を想定していた。『失踪者』においても、旅客船において火夫を監視するのはルーマニア人の上司であり、オクシデンタル・ホテルでカールを監視するのはボーイ長であり、門衛長であった。しかし、オクラホマの野外劇場——実際には、受付が行われたのはクレイトン競馬場である——では、カールを直接監視するのは採用窓口の主任や書記、募集隊の支配人であるが、その背後にはオクラホマの野外劇場という個人を超えた巨大組織が明確に意識されているのである。

恐らく、組織のモデルとなっているのはカフカが勤める労働者災害保険局という役所であろう。カールはまず技師の受付窓口に行ったが、技師でないことがわかると技能者関係の窓口に回された。そこから中学校卒業者の窓口へ、さらにヨーロッパの中学校卒業者の窓口に回され、かなりいい加減な審査で「ニーグロー」という偽名で採用が決まり、その後、支配人との面接を経て技術労務者という職種が決まったのである。このようないかにもお役所仕事という戯画的な描写は、組織が「馬鹿げた機関」であることを表わしているが、同時に生活の支えでもあることを表わしているのである。

そして、監視者が組織であるということは、監視者が匿名になったということに他ならない。つまり、「パノプティコン」である。組織による監視は必然的に、「中央部の塔の中からは人は一切を見るが、決して見られはしない」というパノプティコンの様式を取るのである。カフカの長編小説には共通の舞台装置としてパノプティコンが登場するが、オクラホマの野外劇場がその最初である。これが「裁判所」や「城」へと形を変えていくのである。

『流刑地にて』で描かれている裁判と処罰制度は、フーコーが説明していた前近代の犯罪訴訟と「君主による身体刑」に酷似していることはすでに述べた。

伝令の兵士が上官に反抗したため、上官が将校に訴えた。裁判官である将校は直ちに有罪判決を下し、その兵士を逮捕した。もし、召喚して尋問でもすれば、相手は嘘をついたり反駁したりして、いつまでたっても果てしがないからである。残酷な処刑機械によって兵士の身体に刻まれる文字は「上官を敬え」だった。

被告人である兵士は自分がどのような罪でいかなる処罰を受けるのかを知らない。将校は旅行者にこの流刑地の裁判制度や兵士を逮捕した経緯について説明するが、二人の会話はフランス語なので兵士には理解できないからである。したがって、兵士には裁判過程は完全に匿名になっている。

新しい司令官はこのような前近代的な裁判や処罰制度を改革しようとしていたので、将校はこの制度を存続させるよう司令官に助言してほしいと旅行者に頼んだ。しかし、旅行者が拒否したため、将校は自殺を決意する。自らに死刑判決を下したのである。将校は兵士を解放し、自ら機械に乗った。身体に刻ませる文字は「汝、公正なるべし」だった。

カフカが健康を理由に一方的に婚約を解消したため、彼はアスカニッシャー・ホーフ・ホテルでフェリーツェから詰問され、激しく非難された。この「ホテル内の法廷」について、後日カフカは「いささかも罪はないのに極悪非道」と日記に書いたが、カフカは自分の中に、二人のカフカがいることを常に意識していた。一人はフェリーツェの望み通りのカフカであり、彼にはホテルでのフェリーツェの非難はまったく当たらない。しかし、もう一人のカフカは「書くこと」だけを考えていて、フェリーツェを最大の敵と感じていたのである。『流刑地にて』では、有罪判決を受けたが結局解放された兵士が無実のカフカであり、自らに死刑判決を下した将校が、「書くこと」だけを考えているもう一人のカフカと考えるのが定説だろうが、この流刑地の争いから逃れようとする旅行者もまたカフカ自身だと考えることもできるだろう。

カフカはフェリーツェと出会う以前から、結婚生活と作家活動との両立にずっと悩んでいたが、フェリーツェと出会ったことでその不安が現実のものとなったのである。カフカはフェリーツェとの出会いをきっかけに法廷の被告席に立たされた。フェリーツェはカフカにとっての「人間法廷」なのである。『判決』以降、一九一二年から一九一四年にかけて書かれた小説はすべて法廷と判決をテーマとした作品と言っていいだろう。

『判決』では、ゲオルクは父をないがしろにしたことで父から死刑判決を受け、『変身』では、グレゴールは家族の厄介者になったことで妹から「この化け物は兄ではない」と宣告される。『失踪者』では、カールは挨拶をしなかったことを根に持った門衛長の讒言で解雇され、『流刑地にて』では、将校は旅行者に自分の意見が容れられなかったために、自らに死刑判決を下すのである。そして、このテーマの総仕上げとして構想されたのが長編小説『審判』だったと言えよう。

『審判』という題名はともかく、カフカはKを主人公とした長編小説を「ホテル内の法廷」を経験する以前から構想していたようである。六月一日にベルリンのフェリーツェの家で正式に婚約式が行われたが、その直前の五月二十七日の日記に、カフカは「僕は〈K〉は醜悪だと思う。それは僕にはほとんど吐き気を催させる。それでも僕はそれを書く。僕にとっては非常に特徴的なものであるに違いないからだ」と書いている。正式に婚約する前の時点で婚約を破棄することを予期していたとも思えないが、カフカはもともと吐き気を催すような醜悪なK——それはカフカ自身でもある——を主人公にした小説を構想していたのであり、死刑という結末も恐らく決まっていたのだろう。

『審判』が執筆されたのは八月から翌年の一月頃までと推測されている（マックス・ブロート編『決定版カフカ全集5　審判』（中野孝次訳、一九九二）訳者解題）から、その間にカフカが書いた日記を眺めてみることは、『審判』を解釈するうえで参考になるだろう。

八月二日には、ドイツがロシアに宣戦布告したことが書かれている。

八月六日には、「文学の見地から見れば、僕の運命は非常に単純だ。夢のような僕の内面生活を描写するための才能は、他のすべてのことを副次的なものにしてしまった」と書き、さらに今は、そのような力は失われてしまったと嘆くが、たぶんもう一度戻って来るだろうと期待を寄せている。

八月十五日には、「ホテル内の法廷」前後の精神的動揺も収まったようで、執筆が順調に進んでいる様子がうかがえる。「僕は変わり映えのしない、空虚な、気違いじみた独身生活が、ある正当性を持っているという感じを手に入れた。僕は再び自分と対話を行うことができ、そして完全な空虚の中に入っても、それほど硬直することもない」と書いている。

十月十五日、グレーテ・ブロッホから手紙が届いて、仕事が頓挫したと書いている。フェリーツェへの思いが再びよみがえったのである。しかしこの二か月間で、カフカは「オクラホマの野外劇場」と『流刑地にて』と『審判』のほぼ半分の章を書き上げている。

十二月十三日には、〈伝説の解釈〉――「掟の門前」に関する章――を書き、満足感を味わっている。また、「僕は臨終の床で、もし苦痛がさほどひどくなければ、非常に満足していられるだろう」と述べ、続けて次のように書いている。

「僕が書いた最良のものは、この、満足して死ねるという能力の中にその根拠を持っているのだ。そういう最上の作品の中の、優れた、非常に説得的な文章が常に目指しているのは、次のようなことなのだ。すなわち、登場人物が死ぬが、それは彼にとって非常に辛いものになるので、そこに彼にとっての不当さ、少なくとも無情というものが生じ、その結果、少なくとも僕の考えでは、その死が読者を動かすようになる、ということ。しかし臨終の床で満足していられると信じている僕にとっては、こういう叙述は、密かに言うが、一つのゲームなのだ。なぜなら僕自身は、臨終の床で嘆くというふうに僕が設定している人物よりも、はるかに明晰な意識を持っている。そしてそれゆえにこそ、僕の嘆きは可能な限り完全なものなのであり、現実の嘆きのように、いわば突然途切れてしまうのでなく、美しく澄み切って流れて行くのだ。」

この文章は、Kが処刑される最終章をカフカがどのような考えで書いたかを示しているだろう。カフカはどのようにすれば読者がKの死について感動するか冷静に考え抜いて、いわば「ゲーム感覚」でこの場面を演出したのである。そこにはカフカの計算され尽くした、緻密さとしたたかさがうかがえるだろう。

十二月十九日には、小説の発端について、「もし、その小説が存在すべき何らかの正当性を持っている場合には、それがまだ完全に形作られていない時でも、自分の完成された機構を自身の中に孕んでいる」と書いている。この小説『審判』の完成された機構とは、恐らく教誨師がKに示した法律の入門書に書いてあるという寓話「掟の門前」だろう。そして、発端とはもちろんKが逮捕された場面のことであろう。つまり、カフカはKが逮捕された時の監視人との会話の中に「掟の門前」の内容の萌芽が宿っていたと言っているのではないか。もしそうなら、「逮捕」の章と「大聖堂にて」の章における「掟の門前」の寓話とを比較してみれば、カフカがこの小説で何を言おうとしていたのかが推測できるのではないだろうか。

逮捕されたと聞かされた時、Kは身分証明書——カール・ロスマンは持っていなかった——を示して、逮捕状を見せるように監視人に要求した。しかし、監視人は、「われわれの役所が逮捕を行う以上、逮捕の理由や逮捕される者の身許は詳しく調査してあるはずだ。われわれの役所は何か住民の中に罪を求めたりはしない。法律にもあるとおり、いわば罪に引きつけられて、われわれ監視人を派遣せずにはいられなくなるのだ」と突っぱねた。

Kは、「そんな法律は僕は知らない。そいつはあなた方の頭の中だけにある法律なんだろう」と言い、何とかして監視人たちの考えの中に忍び込み、それを自分の有利に仕向けるか、それに同化しようと思った。しかし、監視人は突き放すように「いずれ身をもって思い知らされるさ」と言っただけだった。

この会話から推測すると、この小説は、Kが自分の無罪を証明するために、役人たちの頭の中にある法律——Kを逮捕する根拠となった法律であるが、Kはその内容を知らない——に近づき、それと何とか同化しようと試みるが、結局それが果たせなかった物語だということになるだろう。これは「掟の門前」の田舎者が結局は掟の門に入れなかったのと同じである。

また、監視人は自分が一番下っ端の役人であることを何度も口にするが、これも門番と同じである。Kは監視人に上役の所に連れて行ってほしいと頼むが、監視人は「あちらがそうしろと言われるまでは、だめだ」と言う。その時

Kは、隣の部屋の扉を開けるのが一番簡単な解決方法かもしれないと思ったが、監視人に取り押さえられれば元も子もないと思い直し、安全策を取って自分の部屋に戻った。まもなくKは監督に呼ばれたが、ただ逮捕されたことを正式に告げられただけだった。

この場面も、「掟の門前」で門番が田舎者に「後でなら入れるかもしれないが、今はだめだ」と言ったのと似ているだろう。また、門の中を覗き込もうとする田舎者に、門番が「そんなに入りたいなら、入ってみるがいい。しかし、自分は一番下っ端の門番で、広間ごとに門番が立っていて、その力は私より強い」と脅したので、田舎者は怖れをなし、許可が下りるまで待とうと決心するのだが、これもKがおとなしく部屋に戻ったのと同じであろう。Kも田舎者も思い切ったことはできないのである。

また「掟の門前」では、田舎者は門番を買収しようとしたり、門番の外套についているノミに門番への取り成しを頼んだりするが、これも『審判』において、Kが弁護士や法廷画家に取り成しを頼んだのと同じであろう。このように見てくると、「掟の門前」という寓話が『審判』という小説の「完成された機構」を表わしていることはほぼ間違いないように思われる。Kは裁判所の役人たちの頭の中にある法律＝掟に近づこうといろいろと手を尽くしたが、結局それを果たすことなく、門の手前で力尽きるのである。

それでは、Kを逮捕し告訴した裁判所とはいかなる裁判所だろうか。この裁判所が普通の国家機関としての裁判所ではないことは明らかだろう。Kは逮捕状を示されることなく逮捕されているし、逮捕されたといっても拘置所に収容されるわけでもなく、日常の生活は維持されたままである。また、Kが逮捕された日の夜、家主のグルーバッハ夫人は「あなたの逮捕は泥棒が捕まったのと違い、何か学問めいたことのような気がする」と言い、Kは「それは学問めいたというより、ただもう無意味なことだと思う」と答えている。さらにKは、自分は寝起きを襲われ、心構えができていなかったので逮捕されてしまったが、これが銀行だったら大勢の人がいるし、こんなことにはならなかっただろうと述べている。この段階では、Kはまだ逮捕されたという実感はなく、何かの余興のように感じており、半信半疑の状態だったと言っていいだろう。

やがて、Kは予備審査に召喚されたが、これをきっかけに訴訟について真剣に考えるようになる。この裁判所の法廷や事務局は場末の古いアパートの屋根裏部屋にあるので、以後これを「屋根裏の裁判所」と呼ぶことにしよう。訴訟のことを聞きつけた叔父が心配してKに会いに来た。叔父にどんな訴訟か聞かれ、Kが「普通の裁判所の訴訟ではない」と答えると、叔父は「それはまずいな」と言った。叔父は「屋根裏の裁判所」のことを知っていたのである。叔父はKを弁護士フルトのもとに連れて行った。フルトは普通の裁判の弁護もするが、この手の裁判も扱っているのだった。

フルト弁護士によれば、この屋根裏の裁判所では、被告は請願書を提出しなければならないが、裁判手続きは非公開になっているから、被告はどのような文書を作成すればいいかわからず、そこで弁護人が必要となる。しかし、フルトはその請願書を作成中だと言うばかりで、いつ完成するかもわからなかった。また、彼は「ここで最も大切なのは弁護士の個人的なつながり、特に高位の役人たちとの個人的なつながりで、自分はそれを持っている」と強調したが、訴訟は一向に進展しなかった。

この屋根裏の裁判所の訴訟手続きの匿名性は、フーコーが述べていた前近代の裁判制度と酷似しており、個人的なつながりが強い影響力を持つ点は、「ディシプリン（規律・訓練）」を彷彿とさせるだろう。この裁判所が拠り所とするのは「規律・訓練的な関係」、すなわち昔ながらの一定の作法や義務や慣習であって、公正や正義とは相容れないものなのである。

Kは弁護士に相談してからも裁判が進展する気配がないので、自分で行動する決心をした。そのような折、銀行に来た工場主から法廷画家のティトレリを紹介された。ティトレリは裁判官の肖像画を描くことを職業としており、多くの裁判官と懇意だった。画家の住まいは裁判所事務局とは反対の方向だったが、やはり場末の古いアパートだった。Kは二、三人の少女たちに案内してもらい、画家の住む屋根裏部屋にたどり着くことができた。

画家のアトリエには描きかけの裁判官の肖像画があったが、その裁判官が座っている玉座の背もたれには大きな像が描かれていた。Kがその像について尋ねると、画家は「正義の女神だ」と言う。確かに、その像は目隠しをして秤を持っていたが、かかとには翼がついていた。それは正義の女神と勝利の女神を一つにしたものだった。Kは「うまい取り合わせとは言えない。正義の女神はじっとしていなくちゃいけない、さもないと秤が揺れて正しい判決が下せない」と言ったが、画家は「依頼主に従っただけだ」と答えた。

この会話は、屋根裏の裁判所の正義がいかなるものであるかを象徴しているだろう。正義の女神が空を飛んでいれば、秤は安定せず、到底公正な判決は下せないのである。さらに画家は手を加えて、これを狩猟の女神に描き換えたが、これも裁判官たちがいかなる連中であるかを象徴しているだろう。彼らは女の尻を追いかけ回すことばかりを考えている低俗な連中なのである。

画家は、弁護士も指摘していたように、裁判官は個人的な関係によって容易に動かされると言う。したがって、「裁判所に正式に持ち出されるような論拠についてはどうすることもできないが、公の裁判所の背後にある評議室や廊下やこのアトリエでは事情は別で、Kを助けることができる」と言う。「裏には裏がある」のである。さらに画家は、「釈放には三種類あり、それは本当の無罪、外見上の無罪、それから引き延ばしだが、私には本当の無罪に持っていける力はない。本当の無罪に持っていけるのは被告が潔白である場合だけで、それならあなたは私の援助も他の援助も要らないだろう」と言う。Kが矛盾を指摘すると、画家は次のように答えた。

「ここでは二つの違った事柄が話に出ている。法律に書いてあることと、私が個人的に経験したことだ。法律――もっとも、私は読んだことはないが――には、潔白な者は無罪とされると書いてあり、裁判官は個人的に影響されうるとは書いていない。しかし、私はその反対を経験した。本当の無罪宣告は一つも知らないが、裁判官が個人的に影響されたという例はたくさん知っている。」

この後、画家はKに外見上の無罪と引き延ばしのどちらを選ぶか決めさせるために、両者の違いについて説明するが、この二つの方法は、被告の有罪判決を妨げると同時に、本当の無罪判決も妨げるというものだった。決めかねたKは、また訪問することを約束して、画家の描いた風景画をすべて買い、入ってきたのとは別の扉から部屋の外に出た。ところが、そこはKが関係している裁判所事務局とそっくり同じ配置の待合室だった。戸惑うKに、画家は「裁判所事務局はほとんどどの屋根裏部屋にもある」と言った。

Kはついに弁護士フルトを解雇することを決め、彼の家に向かった。そこにはやはりフルトに弁護を頼んでいた商人のブロックがいた。ブロックはフルトに弁護を依頼して五年以上たち、フルト以外にも五人に弁護を依頼していると言う。Kが弁護士に会い、解約の意志を告げると、弁護士は何とか彼を翻意させようとあれこれ説得し始める。そして「Kは被告なのに待遇がよすぎる。それは外見上いい加減に扱われているということだが、自由であるよりも鎖につながれている方がいいということがしばしばある。ほかの被告がどう扱われているか教えよう」と言って、ブロックを部屋に導き入れた。

弁護士がブロックに、昨日裁判官と会って君の話をしたと言うと、ブロックはその内容が聞きたくて、ひざまずき四つん這いになって話してくれるよう弁護士に懇願した。それを軽蔑的に見ていたKに対して、ブロックは「容疑者は静かにしているよりも動く方がよい。静かにしていると知らぬ間に秤の上に乗り罪を量られる」と言った。この言葉は明らかに、画家が描いた正義の女神のかかとに翼がついていたのと表裏一体の関係にあるだろう。本来、正義はじっとしていること、すなわち静止を前提としている。秤が動いてしまえば、正確な計測はできないのである。

また、ブロックはKに「自分は、五年も訴訟をやっているので、裁判所の作法や義務や慣習が要求するものを詳しく学習してきた」と言うが、これは、被監視者が監視者の視線を内面化し、規律・訓練的な権力関係を自動化し常態化させるという「パノプティコン」の作用を表わしているだろう。ブロックは長引く訴訟の中で自らを「従順な身体」に作り変えてきたのである。ブロックはもはや依頼人ではなく、弁護士の犬になってしまったのである。

弁護士は、ブロックに「その裁判官はお前をずるいと言い、お前の訴訟はまだ始まってもいないと言っていた」と告げた。動揺したブロックが説明を求めて弁護士に詰め寄ると、弁護士は「まだお前は生きているし、私の後ろ盾もあるから、心配するな」となだめた。その会話の中で、語り手は弁護士に「最終判決は多くの場合、思いかけずに、任意の人の口から任意な時に下される」と言わせているが、これは『失踪者』において、カールがエレベーターボーイを解雇された時の言葉と似ているだろう。カフカは雇用契約にしても裁判の判決にしても、決定は、決して公正とは言えない不平等な規律・訓練的な人間関係の中で下されることを繰り返し述べるのである。そこには、カールの伯父ヤーコプの「正義も大事だが、規律も無視できない」という言葉が反響しているだろう。

弁護士は、「その裁判官はまだ訴訟は始まっていないと言うが、それは見解の相違だ。その裁判官は、訴訟のある時期に鐘が鳴らされ、それで訴訟が始まると考えているが、それとは違う意見はいくらでもある」と言う。弁護士は、自分の怠慢から訴訟が滞っているのに、自分の非を認めず、見解の相違を口実に自己を正当化するのである。ここでは誰も責任を取ろうとしない。それがこの「屋根裏の裁判所」とその関係者たちの習性なのである。

弁護士を解雇し、裁判所との関係を断ってしまったKに対して、裁判所は死刑判決を下し、教誨師を派遣した。教誨師はKに「掟の門前」の話をした。カフカはこの「大聖堂にて」の章を大変気に入っており、ドイツのボーデンバッハでフェリーツェと再会した時も、彼女にこれを読み聞かせている。カフカは一月二十四日の日記に「僕にはこの物語の意味が初めて明らかになった。彼女もこれを正しく理解した」と書いている。

Kは「門番は男を騙したのですね」と言ったが、教誨師は、「門番は男を騙したのではなく、将来門に入れる可能性をほのめかしたことで、自分の義務を多少逸脱してしまったのだ。門番は少し単純で自惚《うぬぼ》れが強く、また男に同情し、役人になりきっていなかったのだ」と言った。

Kが「それじゃあ、あなたは、男は騙されたのではないと思うのですか」と尋ねると、教誨師は「この話についてはいろいろな意見があり、騙されたのは門番の方だという意見さえある」と言う。その場合、門番は門の内部について何も知らないのに、知っているように錯覚しており、また実際には、自由な人間は束縛された者よりも上位にあるはずなのに、門番は自分の方が男よりも上位にあると錯覚している、と言うのである。

Kは「二つの意見は部分的に重なり合っており、私は両方を信じます。ただ、門番が騙されたのだとすれば、そのことで受ける被害は門番よりも男の方が千倍も大きい」と言った。教誨師は「それにはこういう反対説がある。門番がわれわれにとってどう見えようとも、彼は掟に仕える者であり、掟に属しており、したがってまた人間の批判を超える。また、門番が男の下位にあるということも信じてはならない。役目によって掟の入口に縛られていることは、自由に世間で生活するよりも比較にならないくらいよいことだ。門番の威厳を疑うことは掟の威厳を疑うことだ」と反論した。この自由と束縛についての議論は、弁護士フルトも触れていた。

Kは「そんな意見に私は賛成しかねます。もしその意見に賛成すれば、門番の言ったことはすべて真実だと考えなくてはなりません」と言ったが、教誨師は「すべてを真実だなどと考えてはいけない、ただそれを必然だと考えなければならない」と言った。Kは「憂鬱な意見ですね。虚偽が世界秩序にされているわけだ」と言ったが、それが彼の終局の判断ではなかった。こうした思考法はKというより裁判所の役人に相応しいような非現実的なものだった。単純な話が形の歪んだものになってしまったのである。教誨師は二人の意見が一致しないことを黙って受け入れてくれた。

この「掟の門前」をめぐる教誨師とKの問答は非常に哲学的であり、難解であるが、次のような読み方も可能ではないだろうか。Kの意見は、束縛されるよりも自由であることの方が上位にあるというものである。これは、カール・ロスマンが雇用関係において正義が実現されることを期待したのと関連しており、私たちの素朴な願望でもある。一方、教誨師——あるいは屋根裏の裁判所の裁判官やその関係者——は、自由であることよりも権威に束縛されていることの方が上位にあると考えている。これは、カールの伯父ヤーコプが雇用関係において正義よりも規律を重視したのと関連しているだろう。自由や正義という理想を求めるKにとっては、束縛や規律を重視する裁判所の役人たちの考えは虚偽であり、非現実的で歪んだものに映るのである。

これをカフカの実生活と結びつけて考えてみると、自由や正義とは「書くこと」に専念し作家として独立した生活を送ることであり、それに対して、束縛や規律とは生活の糧を得るために役所勤めを続けることや結婚して家庭を築くことであろう。そして逆説的だが、これまでカフカが書いた小説の主人公たち、すなわち『判決』のゲオルク・ベンデマン、『変身』のグレゴール・ザムザ、『流刑地にて』の将校の死は、すべてこの「書くこと」に専念しようとするカフカ自身の死だったと言えよう。彼らに共通しているのは、自分の思い通りに生きようとしたことが家族や第三者に受け入れられず、その結果自ら命を絶ったということである。カフカはこれらの作品を書くことによって、作家活動に専念したいという願望をなだめようとしたのではないか。もしそれをなだめなければ、カフカは役所を辞めなければならず、そしてもし役所を辞めれば、自立して生活していけるかどうか自信がなかったのである。

特に、短編小説『判決』と長編小説『審判』のプロットはよく似ている。ゲオルクもKも死刑判決を受けており、判決の理由も、ゲオルクは「自分のことしか考えない悪魔のような人間だった」からであり、Kは刑場へと向かう途中「おれはいつも二十本もの手でこの世に飛び込んでいこうとした、しかも、とうてい是認できない目的のために。が、あれは間違っていた」と独白しているように、出世や女性への欲望のためにがむしゃらに生きようとした自己中心的な生き方が糾弾されたのである。特にKは、法廷画家のティトレリのアパートで出会った少女からはっきりと「いやな奴」と言われており、少女たちも裁判所に属していることを考えれば、死刑判決は必然であったと言えよう。

両者の違いは、『判決』では、死刑を決定したのは父だとはっきりしており、ゲオルクは判決後すぐに入水自殺したが、『審判』では、死刑を決定したのは屋根裏の裁判所という匿名の組織であり、Kは逮捕された後、無罪判決を得ようといろいろと試みたが、結局処刑されたという点である。読者の中には、Kの死が自殺ではなく処刑であったことにこだわる人がいるかもしれない。しかし、私はKの死はほぼ自殺と考えていいと思う。Kは二人の処刑人と同じ黒ずくめの服装で彼らを迎えており、三人は体を密着させ文字通り一体となって刑場へと向かっている。そして、三人を不審に思った警官が近づいてきた時、Kは二人を引っ張って駆けだすのである。それはまるで、K自身が処刑を邪魔されたくないかのようである。さらに、処刑人の二人が肉切り包丁をKの心臓に突き刺すのを譲り合っている時、Kはそれをつかんで自ら突き刺すのが自分の義務だと感じるのである。これはほぼ自殺であろう。

カフカはもちろんフェリーツェとの結婚を望んでいたが、カフカの一番の望みは役所を辞め、ベルリンに出て作家活動に専念することだった。ところが、一回目の婚約では、フェリーツェが仕事をやめてプラハで一緒に暮らすことになっていたから、カフカは役所勤めを続けざるを得ず、「書くこと」に専念することがいっそう困難になることが予想された。婚約にはカフカの方が積極的だったようだが、結局、婚約はカフカにとっては「逮捕」でもあったのである。これが『審判』を書く直接のきっかけとなったのだろう。

最後に、Kの死が「恥辱が残る死」となってしまったことについて触れておこう。ゲオルクは父から理由を告げられ直接判決を言い渡されたことで、納得して死んで行ったが、Kは直接判決を言い渡されたわけではなく、また誰が最終決定を下したのかも知らない。それゆえKは処刑される直前、「おれが見なかった裁判官はどこにいるのだ？おれがそこまで行きつけなかった上級裁判所はどこにあるのだ？」と心の中で叫ぶのである。理不尽な理由であっても、カールのように門衛長が彼を嫌っていたためにエレベーターボーイを解雇されたのだとわかれば諦めもつくが、組織という匿名のヴェールの向こう側ですべてが処理されたために、Kは自責の念に捕らわれることになったのである。自分がうまく立ち回っていれば、こんな結果にならなかったのではないかという後悔である。

そして、やはり実生活において、カフカがいったん婚約を解消し、さらに再びフェリーツェとの交際を復活させるというドタバタ劇を演じてしまったことも、「恥辱」の原因になっているだろう。カフカは自身の優柔不断さを恥じたのである。その結果、Kは死にきれず、後日カフカは再びKを主人公とした長編小説『城』を書くことになったと想像することは、あまりに荒唐無稽だろうか。

実生活では、その後カフカは、一九一六年七月のフェリーツェとのマリーエンバートでの幸福な十日間のあと、役所を辞め、彼女と結婚してベルリンで生活することをようやく決意し、一九一七年七月に二度目の婚約をするが、八月には肺結核を発症してフェリーツェとは別れることになった。運命の悪戯というものであろう。

肺結核発症後のカフカの年譜を改めて眺めてみよう。

一九一七年には、カフカは八月に肺結核を発症し、九月から休暇を得て妹オットラのいる小村チューラウで療養した。ただ、この年「書くこと」は比較的順調で、大作こそ書かなかったが、『万里の長城』や短編集『田舎医者』(一九二〇年刊行)に収録されることになる小作品を多く書いている。十一月には保険局に年金付きの退職を願い出たが却下された。また、十二月フェリーツェとの婚約を解消した。

一九一八年一月、カフカは保険局に再び年金付きの退職を求めたが、保養休暇の延長が認められただけで、五月から職場に復帰した。十月カフカは世界的に流行していたスペイン風邪にかかり、四週間も病床に就いた。その後、十一月下旬から翌年の三月下旬まで保養地シェレーゼンで療養したが、この間に、同じく療養に来ていたユーリエ・ヴォリツェクと出会っている。

一九一九年六月にカフカはユーリエと婚約するが、父ヘルマンはユーリエが下層階級出身であるという理由で猛反対した。三度目の婚約にも挫折したカフカは、十一月にシェレーゼンで自叙伝とも言うべき『父への手紙』を書いている。

一九二〇年には、ウィーン在住のチェコ人のジャーナリストで翻訳家だったミレナ・イェセンスカと知り合い、彼女はカフカの小説『火夫』などをチェコ語に翻訳している。ミレナにはユダヤ人の夫がいたが、二人は密かに文通を始め、二度ほど一緒に過ごしている。しかし、交際は長くは続かなかった。また、この年の春には、クルト・ヴォルフ社より二冊目の短編集『田舎医者』が刊行された。

一九二二年七月、カフカは保険局からようやく年金付きの退職が認められ、作家活動に専念できるようになった。この年、カフカは『城』『断食芸人』『ある犬の研究』を書いている。一九二三年七月には、バルト海沿岸の保養地ミューリツに滞在中、ドーラ・ディマントと出会い、九月末からベルリンで共同生活を始めている。この時期に書いたのが『小さな女』『巣穴』である。一九二四年三月、カフカはベルリンからプラハに移り、四月さらにウィーンのサナトリウムに移った。六月三日カフカは四十一歳の誕生日の一か月前、ドーラに見守られてこの世を去った。『歌姫ヨゼフィーネ、あるいは二十日鼠族』が絶筆となった。

一九一二年から一九一四年にかけての法廷や判決をテーマとした一連の作品群は、長編小説『審判』をもって一区切りつき、「現実（リアル）」と「空想（ファンタジー）」とが融合した不気味な世界を描くカフカの作風が一応の完成を見た。その後、小作品は書き続けたが、幾度かの挫折を経て、カフカが再び長編小説に挑戦したのは、保険局を退職し作家活動に専念できるようになった一九二二年であった。それが『城』である。カフカはこの年に『断食芸人』と『ある犬の研究』も書いているが、これらを一連の作品群と考えると、『判決』―『審判』の作品群とは明らかに異なる傾向が認められる。それは、「書くこと」と実際の職業や結婚との関係性が大きく変わったことである。

『判決』―『審判』群では、主人公が求める自由や正義が「書くこと」の比喩であり、生活の糧を得るための商人、セールスマン、銀行員などの実際の職業は規律・訓練的な関係として「書くこと」の妨げになると考えられていた。そしてまた、結婚も個人を家庭という規律・訓練的な集団（＝共同体）に縛り付けるものであるから、やはり「書くこと」の妨げになると考えられていたのである。

これに対して、『城』―『研究』群では、主人公たちの職業、すなわち測量技師、断食芸人、研究者は生活の糧を得るための手段であると同時に、そのまま「書くこと」の比喩になっており、彼らはそれらの職業を通して共同体――城が支配する村、観客、犬の世界――と結びつこうとする。特に『城』では、Kは村娘フリーダとの結婚を通して、測量技師の仕事と村への定住権を同時に得ようとするのである。つまり、『判決』―『審判』群では、「書くこと」は実際の職業や結婚と対立していたが、『城』―『研究』群では、「書くこと」は実際の職業や結婚と対立しないのである。

このような変化は、一九一六年七月にフェリーツェとマリーエンバートで幸福な十日間を過ごしたことが一つのきっかけとなったと思われる。この十日間はカフカにとって結婚生活の予行練習であり、これがうまくいったことによって、カフカは結婚を現実的なものとして考えられるようになり、以後、結婚することは「書くこと」の妨げではなくなったのである。

この時、カフカはマックス・ブロートに次のような手紙を書いている。「僕たちの契約は簡単に言うと、戦争が終わり次第、結婚すること、ベルリンの郊外に二部屋か三部屋借りること、お互いに経済上の面倒は自分でみること、だ。Fはさらにこれまで通り働くだろう、そして僕は、その僕のことは、まだ何とも言えない」（マックス・ブロート編『決定版カフカ全集9　手紙1902―1924』（吉田仙太郎訳、一九九二）一五六頁）。こうして一年後の一九一七年七月、カフカは将来保険局を辞めて、フェリーツェとベルリンで共働きの共同生活を始めることを前提として、二度目の婚約をしたのである。

ところが、翌八月カフカは突然喀血し、肺結核を発症した。この肺結核の発症が「書くこと」と実際の職業や結婚との関係性が大きく変わるもう一つのきっかけになったと思われる。健康への不安が現実のものとなり死を強く意識したことで、カフカは「書くこと」が自分の天職であることをはっきりと自覚したのである。もはや役所勤めとの両立は耐え難かった。十一月には保険局に年金付きの退職を願い出たが却下された。しかしこれ以降、カフカはたびたび退職を願い出ることになる。この間、十二月にはフェリーツェとの婚約を解消したが、この時のカフカは、肺結核の衝撃で結婚を考える余裕がなかったのだろう。

八か月の保養休暇後、カフカは一九一八年五月に職場に復帰した。しかし十月、カフカは世界的に流行していたスペイン風邪にかかり、肺結核を再発させてかなり重篤な状態に陥った。その後、十一月下旬から翌年の三月下旬まで保養地シェレーゼンで療養したが、療養生活の心細さや将来への不安が結婚願望へとつながったのだろう、カフカは同じく療養に来ていたユーリエ・ヴォリツェクと親しくなり、プラハに戻ったあと一九一九年六月に彼女と婚約した。

フェリーツェとは出会ってから二度目の婚約まで五年の歳月がたっていたが、ユーリエとは出会ってからわずか半年での婚約だった。ユーリエとの結婚は父の反対で挫折するが、一九二〇年にはチェコ人の翻訳者で人妻だったミレナ・イェセンスカと結婚を意識した交際を始めている。この時期のカフカには、何か結婚に対する焦りのようなものを感じるが、同時期に書かれた『父への手紙』を読むと、自分は結婚しないとも書いており、結婚願望がどこまで真剣だったのかよくわからない。カフカの感情はどこかしら「アンビバレント（両価性）」である。

ただ、はっきりしているのは、カフカは、以前は書くためには孤独が必要だと考えていたが、肺結核発症後は、病人としては当然のことだろうが、人――家族や友人、そしてできれば愛する人――の支えが必要だと考えるようになったことだろう。それを象徴するのが作品「最初の悩み」（執筆一九二〇年頃、短編集『断食芸人　四つの物語』

に収録）であろう。芸を究めるために昼夜を問わずブランコの上でひとりで暮らしていた空中ブランコ芸人が、突然マネージャーに泣きながら二つ目のブランコが欲しいと懇願するという話は、当時のカフカの心情を素直に表現したものだろう。

『判決』―『審判』群を書いていた頃のカフカは、自由は束縛よりも上位にあると考えていた。カフカにとって、自由とは「書くこと」であり、役所勤めや結婚などの規律・訓練は自由の束縛であり「書くこと」の妨げであった。その後、「マリーエンバートでの十日間」を経験して、結婚は「書くこと」の妨げではなくなった。カフカは束縛のすべてが自由の妨げではないことに気づいたのである。

この自由観の変化は作品「ある学会への報告」（執筆一九一七年、短編集『田舎医者』に収録）に端的に現れていると思う。檻に閉じ込められた猿が自由を手に入れるために取った手段は鍵を壊すことではなく、人間になって檻から出ることだった。猿はひたすら人間を観察し人間の真似をした。こうした努力の結果、猿はヨーロッパ人の平均的な教養を身に着け、檻から出られたのである。これ以後、カフカは、規律・訓練による束縛はたんに拘束されないという自由よりも上位にあると考えるようになる。

さらに、肺結核を発症して死を強く意識するようになってからは、カフカは、役所を辞めて「書くこと」そのものを職業としなければならないと思うようになった。「書くこと」そのものがたんなる自由な行為ではなく、生活の糧を得るための規律・訓練となったのである。ようやく職業作家としての自覚が芽生えたということであろう。それを象徴する作品が「断食芸人」（執筆一九二一～二二年頃、短編集『断食芸人　四つの物語』に収録）であろう。カフカにとって「書くこと」は苦行であるが、その苦痛の中に法悦を見出すのである。

さらに、『判決』―『審判』群と比較して、『城』―『研究』群およびそれ以降の作品に特徴的なのは、過去の振り返りが多くなったことである。『ある犬の研究』は明らかに自叙伝であるが、『城』も同様の性格を持っていると思う。

特に『城』は、他の長編小説に比べて非常に多くの女性が登場するが、それはカフカが出会った女性の回想録という意味合いを持っているからではないだろうか。

まず、フリーダは一般にミレナ・イェセンスカをモデルにしたと言われているが、その名前からしてフェリーツェ・バウアーの思い出も混ざっているだろう。また、バルナバス姉妹（オルガとアマーリア）はユーリエ・ヴォリツェクがモデルだと思われる。姉妹の父の職業は靴屋であり、アマーリアが城の役人の求愛を断ったことで、バルナバス家は村八分の状態に貶められるが、ユーリエの実家も靴屋であり下層階級の出身であることが共通しているだろう。そして、フリーダの後任として貴紳荘で酒場の女給をしていた若いペーピーは、一九一三年にカフカがフェリーツェと一時的に疎遠になった時、リーヴァのサナトリウムで親しくなった十八歳のスイス人女性であろうし、さらに、最後に登場しKと不思議な会話をする貴紳荘の女将は、一九〇五年と一九〇六年の夏にツックマンテルで共に過ごした初恋の既婚女性だと思われる。このように過去を振り返るのは、人生の終盤が近づいたと感じるからだろう。

死が近づくにつれても、カフカの結婚願望は衰えなかった。一九二三年七月バルト海沿岸のミューリッツに滞在中、カフカは東ユダヤ人のドーラ・ディマントと出会い、九月末からベルリンで共同生活を始めた。ようやく伴侶を得たのである。カフカは正式な結婚にこだわったが、ドーラの父はそれを認めなかった。

『巣穴』はようやく愛の巣を築けた悦びを書いた作品だが、すぐに匿名の不安が主人公に忍び寄る。『城』もそうだが、相手はこちらを見ているが、こちらは相手を見ることができないという「パノプティコン（一望監視施設）」が行く手を遮り、主人公は先に進めなくなってしまうのである。カフカの作品に「ハッピーエンド」はない。

しかし、どんな人生を送ろうが、死すなわち「トゥルーエンド」は必ずやって来る。人生は生きているうちは未完だが、死ねば終了する、つまり完成するのである。絶筆となった『歌姫ヨゼフィーネ、あるいは二十日鼠族』で、カフカはヨゼフィーネに民族の英雄としての死を与えた。カフカは満足して死んで行ったのである。

参考文献

・池内紀・若林恵『カフカ事典』(三省堂、二〇〇三)
・ミッシェル・フーコー『監獄の誕生―監視と処罰』(田村俶訳、新潮社、一九七七)
・『世界の名著38　ベンサム、J・S・ミル』「ベンサムとミルの社会思想」関嘉彦(中央公論社、一九六七)
・マックス・ブロート編『決定版カフカ全集8　ミレナへの手紙』(辻瑆訳、新潮社、一九九二)
・マックス・ブロート編『決定版カフカ全集5　審判』(中野孝次訳、新潮社、一九九二)
・マックス・ブロート編『決定版カフカ全集7　日記』(谷口茂訳、新潮社、一九九二)
・マックス・ブロート編『決定版カフカ全集9　手紙1902―1924』(吉田仙太郎訳、新潮社、一九九二)

服部　潤（はっとり　じゅん）

略歴

一九五五年生まれ。東京大学文学部哲学科卒。
元群馬県立高等学校公民科教諭。
元群馬県立前橋東高等学校長。
元群馬県高等学校教育研究会公民部会長。

著書

『高校生からの哲学入門・心と頭を鍛えるために』　二〇二一年　上毛新聞社

地下室のオドラデク
新しいカフカ論の試み

2024年12月10日　初版発行

著　者　服部　潤

発　行　上毛新聞社営業局出版編集部
群馬県前橋市古市町1-50-21
TEL 027-254-9966

画像協力：imagenavi